jiu shi jiu
qu
chang he

李伯勇 ◎ 著

九十九
曲
长〜河

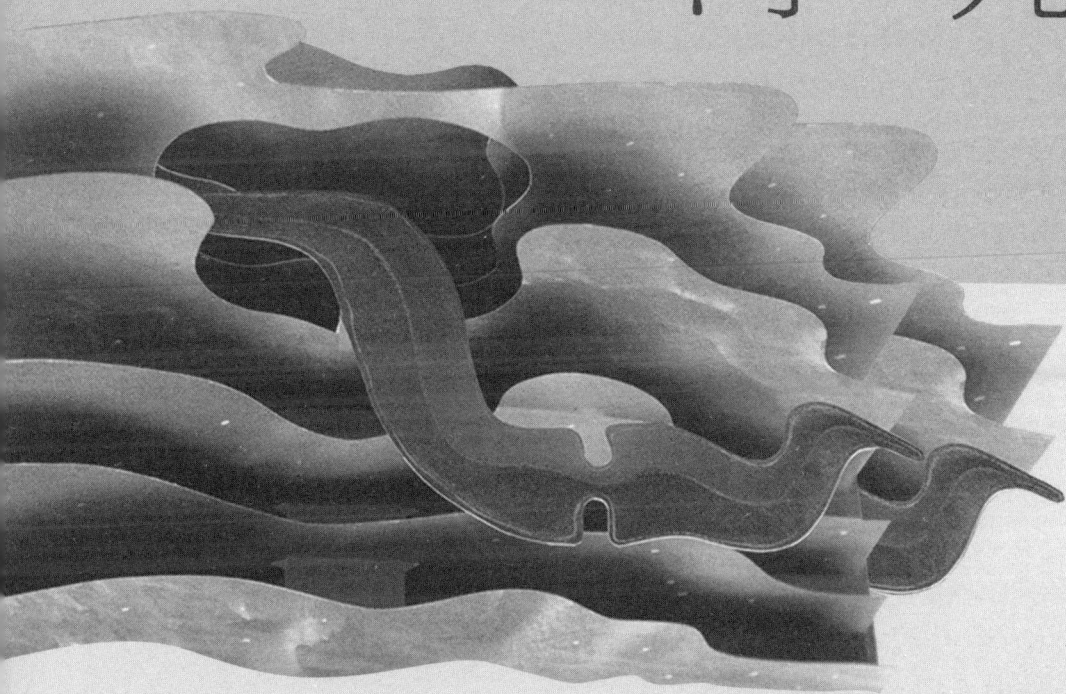

百花洲文艺出版社
BAIHUAZHOU LITERATURE AND ART PRESS

图书在版编目（CIP）数据

九十九曲长河 / 李伯勇著. –– 南昌：百花洲文艺出版社, 2018.10
ISBN 978-7-5500-3010-7

Ⅰ.①九… Ⅱ.①李… Ⅲ.①散文集 – 中国 – 当代 Ⅳ.①I267

中国版本图书馆CIP数据核字（2018）第213165号

九十九曲长河

李伯勇　著

出 版 人	姚雪雪
责任编辑	刘　云
书籍设计	黄敏俊
制　　作	何　丹
出版发行	百花洲文艺出版社
社　　址	南昌市红谷滩世贸路898号博能中心一期A座20楼
邮　　编	330038
经　　销	全国新华书店
印　　刷	南昌市红星印刷有限公司
开　　本	720mm×1000mm　1/16　　印张　22
版　　次	2018年10月第1版第1次印刷
字　　数	260千字
书　　号	ISBN 978-7-5500-3010-7
定　　价	45.00元

赣版权登字　05-2018-382

邮购联系　0791-86895108
网　　址　http://www.bhzwy.com
图书若有印装错误，影响阅读，可向承印厂联系调换。

目录

九十九曲长河入梦来

——"在地"写作的精神叩寻

一

40年创作，我的目光从未曾跳离上犹。

自我出生至今70年，读书、工作和生活都没有离开上犹，更具体地说，在县城读中小学12年，下放农村12年，在厂矿4年，在文化馆4年，后来就在县文联。可以说，我的后半生是以文学创作维系的，而我各类作品的基本内容就是反映动荡上犹的山水和人文，在对上犹及人的书写中呈现"南方土地的精灵"（雷达语）。"在地性"贯穿我的创作历程，当然更贯穿我的"上犹研究"，于是就有这部"上犹历史的底稿"。

对于我，所谓"在地"写作就含有作者生活和写作的所在地、以所在地生活和历史人文为作品的血肉、发掘当地史料的非虚构写作等三重精神质素。

任何一个人的写作，都具有在地性，都是从他生活环境和经历即从"在地"

体验中汲取素材，爆发灵感，推进写作。即使他日后离开家乡，以非家乡素材进行写作，但"在地性"依然是其底色，会有或显或隐的流露。比如刚宣布获诺贝尔文学奖的英籍日裔作家石黑一雄，他在日本出生，却在英国长大，用英语写日本故事，人在异国他乡，故乡的幻觉反而更加清晰，他的情思环绕故乡飞扬。

这里有自觉非自觉的区别，我是属于自觉者。准确地说，我由非自觉而自觉。我从创作中长篇小说而频频"田野作业"或叫"田野勘探"，从熟悉不熟悉的对象了解其现实生活，了解其情感和命运，从一个人到一家子到家族和村子，这就势必要了解一个人、一个或几个家庭、家族和村子的历史，从而形成对书写对象的逻辑性认知，也就是找出其为什么是这样而不是那样的充分理由。具有如此认知当然有主体突破"在地性"局限，极大地拓展精神视野，融入人类文明的前提，即站在更高层面掂量"在地"。在现实层面，就如雷达所说，"围绕对人及其处境的新思索，关注精神生态，关注文学如何穿越欲望话语的时尚，着力从家族、历史、地域、乡土、政治文化和集体无意识的角度，对民族灵魂状态进行多方位的探究与考察，力图寻求民族灵魂的新的生长点。"（《重新发现文学》，中国书籍出版社，2014）因而，"在地"非文学之累，缘由现实的发展——人及其处境的新思索，可对"在地"不断掘进，穿越历史时空，对于我也是加深对家乡的了解的需要。毋庸说，当代作家（包括我）——一代或几代人，对家乡（在地）的了解是远远不够的。

"在地"写作并不意味着一定要深入探研地方历史。但对我来说，对历史探究跟自己的虚构和非虚构写作相融汇，而且历史研究成了我独立的精神活动，单就地方历史研究，我持续多年已有一定的收获。可以说，我为家乡上犹树起一块文字纪念碑。

二

对于我，"在地"的田野作业就意味启动了对所在地上犹的研究。

直观地说，从若干不会说话的历史留存物（比如古道、古桥、老屋、农具、家具），并不能了解更多的东西。而且我发现，当代人（包括我自己和家人）对刚逝去的历史（日常生活史、家史、村史、地方史）所知也不多，且多是片断的、飘忽的、非逻辑性的。究其原因，一是生活和社会形态变化频繁，人的记忆产生错乱；二是生活中有股不提倡甚至摧毁记忆的风气，或人为地强化某种矫情性的"记忆"，这种被强化的内容及记忆由于缺乏真正的人性和常识基础，当时代新变，一度所强调的内容速朽，它就急剧地消失，人们反而能记起更久远的东西。原来，这种"更久远的东西"也是数十年数百年入脑入心，富有人性人情，积淀成乡村基本伦理的东西。过往时代的文人写史或咏怀（以司马迁历史精神为圭臬）都不由自主地维护并张扬这种质素。所谓文化传统，就是这样形成的。在我梳理1697年版《上犹县志》的过程中，我真切地感受到了当时主流文化的标志"县志"（尽管因编纂、木刻之难，印数即受众极为有限）。志书对坊间的影响是巨大的，乡村知识阶层的传递作用十分明显。

因写《轮回》《寂寞欢有》《恍惚远行》《旷野黄花》《父兮生我》《抵达昨日之河》《别人的太阳》等长篇小说，我沿着一个又一个村子，感觉自己一步步走进上犹历史的深处。在突发而至的催促下（如为政协文史资料撰文），不期然又连续进行了大篇幅非虚构的长篇文化纪实的写作（如《世纪之交的上犹客家魂》），我就直接接触到上犹历史及文化传统，不但有物化（如书院、寺庙、古桥、旧居）的，更有人的活动、人的精神状态的追溯，数年下来略有收获。同时我对上犹的史志产生了浓厚的兴趣，我的"田野作业"也就体现为对上犹典籍历史的探寻与辨识，比如新近完成的《苏东坡1094年到上犹》，就是在仔细阅读北京书目文献出版社《日本藏中国罕见地方志丛刊》的1697年版《上犹县志》（影印本）写的。因廓清了一些历史迷雾（如唐末虔州创始人卢光稠与同时代在韶州做尚书的上犹人谢肇的交集关系），爬梳了上犹历史而满心喜悦。我真切地从史志里感受到了因"九十九曲长河"（当年苏东坡对"印象上犹"的吟咏）串联而起的上犹历史的时空。

我还发现，上犹虽是偏僻弹丸之地，但这块土地上发生的许多事，竟与时代的主潮或主流相连，或者说，上犹所发生的一些事就是时代主流涌荡的见证。《上犹县志》（初稿湮灭，后来再撰写）最先编写者都是我们上犹人，本县知识精英在记录历史场景、推动县志编撰及刻印流传上起到了重要作用。比如，据《宋代江西文学家地图》（2014）载，江西是宋代兴学最早、学校数量最多的地区，两宋时期江西各地有各类书院278所，上犹就有4所，全省排名第29，在赣南排名第二（第一名是赣县）；如元朝李梓发不畏元兵屠城而英勇抵抗，就是短暂元朝（不过80多年）的上犹精英所记载的；又比如王阳明在上犹的文治武功等，都是上犹精英发起纪念的。因本县人的积极参与，县志也就保留了情感的温度而富有历史温度。我又一次感觉到了上犹历史的心灵。

上犹是赣州西部的一个偏僻小县，但上犹在赣州的文化地位，在中华民族文化与民族精神发展的节点上有着不俗的表现。无论是春秋时代的晏子墓，唐代卢光稠以上犹为基地创立赣州，苏东坡宋代踏访上犹留下诗篇，李梓发英勇抗元，明清以降上犹成为赣南客家重地，王阳明在上犹的文治武功，清朝末年陈氏留学日本跟随孙中山建立民国，20世纪初创办现代意义的学校，革命年代长征战士的家国情怀，蒋经国在赣州和上犹的"建设新赣南"，抗战时在中国东南片创办颇有影响的县报，黄永玉等文化名人汇集于上犹，还是红色文化与传统文化的历史记忆，以及普通百姓日常生活中的文化传承，上犹人的文化创造都融入了中华文化的主流。"站前列创一流砥砺卓绝"就是上犹人心志的写照，可称得上是一份"上犹历史的底稿"，也是赣南历史文化的缩影。

我乐意像《领导者》杂志称我是"历史研究者"一样，以历史研究者姿态进入了上犹历史时空，以一个后来时代的"在地人"聆听前贤的吟唱，感受他们的精神信息，想象上犹的前天、昨天、今天和未来。前贤执着的文化创造精神值得我辈发扬光大。

三

蓦然回首，我对上犹研究即非虚构书写，历经时日，结下了一串串果实，特别是因研究1697年版《上犹县志》而写出长文《苏东坡1094年到上犹》，爬梳了上犹历史。为感念前贤，与前贤对应与连接，也让更多的读者了解丰富多彩的上犹历史，我写出《九十九曲长河》一书。

上犹早就有"九十九曲水"的说法，具体指的是一条河（现今的寺下河即童子江）。据日本藏清康熙1697年版《上犹县志》载："九十九曲水在治东北四十里，源出上坪，水流逶迤，九十九曲，故名。苏子瞻南迁过之有诗载艺文。"当年苏东坡因会阳孝本而到上犹，留下了"长河流水碧潺潺/一百湾兮少一湾/造化自知太元巧/不留足数与人看"的不朽诗作，其实这也是苏东坡对水乡上犹最贴切的"上犹印象"。苏氏这首诗是被当年已有"九十九曲水"的称呼所引发，还是亲眼见水乡呈"九十九曲水"雄浑清丽之貌而产生的灵感，不得而知，但苏氏的诗吟确实提升了上犹山水的品位。于是我们看到，古代诸多文人学子歌咏上犹的诗篇里，"九十九曲水"被反复吟唱。"蘋蓼参差覆古堤，波光明灭里中违。犹川百折无成数，玉岩当年有旧题。箭激河流华岳北，帆随湘转洞庭西。何如曲曲山城水，十倍回环尚未齐。"这首诗里就包含两处"九十九曲"长河的称许。

进入现代的20世纪40年代，苏州青年作家艾雯来到赣南——从大余乘船经上犹江进入上犹（1943年），她率先感受的就是"水面"："河上就似扯起了一层绢纱，两岸的景物全笼罩在迷蒙的雾绢里。河面却变得更辽阔了，水流湍激而黄浊。"（由于七八个纤夫拉船）"白帆扯起来了，风送着，船像一支出弦的箭似地笔直行驶，水清澄平静……两岸景物一路悠缓地舒展着……"为躲日寇，艾雯随凯报社从县城撤退到山里。1945年日本投降，他们"从山墼里乘竹排回归山城"，她又感受了一番上犹的水景："狭隘的河身夹在陡险的峭壁里，峰巅间簇拥着一线蓝天，两岸尽是峥嵘的怪石，鲜妍的山花。河里礁石错杂，险滩密布，竹排便蜿蜒曲折地穿行着……"这里她跟古代文人对上犹江的吟唱相呼应，而且更加富有历史行进的况味!

上犹的历史是一条长河,上犹的百里犹江是一条长河。由于外访者和邑人传唱应和,"九十九曲长河"成了我们上犹秀美山川的最佳概括。上犹人勇于挺立潮头艰苦卓绝延续雄风——上犹地貌和精神灵性的精神意象与象征。

我的这些烙着情感的文字就是一种回响与传扬,我也就用它作了书名。自然,以我目光向下、"在地"写作的历史研究和历史情怀,我借此书尝试展示一个小县地方文化与主流文化、文化前沿的互动关系和可能性。由是,"在地"写作(研究)也就呈现另一种精神向度。

四

全书分为两辑,取曹操《观沧海》一诗中的"星汉灿烂"(寓意人文物象)与"百草丰茂"(寓意精灵出没)为题。在"星汉灿烂"一辑,我的笔力侧重于上犹历史时空的发掘,宏观势态下沧桑演变和上犹人的创造;在"百草丰茂"一辑,就侧重于现代(1911辛亥革命以降),个人化命运的上犹人群像(包括在外地的成功的上犹草根创业者)。我笔下的各种人物,精英还是平民,男性还是女性,客家文化还是红色文化,都是上犹文化土壤与时代潮直接或间接融会的产物,成了生活中的"百草",他们构成了我"文学王国"生生不息的精灵,真是"日月之行,若出其中;星汉灿烂,若出其里"。

某种程度,这部"在地"之书也是回溯上犹古老历史迈向未来的舟楫,我乐意做这样一个摆渡者。

哦,梦萦上犹,九十九曲长河入梦来。

2017年9~10月

第一辑　星汉灿烂

jiu shi jiu qu chang he

苏东坡1094年到上犹

—— ［清·康熙］上犹县志读札

读史志之"痒"

我对历史文化的兴趣历久弥新，尤其对自己家乡上犹，总是有一番"遥想当年"之慨（如苏东坡的《念奴娇·赤壁怀古》有句"遥想公瑾当年"，他的《南乡子·送述古》有句"今夜残灯斜照处，荧荧"，大概是中国读书人的一种文化癖）。这当然以现实（现实中某个问题或某个现象）为触发点，也就是以现实为观照，想从或近或远的历史寻找思绪的照应，心灵的应和。自然所遥想的也只是当年上犹之一斑。如此"一斑"其实是当时"整体上犹"的一个片断，那么，整体性上犹何处寻觅？大概只有县志了。于是我对古本县志有着浓厚的兴趣。自己年事渐高，思古之幽情愈浓是个因素，不少家乡人对家乡的历史文化鲜有真正的了解，也是个因素：明明是家乡发生过的，而满脸错愕，仿佛听天方夜谭，甚至以讹传讹，这也反向刺激我。说白了，作为一介有着现实情怀的作家，受家乡哺育，我凭借创作已走进了历史的折皱，应该尽量打捞并厘清一些家乡的历史。这已成了我的文化自觉——写作自觉。

在阅读和写作中，接触新的史料，不期然又让我把一些感悟（发现）跟上犹历史文化的某个节点（此节点存有疑惑）联系起来，顺藤摸瓜，不能自已，我察觉到的上犹的历史在我心目中清晰起来。当然我也发现，由于资料的匮乏和既定时代意识形态和思维的局限，当时代回归传统文化，于传统文化中寻找资源，后来编撰的志书（如1992年版《上犹县志》）的不足（遗漏）就十分明显了。尤其当我们找到了初始有价值的文本，更觉得如此"遗漏"不该有，做些弥补性的发掘工作是必要的。就这样我们承担起历史所赋予的文化职责。

与1697年版《上犹县志》木刻本相遇

古人敬畏文字，尤其是史志撰写，贯穿着司马迁《史记》的精神情怀。换句话说，古代编撰志书的官员儒生是自觉践行司马迁开创的道统精神（在古代道统大于政统和学统，知识分子有替天行道的抱负和情怀）。

2010年7月，我曾触摸清乾隆五十五年（1790年）县志原本，激喜。我县民间的有识之士如此识谱和存谱文化情怀，这也是上犹富有文化底蕴的一种体现。当时我以为这就是所能见到的最早的县志了。

稍后我又读到保存在台湾的清光绪七年（1881年）的《上犹县志》（影印电子本），知道清朝翰林李临驯受县令之托为之作序，还知道当时上犹山川物产风俗人文的一些基本情况。比如当年我县有很多农作物：谷物就有26种，如早稻、长腰早、大谷早、红赤早、九工粜、须早、早禾、八月黄、番稻、黄番、白番、麻番、牛尾番、早糯、大糯、雪糯、红壳糯、秋风糯、重阳糯、大禾糯、正粟、糯粟、鸭足粟、狗尾粟、大多、谷麦；豆类有黄豆、红豆、绿豆、青豆、黑豆、豇豆、冬豆、雪豆、扁豆、翻豆、卷豆、赤不豆、虎爪豆；瓜类有玉瓜、苦瓜、东瓜、西瓜（有红白黄三种，形稍长的叫雪瓜）、金瓜；菜类中有一种叫焊头的——今天上犹仍有这种菜。又比如当年上犹比较大型的水利设施（陂头）等。

关注山川物产风俗人文（加上星相即天相）大概也是当时编撰县志的规范，而规范是可改变的，此前记载的就可能被排除而湮灭，但对后来的后来，又可能具有价值。比如上犹的绿茶曾经进贡，其历史的记载倒在南安府志中查出，因而增强了当今发展茶叶创建名牌的底气。

不过，李临驯在1881年版《上犹县志》的序言说，"自唐朝建上犹场，五代开始为县，唐则有谢肇、卢光稠之武，宋则有阳孝本、黄玉之品行，文章辉煌史册，炳炳麟麟，宜亦无所多让"。在这段对上犹文化充满自豪自信的话中，除卢光稠、阳孝本耳熟（在当代流传的频率较高），对谢肇和黄玉两位，我们就十分生疏了。可以肯定，这些在上犹历史上有一席之地的本县人物（上犹人一直把卢光稠视为本县人），在清朝光绪年代进入文化主流，且流传较广。但到了现在，谢肇和黄玉却从志书上消失了。然而在我平时的阅读中仍不时与谢肇和黄玉相遇，就认为谢肇和黄玉（即黄廷玉）这两位本地人在上犹历史上有过重要作用，不应该省略。从我个人兴趣，我更产生了要弄清其来龙去脉的愿望，可惜相关资料匮乏，坊间更是一头雾水。

这类问题还有一些，上犹历史的许多面相——许多珍贵的人事及细节仍无法得知。我等待着"奇迹"出现。

这个时候，1697年版《上犹县志》出现了。

1992年北京的书目文献出版社出版了《日本藏中国罕见地方志丛刊》（此丛刊收录了清康熙年间的《瑞金县志》《续瑞金县志》《上犹县志》），被我县年轻的文化人获知。其电子影印本传入上犹，我辈与它接触又是新千年第二个十年了。

应该说前几年我就有这部1697年版《上犹县志》，可一直没有细读，也就不知道清朝康熙年间这部不算厚的县志在上犹县志发展史——上犹文化史上的里程碑作用，它所具有的巨大文化价值。今年暑期我决定认真地进入这部县志，从序文到书尾悉心研读，我平日一些疑窦也意外地得到了开释。

2017年我与康熙版即1697年版《上犹县志》相遇。

1697年版《上犹县志》：上犹珍贵的历史底稿

正如书目文献社的"出版说明"所说的，"方志的编撰源远流长，代有修撰，明、清时期达到顶峰，产生了许多优秀之作。方志的价值也越来越多地为人们所认识，它不仅是编修新志必不可少的基础和参考，也是今天研究古代文学、民俗学、历史地理、天文矿藏、古代农业生产、自然灾害，特别是明、清以来社会历史发展情况的资料宝库。""我们在影印编辑过程中，除对个别明显错简、倒置的地方进行研究纠正外，原书缺页之处也加以说明，其余则尽量保持原书的面貌。"诚哉斯言。

据年轻的文化研究人士罗伟谟说，清朝康熙年间编过三次上犹县志，目前流传下来只有两本：一本是康熙二十一年（1682年），陈廷缙主修，北京国家图书馆有收藏，目前已影印出版，但还无法购买；另一本就是康熙三十六年（1697年）修的。

康熙主政61年（1662—1723），十分重视修编地方志，1697年版《上犹县志》是康熙主政中期（康熙三十六年）修的。

罗伟谟悉心探研上犹史志多年，我手里的1697年版《上犹县志》电子稿就是他提供的。在我写这篇文章时，他又出示了相关信息：天津古籍出版社于2016年3月出版《国家图书馆藏地方志珍本丛刊》（全800册，共收集地方志727种，其中一种是《上犹县志》，不分卷，陈廷缙纂修，清康熙抄本）。他又说：康熙十二年（1673年）修过一次上犹县志，却没有留传下来。据我揣测，这只是有几页资料，没法称为装订成书的县志，但同样有着上犹文化的开创意义。从1697年版《上犹县志》卷三"建置志"知道"国朝康熙十二年知县杨荣白"，并收录了杨荣白在康熙十二年（1673年）的序，可见杨氏是见过1673年版《上犹县志》的。

现在我们所研究的这部1697年版《上犹县志》，可能更多地参考了陈廷缙纂修的1682年版县志（只相隔15年，较鲜活的民间记忆有利于这部县志的编撰）。

从1697年版《上犹县志》的影印件来看，知县章振萼没有依据1682年版《上犹县志》，没提陈廷缙名字，而是另起炉灶，所收录的五篇序文（不同作者）、一篇凡例，都没有提及1682年版《上犹县志》。我认为这是章振萼有意为之，他对那本不满意，或者说他握有资料，有编撰一部真正县志的雄心。也许是我的一种猜测，以后如果获得1682年版县志，可以对照。

1697年版《上犹县志》毕竟是缩小的影印件，加上原稿的模糊不清，少许地方看不清楚，但总体文字是清晰的。我更想说的是，1697年版《上犹县志》是上犹从古代到近代，以主流文化的形式，对上犹的历史地理、人文传统的承前启后的一次珍贵总结（它承接了明朝的上犹县志），从县令到地方乡贤士绅参与其中，贯穿一条从西汉太史公司马迁所建立的文史观。这说明包括县令在内，上犹儒者贤士的修志热情高涨，而且形成修志的传统。

我们知道，清朝是外族统治，它被中国文化所同化，奉行的仍是中国文化，朝廷在政治上对汉族人士多有警惕，但在文化特别是地方文化上，还是任由地方的知识分子们以汉代文史精神编撰史志，地方官员及地方学人秉持的还是前朝编撰书的传统。因而，地方史志（包括所体现的治学精神）通过具体内容而保持了中国历史文化的一致性、衔接性和总体性，让中华文化有机地延续下来。当然在具体行文上，设置了遇到"国朝"（清）就另行顶格行文的格式。1697年版《上犹县志》就体现了这样的编史态度。这就让后人能在饱满的历史文化精神陶冶中上溯中华久远的历史。

古老上犹的历史底稿就留存在这部县志中。

为1697年版《上犹县志》作序的知县章振萼称上犹只是蕞尔弹丸之地。这一上犹"胎记"不可改变，但在这弹丸小县所生发的人事（如晏子墓、卢光稠治虔、阳孝本隐通天岩、苏东坡来犹等）竟与中华文化及其代表人物相关联，编者不经意留下的上犹民间的人文呼吸，使它堪称一部珍贵的上犹历史底稿（它成了后来《上犹县志》的母本）。

迄今1697年版《上犹县志》在上犹消失320年，历经清朝、中华民国、中华人民共和国三个时代。其实这部县志还不自觉显示了与明朝乃至宋朝的历史联结。自康熙年代修这部县志，清朝还修过几次县志，都是以1697年版《上犹县志》为基础。由于不同的取舍标准，也就在事实上造成对1697年版《上犹县志》的重重遮蔽即遗忘。因而在当代发掘这部县志有文化价值的史料是必要的，也是有趣的。

清朝乾隆五十五年（1790年）《上犹县志》的序提到因县城一次大水把上次修志的版块冲掉了，从时间推断为93年，可能大水冲走的就是1697年版《上犹县志》的木刻版块，但形成书的县志散落在民间，后来被日本收藏就是个证明。从序里我们还能看到志书编撰这一文化工程的运作情形，以及与明朝的联结（包括建置、秩官、名宦等）。

我愿打开1697年版《上犹县志》的"历史折皱"，与读者共享其精神漫游。也借此向编撰这部县志付出极大心血才智，认真负责一丝不苟的县令章振萼致敬（章氏不但撰写了序，而且每一单元开头注明"知县章振萼修辑"一行字），也向上犹民间出资出力镌刻成书而玉成这部历史底稿的贤达致敬。自然我也知道了上犹地方姓氏望族及士绅积极参与上犹文化建设这一史实。

明朝吴镐定位县志与明清上犹文化版图

1697年版《上犹县志》录有5篇序，1篇凡例。笔者所说"县情"亦指这些序文里所记录的"上犹齐心聚力编修县志"和"编印县志万般艰辛"的情形。

先是江西按察使分巡赣南道副使吴国社的短序。吴氏赞叹地说：见其篆茸简要，考核谨严，撷词撼事兼综条贯，不愧史才，自建邑以迄今，兹其天时人缘。

这里也能揣摩，编修县志是清朝交给地方官的一项重要的工作任务，这本县志的质量得到认可。（前面说过，清康熙年间重视修编地方志。）

第二篇是知县章振萼（浙江严陵人。严子陵，谏议大夫不屈，乃耕于富春山。章知县有严陵遗风。）撰写的"叙"。"叙"说："南郡境联闽粤，僻处万山，地则鸟道羊肠，俗亦巫觋椎髻，此横水桶岗王新建所称，梗化难治也。数年来幸逢郡伯靳公清宁一渐积休养，司马朱公以文章饰吏治二十载，疮痍之众得荷更生……余承乏上犹又竟五载，自维幸托休明……惟篇章之散佚，访诸父老缀其遗文，虽残稿蠹简博采维周，绝壁穷崖旁搜，必及自地與以迄艺文，分为十卷。……犹以蕞尔弹丸叠经兵燹，偶于废篓残沸中，拾其片羽，稍加补辑，深愧无文，之采风者其亦有恕焉，则余之厚幸也。"

可见收集资料之艰辛，费时五年之久。我们也能揣摩康熙十二年（1673年）那部县志所罗列的有价值的资料很有限，章知县只有另起炉灶，他所能依据的大概只有民间保存的明朝嘉靖三十二年（1533年）的县志了。

第三篇序为上犹县儒学教谕孙必达所撰。孙氏说："盖以史即志志即史也。""犹邑属在南郡崇山峻岭之中，地弹丸而民杂处，治之难称……有明三百余年，操觚辑志者惟吴令一人而已。惜犹未经剞劂，故先此者岌岌有渐亡之势，后此者忠孝节义代有传人耳目。""（清）朝定鼎以来车书一统，万国来同维时，征文考献，爰取四方外志以资衡鉴，而犹之所呈者，不无因陋就简焉。其能免挂漏之处乎。""严陵章老父台甫下车，即以兴行教化为急务，首咨邑乘以广兴革，而历年外远以讹传讹……公则愀然忧之，委蛇退食之余，于旧志之残缺者恭稽而订正焉。谬者去，讹者正，利之所在……惟革见之己事者，如鼎建堂阁，永置学田与文教也，均里粮轻徭役，修城池，去民害，诸如此类，载之邑乘。"

"顾嘉会难逢，盛典不再，因与犹人士乐其志之维新，而喜将来之信史也。"（这里的"吴令"当指明朝嘉靖年间上犹知县吴镐，可见当时上犹的知识圈子都知道前代县官吴镐编过《上犹县志》这一事实，而且认同吴氏修编的这部县志。）

孙氏之语对章知县的赞许有夸饰的成分。毕竟身为儒学教谕，他更了解上犹的文化教育实际，忧虑跃然纸上。他道出当年上犹的一些基本情况和章知县的作为，特别是修县志所面临的诸多困难和知县的决心。当然他也是以"信史"来要求的，章知县确实独当一面较好地完成了县志的修编。

第四篇序是请曾于康熙十二年（1673年）在上犹任知县的杨荣白所撰。（该县志卷三"建置志"有"国朝康熙十二年知县杨荣白"字样，记载当年杨知县率邑人修倾颓的城墙。）

　　有趣的是，杨氏（蜀人）本人写的文字不多。杨序先录用了明朝嘉靖三十二年（1533年）上犹知县吴镐的一篇"旧序"（也印证了上文所说在上犹吴镐编县志广为人知的情形）。这样从清朝的1697年上溯到明朝的1533年（上溯164年，迄今484年），这不但是两个朝代的联结，更是把上犹的历史往上推溯（这部县志的许多内容有与上犹有关的唐、宋、元、明的内容），朝代更迭，但编修志书的历史常识（对人事评价的标准和角度）没有变（如对抗元英雄李梓发的详细记载）。这本1533年版《上犹县志》可能早已湮灭，但吴氏在序文中富有上犹特色的史志精神却被后人继承下来。杨氏对前朝吴氏之序的重视是显见的。

　　此"旧序"在正文里为"旧叙"，大概是杨荣白在康熙十二年（1673年）县志的序文。吴镐文被移用到在这篇"旧叙"之中："考之犹封隋属南康地，自唐而后裂土画界建治分理，称古邑也。未尝见志，岂邑志有未备耶？乃阅成化郡志所载：犹邑自唐而宋文绩武制彬彬蔚蔚甲于他邦志，何以缺询于故老耆咸……仅存一帙所载并前元大德间（1297）安远邑人黄文杰纂，惜无全书，其间世道之升降，人事之因袭与离合，废置之迹愈久而愈失其真，遗文之憾非缺舆软。予值政暇稽古以昭，鉴者不能不资于志。吾欲观天道，则冲漠无朕有遗知焉，无志而不足征也；吾观地道，疏远遐僻有遗历焉，无志而不足征也；吾欲观人道，则时迁事殊……无志而不足征也。天道无征则无以为省方之政；地道无征则无以为因俗之教；人道无征则无以为观物之治，识治体者而可以无是志哉……犹缺此志久矣……今不修，后复何及？予慨然曰：兹予贵也。""金日张生、朝臣胡生祥霁文行可嘉……予从而特任之遂命之，曰县志之修三才尽之矣。仰观于天，则分野之规气候之异，与寒暑灾祥之变志之以叙天道焉；俯察于地，则山川之形疆域之势与城郭道路之数，志之以历地理焉；中核于人，则礼乐之隆风俗之淳漓人物之盛衰，政治之沿革，食货之产，户口之数，学校之设，文事武备之修志之以纪人事焉。天者物之祖也，地者物之承也，人者参两间而位乎，其中者也先之天文以立本也，次之地理也尽利也，参之人事以尽制也。"

明朝的吴镐说上犹没修志，上犹的一些资料是从成化郡志里得到的。他说在元朝大德年间（1297年）曾有过县志的收集，但无全书。他认为上犹文绩武制比别的地方志书里写的更优，考虑到县志的"天道地道人道"的教化，他也就承担编志的文化职责，把上犹的基本情况记载下来。

从1297年到1533年又是236年，编修县志的"历史呼唤"经吴镐之口传导并践行。以文化立县的历史使命的彰显是上犹经济和文化发展到一定阶段的文化呼唤，光察觉还不行，还得有践行即编撰印行的能力，显然，只有科举出身的县令方能承担。当然由于主客观条件所限，"履行使命"的程度也会有不同。

以历史的眼光，明朝的吴镐在县志编撰上跨出了关键且重要的一步。

吴氏总结说："综乎古今之实，本于正大而不骛于奇僻，出于人心之公论，而不袭于时人之耳目也，弘纲大义，虽为一邑而设，而因事达类，以天下之势，可推古今之变，可识其真，有足贵者矣。遂因典史姚世俊任视匠梓之翼以传之非朽也噫！人文显晦之几要非偶然之会欤！"

这篇吴氏"旧叙"，用了很多篇幅从各个不同角度谈天道地道人道，大概是明朝读书人——尤其是入仕为官者应该掌握的基本常识，也是观人辨物的一种思想方法，自然也为编写县志在内容取向上定下了一个基本向度和格式。因而，吴氏的编志成了后来如清代县令编写县志的一个范式。吴文坚信，一个地方的人文无论显还是晦，这一现象并不是偶然的，是靠民间积淀方志引导（记载）的。可见方志对一个地方的文化建设——化育人心是多么重要，这在当年县志成了唯一的能在民间流通的文化教材（当然所谓"民间"也只是地方上人数极少的具有儒家精神的士绅精英，可见当时"民间"的力量不可小觑）。

我以为，这在上犹文化史上具有重大的意义。从后来清朝上犹的几次修志都依照这个样式，撰序者对上犹概貌的描述都是有迹可循。这也说明社会发展缓慢。

吴镐对上犹县志的文化定位是准确的，经得起时间的考验。吴镐和章振蕚应该是上犹文化史的奠基人。

这篇被章振萼征用的"旧叙"，杨荣白自己写的文字只有十三行字。杨氏说：白乃访诸耆旧，搜罗散文篇，宁取其简，不取其繁，勉成一书，历两月而事始竣，白才同袜线，借邑绅之力以成，厥帙匪敢以纂述之任也，且愧令此残邑无补惊鸿，但睹山川而感闻先型而慕览，庭暑庠宫与桥梁间巷古渡险隘，而忧考版籍正赋，而悲其修志之工，拙听之良太史之裁定，又非白之所能预也。敬为引。

这是杨氏在康熙十二年（1673年）编撰县志的一番真切的感慨，从中可以看出修志之不易，当然也为后来章氏修县志提供了参照。章氏之所以在新县志（1697年）悉数征用，一是尊重修志的前人，二是显示自己编撰的这部县志在资料和质量上超过了1673年版《上犹县志》。除征用了杨文，章氏并没有提到康熙十二年（1673年）县志。我们能感觉章氏的这种文化自信。

第五篇是知县章振萼撰写的"凡例"，透露诸多地方人文信息。第一句话就点明"犹志自明嘉靖以来无续刻本……奉文纂修亦示镂板，抄本残缺……残篇断简遗误犹多，后有博雅君子尚为我订正之"。接着他具体说，"抄本讹缺已甚，邑孝廉蔡君清伯家藏本伪字颇少，广文胡君上卿从郡乘中手录犹事二册，记载较详。明经尹君克睿示以嘉靖刻志三十余页，虽半饱蠹鱼而借以补残订讹者甚多，犹志不至无稽考者，三君（蔡、胡、尹君——笔者）之力也。"

"凡例"说，唯"赋役编"前志甚略，今特考全书备叙明晰。也就是说，"赋役编"成了本县志的重要内容，也是本县志的一个特点。

由此我们更加明确，1697年版《上犹县志》在资料匮乏的情势下，章知县利用了仅有的县志藏本，借鉴了别的地方志对上犹的记载，请当地儒生参与了订正工作。因而所编的县志得到了上级（赣南道副使吴国社）"不愧史才"的充分肯定。

"凡例"说："上犹僻处万山，在西江为下，邑人士多节（操），概人物一志不敢略也。""志分十卷，镌刻之费捐岁俸……邑人吴延陵、方恪鼎、方元熙、蔡文龙、吴行澡、刘祥槐、刘祥桂、钟高贤、方德华协力饮助始克告成，于例得附载云。"

章氏这句话的意思，既指上犹人士有节操，有名者，在"人物志"上不能省略，也指那些支持编撰县志的文化人。

这些鼎力相助的上犹人士，都是本县文化志士，有根基、有文化渊源的姓氏大户和儒生。据此我们可以大致划分明清年间的上犹文化版图：一是双溪大石门吴氏，一是社溪（蓝田）严湖方氏，一是营前（蔡家城）蔡氏、胡氏，一是县城刘氏、钟氏和蔡氏。他们为上犹文化的确立和发展所做的工作是开创性、关键性的。这些姓氏是较早进入上犹的，应该属于前期的上犹客家，他们都高扬中原文化的旗帜，为上犹这个"文化古邑"注入了血液和灵魂，推动上犹进入全国文化版图。

这也表明，一个地方经济和社会发展到一定程度，文化建设的使命也会应运而生，而地方的文化精英恰逢其时以各种方式承担起文化传承的历史使命。这是中华文化的伟大力量所在。

这些年我接触像上犹方氏、蔡氏和阳氏的族谱，认定他们是较早进入上犹的文化望族，但对他们近代以降没能进入上犹文化主流而心存疑惑。从1697年版《上犹县志》我这一感触更强烈了。我从经济上进行分析，上犹没有出现像营前那样具有吞吐量、发散性、竞争性的大墟场。其实，从这些旺姓望族迁到上犹山乡的迁徙史，他们几乎是因开罪了朝廷大官而"避祸"举族举家迁移，迁到江西吉洲（吉安）再往南迁到赣南的上犹。因而，"归隐"是他们的处世之道和家族精神，终于出了个大隐阳孝本，也就更加固化了这种内敛退让的心志，客观上也就消磨了人生锐气，在时代的激流中难看见他们（后代）弄潮的身影。

然而，从地方自治来说，这些有正统文化根基的姓氏在地方起到了扶正祛邪的轴心作用。这些姓氏兴旺发达数百年不再全族外迁（却有支脉后裔外迁），成了稳定地方农耕文明的支撑性力量，外地到上犹做县令的人对上犹所谓"邑人多节"、"自唐而宋文绩武制彬彬蔚蔚甲于他邦志"的印象，显然得自于与这些地方望族士人的交往（比如前面提到地方望姓积极出力出资修县志）。因而地方望族士人的文化精神化作了一个地方的文化性格和心理。这样的作用是潜移默化的，熔炼了上犹人的精气神。

倒是那些后来的从闽粤回迁的新客家，他们的血性和锐气更新了客家风貌，加入了时代主流。澳大利亚作家莫理循在《1894，中国纪行》中这样概括广东人："广义上是指广东省的各种土著……他们像苏格兰人一样富于进取，能很快适应各种环境，忍耐，精明，然后发迹；在中国最偏远的地方也能遇见他们，他们靠脚神奇地走遍四方。在所有中国人中，他们具有最机智灵敏的名声。"聚集在上犹营前的新客家人就是如此，上犹因此又以积极的姿态进入了时代的主流，续写了上犹新的一页。

不管怎样，我们应该向上面这些草创上犹文化史志的先贤致敬。

上犹"历史底稿"的明细呈现——山水篇

1697年版《上犹县志》分为"地舆志"、"天文志"、"建置志"、"仓入志"、"礼乐志"、"秩官志"、"选举志"、"名宦志"、"人物志"、"艺文志"十卷。所谓犹邑自唐而宋文绩武制"甲于他邦志"，要从这些卷中的内容得以坐实。这方面，县志的编纂者说话掷地有声，充满自信。

在"地舆志"卷，我们看到赣南的大庾（余）在隋高祖开皇年间（581年）属于今广东的始兴郡，还有"南康郡改置虔州，十六年（596年）始兴郡废大庾改属虔州"。（当时上犹在大庾和南康郡的版图中默默无闻。这点可理解唐卢光稠为何不以大庾而是以上犹为据点，当然行水路靠近并汇入赣州也是个考虑。——笔者）

南宋宁宗嘉定四年（1208年）"改上犹为甫安县"。

元世祖十六年（1264年）"改上犹为永清县"，加注：以上犹数起义兵斥曰文有反字故改之（大概指犹字是反犬旁，或猷字中的犬寓反叛之义。——笔者），十七年（1265年）复旧名仍属南安路。元顺帝至正十八年（1360年）据南安，二十年（1364年）龙泉彭时中伪号东周据上犹，"二十一年（1365年）正月上犹李得人自据其邑"。（大概这李得人系草寇，加上主政上犹时间短暂，没什么大建树，于是很快消失于"上犹历史"，而唐朝的卢光稠、谭全播其人其事就被记载而留传下来。——笔者）

明太祖洪武元年（1368年）设南安府大庾南康上犹属之。武宗正德十二年（1517年）属大庾南康上犹三县（割）地立崇义县，加注：文成公平畲贼于上犹崇义里横水地方设立县治，因里各县割三县地成之。上犹割厢湖、上保、崇义三里。皇清（清朝皇帝）定鼎因之。

"地舆志·山川"清楚地写道（笔者选择有代表性的景点）：

犹石嶂在治北二十里，远望如犹蹲，近视如石牌，又名大猷山，县之得名，以此后有月岩，窍圆如月，径数丈，表里不隔相对，皆见日月。一统志云：此山耸拔，众山拱揖，中有池深不可测。旱辄祷焉。通志云：池旧有龙池。旧志云：山有梅福仙岩，相传昔三女仙飞身而来，穴居于此，屡着灵异，唐时敕封，明万历初，邑人因岩建寺远近未祷祈嗣者皆应。岩中泉水甘洁，四时不涸，人或携瓶以归，沏茗客更佳，拭目目倍明云。

飞凤山在治北一里。通志云高一百余丈延亘三里，轩与如飞凤，下有万年观巢道人居焉。一统志云，飞凤腾龙轩之主山此其一也。

腾龙岭（今御景山庄）在治北，旧学宫后，原名龙归岭。知府张东海弼更今名，又以宋时江西制置使李纲过此山，故建李相公亭。

（可见在古代，县城风水，飞凤山与腾龙岭是连在一起的。——笔者）

小梅岭，通志云上有天池乃其药白，积水四不竭，相传侍郎郭孝友未第，时授徒，山前有诗。

琴龙山在治西三十里，地名琴江，下有龙潭，遇旱祷雨于此即应。

书山在治西北一百里（今营前），一统志云形如书柜故名。一名太傅山。有太傅书院。

孤独峰在治北五十里。

举岭在治西北八十里，其山与书山并。

卢王峒在治西一百二十里，山水雄激，唐末邑人卢光稠生其地，仕至节度使，□开国侯或云已封王爵，洞因是名里人至今称为卢王高峒。

犹水在县治南源出湖南桂阳，溪经□□治东半里，东流过南康界，入章江。□□云县□□□□一名犹川，县前水在县城南门外数十步。浊水在治西四十里源出湖南益浆东南，流合县前水注入章江。（应同是上犹江，可能当时分为二支流。——笔者）

九十九曲水在治东北四十里，源出上坪（在今寺下镇珍珠村一带。——笔者），水流逶迤，九十九曲，故名。苏子瞻（东坡）南迁过之有诗载艺文。（可见，苏东坡1094年到上犹时，河流众多，两条大河——上犹江和童子江贯穿全境，"九十九曲水"的叫法已存在。——笔者）

太傅营在县西北一百□□□□卢光稠□□扎营于此。（营前的太傅营，后来又有太傅书院，与节度使卢光稠有渊源关系。——笔者）

清光绪七年（1881年）《上犹县志》加了"齐云峰"。齐云峰在治西十五里，一统志云，势千云霄。宋谢允昌未第时常读书山下，其裔有谢钧、谢清臣皆于此读书，书室尚有故址。

上犹"历史底稿"的明细呈现——水火天文篇

明武宗正德十二年（1517年）大水。世宗嘉靖十六年（1537年）大水。

明世宗二十三年（1544年）虎灾，连年，群虎□扰，各乡伤及死者五六百人，甚至舟泊水牛……樵牧商旅坐以待毙。知县吴镐莅任，闻而恻然，乃设坛城西。村头北村广田之民三献虎于庭，患稍息。（前面提到1533年知县吴镐编修县

志，可见吴镐在上犹任职很长时间。——笔者）

明世宗二十四年（1545年）大水。人民多被溺死，大乱，虔州尤甚。邑人张器慨然捐谷赈救，且载往虔州散给被灾之家，全活甚众。

捐谷赈灾是上犹的一个传统。我在《世纪之交的上犹客家魂》（《昨天的地平线》中国文联出版社，2011）一文引用了国际客家学会《赣南庙会与民俗·上犹县营前的宗族社会与神明崇拜》的资料：明洪武年（1368年）间，（蔡氏）六世主太公富于赀，"捐米一千二百石赈济江南，奉赦旌表"。1545年邑人张器慷慨捐谷又是一例。

还记录了流寇攻城的情形。如明崇祯四年（1633年）十二月，流寇凌添□围城，大肆劫掠，南康上犹崇义三县城门俱闭，乡民皆入城，守次年正月贼才离开。十六年（1645年）七月大雨雹，大者如石桶，小者如梅李。是年十月岭北道徐人龙领兵讨湖广郴桂等外贼，擒斩多人，往返俱经上犹，又率投诚贼谢志良等屯上犹半月，去时城门决，居民穷于供应咸苦之。

地震和动乱。清朝顺治元年（1644年）冬十二月地震。是日卯时（上午5～7时——笔者），居人尚卧未起，忽震声如雷，床榻俱动且倾仄。贼蓦数百会，江水骤涨，贼乃驻备田，夜焚其所，掠衣物遁去。及夏五月，总兵曹志坚兵至驻县一百五十日，蹂躏□□□劫财物掳掠，妇女人民尽入山避之……十二月朔贼张和尚从桂东突至营前杀百余人。大兵进剿，乃匿山中□合粤贼，屡攻营前。二月初二夜袭破城屠而掠之，流劫各乡焚掠逼县治。……遣副将杨明遇进兵上犹。（此时"营前"的叫法已流行。——笔者）

上犹建城、营前建县府和王阳明公祠

上犹县城总的格局是，方山为城，曲水为池，有堂有院，有庙有祠，舟车辐辏，衢巷迁移还分七里宰以治之。

城池。上犹县治自唐迄宋俱无城，宋绍定元年（1228年）邑令胡泓始筑城，建四门。宋德祐元年（1275年）元兵至，令民兵死守。元恶之，遂圮而废。（好几任县令都筑城——笔者）清康熙三十一年（1682年）洪水冲城西南角，坏城三十余丈，邑人蔡熙隆刘良裕捐资修筑。三十四年（1695年）春夏之交，淫雨连绵，西城圮门楼俱倾，知县章振萼捐奉重修并建楼橹。

显然，县城成了县治所在地，有其地理和文化条件，而且有历史的延续性。不过我也不时听见营前与上犹（县城）争县治地的传说，最著名的故事就是"称土决胜"，即两地的土哪个最重就定在该地做县治。因称土时故意调包，最后定在上犹做县城。这个故事在营前流传最广，我们可以从营前客家人特重家乡观念做出解释，但是营前也基本具备做县治地的条件，有与上犹媲美的底气。然而，时局动乱屡遭兵燹让这个"建议"付之东流，这应该是最重要的原因。不过，后来"蔡家城"的出现，应该是"县城梦"的副产品。从动乱频仍这个事实，政府也意识到营前"易于藏奸"不便做县治之地。

营前城在县治西北一百里，其地即太傅营也，明正德二十三年（1517年），村头里生员蔡元、宝元、湘元（等）因地接郴桂山深林密易于藏奸建议提督军门行县，设此城池。（后来老受到广东湖南流寇的烧杀掳掠，蔡家城也被毁掉。上犹也几次毁城，但随之修建，在经济和文化力量上得到了本地望姓贤达的通力支持，而营前可以叫得响的只有蔡姓，不过蔡姓因富足也频遭掳掠烧杀。——笔者）

这里也交代了太傅营（山）的来历。太傅营建于太傅山。"山名太傅者，唐末本里石门（即双溪大石门——笔者）村人卢光稠节度本地，兼治韶州，韶人德之为立庙津头，宋初韶人以其功闻于朝，诏赠太傅，故名其山为太傅山，营为太傅营，其地名营前者亦以此今，书院又以山得名。"宋淳祐元年（1241年）南安知府官员见太傅山山水环聚，请于朝建院于此，此勅赐额曰太傅书院，设山长教授。元大德元年（1297年）重修，"蔡璧为山长，文艺大振"。蔡璧字起渭，邑乡贡进士，文行超卓，故奖训延之。就是说，蔡璧延任山长。清光绪七年（1881年）《上犹县志》更明确地说：太傅营在县治西北一百里（即营前）。唐时里人卢光稠建营于此，宋初赠太傅，故名。

蔡起渭在营前乃至上犹颇有名声，嘉靖《南安府志》卷十七《书院》就提到他："起渭亲构讲堂，崇饰圣像，训迪一方，子弟文风为之复振。延佑初，达鲁花赤杨伯颜察儿复营学田四百亩有奇，仍举起渭司教。是时书院将倾，而起渭又衷资购材大加修葺。"

从中我们可以明白，在明朝有把营前改成县治的动议，后来称"蔡家城"的其实是按县城的样子建的，一边向上建议，一边建城，因频遭流寇进犯，不能稳定，后来没成为县城，也就成了蔡家一姓之城，营前也没成为"县城"。也许当时蔡姓有这个雄心，但是基于一姓之力的构想反而达不到目标。蔡起渭是营前灵魂式人物，向上建议和建城，他应该是中坚人物，没建成县府，倒萌发建蔡家城的宏愿，更倾注他满腔热血，也成就了他一段佳话。他是蔡家城倡建人之一，蔡氏几代人接力才建成蔡家城。后来王阳明驻营前平乱，蔡氏予以了全力支持，王阳明赞赏蔡家城，为其题了匾额（碑刻）。

"艺文卷"收录《巡抚王守仁岭北道行署题壁》一诗：处处山田尽入畲，可怜黎众半无家。与师只为民瘝甚，涉险宁辞鸟道斜。

王文成（阳明）公祠。"明正德间輋（畲）贼据南安上犹，贼首谢志珊据横水，自号征南王，与桶岗贼首蓝天凤、广东贼首池大□等互相声援……荼毒列郡者数十年，官兵讨之不克……提督军务都御史王公守仁督兵堵剿，两月杀贼数万，毁其巢穴，斩其魁楚，粤间数十年巨寇一旦悉平，士民感之。为勒其像地石立祠□祀焉。"

明朝邑人胡术和赵志标都与王阳明平乱有关。正德王文成征畲贼，胡术辟智。贼平，授寇带。（闹情绪——笔者）而不得授职，胡述归家门课子，以书史自娱。赵志标年十九，时畲贼横甚，王文成公知其才勇，檄起幕下为乾字营长，贼平，以功荐于朝。因不报宸濠之变，也与胡述一样不得授职。这也表明王阳明对上犹士人和民情相当了解，赵志标和胡述因触犯了朝廷红线而未被朝廷授职，只是得到朝廷一般性的表扬。

知县章振萼《重建明伦堂记》一文仍提到王阳明："犹隶南塾为下邑，王文成公平畲贼，道犹邑白水潭间皆其经理所及，文成昌明圣学功业文章，战前轹后非诸生所问乎？"清朝康熙年间的1697年离明正德十二年（1517年）已180年。

王阳明在上犹留下深深的足迹，他的文治武功为上犹所铭记。

县城有父子兄弟进士坊，为钟作霖、钟祐、钟禔所建。（可见明清时县城"钟半城张一角蔡屋人蹲墙脚"所彰显的阵势，是以文化为支撑的。）"人物志"有专门介绍：（南宋）绍兴元年（1131年）进士，仕至通直郎。以□自持有学业，从游者几百人，少子祐隆兴元年（1163年）进士，长子禔淳熙元年（1174年）进士。弟弟比哥哥先入进士。有兄弟进士坊，为谢尊、谢范所建。

这时西城外街（即后来的中山路）成形，"往营前桂东崇义大路"。20世纪40年代民国的赣南行署专员蒋经国的日记，就写了从此路赴崇义。

全县分□塘隘、山门隘、上下稍麻阳隘、石隆隘、南北隘、淡平隘、大雷隘、匹袍隘、卢王隘、洞头隘、平富隘。

济川桥即县城浮桥（现已消失）。"在县南渡，元至大元年（1308年）县尹刘仕雄具舟二十只为长桥。"这应该是上犹浮桥最初的雏形。

廖公祠。"在城内东南隅，唐时显圣御寇，护国佑民。廖公由宋而元而明，历代崇祀。清朝顺治元年（1644年），（一天，驻兵准备移营）忽见红旗在岭上，有巨人数十乘马，对如阵势，乃不敢西，遂退避东路，主犹口桥，遇邑令汪晔率民兵出城击贼，遇之杀贼数百，城内又呼祝廖公，速放大炮，贼遂遁。邑人有从贼营逃归者语，人以陡见江□及巨人乘马惧而遁，始知廖公显圣救民，如唐时之退红巾也。康熙甲寅八月初十日，粤贼围城，廖公先期降神云宜坚守十四日，午时救兵至矣，后果然。"（"廖公菩萨"的传说在上犹经久不衰。——笔者）

忠义祠。为抗元英雄李梓发等而建。

宝乘寺。在治东半里资寿山下，杨行密据吴时建勅赐寺额，原在犹水上后迁资寿山圯，元朝延祐元年（1314年）重建，明永乐元年（1403年）修，嘉靖元年（1522年）又修。僧舍有句云："倦游正惬山僧话，转觉功名意思慵。寺有画龙，每阴雨日，云雾蒙蒙，鳞甲飞动，寺僧恶之，割其耳目，龙乃不神。（元）邑令赵明于寺设粥济饥者……来食者以千计，夜闻灶间车声若有神驱鬼。"

东山寺。在治东一里，其山突兀，临水环抱城郭，登山东而望览尽一邑之胜。明嘉靖元年（1522年）建。（外地的文人学仕在东山寺多有题诗，1697年版《上犹县志》多有收录，其中"舟泊东山下，枫林叶正红"句，既显示作者到上犹的寒冬时间，又显示东山下犹水舟楫如林的盛况，还记录了当年东山有片枫林的景色。——笔者）

广教寺。在乌头村，旧名天麓寺，唐天祐元年（904年）建，宋靖康二年（1127年）中丞相李纲为江西制置使路过题过诗，明成化元年（1465年）重修，名获教寺，嘉靖元年（1522年）改广教寺。清光绪七年（1881年）县志记载得更详细一些：蜈蚣峡，山峻峭水深黑，前有夹洲，（南）宋建炎元年（1127年）丞相李纲过此，赋诗于洲，有"散为天下食于峡""食尽天下毒"之句。

晏子墓和上犹寺庙、上犹书院、上犹风俗及景观

晏大夫墓。"相传齐（国）晏婴墓。旧志云在村头里太傅山，墓口如堆阜，樵牧不敢近。国朝（清）康熙三十四年（1695年）郡宪靳捐俸修墓，立石表之。"

清光绪七年（1881年）《上犹县志》则是这样表述："大夫齐晏婴（晏子），相传使楚过此，墓在（营前）村头里太傅山。清康熙三十四年（1695年）知府靳襄捐俸重修，立石表之。"

1697年版《上犹县志》之"艺文卷"收录了知县章振萼《晏大夫墓》诗："曾向青齐采邑过，乍传陵墓隐山阿。使臣旧节经鄢郢，上客遗碑长薜萝。霸业当年景庙胜，父情千古大夫多。偕君此日为廉吏，秃笔狐裘寒苦何。何期近郭一荒茔，忽闻□□怀古□。"

可见"晏子墓"之说在上犹流传古远，清朝历代县邑官员都虔诚地相信，而且以各种方式纪念。也可见晏子在春秋战国时代享有盛名，在中国文化史上有一席之地。我辈读初中时语文课本就有《晏子使楚》，记住了晏子的气节和智慧。晏子非帝王，乃来往于帝王之间进行说合的声名远播的谋士，可见上犹心仪这样的贤士。营前（上犹）与湖南（湘楚）交界，当年晏子游历从楚而进入营前，是有可能。按1881年版《上犹县志》表述，则是经水路到上犹到营前而赴楚，也有这种可能。如是，晏子死在营前，就没有赴楚的故事了。当然晏子以前是到过楚国的，才有《晏子使楚》这篇文章。

古代进入上犹的名人有一些，为什么独记晏子？大概是晏子能言善辩、宠辱不惊的志节均为各方接受，成了一个文化象征，而且死于营前（上犹）。但1992年版《上犹县志》对此省略，也可反证"传统文化遭摈弃"这一历史状况，"晏子"从课本和"传说"中消失，折射晏子作为文化人地位的下降。

谢尚书墓。"邑人谢肇也，墓在北胜保北域犹存，旧志作谢平蛮墓。"

黄廷玉墓。在龙下里大稳都神坪。

这节涉及寺、祠、坊、墓，跟上节同属县志里的建制志。那时不像现在有这么多的机关和单位，何况寺祠坊墓属于民间出资建造的，也得到清朝体制的接纳。这里我们可以看到，上犹人口虽只有数千或数万〔如明万历三十年（1603年）全县682户，人口5156人，20世纪40年代全县号称10万人。县长王继春办公室的对联有一句：率十万人民效死效劳，争取抗战胜利〕，"社会"的发育水平不低，因而，寺、祠、坊、墓恰好成了观察社会形态的很不错的角度。

联系后面有关上犹历史和名人的内容，寥寥数笔的谢尚书墓等，也是指向富有文化内涵的"通道"，可以借此打捞并勾勒出有价值的文化景象（下面会展开）。

寺、祠、坊、墓既是建制的硬环境，也是文化软环境，是上犹文化底蕴的组成部分。我们不能怪古人这么愚昧无知，但确是我们先民在生产力低下、天灾人祸频繁的情境下，虔诚的天地神敬畏心理、精神寄托、渴盼平安乐业——当时文化建设的一种体现，都不是官方行为，而是民间的自觉行动。每一所寺庙的后面都有一个高尚动人的节操和行善故事，后人就把它物化成寺庙，以化育民众。

这部县志记录了廖公祠、王文成公祠、三公祠、三贤祠、西洲祠、怀教祠、阮公祠、节爱祠、琴龙庙。"寺观"收录了宝乘寺、东山寺、广教寺、日照寺、极乐寺（在县东北角落即安和小逻村，唐时建）、归隐寺、妙乐寺、智林寺、灵岩寺。

卢公庵和卢公塔。县东五里，县府同知卢洪所建。卢洪"善堪舆，见犹邑科目寥寥，由水口文峰低小，乃建七层浮屠于巽山之巅，自是人文顿盛，邑人呼曰卢公塔"。清光绪七年（1881年）的记载多了"明万历间本府同知卢洪夏署县事"一行字。

南山塔。在县南明永乐（1403年）邑令吴谦建。

营前的龙塔是"明天启（1621年）邑令龙文光倡建"。

风俗。"上犹士民多务本力田，士果而朴，民直而刚。境接溪峒，民风节俭，勤于生业，抑贫尊富，贵男贱女，多农少商，有竹木之产，乡市皆得其利。俗尚信巫好鬼，疾病多祈祷者。"众多寺庙就体现了这一风俗。

祭孔。每岁春秋仲月上丁日致祭至圣先师孔子。先期具祭品，同各官及执事生员散斋，至斋期具朝服，知县为正献官，教谕训导为分献官，余皆陪祭行礼，奏乐，如仪。（祭孔属于官方仪式，不是坊间百姓随便祭祀的。——笔者）

鞭春。每岁遇将立春之时，先期塑造土牛芒神，至立春前一日，知县同所属官吏师生人等，朝服，用鼓乐至城东门外宝乘寺，迎入县仪门外安置。次日，质明知县为班首，各具朝服行祭礼，鞭击宴飨，如仪。

"犹川八景"的叫法出于明朝上犹县令吴镐，记载于明朝上犹县志，被1697年版《上犹县志》收录。一地方以八景或十景描述，是全国通行的现象（鲁迅就写文分析过这一现象）。犹川八景为：东山晓钟、南溪晚渡、西岭樵歌、北河渔唱、梅仙丹灶、李相名亭、天马旱丽和奎石环奇。

吴镐分别题诗，比如"北河渔唱"：河水悠悠向北流，长年小艇自春秋。

桃花赤鲤每入罯，夜月银烛易上钩。沽酒醉眠芦味石，讴歌惊起岸边鸥。莞然独笑有渔隐，吹笛一声烟雨收。（如今早已改河道，成了上下西村的稻田水塘，近二十年又成了密集的现代民房。）

又比如"李相名亭"：好山盘曲似龙腾，丞相当年此一登。忧国寸心遗后乐，筑亭千古树芳声。址存有石鹤频下，松老如琴风自鸣。东海□□□后，我来吟耽不胜情。

大概李纲是到上犹最大的官，另有好几首诗也是吟他的。清光绪七年（1881年）《上犹县志》载，（南）宋建炎元年（1127年）丞相李纲过蜈蚣峡，赋诗于洲（前面说过）。清代以降在上犹有不少诗是吟李相的，还立有李相亭，他应该是丞相，只来过上犹一次。

而1992年版《上犹县志》则载：宋绍兴五年（1135年）李纲任江西安抚使兼洪州行部来上犹，经广教寺，过蜈蚣岭，游米洲，过广教寺时吟诗有"回头渐觉长安近，有志终令瀚海清"之句。过蜈蚣岭并题诗是事实，但职务相差太大，时间上相差8年。1697年版《上犹县志》则记"（李纲）为江西制置使路过"，我的理解是，李纲为江西制置使由江西安抚使和上犹官员陪同路过（蜈蚣峡）。

上犹书院。［这一节内容是笔者取自夏汉宁、刘双琴、黎清主编的《宋代江西文学家地图》（江西美术出版社，2014）］江西在两宋（北宋、南宋）时期学校、书院林立。江西是宋代兴学最早、学校数量最多的地区，江西各地有各类书院278所，上犹有4所书院（东山书院、明道书院、太傅书院和钟鼎书院），名列全省第26，在赣南名列第二（第一名是赣县）。

一文一武，两个上犹第一家庭

所谓名人，尤其本地名人，是时代与本地的联结者，他们的创造为上犹增添光彩，也让上犹及上犹文化走向更广阔的文化地平线，提升了上犹文化的层次，推动上犹文化精英的产生，当然也优化了全县的文化环境。在今天，作为资料，不期然又为文化兴县、旅游兴县提供了有价值有说服力的支持。

我注意到县志这么一种情况，就是不同朝代，甚至同一朝代几个版本的县志都有对某历史人物的记载，当然表明编者尊重历史——历史的连贯性，认可这历史人物确有入志的价值和必要，还有就是这历史人物的后人有作为的跟进，其后人获取了文化功名，但不忘记述先祖的功德，这样的记述得到了县志编撰者的青睐（所谓"世家"或"名人之后"）。这是古代上犹县志的一种文化现象，从历史人物后裔以突出其祖先功德的历史记述，我们也看出某种连续性的历史行进线索，从而看到上犹历史的走向。因为在古代，民间口述被忽略，就是文人的有限记载（那时文化人少，纸张笔墨珍贵）也难以保存，只有县志和某些姓氏族谱才能支撑起一个地方的文化天空，留下历史文化行进的痕迹。

于是，从此角度，我选择了一文（黄廷玉）一武（谢肇）作为上犹置县前后的上犹第一家庭。事实上，根据1697年版《上犹县志》所披露的相关文化信息及价值，黄廷玉、谢肇皆堪称上犹第一家庭。

黄廷玉

我以设置上犹场（县）为标志，把黄廷玉看作上犹第一家庭。

上犹在唐天祐二年（905年）议建上犹场，南唐间（937—958）改上犹场为上犹县。黄廷玉对建上犹场有着开创性的贡献，1697年版《上犹县志》有较详细的记载，也就是黄氏后人黄文杰在《重修□□记》一文的回忆："犹东南界南康，北界龙泉，民以山深而俗淳，亦以山深而藏匿。邑人卢光稠知虔州，黄廷玉以乡科□使院建上犹场，光稠使判官李□□南康西南地置上犹场，□吴知道黄廷玉勾当，场事创场治于今。北粤畬贼蜂起，廷玉能保障之事功大振，□□□□□□□后□诏三十二首，升元庚子累官银青光禄大夫，同予祭酒，犹人志其功于石者，诚欲以激励后人之善于保障也。南唐保泰壬子（952年）始升场为县，居犹水之上，故曰上犹。自创场迄今三百四十五年。"

数百年，唐、宋、元上犹无志。黄文杰为元朝人，做过虔州南安府教谕。黄文杰以祖先为荣，奋发有为，尝试编撰上犹县志，不管成功与否，同样是一次开创性的文化创造。1992年版《上犹县志》载：元大德年间（1297—1308）县人南安府教谕黄文杰第一次编纂《上犹县志》，未成书。1697年版《上犹县志》在"人物志"之黄文杰条标明了是黄廷玉后人。直到清朝黄氏后裔都有功名而入了县志。可惜，后来的县志没有记载黄文杰就是黄廷玉的后人。

邑（本县）人黄文杰是编撰上犹县志——记载上犹文化的第一人。正因为黄氏是本县的文化人，且祖上（黄廷玉）享有文名，他也就更有文化责任感，他的记载较真实、鲜活而且富有情感。可以说，黄文杰把县志当作家谱对待，所以我又把黄家看作记载上犹历史的第一家庭。正是这种血脉相传，文化责任相传，保留了上犹珍贵的历史记忆。同一家庭家族数代人文化接力，这也是中国特有的文化现象。

1697年版《上犹县志》之"艺文卷"收录了《黄文杰重修□□记》一文，梳理了上犹历史。我认为这是本县人写的很有价值的一篇"上犹历史回溯"。《黄文杰重修□□记》被主编章振萼编在"艺文卷"之"文卷"第一的位置，古人认为文史，文即史，可见章氏尊重黄文杰的文史观。

黄文披露了"上犹"县名的来历。一般上犹人已经知道，上犹因北面有个大犹山而得名，黄文说得更为确切：有大犹山就有犹水，犹水之上，故曰上犹。上字有上进上升之意，比别的字简洁有力。显然与黄文杰的先祖黄廷玉建上犹场的提议相对应。

《黄文杰重修□□记》写道（上文已提及，我接着引用）：……□寇侵各地者五十有三，而犯邑者十有五。绍兴壬申……匹袍陈葵反，本路孙通判咎犹字有反义，□□□安县□定，壬辰邑令胡泓徙县筑城。后李申巽知县事，丙子腊月元帅塔出攻犹，围城七十二日，勿克退（仍未拿下县城——笔者），□□卯二月贾恭政至，谕以城降，李申巽典居民李梓发□□誓曰：犹未城时，遇有变，民可散而去，今城矣正为吾□固守计耳。前人筑城后人降城，义乎？遂弗许。至十五日，城陷赓焉，厩舍仓库及居民室庐，玉石俱焚矣，万有余人同日而死。邑令李中巽暨路帅张伯予皆遇害。晴天雷震一声，为星殒也。邑由是改名。黄桂□创邑治，予劫灰之余招抚遗民，仅存七十有二，至元□□再属南安，复名上犹。

黄文杰又披露了因抗元而遭屠城的悲壮史实。由于元兵屠城（1279年）不久，黄文杰满腔义愤也记录得比较详细。这些内容也是"人物卷·李梓发"的补充，李梓发的义举更为感人。元朝人记元朝事，更有现实感，这也说明李梓发抗元对上犹的巨大影响，民族主义情感深入人心，使富有正义感的汉族知识分子秉笔直书，当然只有在宋朝才有可能载入县志。（元代160年没修县志。——笔者）

1992年版《上犹县志的》"大事记"有类似记载：祥兴二年（1279年）二月，元参政贾居贞统兵数万攻上犹城，时文天祥在崖山被执，宋亡。贾遣人劝降，县令李申巽及李梓发不降，坚守如故。后城陷，元兵屠城，屠城后招抚遗民，仅剩72人。

当然这是20世纪90年代县志编撰人的记述，注重了事实，而忽略了守城者李梓发的神态。要知道，1697年版《上犹县志》设置了"人物卷·李梓发"条目，是把李梓发当作上犹人物看待的，而1992年县志的"人物编"也有"李梓发"条目，如能根据历代县志的记述再充实一些，则李梓发惊天地泣鬼神的形象更丰满感人。

《黄文杰重修□□记》还记录了"屠城"和上犹复名后，乡民吴氏钟氏李氏筹措兵饷，筹建书院，"能为邑计久远哉，大德壬寅（1298年）邑令魏义爬梳剔抉重建公署以新莅治之所，簿尉刘□训辈抚安赤水新民，后起太傅书院为化顽之计。"当地士绅既把书院当作"化顽"之举，拿今天的话就是重视精神文明的载体建设；也把书院当作抗元烈士的祭奠之所，"抗元"自然成了书院的教材。

于是官民重建太傅书院。（县志主编章振萼加了小注："按此记载□□项详悉，但与旧志稍有异同，存之以备众考。"）

这就是说，当时上犹已意识到以文化育人心迫在眉睫。

1697年版《上犹县志》第九卷"人物志·文学"罗列有宋之阳孝本、钟作霖，元之黄文杰、曾和应、清之蔡希舜、蔡祥源、刘大奇等寥寥数位。"黄文杰"条目标明"（黄廷）玉之裔也，有家学……大德元年（1297年）荐擢安远教授，寻辞归故里建祠……著有《大学中庸双说》"。可见当时建祠是件立功立德立言之大事，士子宁辞官也要归故里建祠。这固然说明从宋到清上犹称得上文学人物的实在不多，也表达了章氏对这些文人的尊敬。

文化精神借家族家庭世世代代衍传正是古代中国的一个文化特色。

谢肇

其实，在建上犹场之前，这块土地属南康郡，是上犹县的前身，可称为"前上犹"，在"前上犹"，它出现过第一家庭，以武彰显，就是名人谢肇。

1697年版《上犹县志》"选举志"排在最先的是唐僖宗七年（879年）的谢肇。谢肇在"人物志"也居首。"人物志"又分"才略""孝义""政事""文学""智寿"等数个类别，他在"才略"第一位。"谢肇，振德里人（今县城一带），堪任将帅，长于政事，兼有谋略。以父辟戎幕，随之征□功第一。除韶州刺史有惠政，韶人竖碑颂之。会寇起汀，建督兵剿之，一举而平迁。……任至经略处置节度使官至检校户部尚书赠太傅。"说是武功，其实跟文分不开，就如谢肇，堪任将帅，同样长于政事，施惠政有政声，得到百姓拥戴，这种文化形象方能被县志记载。

许多人知道上犹营前的太傅书院尊卢光稠，而不知道太傅书院也尊谢肇。谢肇应该是上犹历史上最大的功劳卓著的朝廷命官，当然也是上犹第一名人。1697年版《上犹县志》还记录了"谢尚书墓"："邑人谢肇也，墓在北胜保北域犹存，旧志作谢平蛮墓。"可见谢肇事功在武，武功赫赫，被韶州人竖碑记颂。

1697年版《上犹县志》"人物卷"所列谢旭："尚书肇之裔也，南唐泰中以武勇智谋显著战功，授予千牛将军右军兵马使。"谢泌，宋淳祐年间（1241年）以荐授肇庆司理决狱明慎，民谓不冤。谢茂希，以武艺著官至银青光禄大夫，检校左散骑侍兵部侍郎。

上犹谢氏族谱说谢肇"阅文字之深，备威武之才"。血统相沿，武威相承，谢肇的后人多以武示人。

为节省笔墨，下文我会继续溯源，叙写上犹第一家庭黄玉后人的不俗贡献，叙写谢肇与开创虔州、在上犹建有根据地的卢光稠有过交集情形。

上犹名人与上犹历史——谢肇、黄玉

在第七卷"选举志"，我注意到几位上犹名人。这些年接触的地方志这些人物在我面前"晃动"。县志所载的名人，率先注重的是其人的官职，有的会有涉其人品质的文字，这是编者所在意的，也是读者（包括名人的后裔）学习的精神营养。从史学来说，也提供了鲜活的人物的细节。

"选举志"排在最先的是唐僖宗七年（879年）的谢肇。

唐天祐二年（905年）虔州的卢光稠与邑人黄玉（即黄廷玉）议建上犹场，但谢肇是上犹人是既定事实。

在上一章，我们得知营前太傅山之"太傅"来历的另一种说法。大概这两位先后都得到唐宋官方"太傅"（黄玉是"宋初赠太傅追谥"）的嘉勉，上犹民间也认可。结合前文，我们可以判断，谢肇与卢光稠起事当有某种联系。

1992年版《上犹县志》"人物编"没有忽略谢肇，还引用了"上犹谢氏谱"上"阅文字之深，备威武之才"的相关资料。这大概主编也是姓谢的上犹人，记述得也就比较细致。我认为这无可非议。

介绍了谢旭，接着是唐昭宗景福元年（892年）的黄玉（黄廷玉），他们两位都列卢光稠之前。

"黄廷玉，备田人，有才略，唐天祐元年（904年）署上犹场事时，盗贼蜂起，玉竭力守御，军声大振，表授太理评事工部员外郎，国子祭酒，凡二十四考著□□授银青光禄大夫，□赐紫金鱼袋，享年九十有七。"但在"选举志"介绍黄有文、黄有立是宋元祐元年（1086年）生人，注明"玉之子"。（称为黄玉之后裔较妥——笔者。）"人物志"元（朝）黄文杰"玉之裔也，有家学……大德（1297年）荐为安远教授，寻辞归建祠。"县志还录有黄志学、黄桂、黄桂发，都注明"廷玉之后"。黄桂发还入县志"人物志"，"元兵攻上犹入城，欲救父母，城屠，死之，从祀忠义祠"。

真是忠烈相传。1992年版《上犹县志》在"五代（907—960）上犹场主事黄廷玉"记载："后唐庄宗同光二年（924年）割南康西南地置上犹场时，与吴知道共理场事。时盗贼蜂起，天下大乱，玉竭力守御二十四年。"〔据2016《现代汉语词典》介绍：五代时期，除后梁、后唐、后晋、后汉、后周外，还先后存在过一些封建割据政权，其中有吴、前蜀、吴越、楚、闽、南汉、荆南（南平）、后蜀、南唐、北汉等国，历史上叫"十国"。〕真是鲁迅所云"城头变幻大王旗"，但以家族家庭传承为特点的中国文化精神没有断裂。

联系光绪七年（1882年）李临驯为县志作的"序"有"宋则有阳孝本黄玉之品行"之说，说黄玉属宋朝可能有误，但针对在宋朝仍有巨大影响，尊黄玉之品行，这样也说得过去。因而可以得出，黄玉在很长时间得到上犹主流文化的认可，连他的子孙后裔仍受到关注。这个上犹"第一家庭"在历代上犹县志里都留有足迹。

清光绪七年（1881年）《上犹县志》载：黄祭酒墓，黄廷玉墓也，在龙下里大稳都神坪。

于是我们看到，黄廷玉到底是唐朝（还间隔短暂的后唐或南唐）还是宋朝，有不同说法。但在两个朝代的县志都关注黄廷玉及其家庭后裔，这是上犹县志突出的文化现象。

我想，一是黄廷玉本人的品行和业绩足以在上犹历史上大书特书，且历代县志编撰者都重视这样的事实；二是县志编撰标准的连续性；三是黄家后代繁衍，代有传人，而且都有突出品行和业绩的人，已经形成了黄氏家风。黄氏尊祖，黄氏后人对黄廷玉口口相传，给人造成其人并不久远的印象。上犹文化底蕴家族化、家庭化、个人化，代代相传。到了李临驯时代（1882年）已是近代了，对黄氏家族的介绍有简化趋势，但黄廷玉的文化地位仍得到承认。笔者联系到现代，20世纪30年代黄衍裳、黄衍袁兄弟在赣州创办幼幼中学，20世纪40年代又转到上犹办学校，黄氏后人在新的年代的文化创造，跟黄廷玉的"文泽"滋润有关，当然其后人自觉继承的文化精神更是不可缺。

我还从若干族谱中发现黄廷玉"文泽"的现代传人，或叫现代传承。黄志繁主编、罗伟谟编著的《江西地方珍稀文献丛刊·上犹卷》（江西高校出版社，2018）之《钟氏三修族谱选》中黄衍袁撰《钟先生贤名暨德配黄夫人七旬晋一寿序》一文就有披露：

> 当闻二十世纪为商战时代，经济家掷巨款殚全力据要区而经营之，不过数稔遂成巨商。余乡云水虽僻在赣南之西偏，然为湘粤接壤，乡人以商起家者必居多数。钟君清九品衔贤名以陶计生涯，创垂家业，为商界铮铮……黄氏亦从中赞成称内助焉……三子慕阳天性尤聪慧，由高小考入赣南甲种农校毕业届满，旋里任上犹县平富区清查田亩分局长，秉性刚毅，与人排解纷尤，其所乐为。"

而在文末的署名透露了丰富的社会变迁信息，当然也是黄衍袁的处世立场与价值取向："署理新淦县知事 前清举贡会考一等 授法部七品小京官 江西省第一届省议会议员 任江西省立第四中学校长 黄衍袁 拜撰"。

同样"寿序"撰写人黄建的署名——"省立法政专门学校法律本科毕业江西省政府官吏考试取县长经国民政府考试院复核合格前署兴国县县长 受业黄建拜撰"——也是如此。

由清朝而民国——传统而现代，知识精英并不忌讳自己是前朝的知识精英，这就显现这么一种历史事实，现代化可以植根于民族的文化传统，即在本土文化传统上实现现代转型，而不必全盘推倒传统。

因而，县志的重要作用——对民间的影响力是巨大的，至少是那个时代的事实。应该说，在当代，"以祖为荣"的文化传统已相当稀薄了，比如一些很有文化价值的家里挂的古代匾额，被窃拿去变现，作案者中肯定有家族的"内鬼"，这在过去的年代是不可能发生的。那时候生活再穷,家里人也不会打变卖匾额的主意,主要是人们还保留先人业绩(文化)的敬畏之感,相信"抬头三尺有神明",因而,家族参与匾额的变卖,其实就是传统文化长期被羞辱摧毁的结果。

这也印证了我在第九章说的,县志盯住本县"世家"或"名人之后",表明名人后裔奋发有为,延续着先人的文化轨迹,文脉绵绵,一个地方的文化和历史就是这样递进的,这也是古代上犹县志的一种文化现象,也应该视为上犹的文化精神。之所以被载入县志,因为做县令的人多是外地人,对地方文化不那么了解,而是本地名人后代延续着先人的文化志业,成为地方的望姓望族,并积极向县令推荐。

上犹名人与犹、虔历史——谢肇与卢光稠的交集

第三位是卢光稠。他是上犹场(县)的开创人(905年),所以历代县志都有他的显著位置。他又是虔州(赣州)的创始人,因而在赣南有着重要的历史地位。由于卢光稠,上犹与虔州(赣州)的历史相互交织;又由于我们长期忽视的谢肇与卢光稠的交集,经由1697年版《上犹县志》,这段久远的历史又给人有趣的想象空间。

为叙述的简便,这里我借用了当代作家张少华《最后一寸江南·一时枭雄卢光稠》(百花洲文艺出版社,2016)的相关资料——

> 卢光稠,字茂熙,乳名十七郎,唐文宗开成五年(840年)七月十八日生于虔州虔化县上三乡怀德情音里韶坊(今赣州市宁都县洛口镇)麻田村(一说上犹县双溪人)。

1697年版《上犹县志》这样介绍卢光稠:"石溪人,状貌雄伟,有谋略。唐末兵乱,众推为虔州刺史,时南汉刘隐淮南杨行密各据地自王,光稠独请命于

唐，梁王承祠置百胜军，遂以光稠为防御使，又建设镇南军以为□后，仍州刺史，光稠命其子延昌居守而已。进攻韶州，大破刘隐，取韶连浈□潮五州，以弟光睦为浈□二州刺史，梁祖进光稠节度检校兵部尚书，爵开国侯，毙，赠少保子延昌嗣。宋初赠太傅追谥，忠惠相传，卢已封王爵云。"这里表明卢光稠听从于唐（中央），还介绍了光稠之子延昌，光稠之弟光睦。光稠是宋初追谥为太傅的，足见宋朝对光稠治虔的肯定，并不因卢氏忠于唐朝而打压之。"人物志"卷还介绍了卢光稠的后人："宋卢世亮，字亮工，光稠五世孙，事母以孝闻。"石溪就是今天上犹营前的石溪，俗称石阶峒，这一带相连，广义的营前包括双溪。跟后世上犹县志的相关介绍相比，1697年版《上犹县志》历史信息较翔实丰富。

欧阳修主持修撰的《新五代史》载："虔人卢光稠者，有众数万，据州自为留后，又取韶州。"

清光绪七年（1881年）《上犹县志》载：点兵台，在县治西北一百二十里卢阳峒。相传里人卢光稠点兵于此。

1992年版《上犹县志》这样介绍卢光稠（较1697年版《上犹县志》详细）：卢生于唐文宗开成五年（849年）。卢于唐僖宗光启元年（885年）占虔州，称刺史。天复元年（901年）取韶州（现在的赣州和韶关）。王潮攻占岭南，谭全播派卢弟光睦攻潮州，光睦败，光稠大惧，在全播用兵之下反败为胜，光稠奖励全播战功，全播悉将战功推给将士。唐昭宗天复二年（902年），杨行密据有江苏、安徽、江西及部分湖北之地，自称国号吴。唐哀帝四年（907年）四月，朱晃灭唐自立，国号梁，史称后梁。天祐六年（909年，梁开平三年），光稠请命于后梁，表示愿通道路输贡赋，后梁太祖朱晃认可，置百胜军于虔州，授光稠主防御使兼五岭开通使，辖虔、韶二州。开平四年（910年）光稠病逝，年70岁。

赴韶州解围的谭全播肯定与谢肇有联系，也更加印证了卢光稠在较长的时间段与谢肇联系。

可见卢光稠深得人心。

上犹一直把卢光稠视为本县人，1992年版《上犹县志》之"人物传略"开篇就介绍卢光稠和谭全播。"人物志"卷还介绍了卢光稠的后人："宋卢世亮，字亮工，光稠五世孙，事母以孝闻。"一是因为卢光稠在虔州正史的地位，这是科举出身的地方官员和地方读书人正视的；二是双溪乡长期成了卢光稠的军事要地，已在双溪留下深刻的记忆，至今双溪还留有他的练兵场和马厩。客观上，偏僻的上犹也就因卢光稠进入了历史的主流。卢光稠为什么选择双溪作军事基地？实地考察，一是有一条还算宽阔的、能通到赣州的童子江，二是双溪山高林密是天然屏障，三双溪（包括寺下）本地居民（如吴姓）是有着传统文化根基的望姓，农耕较发达，油米较丰，人较忠义。

这至少说明，即使卢光稠出生地不在上犹，但他的发迹和事业的根基在上犹，他把家也安在上犹。我还认为，卢光稠初期选择上犹（双溪）做攻可进退可守的据点，还与当时尚书谢肇（上犹人）有着亲密的人缘关系。唐僖宗七年（879年）时候的谢肇"韶州刺史有惠政"，亦有军功（"会寇起汀，建督兵剿之，一举而平迁"）。这时卢29岁，已起兵，在45岁（885年）那年占虔州。其时光稠还要迎战从北面扑来的黄巢。所以，卢赴岭南（潮州和韶州）与王潮拉锯式较量，主观上有事功的考虑，也有替谢肇解围的考虑，客观上为谢解困，敌破，当地人都把功劳归于谢——当然谢也全力剿寇。卢、谢两人相知相识，肯定多次交谈或通信息。从稳定虔州角度，韶州平定也免了卢的后顾之忧。

从地方贡献来说，这不正是上犹人对赣粤大时局的贡献？

接《一时枭雄卢光稠》线索。公元874年，王仙芝、黄巢相继率众起义。公元878年卢光稠38岁那年，黄巢军团首次把战火引向江西，赣州、吉安和上饶相继失陷，朝廷急调高骈任镇海节度使，又任命他为诸道兵马都统，组织力量追剿黄巢。黄巢越过仙霞岭直下福建。次年9月，黄巢在攻占福建后，继而挥师岭南。唐僖宗急令"塞岭北之路，以拒黄巢"。（踞韶州的谢肇忠实执行朝廷指示——笔者）岭北就是今天赣州市大余县的大庾岭。虔州与岭南仅一山之隔，黄巢军团兵犯岭南，虔州人自是惶恐不安。公元885年卢光稠起兵攻占赣州，此时黄巢已攻占岭南而迫近赣州，而卢光稠、谭全播的队伍驻在南康郡的上犹双溪，就起兵抵抗黄巢。唐僖宗中和四年，公元884年，黄巢在山东泰安的虎狼谷自杀，唐社稷初复，唐僖宗返回长安。

如上文所述，此时谢肇"以父辟戎幕，随之征□功第一。除韶州刺史有惠政，韶人竖碑颂之。会寇起汀，建督兵剿之，一举而平迁"。镇守韶州的谢肇肯定与卢光稠在军事上相协调，谢肇提拔为尚书，也印证了卢光稠开创虔州之功。他们都对朝廷尽忠尽职。

且不说《一时枭雄卢光稠》一文少了一条了解卢光稠及这段隐秘历史的线索，就说卢光稠创立虔州的丰功伟绩里，上犹（谢肇）的因素确实应该得到正视，这方面给人以丰富的想象。

上犹名人与上犹历史——谭全播、钟特立、李梓发

第四位是谭全播。1697年版《上犹县志》载："唐末之乱，军中谋立帅，全播曰：卢公状貌堂堂，真吾主矣。卢之立全播力也，领兵破刘隐取岭南郡，功最大，以让诸将，光稠贤之。稠卒，全播复，其子延昌事之，延昌为部将黎求所篡，众欲立全，□□疾不从，求暴卒，其将李彦图自立，播遂杜门称疾笃，彦问死，州人扣门，请之，乃请命于梁祖拜防御使，为州刺史检校后部侍郎。"这段文字显示谭全播忠诚谦让品质，但未点明谭全播是哪里人。

据《一时枭雄卢光稠》，卢光稠受朝廷之命抵抗黄巢。在黄巢兵团攻占岭南六年之后，卢光稠于885年起兵攻占赣州。由北京大文学家欧阳修主持修撰的《新五代史》，只把卢光稠与谭全播并列修入《杂传》，所记过于简略。据《新五代史》，谭全播与卢光稠交集，卢光稠尚未为盗，尚无功名。卢光稠起兵是有顾虑的，他不愿为盗，即不愿拉起一支部队，但卢的家族背景比谭优，而谭当时已经拥有一支部队了，想拉卢入伙。《新五代史》说"卢光稠、谭全播，皆南康人也"，也说得过去，因为上犹当时就属于南康郡。《新五代史》说（大意）：大家都推举谭为主帅，但谭却力主卢为帅，谭还讲出"大家难道想一辈子做强盗

吗"的道理。谭自知声望并不足以得到虔州士民的拥戴。

上面两文观点一致，符合史实。谭固然忠诚谦让，其实他知道自己的"短板"，在格局上他不如卢，联系上文，他没有像卢与韶州（谢肇）的人脉关系，进而言之，他在上犹（虔州）的根基比不上卢。据《一时枭雄卢光稠》考证："谭全播，今宁都石上镇斫柴山岗村人……在一个小地方做过一阵子税官，不被赏识，旋归虔州，刚好碰到黄巢兵团入赣，率众为盗，与卢光稠密合作。后来卢光稠卒，其两个儿子请谭全播主持，而谭仍不从。"上犹县志的记载还是比较靠谱。这也表明，从本身的出身练历，谭也比不上卢。

《新五代史》说："是时，王潮攻陷岭南，全播攻潮，取其虔、韶二州……"谭全播指挥，从王潮手上夺取了虔州、韶州。

谭全播的事业与上犹有很大的关系，1697年版《上犹县志》把谭全播列为上犹名人是对的，并不让卢光稠的光环盖了他，尊重事实，具有文化眼光。

宋朝的谢泌和谢茂希及上面提到的谢旭，亦谢肇后裔也。谢泌淳祐间以荐授肇庆司理决狱明慎，民谓不冤。谢茂希以武艺著官至银青光禄大夫，检校左散骑侍兵部侍郎。

钟特立状貌魁梧身长九尺五寸，宝祐（1253年）流寇犯邑，特立率宗党侠从数十人击之。寇视特立貌已惊诧。俄而设伏四起遂大破贼，俘虏甚众。

李梓发。"德祐元年（1275年）以世族举为南安三□□□……元丞相塔出及吕师统兵围上犹城，明年朝廷改景炎元年（1276年），二月围尚不解，梓发从邑令李中巽及邑中诸义士唐仁刘渊子辈坚守不懈。塔出亲率兵攻门，城上裸而操弓弩锐炮齐发，元兵死者数千人，炮几中，塔出元兵曰：此城甚小，人心固结，乃尔遂从寨木南而退。当是时围城，凡七十二日，不克解去人皆壮之，文丞□□督兵在兴国闻之悲且喜表，梓发为团导使督府□议□之，幕下少选申异请梓发往来，南□间为战守计逾二年为祥兴。己卯三月，元（1329年）政贾居贞复统兵数万至城下，梓发与邑令及诸义士誓众城□坚，士益愤，时文丞相（文天祥——笔者）兵败于岭外，行朝至□□□邑人黄桂□□之又闻元兵残忍，所过屠杀，欲自外入城，救父母云，为元兵所获，贾谓□绫曰，汝能卖榜入城招降，不但全尔父母，桂绫入城□，贾指且，传崖山之变，梓发大怒，谓妖言惑众，戮桂绫无何城厝，是月之十五日也，城既破，梓发犹率众巷战，知不敌，曰：吾方竭矣，然不可辱，于贼归家刺□□□□□□子，姓四十七人皆自焚，烟熠五色，元兵见之皆诧异，俄而□刘渊子等遂屠城，同刻死者一千一百一十六，家年入十以上及襁褓俱无还者。"（前面有元朝人黄文杰记录李梓发的文字可参考。——笔者）

真是浩然正气，惊天地泣鬼神。有具体人数和具体细节，这样的叙述也让我们能够领会编者的悲愤心情。也证明李梓发英勇抗原的故事在上犹1697年还是让人记忆犹新，邑人耳熟能详。

上犹名人与上犹历史——1094年阳孝本苏东坡相会

终于谈到与苏东坡有关的阳孝本了。

阳孝本归入"人物志·文学"，篇幅不小。"艺文卷"也有阳孝本的内容。20世纪20年代，阳孝本还被赣州学界定为赣南"十大乡贤"之一。可见阳孝本在赣南文化有一席之地。阳孝本以隐逸大儒入《宋史》，"一统志载入赣郡人物"方是他享大名的正途。至今，凭借旅游热助推，阳孝本更是上犹家喻户晓的"名人"，而且他成了赣州通天岩文化的有机构件。

清光绪七年（1881年）《上犹县志》载："莲花井，在县东北六十里阳宅祠左。相传宋大观丁亥（1107年）阳孝本先生应诏入朝，井发莲花二朵，故以此名井。"宋徽宗大观二年（1108年）阳氏十一世孙阳孝本应朝廷八行举官国子博士。又载："阳大夫墓，阳姓始迁上犹祖墓也。以孙忠宣公坤官赠大夫，墓在县东北五十里上童子小逻坑象形。清雍正元年（1723年）上犹、南康、赣县三邑阳姓重修。"（阳模是上犹南康赣县阳氏的共同祖先。）

可以看出，1697年版《上犹县志》对阳家是个巨大的激励，重新唤醒他们的祖宗意识，促成其重修祖墓。

笔者读过原版上犹安和阳氏族谱，阳氏先祖及迁徙确如上所说。从上面文字也可看出，阳孝本"为上犹人无疑"，两次入朝为官，最后他还是选择了归隐家乡。第一次是他29岁，时由宋朝右丞尚书蒲宗孟推荐为京都上庠馆师。不久他辞官归隐，在通天岩20年。他再次被推荐入朝，不久仍以守孝为名归隐。他大苏东坡3岁。如此年轻就消极退守，震动在朝群儒。苏东坡看在眼里记在心里，只有经受朝廷权斗累累伤痛，又遭流放，苏氏才走近阳孝本的精神世界，对阳产生高山仰止之情，终于在流放途中借道虔州拜访隐居的阳孝本。

　　其实，阳孝本是另一种文化形态的官员或知识精英。大凡进县志的官员，都是入世为官即在生活中积极作为的。阳孝本属于出世——以退隐即消极态度生活的，后者像古代的竹林七贤甘愿做逃避政治的隐居者，同样构成了中国文化的一个传统，是文化清流，得到了主流文化的认可，所以，"隐居者阳孝本"也进入了宋史。这也表明当时理解阳孝本的精英不少。阳孝本一旦回到地方（虔州通天岩和上犹安和小逻村），又被当作来自京城的大官看待。因而，世间常有其名与其实相左的现象，人们不愿或不可能了解其真实的心灵密码，或者说，人们不愿或不可能了解世道纷扰中的自己。

　　同时代的苏东坡先是入世，后连续遭贬多年流放南方，看破红尘的出世思想浓厚起来，终于与阳孝本成了精神知己。苏东坡到上犹会阳孝本，不期然张扬了中国清流文化，而让上犹生色，丰富了上犹同时也是赣州的文化底蕴。不过，现代的人们对这种清贫退守的文化底蕴了解并不多，赣人只是知道阳孝本是京城的国子博士，隐居在赣州通天岩，大文豪苏东坡实地拜访过他。这是我们时代的浮躁病相。在这个意义上，当年偏僻的上犹却走在了时代的前沿。

　　1697年版《上犹县志》在这方面留下了丰富的资料，也纠正了笔者以前的若干错误判断。

　　"人物志·文学"载："阳孝本，字行先，博览强记，熙宁（1068年）中游上庠，耿介不妄交。左丞蒲宗孟延为馆师，休瀚未尝出将归隐，□皆不省，宗孟问所欲，曰愿为市书，宗孟遂以二岁息得者悉主置书几千卷送之归，且赠以诗，有权书万卷日沉酣，谢鲍篇章老更耽之句。后徙据赣州隐通天岩，一僮一鹿自随。郡守林颜题其岩曰，玉岩号玉岩翁。苏子瞻南迁道经赣，与之游苔疑，洽作诗赠之，郭吏部知彰，初，为郡守以经行优异荐于朝，召对称言授国子鉴学录迁秘简校理，未从李存挂冠归号崆峒二老，年八十四卒。旧志载，玉岩祀坟记略云，阳氏有远祖城由谏大夫国字可□，出守湖广道州，子孙因家于道之杉木镇一里许，唐宣宗大中四年寇贼窃发，谏议之后曰，模公徙江西之吉州鹅村，模公有孙曰坤任虔州百胜军节度使勾当。南康郡事遂迁居上犹而卜先茔，于下坊小逻坑小龙坑等。大观丁亥行先应召入官，未几请命祭扫并捧敕命以荣丘陇，遂于戊子三月二十四日率旗属子姓出城往小逻坑祭七代祖，模公又至小龙坑祭白氏夫人之坟云云，是玉岩为上犹人无疑。一统志载入赣郡人物，因其属于玉岩故耳。苏子瞻卞岩赞曰：道不二，德不孤，无人所有，有人所无，世之所宝者五，天啬其二而畀其三，是以月计之不足，岁计之有余也。赠诗及玉岩与郡守林公唱和，诗载艺文。"

这大段文字不但梳理了阳氏世家渊源，还梳理了阳氏湖南—江西吉安—上犹小逻坑迁徙史，点明"玉岩为上犹人无疑"和"载入赣郡人物"。

对于苏东坡与阳孝本在上犹相会，我干脆引用了在广东惠州地质部门工作的乡友黄晶莹《从摩崖石刻到莲花古井的穿越畅想》一文有见地的相关文字（笔者做了个别调整）——

公元1094年9月，秋高气爽，景气宜人。一代文坛巨匠苏东坡被贬岭南惠州，路过赣州时，听说阳孝本在通天岩隐居，于是专程前往拜访这位北宋名士。此时苏东坡虽然被贬，但他还是属于官人，不属于像林冲一样的罪犯，还有相当的自由度。他沿途游山玩水，会见当地绅士，接受民众的欢迎。他那时的心情还算愉快，何况拜访的是一个与官场与世无争的隐逸文人。他遭遇了官场凶险，才理解阳孝本的退隐之心。文人相惜，相见恨晚，两位五六十岁的文化名人，在秋天的月色下，谈古论今，吟唱和诗，纵论天下大事，抒发心中块垒。两人除彻夜长谈之外，还携手前往光孝寺、郁孤台、八境台等古迹凭吊述怀。情到深处，两人相约，到阳孝本的家乡上犹县安和莲花井村游玩遣怀。于是阳孝本租来一叶扁舟，从章江的终点出发，沿着上犹江溯流而上，到达南康龙华时进入龙华河—童子河，直到阳孝本桃花源般美丽超脱的故乡——上犹安和小逻口。

笔者初认为苏东坡1101年到上犹，比1094年延后了7年。黄晶莹文章说——

　　　　从身体状况，苏东坡遇大赦于1101年6月，从海南启程，一路经过雷州、廉州、广州、韶关，在南雄过的除夕年。正月初四就出发。翻越大庾岭时，苏东坡年老多病，是坐着轿子过岭的。不几天就到了赣州。

　　1101年1月到3月，江西南部大旱，连浩浩的赣江都不能通船，所以上犹江肯定水位很低，无法通船。苏东坡那时体质很差，就想改走水路，但那时久旱不雨，赣江水位很低，赣江不得开船，只能就在那儿等，这一等就是七十多天。其间苏家的几个孩子得了重病，6个仆人死于瘟疫，心情不会好。
　　又据著名作家林语堂写于20世纪40年代的《苏东坡传》（百花文艺出版社，2000），宋哲宗绍圣元年（1094年），苏氏反对王安石的财政经济政策而被论罪，流放岭南。他只带朝云和两个小儿子同行。他坐的是一只官船（表明境况不算太差——笔者），在九江鄱阳湖停泊时第四道命令又下达，又贬低了他的官阶。9月跨越大庾岭。
　　所以，应该是1094年苏东坡到上犹。
　　1094年9月，苏东坡是被贬到广东惠州之前路过赣州的。他从南京一直到南昌这一段，都是坐的官船，但在从九江到南昌途中，又被四次降低官衔，于是当地发运司落井下石，要收回官船，改由苏东坡自己雇船。所以从南昌到赣州他就是自己雇船前行的了。他在赣州逗留了一段时间，然后经过大庾岭，经南雄、韶关，于10月2日到达惠州，那时他身体尚可。1094年苏氏来上犹时，"长河流水碧潺潺"，说明当时是大河茫茫，漫江碧透，流水潺潺，坐船行进在青山绿水间，没有任何大旱之状。苏东坡是1094年夏季由章江上溯到龙华河再上溯到上犹寺下河（童子江），最后到安和小逻口（莲花井）的。

这样，苏东坡的"九十九曲水"不是指上犹江，而实指上犹另一条大河，就是经寺下—社溪—（南康）龙华汇入章江的童子江。1697年版《上犹县志》说："九十九曲水在治东北四十里，源出上坪，水流逶迤，九十九曲，故名。苏子瞻南迁过之有诗载艺术。"这条河发源地在今天的寺下珍珠村。

1697年版《上犹县志》"艺文志"收录了阳孝本回林郡守的诗："六鳌何日起商岩，未许磐龙坠碧潭。天下苍生还有待，郡中善政却无惭。锦镶珠玉成唾咳，绮席风云出笑谈。千载通天蒙品藻，恐教盛誉满江南。家世中条旧素贫，尘编堆积漫缤纷。未甘末俗成虚老，却笑劳生谩逐群。惟爱严陵滩上月，还思巢父岭头云。闾阖莫怪衡门陋，旌节曾来有使君。"《赣守林颜赠阳孝本》一诗："万卷收书肯为贫，长年石室谢纷纭。冥鸿有志难寻迹，野鹿无心不出群。拔俗风标清似水，劝人富贵薄如云。柄臣欲强东山起，只恐东山未放君。"（1992年版《上犹县志》的"动人富贵薄如云"有误。——笔者）

可见苏东坡这次到赣州，郡守林颜参与了接待。这位郡守感觉到了当时朝廷权斗的险恶，读懂了阳孝本归隐的内心。

1992年版《上犹县志》收录阳孝本《酬赣守二首》跟上诗略有出入，还录"大观二年（1108年）戊子三月二十九日请假祀坟和族人升之诗"一句："连日阴云拂晓开，欢声九族一时来。江山奇秀浑如画，鼓乐喧阗却似雷。三爵香醪浇故陇，满天春色绝尘埃。自惭菲德叨荣甚，八行初从帝里回。"

（笔者正好读到江西美术出版社2014年出版，夏汉宁、刘双琴、黎清主编的《宋代江西文学家地图》，135页写着"阳孝本，年寿83，诗3首"。可能这三首就摘自1992年版《上犹县志》。总而言之阳孝本著述极少，以隐逸大儒上了《宋史》）

《江西地方珍稀文献丛刊·上犹卷》收录了上犹罗氏、钟氏、邝氏、阳氏、方氏、李氏族谱中有关历史文化内容的篇什，开启了根据族谱的记载去研究上犹历史文化的道路。我从此书收录的《大门阳氏重修族谱选》之《玉岩公遗翰》，又发现了阳孝本与苏东坡和左丞蒲宗孟及赣州郡守林颜的若干诗作（《玉岩公遗翰》所录诗文大多为慕名之士所作，可见阳孝本在当时影响之广）——

步韵奉酬六槐居士林郡守二首（林颜）

□□□出岩，未许潜蛟卧。潭境内苍生，还有托郡中。善蛟镶珠玉，成咳唾绮席。风云出笑谈。千载幽岩蒙，藻誉满江南。

家世中条旧素贫，尘编堆积几缤纷，未甘末俗成虚老，却笑劳生漫逐群，惟爱严陵滩上月，还思缑氏岭头云。间阎莫怪衡门陋，旌节曾来有使君。

大观二年（1108年）戊子三月二十九日请假祀坟和族人升之诗

（笔者注：这首与上面所录1992年版《上犹县志》的不尽相同。）

连日阴云拂晓开（阳孝本加了小注：时连朝雨作，行礼时云开日朗），孙曾远近一时来。江山奇秀浑如画，鼓乐喧阗却似雷。三爵香醪浇故陇，满天春色绝纤埃。自惭菲德叨荣甚，八行初从帝里回。

赋赠玉岩翁（用郁孤台韵）（眉山苏）

（笔者注：此诗与下面入1697年版《上犹县志》所录的那首有所不同，可对照。）

空空惟法善，心定有天游。摩诘原无病，须恒不入流。苦□□□□，坐待寸田秋。未入麒麟阁，已游鹦鹉洲。酒醒风动竹，梦断□□□。众谓元德秀，自称阳道州。拔葵终相鲁，辟谷会封留。用舍俱□□，飘然不系舟。

送玉岩先生归乡（蒲宗孟）

妆书万卷日沉酣，鲍谢篇章老更耽。不杂红尘游海北，却随皓月返溪南。家无四壁堪投足，郡有千山可结庵。遥想虔州风雨夜，与随挥尘共高谈。

忆玚庵中怀阳玉岩先生（蒲宗孟）

□□□寂结庵在中，林绿竹君子操青。池故人心秋月弄，□□□寒□摇翠荫。江南千里远，何处合朋簪。

赋赠玉岩先生（林颜）

人在通天第几岩，玉岩形胜最潭潭。三钟攘臂适吾乐，五斗折腰真尔惭。漫浪著书酬素志，逍遥齐物载高谈。超然此道人知少，今日先生为指南。

复寄玉岩先生（二首）（林颜）

一童一鹿自相随，不觉山间笋蕨肥。看尽荣枯弹指过，烧□□□认春归。

瞥然飞电洒双瞳，裋褐长条茹瘦松。白玉岩中无一事，□□□□玉岩翁。

元朝泰定年间（1324—1327），高安人李路写过一篇《玉岩先生行实》，结尾一段文字是这样的：

玉岩阳公真节雅操，闻于当时，复得坡公翰墨题，遂于嵝峒郁孤，相高于宇宙之间。余常以休暇之日访公旧隐，所谓通天者览泉石摩挲壁间，诸名公赋咏为之慨然。远想低徊久之，迫暮乃归，复欲一往不可得也。官满将

043

去，其裔孙国文始以公谱系并事迹一卷示予，遂得以究其先世隐显之详。国文亦名儒，为乡里所敬，每学中讲说音吐激烈，义理敷畅，四座竦然。郡侯王公渊听之喜。余初至官，蒙惠以诗中多规切，愧无以为报也。玉岩之世于今二百余年矣，有子孙以儒显，亦不失其世守，犹可以观德，高山仰止，景行行止。在他人犹当尔，而况其子孙乎。凡为阳氏后者当亦勉之，以求无愧尔。

玉岩祠楹联

迄今南赣乡贤八百年遗翰就湮派下有人思手泽

忆昔濂溪衣话七千里名流造访个中知己属眉山

（楹联上联原注：赣郡志载，先子著有《玉岩遗翰》二卷，今失传，故云。下联为笔者所注：苏东坡是四川眉山人，这里以眉山替代。濂溪为江西的一条河。）

苏东坡留诗上犹的余响

苏东坡这首《九十九曲水》对上犹影响深远，当然也是从1697年版《上犹县志》所昭示的，写的是苏东坡上犹之行又过600年——在清康熙年间的琅琅余响。

1697年版《上犹县志》第十卷"艺文志"收录了苏轼《九十九曲水》：长河流水碧潺潺，一百湾少一湾。造化自知太玄巧，不留足数与人看。（1992年的县志把太玄误作太元，木刻本的玄少最后一"点"，据罗伟谟考证，是为清朝皇帝避讳。——笔者）

"艺文志"收录了《苏轼赠玉岩翁孝本》："室空惟法善，心定有天游。摩诘原无病，须恒不入流。苦嫌□□任，坐得寸田秋。未如麒麟阁，已逃鹦鹉洲。

酒醒风动□，梦断月镜楼。众谓元德秀，自称阳道州。拔葵终杞昏，信报会封书。用舍俱无碍，飘然不系舟。"

这也应该看作是苏东坡给上犹（人）的另一首诗。

苏东坡还给了"南赣乡贤"阳孝本近似精神画像的一段文字。

1697年版《上犹县志》卷九"人物志·文学"就有"苏子瞻玉岩贺曰：道不二德不孤。无人所有，有人所无。世之所宝者五，天啬其二而畀其三，是以月计之不足，岁计之有余矣。赠诗及玉岩与郡守林公唱和诗载苏文"这样一段话。这样苏东坡留给了上犹三首诗，一首写上犹风景，一首赠阳孝本个人，一首写会阳氏的感慨。

退隐是阳孝本终身持守的处世之道，他这样的道德并不孤立，就有像苏东坡的书生们所赞赏。他终身未娶没有妻室子嗣，而妻室子嗣正是世人所拥所追求的，阳孝本却没有而泰然自若，恰恰这点又是世人所欠缺的。世人宝贵的有五，即五福（《尚书·周书·洪范》云："五福，一曰寿，二曰富，三曰康宁，四曰攸好德，五曰考终命。"民间有"五福寿为先"的说法），老天没给阳孝本富和康宁，却给了他好德性、长寿和考终命。（1094年苏东坡到赣州上犹会阳孝本，两人均50多岁，可苏氏认为阳氏会长寿。）

1999年我去安和莲花井采访，还看过刻有苏东坡上述字的大木匾，当时房子主人从厨房做天花板用的木架楼取下，油漆有些剥落，大概是清朝刻的。当地阳氏后代此举考据了县志。县志这段记载进入了当地人的历史记忆。

苏东坡的"一百湾兮少一湾"即九十九曲水，正好概括了上犹水流弯曲多姿的景象。文人墨客凡（乘船）到上犹境内，就会看到这"一百湾兮少一湾"的景象，自然会联想苏东坡这首诗，亲身体验苏东坡笔下"九十九曲水"之境，但他们多是根据县城旁边东山寺（山上或水边）观景与这首诗呼应的，所以，"一百湾兮少一湾"也泛指上犹景观，在上犹广为流传开来。

1697年版《上犹县志》所记，古时许多文人学士多以"九十九曲水"为题，有首诗就叫《九曲龙门》。"艺文卷"收录了编撰县志的知县章振萼的《九十九曲水》一诗就回应了苏东坡这首诗："□岭城中此弹丸，浪□□□奇观，三江贡水经千折，百回□川少一团，如带黄河千里外，流觞曲渚几回看。坡公诗思浑舞尽，今古乾坤足数难。"（章氏仍联想到了苏东坡这首诗"不留足数与人看"一句。——笔者）一个叫刘芬的次韵附和："一脉□川似转丸，骚人每作画图观。源分楚浪流入章，江将苏子瞻诗传，兰亭□□好岗看，偶逢仙令题新名，日云阳春欲和难。"在《南安道中》一诗有"过岭想知水九曲，闻溪迤见树双槐"。又如《遂安黄云英初至上犹泊东山寺》一诗，有"舟泊东山下，枫林叶正红"句，《九十九曲水》（与章振萼诗同题目）一诗有"蘋蓼参差覆古堤，波光明灭里中违。犹川百折无成数，玉岩当年有旧题。箭激河流华岳北，帆随湘转洞庭西。何如曲曲山城水，十倍回环尚未齐"。章振萼回复《桐城孝廉姚士黉游东山寺》的诗中有"云拥千山外，溪流九曲余"。

苏东坡这首诗在清朝几种县志里都有记载。这与苏氏死后文名大盛有关，与上犹知识分子普遍的认同有关。不仅入载县志，民间也保存其记忆。终于在清朝乾隆五十六年（1791年），离苏氏上犹之行又是好几百年，上犹安和人不分姓氏，捐资（稻谷）在童子江畔立了块4尺长2尺宽5寸厚的青石碑，开头就刻有"阳玉岩先生与苏东坡先生钓游于此"等字样（还刻了当时舟楫如林的水上盛景），说明苏氏溯江而上来上犹是雨水丰沛的夏天，也与"蘋蓼参差覆古堤，波光明灭里中违。犹川百折无成数，玉岩当年有旧题"相对应（章氏收集的这类诗当写在1697年编县志之前）。

上犹由古代的九十九曲水到当代的水乡上犹，这是上犹江建了5座梯级水电站所形成的新景观。平湖景观各有妙处，但"一江清水"给人的灵气依然，给人以澄清的情怀和丰沛的想象，"一江清水"是上犹的永恒写照。

2017年7～8月

2018年1月定稿，6月略补

上犹客家门匾风俗的源与流

一

赣州是客家摇篮，而上犹是其客家重镇。上犹的姓氏门匾数量之多，集姓氏之众，覆盖之广，涵文化之厚，蔚为大观，堪称上犹客家的一张响亮的名片，上犹的一朵文化奇葩。经多年实地调查、收集、整理和研究，吕泽庆先生编撰的《上犹客家门匾风俗》，以文字和图像形式将这一文化形态定格，成为江西省第一批（2006年）非物质文化遗产（之一）。

客家门匾风俗这种独特的文化现象，在上犹这块绿色土地上发生、发展——播衍数百年。从客家门匾的出现、发展与普及，它自身形式和内容的演变，缘由有之，与时代的政治、经济和文化的状况密切相关，印证着上犹客家的生活史和经济——文化发展史，以及心灵史。

二

上犹客家，率先当提到营前。

宋至清初，闽、粤、赣边界的上犹营前（地区）才得以开发。客家迁徙客家生活，营前以"比较长的历史时期进行村落层面上探讨"，是个"有一定的普遍性"的典型个案。而营前又是上犹客家门匾风俗的滥觞，因此，从营前与中央政府及中原文化的联结，营前客家民居和生活演变，可以厘清客家门匾的源和流，并且对整个上犹的客家门匾兴衰走向有个较为清晰的认识。

营前地处三省六县，在上犹涵盖六乡一镇，明清时代设了县丞（丞署）。（本文所指就是这种广义上的营前。）习惯称为营前土著的朱、陈、蔡三大姓氏其实是在南宋进入营前的世家大族。由于明正德十二年（1517年）巡抚赣州的王阳明驻兵营前，依靠当地世家大族，平抚赣、闽、粤交界山区的民变，同时创办书院以教化人心，营前成了一个与朝廷（中央政府）直接维系的，具有经济辐射力和文化影响力的赣南边陲重镇，中原文化的正统观价值观成了营前的主流文化，其特征通过营前书院和营前世家生活，并在其宅居外观上所体现。

营前书院的匾额应该是营前客家门匾的最初形式。[据《宋代江西文学家地图》（江西美术出版社，2014）载：宋代上犹有4所书院，其中一所在营前，就是一个叫陆镇创办的"太傅书院"。可见朝廷重视书院，书院在地方的崇高文化地位，其匾额及题写就是其标志与象征。]

因为中国传统文化讲究正统和等级秩序，它与京城（中央）书院及楼台馆所的匾额一脉相承。当地世家大族朱、陈、蔡模仿和承接，在自家宅居的门楼和正厅悬挂相应的匾额，以示自家的正统和文化根基及实力，以及与官家的亲密联系。

朱氏于南宋年间从豫章（南昌）迁入，是来到营前的第一拨客家人，在营前建了樟树、巷子角等村，到了清朝，由于它是明朝皇姓，一直受清廷的追杀，处境艰难，加上朱姓自己的争权夺位、房族派系的内斗，丧失凝聚力，"朱氏衰落迁散"。时间上与朱氏相近，陈氏由江西泰和的柳溪迁入营前，在明代也出了不少科举功名人物，建了学田，联合蔡氏建了龙公塔。陈氏还捐建了北门庵和挑岭庵，积极参与社会公共事业，也进了营前世家行列。不过，陈氏一直恪守着"隐姓埋名，不修谱，不立传"的祖训，较为低调（尽管后来也修了谱，像清乾隆年间《营溪陈氏支谱》成书竟历经28年，其间断断续续的状态除有经济原因，违逆"祖训"的忧虑也是其重要原因。）。不过，清康熙四十五年陈氏生员记叙合建文峰塔（即以龙姓县令命名的龙公塔）的文章（见《营前陈氏重修支谱（世德堂）》）中，有"建祠置田，塑像崇本"一句，可见对于营前的世家大姓，在所建祠堂，外匾额，内塑像（包括谱牒上的祖宗像），是惯行做法，也是庄重的文化行为。制作匾额较易，更能播扬，效果更佳。于是匾额更快更多地得到应用。这正是由庙堂趋向民间的一个标记。

这方面走出一大步是当推蔡氏。蔡氏稍后于朱氏和陈氏迁入营前，后来居上，在宋代科举入仕者众，遂为显族，为人处世较高调。元大德年间，县里重修书院，营前蔡家始祖蔡起渭"亲构讲堂，崇饰圣像，训迪一方，子弟文风为之复振。"明洪武年间，蔡氏"捐米一千二百石赈济江南，奉赦旌表。"蔡氏兴旺发达可见一斑。

受到朝廷的表彰，地方官员和士绅纷纷前来道贺，就要用一定的格式化方式告之乡里，匾额是一项木材资源丰富、比较经济、卸载便当却不失庄重的选项，比勒石铭刻便利得多（朝廷对勒石铭刻有严格规定）。这个时候，营前书院由蔡氏维护，蔡氏的行为规范象征着营前的文化秩序。经蔡氏之手，加快了匾额的推广。

题挂匾额是一项庄严的文化活动，贯穿严密的程序和庄严的仪式。但木制的匾额方便移动。从正屋厅堂不能轻易挪移的"圣像"，到可以借机移动的匾额，是一个发展。但它仍属于姓氏宗祠文化的范畴。在民间化意义上，这种匾额却为后来客家门匾的产生奠定了基础。

然而，蔡氏的匾额在走向"万姓"——更广阔的民间，还只是跨出一小步。

这就要靠"极端事件"来推动。

一个"极端事件"就是蔡家城的建筑，这是蔡氏自身力量的推动。

面对四周流民经常性的杀戮骚扰，有着强大经济和文化实力的蔡氏，先做内城后做外城，用了数十年终于建成蔡家城。因蔡家城，营前的文明程度提高到一个新水平。蔡氏的文化气魄和蔡家城的恢宏气势交相辉映，不同凡响。南赣巡抚王阳明为平定营前附近的畲民民变，驻军蔡家城，题写"蔡氏宗祠"四个大字，并撰联"宗隆云水钟灵地，族冠犹川老故家"，（如今尚存石刻的王阳明亲笔书写的"蔡氏宗"三字。）让蔡氏上下受到激励，更让世人刮目相看。它更是营前和上犹文化表率的一个力证，其举止行为更被世人所关注并模仿。蔡氏面对的不再只是官府和士绅，而是到营前赶圩的各方民众。除了精细的建筑本身，屋里（正厅）"崇饰圣像"，屋外则耸立显示蔡氏名望的石刻，张挂蔡家文化的匾额，彰显蔡氏文化渊源和文化事功。这些都会成为美谈广为流布，为别的姓氏（民间）所模仿，模仿过程中突出的自然是自己姓氏的文化渊源。

另一个"极端事件"就是蔡家城的毁灭，这是外在力量摧毁的结果。

树大招风，蔡氏的优裕生活、摆显招摇，积极协助官府平定民变，自然遭到忌恨（姓氏矛盾也上升为忌恨）。终于在清甲寅（1674年）的"三藩之乱"，乱民同仇敌忾，残酷地洗劫并摧毁了蔡家城。蔡家城从此不再神秘，任何人都可长驱直入。对大多数民众（包括乱民）来说，由于营前这一文化气场的长期熏陶，内心对文化还是心存敬畏，因而他们以这种屠城的机会，实地领教了蔡家城风范，对其间的匾额等文化设置记在心里。何况在保卫城池的决战中，富有文化精神的蔡家男丁女幼都体现出"与城共存亡"的决绝。他们从"毁灭者"身上看到了一种文化的力量，把蔡家人视死如归精神跟那些匾额联系起来，而对匾额滋生崇敬之心。所以，蔡氏以蔡家城毁灭这种痛苦方式，把包括匾额在内的文化风范推向了民间。

三

匾额文化也叫题匾文化。"题匾"有个由谁题、题给谁的身份等级问题（乱民和流民不可能承担这样的文化职责），它仍是民间化的一道障碍。真正的民间化需要新历史时机的推动和民众的广泛参与。这个历史时机就是清初粤闽流民大规模向营前的移民，也就是营前新客家的形成。

　　清康熙年间"三藩之乱"平定之后，上犹县府向中央报告说："上犹县一邑两次屠城，五载蹂躏，自康熙十三年至今，人绝烟断……随有投诚之众自愿仍垦营前。"于是朝廷颁布新政策，招募流民开垦荒地，因而更多的人移民到营前。"顺治十六年，募垦檄下，其党乘间复集，始焉遍满犹、崇二邑……"营前一下子多出20多个姓氏，社会形态民间形态更复杂也更丰富。

　　营前于是进入新客家时期。

　　为什么移民首选营前？一是遭此"三叛三抚"，营前知名度大增；二是营前山、水、田、矿（铁砂、石灰、乌硝等）资源丰富，特别有"营前圩"这个大市场方便流通；三是政府实行较为宽柔的募垦政策；四是当下营前主要姓氏（朱、陈、蔡）凋谢，再没有一个姓氏能够称雄，也就是各姓氏可以"平起平坐"；五是营前仍保留基本的生活和文化秩序。

　　当然，本姓耸立于营前姓氏之林，不但要靠自己的现实实力，也要靠自己的文化渊源，就是说，本姓在历史上出过有官职有名望的人士，即属正统，有正当来历，而不必自卑。本姓的文化标识不但自家知道，还得通过一定的方式和途径告白于天下。因而民众采取了营前通行的做法，纷纷在自家正屋以匾额做标记，也方便别处游民到营前认姓认祖归宗，起壮大本姓力量的作用。

　　毕竟是"新客"，要真正融入本地，与本地结为利益共同体，同样有个痛苦的过程。现实"关卡"就是他们没能获得户籍（23家新客家才拥有一个户口），堵塞了子弟读书做官之路。政府所依持的仍是本地人即老客家。没有户籍，意味着不能考科举，整个家族财富再多人丁再旺，却不能进入社会主流。新客家一是采取与本地人联姻的方式，让本地人宽容和接纳，并说服政府改变户籍政策，促使政府取消户籍的设限，也就是让新客家与土著具有相同的政治文化权利；二是像土著一样，积极参与公共建设（如修路搭桥、捐资修寺庙）；三是建祠堂，修家谱，承续传统，表明自家来路"正当"，强化本姓的凝聚力；四是在起屋做房（包括祠堂）时，有意识地在正屋大门上方墙上直接题写四个字的"姓氏渊源"，此举简便易于实行，效果事半功倍，也就加快了客家门匾的普及。

至此，"匾额"完成了民间化转身。

在短短的二三十年，新客家的政治和文化面貌得到根本的改观，他们的文化创造力大为激发。老客家当然不甘示弱。各个姓氏在门匾上也就产生了竞争，竞争又推动了姓氏门匾向周边传播。门匾与整个屋宇相协调，从字形字体的选择，从四边花边、左右两端的图饰，都显示房主及本姓的智慧、匠心及实力。

客家门匾成了有着独特审美意味的艺术样式。门匾题写中的文化审美和形式因素得到了重视，也就是由再现（姓氏文化渊源）到表现（屋主和本姓的智慧才艺），提高了屋主的参与程度，客家门匾形成风俗也就有了内在的推动力。

图饰既是审美形式，也是门匾内容的组成。图饰一般为或威武或吉祥的动物，或者松竹梅兰，这些都是含有中国传统的文化元素。正如当代美学家李泽厚所说，"由再现（模拟）到表现（抽象化），由写实到符号化，这正是一个由内容到形式的积淀过程……在后世看来似乎只是'美观'、'装饰'而并无具体含义和内容的抽象几何纹样，其实在当年却是有着非常重要的内容和含义，即具有严重的原始巫术礼仪的图腾含义的。""随着岁月的流逝、时代的变迁，这种原来是'有意味的形式'却因其重复的仿制而日益沦为失去这种意味的形式，变成规范化的一般形式美。"

于是，在民间化过程中客家门匾又演变为民间的带有独特审美意味（可观赏）的艺术门类，门匾的题写成了一种民间的文化艺术活动，既是亮"源"，也是分"流"，源流合一，成了当地喜闻乐见的文化习俗。

四

新客家云集营前推动了该地经济和文化发展，门匾成了一道经久不衰的文化景观。任何姓氏，都可以张扬地题写门匾；同一姓氏，不分贫或富，辈分大或小，都可共享先祖的荫泽。这个清朝中期兴起的客家门匾风俗长盛不衰，挺过了动乱和战争，也经受了朝代更替的考验，纵然有着国人立足传统的崇本尊祖重文修身塑德的文化情怀，从更深的思想层面，还有着"平等意识"的守护和张扬。这就能够解释，就在新中国成立后的20世纪50~60年代，这种门匾风俗不断延续。无论居处再偏僻，都亮着这样的门匾。

全县门匾步入了新时代，这又与新新客家的出现相关。本书作者的田野作业始于2000年，所调查的乡村民居都是新千年之前的房子，门匾数量，营前是103例，非营前地区共有172例，可见各姓氏门匾普及程度之高。稍作分析，我们就能发现，新时代遍及上犹全境的门匾风俗，还是得益于营前人的带动（推动）。因为20世纪50年代以来，因国家建设（主要是建大型水电站），有多次颇具一定规模的移民，移民主体恰恰是营前人，他们主要移民县内，少数移民外县，成为新时代的新客家。

新新客家是国家安排、自行选择安置点，政治上他们不会低人一等，但在文化心理上同样有一个融入并自立于当地的过程。他们在新的地方（山乡）建房，自然把门匾风俗接力过来，借此表明自家的文化渊源，表明与当地姓氏平等相待的文化心志，这就影响并带动当地其他姓氏（同样是客家）的门匾书写。因为在新的时代，有文化的人多了，门匾题写艺术不再神秘，简单易行。对于新新客家，不管门匾如何亮"根"亮"源"，营前就是他们心目中的文化源头和精神源头，他们的新家新门匾就属于新的"流"。反过来也证明，营前是上犹门匾风俗的主要源头。

于是我们对客家门匾风俗就有了新的辨识。从发生学意义，姓氏门匾所指涉的祖上特定的人和事，并不是该姓氏真正的初始之"源"，而是该姓氏的后裔对属于本姓氏的一种文化价值的选择、认定和持守，并当作本姓氏的文化根基。在未发生迁徙的时候，"先祖神圣"大多只是一种口口相传的文化记忆；当迁徙发生，独在异乡为异客，即成了客家人，它就成了安身立命的精神支柱，同时被看作是本姓氏之"源"。所以，姓氏门匾所彰显的本姓"源头"，其实就是该姓氏后人的价值依归，对文化之根的认定和持守。它与中华传统文化相融汇。每一个时代都有一个适合或不适合它发展的物质和精神环境，但每一家对于自己的姓氏之根，都念兹在兹，沿用门匾张扬本姓，屋主及一家子蕴含在本姓之中。

于是我们又看到，新中国成立后的前三十年，由于一浪接一浪以阶级斗争为纲的政治运动，直到"文化大革命"，传统文化受到持续批判，遭受极大的摧毁，姓氏门匾同样受到人为的压制，换句话说，人们自己自行收敛，不敢或不去写了。政治流风所及，有的在旧门匾上涂抹石灰，写上革命标语和领袖语录，有的跟潮流赶时髦，在新做的民居上以"勤俭持家""莺歌燕舞""旭日东升"一类时事用语替代（本书没有收进），客家门匾趋向浅薄化粗鄙化随意化，客家门匾原有、应有的文化韵味丧失。客家人（后代）对门匾文化也日趋隔膜和模糊，有的虽继续沿用门匾，但写了错别字而浑然不察。这实际上是文化的退步。虽然此类例子为数不多，也足见客家门匾风俗也出现了一种衰退性的"末流现象"。

但是我们又可以看到，大多民居上早已题写的门匾，因其房主"阶级成分"好而完好无损，这说明民众的内心还是接受这种风俗，想方设法保护。政治环境再严峻，民众持"根"护"根"的心愿不会消失。一旦环境宽松，各地门匾风俗又红火起来，20世纪80年代初全县乡村又出现一拨建房题写门匾的热潮。

在现代化、城市化的今天，客家门匾风俗同样受到考验。

所幸人们对文化传统文化复兴已有清醒而自觉的认识，这本书就是个有力的证明。

2013年9月下旬
2017年10月5日补充

世纪之交的上犹客家魂

——以营前陈氏为例，19～20世纪上犹客家的精神变迁

营前之大前天：峒民的消失

凝视营前。

从南宋到清代，关于营前的史料一直延绵不绝，有着连续的历史记载，我们可以通过梳理营前的历史，更细微具体地了解一个"客家"聚落的变迁史，进而分析"客家"文化的形成。正如当代学者黄志繁所指出的，大陆关于"客家"文化的讨论，多以历史分析为背景，以"共时性"分析为主旨，很少从比较长的历史时期进行村落层面上的个案式探讨，更缺少对具体"客家"聚落进行个案式的长期历史分析。非常幸运，营前所揭示出来的"客家"文化形成过程，在宋至清初才得以开发的闽、粤、赣边界山区应当有一定的普遍性。

这样对营前聚落的了解，其意义就超出了营前和上犹，甚至超出了赣南，"上犹文化底蕴绵厚"也就得到了切实而具体的佐证。营前从南宋至今，土客籍争斗与相融贯穿着历史的长时段，成了今天的客家重镇，所以营前的客家魂完全可以涵盖和代表上犹的客家魂，它是上犹文化底蕴的重要组成。

这里，我们所说的营前是文化意义上的营前，即文化营前，也就是起源于中

原的传统文化（正统文化）逐渐覆盖营前区域，并成为当地发展变化的主流文化的营前。

营前镇位于上犹县城西面77公里，距赣州132公里，是赣南西部一个边陲乡镇，罗霄山脉南段，人口31000人，南接崇义县，北接遂川县，西遴湖南桂东。广义的营前包括营前镇、五指峰乡、平富乡、金盆乡（今并入水岩）、水岩乡、双溪乡五乡一镇。自古水路运输，云水河通陡水（现在是水库），汇入上犹江，经南康县的唐江圩直达赣州，可抵达南昌和南京。过去崇义县的一半乡镇，唐江、赣州、遂川，以及湖南的桂东、郴州、陵县、汝城等都在此地办货，商贸发达，因而赣南有"头唐江二营前"的说法。从地理概念，人们说的营前，一般指镇政府所在地的营前圩。

营前一开始被称为石溪、营溪、屯头里、村头里，名字相当普通，但在"唐末节度使邑人（即本县人）卢光稠在此建兵营，宋赠封卢为太傅，此地称太傅营，圩场称太傅圩。初始的太傅圩是个富饶的小盆地，如今被陡水水库淹没。营前地处湖南、江西交界处，地势险要。此后，太傅圩逐渐叫营前圩。

笔者认为，当某地某圩注入文化色彩，它就具有某种更会被世人接受而广为流传的品格和超越性，称太傅圩不仅仅缘由卢光稠受到朝廷追封，更因为它建立了一个太傅书院，为当地文人仰慕和聚集之地。也是这个原因，它后来被营前圩所取代："明正德年间王阳明率军镇压桶岗、横水农民起义，驻兵太傅圩，兵营前便开辟为圩场"。王阳明除了武治，还有文功——在此地办了书院。从时间上，王阳明后于卢光稠；在官职及其文化影响上，王阳明比卢更为卓著。因而"营前"的称呼更富有文化色彩。

如果仅以卢光稠、王阳明这样的文化名人来概括和替代营前的文化内涵，显然是空泛的，只有着眼于当地居民的生产生活和文化活动，也就是从内部探寻其活力，一个发展的、有血有肉有个性的文化营前才能展现在人们的面前。

嘉靖《南安府志》载：

上犹之疆域……溪洞广袤，而邑落其中，民以山深而俗淳，亦以山深而穴寇。唐天佑犹人卢光稠各虔州，黄廷玉议创上犹场……自创场迄今三百四十五年之间，群凶寇乡良民凡五十有三，而犯邑者十五。唯绍兴壬申邻寇乱境，邑令王同老谓居民非有根而难拔，何苦累其家而听其害，许乡邑之民自使奔于他处，寇平民归，不过火其庐而人物如旧，令喜，倡民起梁栋于煨烬……嘉定己巳（1209年），匹袍陈蔡反，本路孙通判咨犹字有反犬，壬申（1212年）改为南安县。

相对于中原传统文化，这里"群凶"（本地歹人）和"邻寇"（附近歹人）可统称为"峒寇"或"峒民"，属"化外之民"，即没有开化的百姓，其文明程度远未有中原农耕文化那种水平。

峒，查《现代汉语词典》，只是表示某个具体地名，其他语焉不详，其实就是四周高山中间盆地即溪洞广袤的形象叫法。"车到山前疑无路，柳暗花明又一村"就是峒的形象写照。据笔者1997年营前实地考察，"匹袍"就是蝙蝠的俗称，蝙蝠有两个大而有力的翅膀，当地人也称"匹婆"，具体指的就是伯公坳——五指峰，那里多山洞，盛产蝙蝠，"匹袍"也就成了地名。大文学家沈从文20世纪20年代以湘西为背景写的名著《边城》和其他作品，依然频频使用"峒"字，说明那里（湘西）文化形态一直比较复杂，延续着"山深而俗淳，亦以山深而穴寇"的状况。直到现代，苗民征而不服，也可以说，"峒民"在现代还是湘西社会的有机组成。于是沈从文发出：对苗民问题，应当有个新认识，纠正过去把"苗族同胞当成被征服者的错误看法"（《沈从文小说选·题记》1981年，湖南人民出版社）。而在营前早就不这样叫了，这说明营前即使频有动乱，以农耕文化为底色的儒家文化即正统文化已成了当地的主流，也就是文明程度较高，寇乱始终主宰不了营前。

一则史料显示，鉴于当时（宋代）营前"化内之民"（纳入官府正式统治的百姓）与"化外之民"（峒民）的争斗不时发生的情势，甚至后者比较顽固地与官府对抗，"本司（朝廷）昨置太傅、石龙两寨……寨兵不许承受差使，不许调遣移戍，专一在寨教习事艺。自立寨之后，十年之间，寇峒有所惮而不作"。宋朝还在营前设立书院以"教化"峒民。另一则史料是：当时南安"邑小事稀，官不必备"，正在裁减官吏，但保持了营前兵寨和书院的编制。（嘉定十三年八月二十六日）江西提刑司奏："……乞将南安县丞阁下部省废却，以俸给补助新创太傅、石龙两寨及太傅书院地基。"也足见宋朝政府重视文化，在军事要地不忘文化建设，拿今天的话就是文武"两手都要硬"。这样一来，由于政府的介入，太傅（营前）便确立了以农耕——儒家文化为正宗地位，它虽地处偏僻也融入了中华主流文化。

在那时，中原文化虽是先进文化，其水平还是很低的，不可能有多少书籍，至多请儒者讲讲课，书院只是个文化象征、精神象征，象征中原文化权力、文化秩序和文化正统。文化殿堂开始在营前扎根。

透过这些史料，我们还可以辨识，即使建了书院，峒民与化民的纷争仍不时发生，书院只是表达中央政府树立儒家文化的权威，以儒家文化训化营前的意愿，落到实处还得靠当地士绅带头身体力行，并通过当地有名望的姓氏进入当地"峒民"的心灵。能办书院和能进书院犹如当今的研究生、博士，说明人的品位不同一般。因而当地的士林不可或缺。

朝廷没有停留在建兵寨书院上，而是以各种方式扶持南迁的有文化根基的如朱、陈、蔡等姓氏，让他们成为营前的主流，构建营前主流社会，朱、陈、蔡等姓氏为了在营前扎根，并且建立声望，也积极配合朝廷，获得朝廷的支持。他们占据了营前的中心地段，有圩场、兵寨、书院做支撑，而且他们之间联合大于争斗。因为有着共同的文化根基，朱、陈、蔡的生存发展迅捷，取代了当地峒民而成为当地正宗，文化秩序得以建立。就是地处营前边缘山区的峒民也被归顺和同化，都以朱、陈、蔡即中原文化的标准成为自己的行为准则，这跟当今时代落后弱小的民族追逐强国文化标准的心理是一样的。在后来不断进入的客家面前，他们就成了"土著"了。

确实，自南宋以来八九百年历史的朱、陈、蔡这些营前世家，完全有资格以"土著"自称的。这样在营前"峒民"或"峒寇"的俗语称便悄悄消失了。这是时代的进步，当然也是营前的进步。

于是争斗与和解——开始体现为朱、陈、蔡与当地峒民的争斗与和解——在争斗中趋向和解应该是营前历史的强劲旋律，其结果：一、和能生财，促进了当地经贸的发展，营前贸易重镇得以形成；二、先后进入营前的各姓氏几乎都经历过"斗争—融合"的曲折，似乎后入者都打败了先入者，但后入者最后打的还是树中原正统文化的旗帜，但这种正统文化或传统文化也汲取了新的时代气息和阳光雨露，在变化中壮大，在壮大中变化；三、中原文化的主流地位得到进一步巩固，并化为营前人的行为准则。

在黄志繁先生对赣南聚落营前12～18世纪的社会变迁进行梳理之后，"至今人们看到的营前的地域文化，也就是一般所称的'客家文化'，乃是自宋至清经过一系列'峒寇'、山贼、流民与官府、土著的冲突与融合而形成的"。这符合客观事实。

然而，笔者不太同意他的一个结论。他说："我们又有什么理由只依据族谱资料，把陈、蔡认为是中原迁来的世家大族，而不是由山居的'峒寇'就地转化而来的呢？"就是说，黄先生把宋代到营前的两个有经济和文化实力的陈、蔡看作是由当地的"峒寇"转化而来的，对"客家"源自中原正统血统的说法提出挑战。也许在别的地方能找到"峒寇"即另一种意义的"客家"的相关资料，但在营前，陈、蔡（还有朱）确实是自觉怀抱中原文化血统的世家，他们以各种不同的原因先后来来营前，在成为本地望族之前并没有倒退为"峒寇"。有中央兵寨和书院传统的营前，欠缺文化根基的"峒寇"怎能胜出为当地世家呢？

于是我们进行进一步的探寻。本文正是向着"村落层面上的个案式探讨"方向掘进，营前陈、蔡两个姓氏进入了我们的视野中。

营前的前天：陈、蔡的反"客"为"土"

乾隆年间《上犹县志》说："赣、南二府，自明季粤寇流残焚杀已甚。"（卷十"艺文志"）这说明中央政府凭靠当地朱、陈、蔡等旺族建立了文化秩序，本地的"峒民"已归顺，官家已把闹事者称为"寇"，但主要来自广东和营前周边地区的流民（包括农民起义）争夺生产生活资源的斗争不断发生。社会的进步并不一帆风顺。首当其冲受到流寇冲击的当是成了望姓的朱、陈、蔡。

让我们探寻一下朱、陈、蔡反"客"为"土"的过程。

只要你进入营前，就能听见"朱、陈、蔡是土著"的说法。中国文化里对排列先后是有讲究的，笔者揣测，一定是朱姓先来，而且以其经济和文化实力成了营前的望族，后来的陈、蔡经过一番跟朱姓的较量，达成了和解，和解之前一定有新来的姓氏虎视眈眈，于是三姓以各自的文化根基形成了"统一战线"，朱、陈、蔡成了土著的代表，即本地人，构成了营前的一道文化风景。

据罗勇先生实地考察，"朱氏族谱已不存……（据一朱姓老人介绍）朱氏于南宋年间从豫章迁入，石溪、王龙、黄龙坝、樟树村、巷子角等村均为朱氏所建。后朱氏衰落迁散"。

依当时生产力和经济水平，建村子须有一定的文化内涵，发展起来更须得众人的认同，有如此建树须好几代人的努力，绝不是可以随便乱建的。这也说明朱氏在当时是营前先进生产力的代表，朱氏有文化凝聚力。至于后来衰落，当在明朝末期和清朝（恰恰在明代，蔡氏的发展达到极盛）。凡姓氏迁移不外这么几种原因：一是躲避战乱和天灾人祸；二是由中原（中央政府所在地）派到各地做官或流放，一个家族为此搬迁；三是躲避上级的委派（所谓得罪不起但躲得起，当时也容易躲），像陈氏就属这种情形。〔据乾隆甲辰（1784年）春镌《营溪陈氏重修支谱》载，陈氏原居金陵（今南京），八世祖名徽，僭称吴国，欲招陈徽为幕僚，陈徽不肯为吴所用，遂捻携老幼由金陵徙居泰和柳溪，并改名为晖，以匿迹。〕而且都不是一步到位的，即使迁到江西境内，也还是一迁再迁。像陈氏不与最高权力合作，选择隐逸。正如著名学者李欧梵所说，"中国古代与自我流亡最为接近的是隐逸，或是自动退出政坛而保持自我的完整性，或是因为王朝更迭，时代动荡，为求自保而自动退隐。然而，通常的远离政治权力中心，寻求隐逸的雅致的道路，事实上就是回归家园，沉湎于艺术、文学和学术的文化追求。这种姿态部分地受到道教思想的影响，正好与儒家入世的风气相对。"（《身处中国话语的边缘：边缘文化意义的个人思考》）这又雄辩地说明，朱、陈、蔡有着中原文化的根基，绝不是当地峒民。

笔者揣测，朱氏衰落也有一个过程，其主要原因一是明朝宫廷内斗，争权夺位，朱家人分房族派系，追杀自家人，而且要赶尽杀绝，据说朱元璋一个儿子当年就流落赣南；二是清朝（满族）更是对朱氏不客气（朱氏是前朝皇室），三是支脉外迁，由于住不顺或另图发展，朱氏后裔迁往他地。当地人说朱氏的覆灭缘由后来新来客家的一次剿杀，以至族谱都没有留下。此说不一定准确，遭剿杀的也许是朱氏已经衰退的大本营，此前散住在营前各地的朱氏也许早就走散了。笔者仍相信以后还是能找到营前朱氏更为清晰的"足迹"。不管怎么说，朱氏对营前是有文化贡献的，给营前留下了文化印记。

蔡氏原居福建莆田，是北宋书法家蔡襄之苗裔。南宋时，有衡道公为宦江西，遂从福建迁居南昌，至南宋末年衡道公子节烈公授招讨使，从文天祥起兵勤王，宋季离乱，遂又由吉水的歧下坊市迁来营前，始祖（1250年）为蔡起渭，世居村头里，到宋时世代为官，为显族，故迁居营前后，也很快成为地方名绅。

蔡氏至明代人阜物丰。明洪武年间，六世主太公富于赀，"捐米一千二百石赈济江南，奉敕旌表"。这充分说明，营前虽地处偏僻，有地方望族做引导，投身于全国公共事业，因而成为时代和社会的主流。蔡氏这种胸怀，当然离不开当时官府的倡导，更离不开他们祖先的忧患意识——中华文化传统（如"穷则独善其身，富则达济天下"、"先天下之忧而忧，后天下之乐而乐"等）。

正德年间，蔡家在太傅营的前面筑营前城，家族势力达到鼎盛时期。在建蔡家城之前，蔡氏已有宗祠。《营前蔡氏城记》说："城堤倒塌修补之费，一出于生姓宗祠。" 宗祠就是本姓文化共同体的载体，有宗祠便有修缮和维持其运转的经济与文化运作，这也是一种社会管理，可以反映宗族的组织化程度。

　　而陈氏于南宋绍熙三年（1192年）由本省泰和柳溪迁来，世居下陈。（陈、蔡及诸多姓氏几乎都在江西中部停留过，后来顺赣江又顺章江和贡江而上进入赣南各地）前面说过，陈氏的先祖也是朝廷命官（"八世祖名徽，僭称吴国"）。据柳溪陈氏三十七世孙［柳溪陈氏兴宁支系五十一郎（赟例）之二十三世孙］汉民提供的资料：

江西泰和柳溪陈氏始祖晖（徽）

　　唐朝末年，盗贼四起，流民纷纷，黄巢起义，藩镇割据，天下大乱。群盗起江淮，寿春人王绪与其妹婿刘行全聚众据寿州，取光州，劫豪杰置军中。绪为秦宗权所攻，遂率众南奔，略浔阳，赣水，取汀州，陷漳浦。始祖晖又名徽，年少时就读于东佳书院，中和四年（884年），与宗帅堂兄固一起，被绪胁迫南行。绪为人气窄，将吏之材能者，朝不保夕，多死军中，人人自危。绪为王潮设计所擒，惭而自杀。晖随堂兄固奔浙江。吴王杨行密颇能举贤任能。光化二年（899年），浙地睦州、婺州、衢州尽归吴国。陈晖投吴，为温州司户参军，大理评事。天祐二年（905年）十月，杨行密薨，其长子渥立。王广树亲信，陵蔑旧勋。天祐四年四月，左右牙指挥使张颢、徐温帅牙兵击杀王亲信十余人。天祐五年五月，张颢、徐温遣纪祥、陈晖、黎璠、孙殷入宫，王觉察有异，大呼"诸位反戈一击封侯"。陈晖等人唯唯诺诺，唯独纪祥不允并弑王于寝室。旋温使谋斩颢于牙堂，辗纪祥等人于市，军府事咸取决焉。陈晖心不自安，急投梁太祖朱温。开平三年（909年），李洪寇荆南，朱温义子高季昌遣其将倪可福击败之；朱温诏马步军都指挥使（行营招讨使左卫上将军）陈晖将兵会荆南兵讨洪。陈晖军至襄州，李洪逆战，大败，王求死。九月丁酉，拔其城，斩叛兵千人，执李洪、杨虔等送洛阳，斩之。天祐十三年（916年），后梁以归降将领为本，降将谭全播为大将，在淮南抗击后唐，兵败。天祐十五年十一月，吴国将领刘信进攻虔州，吴国先锋始至，虔兵皆溃，遂拔虔州，追执守将谭全播于于都，全播降吴。陈晖潜回老家江州德安太平乡常乐里。同光元年（923年）远遁山林沃野江西泰和柳溪，隐姓埋名，不修谱，不立传，以避朝野新旧仇人。稍有不慎，岂不燕巢倾覆？

陈、蔡的文化资历及到营前的时间都相近，对当地生产生活资源的占有以及共同对付别姓氏的侵犯（或侵犯别姓），都有共同利益，容易结成"利益共同体"。陈、蔡在明代已是营前颇有势力的地方大族。

陈氏在明代也涌现了许多科举功名人物，还建立了学田，建立了祠堂。明代初期，陈氏开始修谱，此时陈氏已在营前定居了一百七八十年。明朝中后期，陈氏的宗族实力进一步增强。乾隆年间陈氏族人追述明代其宗族情况说："明天启四年，邑侯龙公倡建营溪水口文峰塔，而陈之游庠食饩，贡于雍饮于乡者，共数十余人。"陈氏还捐建了北门庵和桃岭庵。至乾隆年间，陈氏在营前已定居500多年，繁衍了十八九代，丁口近千人。这都说明陈氏不但有经济实力而且积极参与社会公共事业。

陈、蔡两姓成了营前地区重要的力量，而且他们与官府维持了较好的关系。营前的文化灵魂开始凝聚。自然陈、蔡也成为流民袭击的目标。

相对而言，朱、陈、蔡属先来营前的客家，因为各自树立了文化形象，被后来的客家称为土著，朱、陈、蔡亦以土著自雄。而此前营前各姓居民的湮灭也是其欠缺文化根基，被同化的结果，他们的颓败与湮灭的根本原因是欠缺内在的文化活力。即便有着中原文化传统的朱、陈、蔡一度兴旺，最终还是受本文化中的惰力（消极面）所累，被后来的客家所战胜。当然这后来的客家同样面临自身文化惰力的克服问题。简言之，走向开放与融合是保存和壮大自己必由之路，老守着一成不变的传统势必途穷末路。这在当时环境封闭信息不畅惰力深重的情境下，需要各姓氏的智慧者带头人感受变革的必然性，并把这种变革付诸行动。

陈、蔡的联手给营前文化注入了新的内涵，使这个边贸集镇大放异彩。

从蔡家城到文峰塔：客家灵魂的象征

像历史上各民族各姓氏的联合一样，陈、蔡的和解依凭婚姻为纽带，通过联姻维系和解。据罗勇先生考察，陈氏在营前一世到十五世，所记载的丁数559例中，其中有170例与蔡氏通婚。这里面包含一种文化价值与文化秩序观念，如门当户对，陈姓娶了蔡姓女会带来财富和吉祥，兴旺发达，这也说明两姓的和解已深入到情感和心灵，玉成了一种心理。

陈、蔡都维持了跟官府良好的关系，成为官府平定盗贼流寇的重要力量，这是自然的。《陈氏族谱》记载说："明正德年间，流寇猖獗，欲筑城自卫而不果。其从王文成公征桶缸贼有功，旌为义勇指挥使者，则瑄之第四子九颧也。"

由于中原传统文化有着内倾性、排他性、封闭性的惰力（所谓"非我族类其心必异"），加上现实利益（如风水、人丁、财富、生产、生活资源等）的考量，他们在联合中有争斗，争斗中有联合。一开始各自都不会看重这种"利益共同体"，总想压倒或胜出对方，于是在争斗上耗费了大量的人力物力。陈、蔡始终有着矛盾即争斗的潜在心理，这也是自然的。这在筑城一事上各姓心态表露无遗。

蔡氏当时在经济和文化实力上远在陈氏之上，所以在面对流民的骚扰焚杀，便想自建蔡家城，一是自保，二是炫耀经济和人才实力，三是显示自家与官府的关系更牢固，四是显示自家文化根基。筑城源于一种圈子——封闭心态，这也是中国传统文化的一个特色（如长城）。当时建城必须得到官府的批准，蔡氏当然履行了这一程序。

陈氏以同样的心理也想筑城，这样两姓不安的灵魂暴露无遗。于是便有这么一个故事：两个土著大姓都想筑城自卫，向官府报批，官府的批复是"准寨不准城"。由于"寨"与"蔡"谐音，"城"与"陈"谐音，蔡家城就建成了，而陈氏"筑城自卫而不果"。从字面与中国的历史看，城更有官家神圣色彩，城兴表示这一带兴，城败则这一带衰，而寨富有山野即非正宗色彩。黄志繁先生质疑说：这个故事是后人的编造，有可能是陈氏在为自己没有能够筑城进行辩解。

从更内在的原因，也许是陈氏内部在凝聚力、财力和文化魄力（包括管理）上尚不到火候。举个例子，清乾隆年间《营溪陈氏支谱》从乾隆二十一年（1756年）发起组织，到乾隆四十九年（1784年）镌刻成书，前后耗时28年（也算是一种持恒的文化精神，但在魄力上有欠缺）。筑城当比修族谱工程更为浩大，主持者须有顽强的定力即文化精神，可见蔡氏把筑城当作一项神圣大业。也许经这样一激，早有准备的蔡氏干脆把筑城变为实际行动。

笔者以为，蔡氏在文化心态（精神）上更持恒，也更泰然若定，这才是最关键的。上面已提及蔡氏在明代捐米赈济江南的事迹，说明蔡氏有以文化主流自雄的气魄。在捐款捐粮以济世上，人们往往看到的是一种善举，注重的是包括获得功德名誉的回报，这属于功利性思维；人们常常忽视：捐赠济世是一种文化精神，捐赠者能从中提升精神境界，涵养大气。蔡氏这种文化心态绝不是一代两代人形成的，它有一个长期的积淀过程。嘉靖《南安府志》卷十七《书院》载：

> 至元大德间，县簿刘彝顺申复台省重修书院，时有吉水住歧人，姓蔡名璧字起渭者，侨寓于此，彝顺见其学行超卓，增中俊秀，选而未任，遂举有司掌学务。而起渭亲构讲堂，崇饰圣像，训迪一方，子弟文风为之复振。延祐初，达鲁花赤杨伯颜察儿复营学田百亩有奇，仍举起渭司教。是时书院将倾，而起渭又衷资购材大加修葺。

蔡氏从热心护持书院（社会公共事业）到慷慨赈灾，贯穿着强劲的文化精神，代代相传，于是筑城就有充分的底气。在当时蔡氏筑城确出于一种文化气魄和文化眼光，它的气魄和眼光更是通过筑城得以显现（物化）。客观地说，由于筑城，营前的文明提高到一个新水平，为这个边贸集镇增添了风采和文化魅力，也足以使蔡氏自豪和自雄，所以蔡家城也叫营前城。

蔡氏建好外城就派上了用场。明正德十二年（1517年）崇义横水、桶缸爆发谢志顺、蓝天凤畲民起义，其中一支以蓝文昭、雷鸣为首盘踞于营前附近的上信地、下信地，南赣巡抚王阳明亲自督战，驻军蔡家城，经三载而平定了畲民起义。蔡氏给予王阳明很大的支持。嘉靖三十一年（1552年）广东农民李文彪攻略营前，知县吴镐与生员蔡朝侪、朝瑛等议保障之策，旋敛得族银七千余两重修内城。这样蔡家城就非常壮观了。即使在战乱岁月，蔡氏趁势而上，为圆筑城梦而奋斗。城做好了，还得维持，还得建立一套有效的管理办法，若没有文化精神是不可想象的。

笔者曾于1997年春在营前采访抄录了龙文光写的《营前蔡氏城记》（标点为笔者所点）：

> 予治犹之初年，因公至村头里，见其山川秀美，山之下坦，其地有城镇之，甚完固。既而寓城中，比屋鳞次，人烟稠密。询其居，则皆蔡姓也，他姓无与焉。为探其所以，有生员蔡祥球等揖予而言曰："此城乃蔡姓所建也，生族世居村头里，正德间生祖岁贡元宝等因地接郴桂，山深林密，易于藏奸，建议军门行县设立城池。爰纠族得银六千有余，建筑外城。先祖等又敛族得银七千重筑内城，高一丈四尺五寸，女垣二百八十七丈，周围三百四十四丈，自东抵西径一百一十三丈，南北如之。城内悉蔡氏，其城垣损坏城堤倒塌修补之费一出于生姓宗祠。生祖训曰：君子虽贫不鬻器，创建城垣保固宗族，其艰难之巨，祭器之若郎或食不能自存欲售屋土者，亦只可本族授受，敢有外售者以犯祖论，故子孙世守勿失焉。"美哉，蔡氏为子孙计深且远也。然固守中籍于城，守先惟在于志，语云众志成城，盖其志可用也。今观蔡氏后贤，虽罹兵燹而人无散志，城中屋土不敢鬻于外姓，惟祖训是遵循，可谓能继先志者矣。自兹以往聚族而处，居常则友助扶持，觞酒豆肉，而孝敬之风蔼然。遇变则守障巡侦，心腹干城，而忠义之气勃发，是尔

祖建城凿池，非第安而聚之，乃所以教忠而教孝也。且顾其城曰：江南名镇，蔡氏后贤勿替所守也可。天启四年甲子冬月记。

蔡氏的文化精神由无形、形小（主持书院和赈灾）到大形（筑城），它必定超出本姓成为营前地区的文化精神，支持和反对的姓氏都会得到启发受到激励，陈氏概莫能外。所谓民族传统文化精神就是这样形成的。蔡氏在营前的领袖地位便这样确立起来。

陈氏不甘落后，虽没有建立城池，也在考科举、建学田、建祠堂等宗族的组织化上急起直追，这实际上就是一种文化积累。就在县令龙文光写下《营前蔡氏城记》的天启四年（1624年），龙文光倡议陈氏"爰合本里蔡捐置塔会租田壹百零伍担，奖励后进，以志不忘所自明季多难，祠宇民居悉为流寇所焚毁"。这也是政府对陈、蔡的勉励，说明陈氏的实力正在增强。政府希望联合陈、蔡成为稳定营前的基本力量（此时朱氏已衰败）。

陈、蔡合建了文峰塔。《营前陈氏重修支谱（世德堂）》留下重重的一笔：

　　吾乡名营前，里曰村头，陈蔡二姓卜居斯地，自宋末元明迄清数百载矣。前天启间，邑侯龙公以公事求，登临览胜，窃叹东方文峰低陷，爰斜两姓建造宝塔。嗣是，游庠者、登科者相继而起。两姓之祖，仰慕作人之化，聊效甘棠之颂，建祠置田，塑像崇本，以志不忘。其租田一百零伍石，载粮壹石三斗三升，内拨壹拾伍石赠僧香灯之资，余玖拾石……轮次完粮收管。若科甲及恩、拔、副、岁等贡，众议收一年以资路费，僧粮一并包纳，毋得紊序争收，祖训敢不凛遵。今遭逢圣世，加意右文，两姓游庠以及国学者约计数十人。若一个管收一年，久令后起者悬悬观望。公议自今伊始……而四十四年以后进学者，每年轮案挨次，两人合收……

龙飞康熙四十五年丙戌岁仲冬月
学长良德、泰伯同记

按一般常识，人们往往从招福镇邪的风水角度理解矗立在城镇附近的塔，但营前的文峰塔还有着独特的文化内涵，就是姓氏的和解，它是营前客家文化发扬光大的象征。当共同的敌人或竞争对手成为一种实实在在的威胁，两姓便意识到和解的必要。于是营前既延续着争斗的历史，也延续着和解的历史。从上述引文还可以看出，尽管蔡氏威势显赫，县令为之折腰，但陈氏不亢不卑，以营前大姓的姿态与蔡氏谈判，既然是两姓合建，其权利和义务也均等。当然蔡氏也展示了胸怀，充分尊重了陈氏。这种和解（联合）促进了营前文明。长期以来人们更喜欢强调斗争而忽视和解，殊不知，如果没有和解精神，营前也就不可能成为日趋繁荣的江南名镇。

蔡家城的毁灭与文化精神的高扬

任何事物都有生长与衰败的周期，同样，像蔡家城，像象征宗族兴盛的各姓祠堂如陈氏祠堂也逃脱不了这一规律。检视中国历史，某朝代某地某姓的衰败，都与动乱分不开，按照几十年的习惯说法就是农民起义的作用，于是农民起义屡屡被赋予革命的神圣光环。应该说，农民起义是社会矛盾积累到一定程度的结果，原有的社会运转机制（体制）和秩序已衰朽，它通过猛然一击的外力表现出来。从这个意义，农民起义是社会面临变动的晴雨表，昭示着社会机制与秩序必须更新。但是从农民起义的客观效果，却是破坏大于建设，社会文明（包括精神文明）的积累毁于一旦，开了文明的倒车。笔者揣测，历朝历代大大小小的农民起义起始都不过是对生活利益的诉求，其中受了一定中华传统文化熏陶的精英，与其说是受陈胜吴广的影响，不如说是受项羽"彼可取而代之"即做皇帝的刺激，和梁山泊绿林好汉聚义的影响。他们没有更好（先进）的社会设想，只是以发泄为快。确实，他们在动乱中攫取的好处（报仇，尊严，威望，财富，美女，好生活）来得既快又多，何必辛苦耕读、省吃俭用积累？所以每一场农民动乱所带来的是人心的凋敝。

让我们回到营前回到蔡家城的故事。据罗勇先生考察，此时蔡家城也被称营前城，是营前的一个标志，占领了它也就占领了营前。当然蔡家城的财富和景观也是起义者所羡慕或者所仇恨的。蔡家城在明正德年间筑好外城就遭受到了流寇的攻击，蓝天凤、谢志删起义把矛头对准了蔡家城。起义被官府弹压，蔡氏又筑了内城。清顺治二年（1645年）"阎王总、叶枝春等踞营前"，攻陷蔡家城；六年，又"合桂东流寇张和尚等复踞营前"，两次"共杀营前村头里（蔡氏）生员二十四名"。蔡氏宗族遭到了第一次劫难！

康熙十二年（1673年），原已降清的明朝将领吴三桂、耿精忠与尚之信等先后在云南、福建、广东起兵反清，史称"三藩之乱"，战乱波及滇、黔、湘、桂、闽、川、陕、甘、粤、赣等省。甲寅（1674年），上犹流寓广人余贤、何兴亦乘机作乱，聚众石溪岗，杀掠营前等处。他们"聚众数万围营前城，分围县城，屠杀甚惨"。此次劫难，"营城受残比他处更甚，室庐田园为之一空，谱牒遂以无存"；"予姓遂四散，或迁居县城，或避乱赣州，远者且在楚蜀"。六七十年后，"营城中人烟稀疏，欲求如往日之比户聚处，岁时伏腊，交相遗问，不可得矣"。蔡氏从此衰落下去。

后来连蔡家城墙基也给挖掉，这是近代和现代的事了。清咸丰三年（1853年）太平军攻略营前，县丞署和把总署同毁。20世纪30年代初"乱红"即第一次土地革命，为防红军来攻，国民党营前当局拆城墙建碉堡。20世纪30年代末，王继春在上犹任县长，为改造营前圩，拆城墙筑骑楼砖墩。

蔡家城的兴衰也就是营前的兴衰，营前曾有过的文明也就此衰落了。蔡家城的衰落可以分这么几个层次或阶段：一是受营前地区即附近人的侵袭，包括广东流寇的侵袭，肇事者自然出自当时体制的压迫，但他们追求财富，追逐蔡家人——有钱有权势的心理动机是很明显的，而不是出于"均田"即土地的再分配，他们杀掠一番然后离去，当然也是对蔡、陈老是协助官府的一种报复；二是后来的"三藩之乱"波及营前，说明营前也被裹挟到时代的潮流之中。"三藩之乱"也说明清朝已入衰境，时代的变革就在眼前，专事烧杀掠夺的"三藩之乱"是担承不了时代变革的重任的。这次营前是以蔡家城之衰而步入全国变革的时代，融入时代的洪流。

其实，在某种程度，蔡家城就是封闭自大的封建帝国的一个缩影，传统文化中惰力的一面也同样在蔡家城积淀深厚。我们可以从《营前蔡氏城记》里看到这些端倪。一是层层封闭，筑了外城又筑内城，形成蔡氏大一统。在蔡氏自雄自豪的同时也切断了与外面新鲜事物的关联。二是在管理、经济等具体运作中，都在本姓中发生，只可本族授受，"肥水不流外人田"，还定为蔡氏万世不变的祖训。三是一味以县令（政府）的评价为终极标准，而不屑于向生活学习。这跟它咫尺之遥兴旺的营前圩所需要的交流沟通背道而驰。营前圩随着成为县际省际贸易重镇，它的开放和包容势在必行，但蔡氏沿袭传统文化中重文轻商的陋习，与之格格不入。这种社会的和思想的冲突肯定会发生。

在地理环境上，由于它封闭，势众的流寇"可以关门打狗"，因而蔡氏"受残比他处更甚"。福兮祸所伏，祸兮福所倚，相近的陈氏同样受流寇所杀掠，由于没有围城之累，受害程度就大为减轻。

应该说，营前遭屠城，蔡氏首当其冲，陈氏等同样遭到杀戮，营前百姓都受其害。如果当时陈氏也筑了个像样的城池，其受到的损失肯定会更大。也就是说，在开放度上，陈氏比蔡氏要大。陈氏后人有没有得到这冥冥中的昭示呢？答案是肯定的。没建城池，于陈氏是一个缺憾，但也就少了"围城心态"，到了近现代陈氏的又崛起，在内在的文化精神上是有关联的。福兮祸兮谁能说个明白？也许苍天趁此村落布局借此劫难，将蔡氏担承的文化精神就此转给了陈氏（让陈氏在居住上留下个豁口）？

随着物质层面的蔡家城的彻底消失，它的历史及精神却留存在人们的记忆中。"蔡家城"三个字成了营前抹不去的记忆。这就是传统和文化的力量！

这里，也不能以阶级斗争思维，因遭遇大劫就把全部"脏水"泼给蔡氏（士绅）的恶行，而美化那些凶残杀戮的"农民起义"。实际上，在惨烈的屠城中，蔡氏所表现出来的英勇顽强更是应该记取的，因为他们以其生命体现了中华传统文化的伟大力量！在蔡家城第一次遭洗劫，"十四世德仪，字人表，郡庠生，顺治辛卯（1651年）贼陷城，母被掳至仙人崖投崖而死。公不避艰难，匍匐遍寻山谷，获母尸，殓之。途归复遇寇，疑棺中藏匿赀财，欲截棺启验，公哭泣跪恳，贼怜而释之，扶枢安厝，庐墓三载"。

"三藩之乱"即清甲寅（1674年）之乱，蔡氏十四世"德俊，字人杰，康熙庚戌年岁贡……能以机智御寇，迨绝援城陷不屈而死"；"允和，甲寅城陷与史允魁与贼力战，围绕数匝，自刎而殁，招魂附葬"。十五世希禹"顺治乙酉科先贡考，授知县，时寇贼滋扰，公与宗族竭力守御，城陷不屈而死"；希宪"城陷与贼格斗身披数刃而卒"；"希明，配邓氏周氏，夫妇于甲寅城陷被害"。（《起渭公源流考》）

"与城池共存亡"不但是上犹县城历史悲壮的一幕（《上犹县志》载：1276年元朝出兵万余攻上犹城，时任南安巡检李梓发与县令李申巽率军民死守县城，元军围困72天没有攻破，1279年宋亡，元军再度围城，李梓发率众死不降元，城破，全城只剩68人，全城被毁），同样也是蔡家城——营前悲壮的一幕。中华文化的忠义忠孝价值观可见一斑。

底气与意气："蔡家城精神"面面观

在营前蔡氏的发展史上，蔡家城的毁灭是其由盛而衰的一个鲜明记号，但在文化精神上，却因其有充足的底气而更加昂扬——显现其顽强的一面，所谓碰撞出火花、磨砺而发愤，就是这样的情形。当然，同样面对碰撞和磨砺，有无文化底气所采取的反弹行动是不一样的，粗蛮的勇夫往往发出非理性的粗暴行为，扬威胁要意气，气势汹汹地来那么"几板斧"，而具文化底气的人往往选择沉默和从容，所谓"有理不在言高"。面对惨重的挫折，蔡家人，蔡家读书人无力回天而仰天长叹，但内心，在精神上是不会善罢甘休的，他们依然会继续利用原有的文化优势，以"铭记真相"为由，在家氏族谱和县志等典籍上记下浓浓的一笔。这方面，蔡氏仍有蕴藉的文化底气。

笔者认同当代学者黄志繁的说法：康熙十二年（1673年），因吴三桂所引起的"甲寅之乱"对营前土著（朱、陈、蔡）是个沉重的打击，蔡氏宗族一蹶不振的说法与事实存在偏差。实际上，"甲寅之乱"并没有从根本上动摇蔡姓，乾隆、嘉庆年间，蔡姓在地方社会仍然是最有影响的家族，基本上掌握了地方社会的话语权。或者说，经过了"甲寅之乱"的打击后，蔡姓经过几十年的恢复，在乾隆初年，重新壮大起来了。蔡氏进行了一系列的地方建设，具体事例有：

礼信桥，在营前城外南三十里，平富隘白花滩。乾隆十四年，邑人蔡志抡、志扶兄弟捐建……传称龙潭早祷即应。乾隆十二、十四年六月欠雨，时巡检张仕虔往祷，二次俱礼毕云兴，旋数里甘霖立沛，三昼夜不息，幸获秋成。于是，志抡等捐修庙宇，以答神庥。署县李珥择斯名。（《上犹县志》卷三"建置志·桥"，乾隆十五年本，第29页）

慈惠亭，在县西北五十里孤独峰上。国朝雍正元年，邑人蔡志抡、志扶奉母钟氏捐建复租十五石为夏秋二季煮茶之费。（《上犹县志》卷三"建置志·寺观"，乾隆十五年本，第35页）

文昌阁，在县治八十里，营前蔡姓城东南角上。乾隆八年，蔡祠公建。（《上犹县志》卷三"建置志·寺观"，乾隆十五年本，第36页）

观音阁二，一在营前妙乐寺前左，乾隆六年，蔡姓重修。（《上犹县志》卷三"建置志·寺观"，乾隆十五年本，第36页）

还有，根据乾隆《上犹县志》，乾隆初年任上犹知县的周肇歧、张仕都曾为蔡家城专文写记，雍正年间任南安知府的游绍安则写有《营前蔡氏祠堂记》。

从上引资料看来，乾隆初年，蔡氏或建桥，或建亭，或建庙，或建阁，非常活跃，这充分说明其经济实力和地方影响力都不小，而且与官方联系紧密。

清朝期间，在科举方面，蔡姓在营前乃至上犹县范围内都占据了绝对优势。从雍正十年（1732年）起担任了十七年南安知府的游绍安对蔡氏士绅群体深有了解，他说："恒为士者，蔡氏为盛，而前征往矣，志传可稽。惟今存八十翁弘正，既昆仲竞爽，又五子式似，且孙枝接武，是蔡氏尤盛者也。"据黄志繁从此篇记文中统计，清代蔡姓有廪生以上功名的士绅27人，其中举人4人，贡生4人，监生1人，廪生18人。另有3人只列其官职，未列其功名。代代相继绵绵不绝，因而，能够对地方文化产生很大影响，在《上犹县志》中发出很强的声音。乾隆年间《上犹县志》对蔡姓记载就有："儒林"7人，"耆寿"9人，"乡饮"10人，"节烈"17人，"艺文"24篇。应该说，这些方面评价标准的弹性较大，可蔡姓能有这么可观的记载，足说明其影响力，也说明蔡姓施加了足够的影响，蔡姓与官府关系不同一般。

这就是"城倒威不倒"，许多能象征实力的物质建筑被摧毁了，但其文化精神依然高昂。此乃有底气也。底气与意气相连，有底气自然爆发意气，不过意气发过头也就成与底气无关的"虚热"，纯是"孤傲地赌气"而已，导致一味固守祖先有过的光荣和训诫，不能正视已经发展了的现实，连自家的巨大缺陷也毫无体察。在崇尚武力和粗蛮的环境中，蔡姓同样染有此痼疾，这也是中华文明久久不能提升的一个环境原因。

比如，在朱、陈、蔡这些"土著"被迫让出地盘给后来到营前且势力不断紧逼的新客家面前，新客家也知道"必须与土著结婚联姻，怡情释怨，里甲得以认识"（1685年即康熙二十四年上犹知县希望土客籍和睦共处的呈请），康熙三十六年修撰的《上犹县志》也没有太多土客之间冲突的记载，而蔡姓始终不能释怨，乾隆十五年的《上犹县志》卷十对客籍流民屠杀土著的记载则非常详细——

（顺治）二年三月，粤贼阎王总、叶枝春、胡子田等从北乡突至，邑令汪皋率民从南门出犹口桥御之，杀贼数百。

康熙十三年八月，逆藩吴三桂反，粤贼余何等纠合先年已降寇贼廖道岸、曾道胜、何柏龄、何槐龄、胡子田、张标、黎国真、田复久、田景和、黄炽昌、陈王佐、罗敬思等，领伪礼，拥众数万与吴谣相声援。

二五年四月，余、何诸贼自上犹潜师袭南安，郡守守将奔南康，贼遂据城设伪官，六月，还破犹城，县令出走，家室悉为贼据。

十七年，虔镇哲率师至犹招抚，粤寇平。盖自甲寅蹂躏三载间，土人庐墓焚掘几遍，屠杀绅士百数十人，掠卖子女不下数千，平民死者尸横遍野，有合族俱歼者，如象牙湾朱氏、浮潮李氏、周屋围周氏、石溪之王氏杨氏、水头之胡氏游氏，无一存者。（《上犹县志》卷十，乾隆十五年本）

乾隆十五年《上犹县志》还收录了一名上犹本地人朱姓贡生的《书叛害录后》——

《犹邑叛害录者》，邑人为粤贼肆虐被害而作。书我朝初定鼎，粤贼遥应吴、耿诸逆以图不轨，号召为合万余众，焚杀劫掠，无所不至。犹邑界闽楚，殆甚，犹邑之营前尤甚。余生长数十年，耳环尝闻而目未之睹。口岁冬，因修邑乘，预局执事，得抄本一，既又得刻本一，取对勘，一字不差。其中历叙被害缘由，自邑侯刘公条析三叛三抚及各上宪看语详文，条陈井井。及阅至最后数幅，自顺治二年暨康熙十三年、十五年屠杀营前绅士蔡一璋、陈振升等五十余，尸横遍野不计其数，掳杀子女金帛殆尽，甚至全家无子遗而宗祀以绝云云。不忍正视卒读，不觉鼻为之酸而发为之竖矣。当时各宪阅此缘由，亦各自一片婆心，惜当日安插不得其所，鉴别不严其辞，致当时有改名更姓，阳散潜伏，恐滋蔓难图，祸根未斩之虑耳。今日者，承平日久，僻陬无弗声教，四讫革面心矣。然而凡人之情，痛定思痛，则安不忘危，治不忘忽，所以征我国家赫声濯灵，重熙累洽之由也。

可见，土著朱、陈、蔡受害之烈，已深深烙在其宗族记忆中，意气也郁积着，平时一直在申诉和记述这一段历史，趁他们（以蔡姓为首）还能掌握文化主导权，将此付诸志书。就是说，保留并恢复"历史真相"成了他们一代又一代的心结。但情况到了道光三年（1823年）修撰的《上犹县志》发生了根本变化：对客籍流民的罪行的记录进行了修改，删除了作乱之人的真实姓名，对土著受害的内容进行了大量的删除。这当然是官方出于维持稳定的考虑，反映了土客融合的历史要求，也说明客籍已经进入了当地社会和文化主流，也说明"土著"独占话语权的时代已一去不复返。

笔者以为，蔡姓在当时既是文化底蕴的持有者，也是惨烈的受害者，他们执着地书写"历史真相"——保存真实历史记忆的文化行为应该受到尊重，否则，留给后人的土客争斗的残酷历史就会显得空泛。当然，重提"真实的历史"并不是追究谁的过错，而是"立此存照"，因为不管"正方"还是"反方"，其心理和精神的裂变——深层心理都必定有意或无意烙上如此"历史创伤"。自然，作为受害方的蔡姓，在做种种叙写中也流露非理性的意气。

走向和解与融合：客家文化精神的延续和嬗变

朱、陈、蔡在营前较早地变"客"为"土"，与官方建立了密切的联系，考科甲，建祠堂，设族产，积极参与社会公益事业，有一定的家族（社会）管理经验，成为当地的上层和主流。朱、陈、蔡结成了"利益共同体"。但是他们的思想意识深处仍是封闭的独立王国，认为自己是营前的正宗土著。为维护自己血统的"纯洁"和正宗，维护自己的势力范围，维护自己的既得利益，他们对圈子外的他姓是蔑视的、排斥的，甚至用各种堂皇的理由来打压之。所以他们和解的局限性很大。他们的局限性也就是中原传统文化的局限性。其局限性往往被唯我独尊的"不与逆贼同流合污"的高调言辞所掩盖。

在一波又一波的动乱里，作乱者总能聚众山林对朱、陈、蔡进行进犯，就说明当地处于边缘的居民对他们的垄断地位是不满甚至仇恨的。以牙还牙争相报复是最流行的行为和思维，也积淀在我们民族的血液中。新时代和解的主题尚处于萌芽状态，它成为一种社会共识仍须跨越"万水千山"，这不是哪方一厢情愿所能奏效的，对立的双方还须付出惨重的代价，它是时代社会合力的产物。所谓客家文化精神，它的产生、延续和嬗变，都伴随着悲壮与苦难。

清代初年，客籍大量迁入营前。这表明全国特别南方处在动乱之中，或者说处在大变局的前夜。此时营前和上犹几经战乱和兵燹，康熙二十年（1681年），"三藩之乱"平定之后，知县刘振儒回忆遭受流民侵袭的情形说："上犹县一邑两次屠戮，五载蹂躏，自康熙十三年至今，人绝烟断，空余四壁孤城，一片荒山，幸天兵震临，狗鼠丧魂，随有投诚之众自愿仍垦营前。"（道光年间《上犹县志》卷三十一"杂记·文案"）

诚如黄志繁先生所说，上犹的广东流民"三叛三抚"的过程，其实也是流寇逐渐转变为官府控制之下的"民"的过程。特别是"顺治十六年，募垦橄下，其党乘间复集，始焉遍满犹、崇二邑，继而蔓延南康之北乡……"官府招募流民开垦荒地，导致了流民大量涌入。

笔者认为，广东流民纷纷涌入营前（上犹）还说明：当时广东生存环境之恶劣；经此"三叛三抚"，营前在南方的知名度大为提升，已经成为许多流民的首选之地；广东流民跟以往的山林寇贼不同，他们要住下来，繁衍后代，进入社会主流，成为正宗的土著，于是跟原土著争夺土地、经济、文化资源，势必考虑长远。这势必出现新的斗争，这种斗争的深度广度是以往不可比拟的，因而和解的深度广度也是以往不可比拟的。官方的平抚政策既是一种策略，也包含和解的因素，这就给广东流民生存发展的空间。不过，官方从来以道统自居，不会屈尊，不会有明确的和解意识，它的和解是被迫的，在事态成为既成事实后就来个"政策调整"。营前土著朱、陈、蔡的心态也是这样的。扩大来说，从近代至现代，我们的国家改革开放——融入世界潮流，也是被动的。

尽管以朱、陈、蔡为代表的土著遭受了重创，但其文化正宗即主流地位并没有动摇。它仍是官方行政的依靠力量。它仍希望并依靠官府镇压和制服那些作乱的流民。此时土著节节败退，而客籍利用朝廷"招垦"政策涌入营前已成阵势。

土著仍凭借资历和文化优势，如鼓吹仇恨意识（"杀戮父兄，仇不共戴；淫掠妻女，恨甘寝皮"）；七月中元节（鬼节）以过十五为正宗，不跟客家一道过；把持科考户籍关，不让新客家入考而杜绝其进入社会主流的机会；规定不可以与新客家通婚联姻；不断游说官府对客籍采取强狠措施等等。这说明即使物质层面的东西受毁，但文化精神的东西是不会随同消失的，连开始站住脚跟的客籍人心里也这样认同土著的文化地位。总的来说，土著居以守势，在精神上仍自我封闭。如果经济实力跟不上，所谓"文化优势"最终会消失殆尽。事实上，在善于经商的新客家面前，土著的窘态日益显现。

黄、何、张、胡、钟、刘、蓝等广东流民大量涌入营前，营前的姓氏人口、村落土地、经济和思想文化必然出现一个崭新的变化，必定由小格局向大格局转化，营前不可逆转地进入时代的主河道，朱、陈、蔡在社会生活中的主导地位一去不复返。然而，"许多流民是以流寇的方式进入营前的，在流民与土著互相仇恨的背景下，流民想顺利地在营前定居下来并非易事"。自然又伴随一个痛苦的过程。

于是，新来的客家抱团与朱、陈、蔡展开了一场杀戮，结局是土著继续衰退。

新来的客家凭借营前圩这个大圩场，焕发出智慧和进取精神。据罗勇先生考证，黄氏在营前客家诸姓中是发展最快的，因而可称为新客家的代表。"黄氏丁口增长如此之快，是与其家族经济的殷实紧密相连的"，据他推断，黄氏到营前的先祖"很可能（从广东）带了一笔财富过来的"。21世纪的今天，黄姓仍是上犹第一大姓。

笔者相信此说。如同曾国藩的湘军在江西与太平军作战，趁机掳掠了江西大量财富，回到湖南置田产办书院搞文化建设。在长期的动乱中流民攫取的财富（银圆）不可能老带在身上，必定会选择适当的投资方式。流民也是受中原传统文化喂养的后代，也想找到一个地方固定下来以作为根据地，兴家发达，荣宗耀祖，繁衍子孙，这样"立功立言立德"就师出有名。具有经济实力应该也是新客家有号召力的一个物质原因。

笔者还认为，既然新客家都来自流民，在当时战事频仍，省际流动频繁，流民中的交流相当频繁，肯定会产生新的智慧。就是说，流动性促使他们看事物想问题有个比较，流动性促进了开放性，他们比土著更善于经商，视野更宽，生存的力量更强。客家话为什么能取代本地土话？这后面有个经济实力问题。英语能覆盖全球，客家话能在许多国家和地区流行，都与英美以及香港的经济实力相关。这属于精神层面的东西，表现在现实中就是行为和行动的优势。这些于营前都是新鲜的，在土著则是不可想象的。如今的营前都讲客家话了。

因此，新客家不但打破了营前原有的经济格局，也打破了文化格局，给营前的"新生"注入了新的动力。

不过，新客家对自己真正力量的认识也未必清楚，往往归功于通过几次血的较量打败了土著，归功于武力，而且他们一旦站住脚，也操起当年朱、陈、蔡曾用过的"捐赠积善"积极参与社会公益事业的思路，以逐步进入营前的主流社会。如《黄氏族谱》之《黄氏列祖行实》说，世荣公迁来营前后，"耿介刚直，好善乐施，轻财重义，士林咸钦。竖造石桥一座，在浮潮湾小溪，详载邑志"。足见黄氏的经济实力和远见。就是说，他们依然沿用传统文化的价值标准，而想不到或不屑提自己善于经商善于变通的优势。这后者恰恰是营前社会中新的质素。

笔者曾于1997年夏摘录《黄氏族谱》之《去粤来营记》——

窃尝诵诗，有曰维桑与梓必恭敬止，未尝不重叹，古人之于桑梓，若是恭敬也其于乡亦云重矣，而岂有轻去者哉。然而普天之下莫非王土，或处时势之艰而托迹异国，或负远大之志而宦处他邦，盖安土不迁者，迁固非安适彼乐土者斯适耳，又况去而来、来而去，天地往复之数大抵然乎？余黄氏一族系出江夏，溯其初历，邵武而建昌南丰，而虔赣瑞金以及闽汀其间之迁徙，由粤东再迁，诸公先后继起俱能丕显丕承恢宏，统诸其丰功伟烈。至于我父则有异其慷以慨，其情和而穆，轻财重义取与不苟，外而具刚明果断之资，内而兼我母贤淑之助，常自谓人不囿于俗，方能出乎俗，适邦族之人不能肯容，遂奋兴曰孟母三迁，孔训居仁，是欲人择里卜邻也……而我即以为士出于农工商，不与汝曹各务本业，勿迁异焉。须切思创业之艰难而深念守成之不易，自今而后慎记重迁之言，勿轻为离乡之举，为昭为穆依次有序……无学赌博，无好争讼，毋以富欺贫，勿奢侈，勿放荡，以孝悌忠信义廉耻为准则……

这是营前黄氏第二代的谱记。其中对先祖当然有溢美、扬善隐恶之辞。字里行间，还是能感受到黄氏迁徙之频繁，先祖希望能找到一块安适之地定居下来；感受到黄氏对时事的新见解，以及追溯文化之根的信念。像"刚明果断之资（历）"的诉说是有体温的，绝不是泛泛而谈，玩文字游戏。"士出于农工商"有着新的生活和精神视野。这也说明，黄氏与土著的和解是有精神基础的。黄氏族谱里不也充溢传统文化汁液吗？跟土著（如蔡氏）相比，以黄氏为代表的新客家明显具有一种开放性眼光，为营前客家精神增加了新的内涵。

在科考上，黄、何、胡等23姓氏新客家只拥有一个户头，这是朱、陈、蔡等土著凭借既定的官方统治秩序，进行文化限制或文化控制的措施。这不是发动一次跟土著的战争能够解决的。此事急不得，只有用智慧。在科考上新客家的胡氏举措即智慧颇有代表性。

当时连县令也站在土著一边，力主新客家不能冒籍考试，但他主张"必须与土著结婚联姻，怡情释怨，里甲得以认识"，才有资格参加考试。于是就有这么一个故事：胡氏娶了土著之女（联姻），当孩子长大要参加科考，但流民（客家）没有秀才，没人作保，所以不能应考。胡姓男童的外公是土著秀才，他整天待在外公家里，帮助干活，很得外公家喜欢，于是外公教他读书。他故意显出呆相，外公以为他一定考不上（老人心里依然保持相关禁忌），就让他去考，结果他中了个秀才。后来他为客籍子弟科考作保，这样客籍凭读书逐渐进入了营前文化核心，打破了"东粤流寓二十三姓共用一个户籍"的尴尬局面，打破了土著在文化上一统天下的局面。流民的合法身份还是逐渐为官方所认可。（这种情形跟今天万千在城市里的打工仔的身份认同是相通的）

这里事实上显露了和解的空间（可能）。一是官方"保结禀生"政策的应用，当然官方是从稳定政权这一角度考虑的；二是客籍与土籍联姻；三是土著为客籍的亲属作保。这也说明改革之难，但改革在推进。

土客籍趋于和解，进入清朝中期，营前没有大规模的族群冲突，客籍成了本地人，以当地土著自称，迎来了一个繁荣时期。乾隆十七年（1752年）营前上信地的何阿四起义很快被镇压，官方表彰巡检张仕剿灭有功（事平，改巡检司为县丞）。其实从社会心理层面，土客籍基本和解，客籍也建立了自己的宗祠等文化形象，大家不愿再陷入无休止的动乱了。这也说明，如果没有外力（超地域流动所带来的冲击力即新的思想、新的精神力量），囿于一隅的起义是成不了气候的。何况何阿四抱着的仍是做皇帝的念头，逆时代潮流而动，失败是必然的。当然，纯粹的农民始终处在社会的最底层，他们滋事（骚动）、起义（反抗）在客观上也暴露了社会尖锐的矛盾和深层危机。

值得注意的是，在客籍入主营前即成为强势的支配力量之后，大概他们已获取一个正宗的地位，虽然在生活中继续发挥着善于经营的优势，但在总的文化姿态上，趋于守成和保守，准确地说，是他们骨子里那种保守和惰力逐渐占了上风。如张姓原居粤东应州，康熙十六年（1677年）迁徙来到营前石溪桥头濑居住，逐渐发家致富，建立了比较完善的宗族组织（祠堂和族产）；胡氏族人有人考上科甲，胡氏由流寇家族一变而为士绅家族；为鼓励子弟读书，黄氏设有"宾兴会"；营前街的商人集资建了万寿宫（1872年）……基本上客籍还是做当年朱、陈、蔡等土著曾经做过的事。当然从稳定营前现有的社会秩序来看，利于大家安居乐业，有它值得肯定的一面。

旅美学者黄仁宇先生有"大历史观"即以从"技术上的角度看历史"：1698年明朝陶醉于自己建立的文统道统之中，而英国在遭受西班牙舰队攻击后大刀阔斧进行改革，"普通法的法庭，更受首席法官的指示。以后与商人有关的案子，照商业习惯办理。这样一来，英国的内地及滨海、农村与工商业中心距离缩短，资金对流，实物经济变为金融经济，可以交换的条件增多，分工较前繁复，所以整个国家可以数目字管理。"（黄仁宇《〈万历十五年〉和我的"大"历史观》）西方从宗教（传统）伦理引申出发展资本主义的道德观价值观。由此，世界朝现代化加速。

可是在这样迅猛的世界潮流面前，我们的中央政府以不变的道德价值观来应对时代的变化，清朝的奄奄气息日益突显，传统社会原有的痼疾和时代的巨大反差，将中国带入一个深刻变革的前夜。营前尽管商业发达，在这样一块土地上同样徜徉着传统守旧的影子。各姓氏仍以陈旧的文化价值观为圭臬，离现代经济依然十分遥远，在闭关自守的大清帝国的政治文化秩序统摄下，作为一个乡村贸易集镇，它的活力已发挥到极限。

正如余英时先生所说，"只有着重于中国文化的独特进程和形式，才有可能看清这个伟大的文化传统是如何被其内在的动力鞭策，从一个阶段进展到另一个阶段。"（《我对中国文化与历史的追索》，2007）从时间上，营前进入了现代，它独特的既斗争又和解，经营和商业不断发展壮大的历史，给予了营前（上犹）客家富有深刻的内涵。

记得有智者说过，"社会本身自发形成的一些道德、价值、观念，它是以某种形态存在的。"经济营前文化营前现代营前并不是哪个姓氏，或土著或客籍，单方面的努力与创造，而是包括时代在内的多面合力的结果，他们或胜或败或喜或悲的经历都会积淀成一种文化和精神，成为面向未来的认知基础。比如，大概在康熙末年营前的客籍人中开始出现有正式功名的人，同治元年（1862年），客籍黄耀街高中恩科举人，在地方上影响很大，其墓志铭这样记载——

　　生平敦伦立品为重，以振兴文教为先。倡建西昌乡学，其形胜布置，
　　定山诹吉及一切章程……至于建宗祠、修家塾，封树先垅，捐设宾兴，而种

种义举，皆与诸父老实力赞成之，面廁功不居。向不理外事，不履公廷，惟修邑志、昭叫恤典及报销奖叙诸善端襄理而已。

这也是客籍人获得文化话语权的一个象征。

不过，此时的营前出现了土客融合的趋势。从观音堂的两块碑石的内容可以看出来。

观音堂是位于营前圩不到三百米的一个小庵。现营前下陈村一农户保存的一块碑石这样刻勒：

> 予于乾隆十四年捐钱五十余两置买寺场一所，土名太傅营前下陈双溪山观音堂是也。……迨二十六年，寺宇颓圮。予复捐银肆拾余两，备料鸠工为重整计，僧亦借而募化十方，随缘集助。殊宗传勿守清规，耗费殆尽，功亏半途，辄遂潜扬而口。云堂几为瓦砾，则梵刹焕然一新……是以庚寅夏，构土屋数间，于寺之右，用银百两有奇。庶几子孙辈肆业有所也。迄今殿宇巍峨，僧舍宏敞，敢谓功继马鸣，业追象负，特恐年湮泯没，负予昔日创修之善心也。故勒之贞珉，以垂不朽，亦令今后之人知善作者，当思善继云尔。是为记。计开峒头隘梅里甲一处，南蛇丘一处，官路下二丘一处，龙蛇形背大路圳下大小三丘，共额租十六担。
>
> 乾隆三十六年辛卯岁二月吉日陈泰絪立

这表明这一块土地为陈姓所控制。但随着商镇的发展，观音堂也逐渐不再为陈姓所拥有了。道光丁亥年（1827年，道光七年）的碑刻说明，它成了营前"五隘"共同拥有的神明——

> 营前北门外双溪山一寺，乃陈檀越泰絪之所膳也。偕白塔之威灵，五隘之绅士有求必应，连银城而赫耀，四方之商贾无祷不彰。迄今多历年所，

虽大士之金身宝殿如见而知新，而诸神之容像龛有存有没，贫衲朝夕湮祀，惨目伤心，奔走于主公曰：神佑五隆，修葺宜众捐。……伏愿分主、副爷以及诸君子发仁慈之念，兴施公之心。铢两万千捐集无论多寡，勒石各注出列应分后先，既破吝而解囊，百工成而告竣，将见德容生色，龛殿重新神恩而鸿被，获征千古矣。

有官员（2）、宗族（3）、商号（29）、何姓（21）、陈姓（16）、黄姓（9）、朱姓（9）、蔡姓（9）、胡姓（5）、曾姓（7）、张姓（5）、其他姓（59）共同参与捐建此寺。

所以，20世纪以来，营前在遭受新的历史大变动，它又以新的人新的内容融入时代，既是所属姓氏的光荣，更是营前合力——客家文化滋润培育的结果。发展中的营前自发形成的、以某种形态存在的道德价值、观念就是这种"合力"的精神化显现，其文化底蕴也体现在这种"合力"之中。

于是，我们又看见营前新的丰采。

营前的昨天：客家文化精神的老树新花（一）

1840年鸦片战争，西方以武力敲开了中华大门，清王朝王纲解纽，其统治趋于松散。朝野"维新"即改革的呼声很高。处在江湖之远的营前得到了一次长足的发展机遇，呈现繁荣，更是夯实了南赣名镇的基础，它的商贸和经营——开放更与时代密切相关，它能够较快地感应时代新的律动。学者王思睿把1888年作为一百二十年历史回顾的起点，"在这一年，刘铭传启用台湾巡抚关防，台湾省正式成立；中国第一条运营铁路唐山胥各庄铁路，延伸至天津；清廷任命丁汝昌为水师提督，北洋海军正式成军；康有为第一次上书光绪皇帝，请求变法。所有这一切都表明，经过鸦片战争后浑浑噩噩的二十年，新旧两派（分别以恭亲王、文祥和醇亲王、倭仁为代表）激烈斗争的二十年，至此，中国现代化的车轮已经启动。再经过甲午战败、庚子拳乱、日俄战争的刺激，到20世纪初，中国要不要现代化的问题已经基本解决。""周虽旧邦，其命维新。"梁启超在《变法通议》中援引经典来为新时代鸣锣开道。正是在他所处的时代中，中国实现了从"旧邦"向"新邦"的"蜕变"。"新邦"的含义有二：一是在实体意义上的"新邦"，即从由本部和周边番属混合而成的传统王朝到具有明确边界和领土范围并获得国际承认的现代国家；二是在价值取向上的"新邦"，即具有现代化导向的新思潮、新道统的进步国家。

当然，偏僻的上犹及营前并不知道这些标识性的变化，更不知道诸如"现代"这样的新鲜字眼，但是从教育体制的更替，已感受到新时代的到来。清政府宣布废除科举制度，实行"停科举以广学校"新政。上犹可以说是闻风而动，经过一段酝酿筹划时间，营前人氏黄衍裳兄弟联络本地及县内一些文人如刘守衔、陈鸿钧等人，于光绪三十一年（1905年），成立"上犹县兴办新学筹备会"，把兴办新学提上了议事日程。撤销清政府的"儒学正堂"和"儒学训导"，改为"学监制"。1906年在县城南门口的"城防"即兵营的地方创办了"上犹县学堂"（城区小学的前身）。民国五年（1916年）学校开设了英文、珠算等课程，体操改为体育。

应该说，当时交通、信息不通，一般民众尚在晚清的余光里徜徉，上犹能与变革的时代同步，从表面层次上，是因为有一拨立足传统又敢于"吃螃蟹"的知识分子，领时代风气之先，把上犹推向新的时代；从深层看，是有一批有创新意识的士绅——他们身上体现的客家精神做了文化与精神的垫底。上犹兴办新学，来自营前的新锐力量起了重要作用。

须知，上面所说的黄氏等"办学先锋"都是清朝秀才或廪贡，他们不为传统因袭所累，勇锐地吸纳时代新潮，说明国家现代化的时代呼唤一下子得到了社会基层的响应，也说明上犹本土已经具备这种与时俱进的土壤，或者说文化精神。进一步辨识，黄衍裳兄弟正是营前新客家的后代，他们的秀才身份说明他们的姓氏已进入营前绅士即社会上层，而陈鸿钧正是营前"土著"陈氏的后代，共同的现代化事业将他们聚集在一起，这是客家精神新结的果实。再进一步辨识，在他们背后，都有着营前活跃的经贸活动做支撑。黄氏和陈氏等土客籍已融洽相处。

笔者为什么选择营前陈氏做基点展开叙述？陈氏来营前较早，实现了由"客"而"土"的转化，而且向来以有文化根基自豪自雄；朱、陈、蔡等土著遭到惨重杀戮，陈氏受害较次，并没有外迁，因而较多地保存了"种子"，保持了活力；在与后来进入的新客家相处，陈氏既有土著意识，又能吸纳新的精神，它后来的振兴——在营前众姓氏中始终占有重要的一席，应该看作陈氏后人不但继承了本姓优良传统，也汲取了各姓好的传统。一句话，从营前陈氏近千年的兴衰交替，我们可以较清晰地感知营前地域文化即客家文化的独特性、曲折性和丰富性以及绵厚积淀。20世纪初营前新的风采里，自有陈氏不俗的一笔。

这样我们又把笔触对准了陈氏，沿着上面所提到"办新学"的中坚之一陈鸿钧的若干足迹追溯下去。据《联修陈氏族谱》（1997年）介绍说："鸿钧，名世琼，号容甫，1876年（光绪二年）生，光绪二十九年（1903年）留学日本中央大学法学系，1905年入同盟会。回国后曾任江西省参议会议长，非常国会议长，孙中山秘书等职。"他的弟弟陈鸿藻同时留学，同在日本中央大学法学系，同入同盟会。

相对照，《城区小学校史》所说陈鸿钧1905年参加了上犹县兴办新学筹备会，似有不确。正确的解释当是，陈鸿钧出国留学前（接近30岁）积极参与了上犹新学校筹备的前期工作，待"上犹县兴办新学筹备会"正式挂牌，他已去国。因而我们可以想象其血气方刚锐意进取的激昂姿态。这一批上犹骄子正是现代上犹的先锋呵！

正是在投身时代筹办新学的过程中，陈鸿钧、陈鸿藻兄弟获悉了更多新的信息，得到了更多的激励，才萌发并坚定了留学之志。当然这跟其家庭的支持是分不开的。这不仅仅是经济实力，同时也是个思想观念问题，正是陈氏当家人识时务而且看得远，才毅然一次性把两兄弟送到国外留学。中国传统文化观念重"父母在不远游"，何况陈家境况不是特别好（下面讲陈氏子弟的人生历程时可以证明），陈氏家族早不像过去那样显赫。重新崛起，这是需要文化魄力做支撑的。也就是说，陈家是个有文化魄力、肩负文化使命的家庭，但它需要（等待）时代的机遇即现实的触发，需要陈家一个恰当的人顺时顺势担当重任。至于说当时出国留学是公费还是私费，不应当成为褒贬其志向的理由。即便是公费，陈家也要做出很大的努力（陈家主观上当然有振兴家族荣宗耀祖的世俗考虑）。这个人就是营前陈氏100世的陈玉田。

这里我们先讲陈鸿钧、陈鸿藻兄弟。他们留学日本并成为孙中山同盟会重要成员，是营前（上犹）融入时代、站在时代前列的重要标志，有孙中山的同盟会，才有后来的国民党以及民国。虽然他俩后来没当民国要员，但受到民国政府的器重。孙中山祖籍在赣南，也是客家人，陈氏兄弟加入他的阵容是有客家情谊——共同的心理和精神基础的。可以说，在中华民族向现代化转型的悲壮过程中，在一开始，上犹有着不俗的贡献。

陈鸿钧、陈鸿藻兄弟是我国最早的"海归派"，即留学回来定居服务祖国的知识分子。当代海归派、画家兼学者陈丹青在《羞耻与责任》这样回望和评价说："特别是清末民初第一代海归，是真正的精英，回国后为中国各领域的现代化奠定基础……清末民初，海归派不只引进西方的先进技术，更在文化、政治领域除旧布新。他们共同创建了共和，国父孙中山就是大海归。""就文化的广义性而言，第一代海归派开创了中国的思想启蒙运动，启动了国家的转型，建立了现代大学和现代教育。"（见陈丹青著《退步集续编》，广西师范大学出版社，2007）

有必要对陈鸿钧兄弟多用一些笔墨，交代一下民国初年他们参加国是——投身现代转型的中国主流政治的若干事迹。《孙中山全集》里有对陈氏兄弟的记载。日本《支那政党史》记载：益友社（国民党）有会员约二百名，分政务处、文牍处、会计科、庶务处和交际处，李肇甫和陈鸿钧是会计科主任。

记于1911年《民国之精华》的"陈鸿钧先生"栏这样写道：

陈鸿钧，字容甫，岁三十六，籍贯江西省上犹县营前镇，地址北京宣武门内油房胡同北头陈寓。君为人笃实诚厚，生平无戏言戏动。然天资极高，悟性敏捷。读书能以主观判断是非，不为成见所局。故思想丰富，见解新颖。人但见其居常规自守，不知其精神固异常活泼也。海内维新之后，君锐志西学，遂以前清优廪生，入江西高等学校。毕业后，留学日本，入巢鸭宏文学院习普通学。旋入日本中央大学预科二年，升入法律本科毕业。归国被选为江西省议会副议长，翻转众议院议员。国会解散后，充北京时间法政专门学校教员。此次国会重开，遂克仍充众议院议员，并财政委员长。

当代学者谢泳的《靠不住的历史（杂书过眼录二集）》（广西师范大学出版社，2009）有几篇涉及中国第一拨留日潮的文章，对了解包括陈鸿钧、陈鸿藻在内的留日学生的学习内容及对中国现代化的推动作用有一定启发。在《读〈法政速成科讲义录〉》和《从〈东语完璧〉说起》二文，谢泳写道：《法政速成科讲义录》于日本明治三十八年出版，这一年是清光绪三十一年，公元1905年，科举就是这一年废除的。当时中国学生在日本各大学学习法律、政治、经济的人也有一些，但"以华语通译教授法律、政治等学科者，则又唯法政大学一校而已"。（这是日本"民法之父"梅谦次郎的话）《法政速成科讲义录》对于研究中国现代知识体系形成中的日本因素，有很重要的意义。《实用东语完璧》即《日语自得》1905年在上海出版，书中完整附录了一份《日本东京游学指南》……能看出当时留日学生的生活状态。晚清留学日本的学生对中国现代化的影响很大，当时"日语速成"一类的教科书曾起过重要作用，特别是在新知识体系的形成中，这个过程的意义是非常明显的。陈氏兄弟就是在这样的文化氛围中既保持了自己的文化根性，又接受了现代文明的陶冶，后来成为中华民国立法立国的中坚。

应该看到，陈氏在日本以及后来时势政治风浪中所显现的优良品质，其性格——人生基础是在家乡奠定的，正是家乡的客家文化精神通过其家庭，在他幼年身上产生了积极而长远的作用。

为了让陈鸿钧当年的从政行踪更确切一些，我们可以从《民国初年的国会》（1912—1913）一书了解一下当时的时代：民国初建的两年间，先后成立的中央民意机构有四个，第一个是各省都督府代表联合会，1911年11月成立，1912年1月27日结束；第二个是南京临时参议院，1912年1月28日成立，4月5日结束；第三个是北京临时参议院，1912年4月29日成立，1913年4月8日结束；第四个是正式国会，1913年4月8日停闭。除正式国会外，临时参议院及各省都督府代表联合会，均扮演国会的角色……正式国会谋制定宪法，然后依据宪法成立正式政府，因袁世凯不满宪法内容，将宪法会议停闭，仅制成大总统选举法，选举正式大总统，其他的政府组织及职权行使，大体仍以中华民国临时的法为依据。

这是"你方下台我上台"政治动荡的年代。说具体一点就是，孙中山主要政治力量（国民党）所在的南京参议院与袁世凯的北京参议院和黎元洪的湖北参议院产生了很大的矛盾。1912年1月1日临时大总统孙中山就职，南京参议院参议员45人，来自18个省。陈鸿钧参加了临时宪法的起草工作，是"临时约法"主要拟定人之一。参议院实际上起到了国会的作用。由于三支政治力量矛盾重重，4月1日临时大总统孙中山正式解职，孙中山推举袁世凯任临时大总统。袁世凯不愿南下，而黎元洪积极拥袁把参议院设在北京。于是参议院迁往北京，叫北京参议院。1912年5月1日，北京临时参议院正式开会，出席的议员有75人，江西籍有7人，陈鸿钧以国民党（同盟会）身份名列其中，为法制委员。以后他又转为众议员。国会选举结果为国民党胜利，袁世凯不能容忍，采取各种手段拉拢国民党人，但不受收买的国民党人仍占多数。1913年11月4日袁世凯借国民党在湖口倡乱为名下令解散国民党，1914年1月10日袁世凯宣布解散国会。而陈鸿钧并没有被袁世凯收买，始终追随孙中山。

1927年陈鸿钧与国民党元老李根源等提倡实业救国，打算在江西大余西华山办实业开采钨矿，经多年筹措努力，因日本入侵阻挠破坏，最终未能如愿。

陈氏兄弟归国后对上犹的融入时代也有切实的推动。我们注意到这么一个事实：陈鸿藻从日本学成回国后，于民国二年（1912年）任上犹县知事（县长），可以想见，他继续着留学前陈鸿钧等的"新学事业"，而且能够用行政的力量推动"新学"，从20世纪初上犹一营前的小学开设了英文、珠算等课程，体操改为体育，我们能够看出他的这一政绩，开创之功不可没。那个时代的上犹在新世纪太阳的朗照下朝气蓬勃，全国一流的新式教育在上犹得到推行。

陈鸿藻归国后任上犹县知事（县长），膺选江西省参员，任国会参事、秘书及大理院推事（法院院长），广州中山大学文学院教授，后来在南昌、赣州等地开办律师事务所，为国内著名大律师。1937年抗日战争爆发，北京沦陷，陈鸿钧含恨病逝，他也息影家园。

不过，陈鸿藻的儿子陈泽森投笔从戎，1944年经昆明飞抵印度，加入中国远征军驻印部队（中国驻印军队总指挥由美国史迪威将军兼任，抗日名将郑洞国任副总指挥），担任了郑洞国的机要秘书。中国驻印全体官兵经过浴血奋战，相继攻克缅北重镇八莫、南坎、腊戍等地，遂使中印缅国际线路得以畅通，抗日战争物质再度源源运入中国大陆，有力地支持了全国抗日战争。陈泽森担任过原中国远征军副总指挥办公室秘书，原国民党国防部第四厅秘书，新中国成立后是民革成员，一直住在上海，2006年他以88岁高龄执笔写下《参加原中国驻印远征军点滴回忆》等文章。

陈泽森能做当时的旅长郑洞国的机要秘书，大概跟郑洞国夫人陈碧莲有关。自然我们又触及陈家的另外两个女性，陈泽英和陈碧莲。上犹客家女子开始进入我的视野。

陈泽英是陈鸿钧的女儿，夫婿肖忠贞是湖南石门县人，时任国民党中央候补执委。陈碧莲（陈泽莲）是陈鸿藻的大女儿，当时17岁，跟着堂姐陈泽英在南京读初中。

据《黄埔忠魂——郑洞国传》（团结出版社，2003）记载，1933年，已强占我东三省的日本向山海关发动进攻，东北军将领何柱国率领守军奋起抵抗。30岁的郑洞国任东北军独立第9旅旅长，此时郑氏原配妻子病逝已三年。他所在的第17军在古北口、南天门一带与日军血战达两个多月，击毙击伤日寇五千余，"敌人伤亡之大，为'九一八'以来所少有，而战线仍胶着在南天门附近，殊出敌预期之外"（杜聿明语）。但是如此轰轰烈烈的长城抗战，却换来了一纸《塘沽停战协定》，为国之耻辱。抗战将士虽败犹荣，回到北平仍受到各界的热烈欢迎，郑氏名气日隆。郑氏率部驻在北京城外黄寺。一次郑氏出差南京，去看生病住院的同乡肖忠贞，这天恰好见到了给姐夫送物的陈碧莲。这时的陈碧莲一身旗袍装束，天生丽质，含苞欲放，郑氏被深深吸引住了。经肖忠贞陈泽英夫妇牵线，陈碧莲嫁与了郑洞国。这里有肖、郑政治利益考量的因素，有"门当户对"的世俗考虑，更有少女的陈碧莲出于传统文化，把郑氏当作民族英雄而仰慕，"夫贵妻荣"以及追求人生幸福的心理。

在与陈碧莲结婚后，郑洞国战功更为卓著。1991年2月新华社为郑氏逝世发的电讯说：

> 1933年，（郑洞国）就以国民党中央军第17军2师4旅旅长之职，率部参加长城古北口战役，与日军浴血奋战，给日军以重创。"七七"抗战爆发，他又首先率第2师参加了平汉路保定会战。1938年3月，郑洞国率第2师参加徐州会战，在震惊中外的台儿庄大捷中战功显著，升为第95军军长，后率部参加武汉会战。1938年底，郑洞国任国民党第一支机械化部队——新编第11军（后改第5军）副军长兼荣誉师第1师师长。次年12月，他率部参加昆仑关战役，攻克要点，两度攻入昆仑关……升任新编11军军长，率部参加鄂西会战，并担任宜昌以西、宜都以北沿长江一线防务近两年之久，多次击退日军进攻……1943年春，郑洞国被派赴印度担任新1军军长，后升任中国驻印军副总指挥……1946年，郑洞国被派往东北担任军职。1948年，在辽沈决战的重要时刻，郑洞国脱离国民党阵营……

应该说，作为内室，陈碧莲的贡献也是功不可没。在长达20年的婚姻里，郑洞国延续着戎马生涯，家室生活多有空疏，陈碧莲有过外遇（与郑的参谋长有婚外情），但郑氏大度，没有发作。除了性格因素，这大度有着太多的社会和情感内容。可以揣测，在内心深处，对自己屡建战功，郑氏有感念陈碧莲的一面（所谓"旺夫"即给他料理家事，给他带来好运气），也有看在陈碧莲家人（如陈鸿钧、陈鸿藻及陈泽森）的一面，以及内省的一面。在郑洞国1991年辞世，"他的前妻之弟、驻印时期的秘书陈泽森，用蘸泪之笔追思其一直视为兄长良师的姊丈"（《郑洞国传》）可见，即使郑氏与陈碧莲后来分手，陈氏家人与他依然保持诚挚的感情。几十年后，他不答应与陈碧莲复婚，但转交了她向全国政协主席邓颖超求助的信，说明他心里仍存感念的情愫。

1947年驻守长春的郑氏一度险胜了敢打硬仗的林彪。1948年10月长春被解放军层层包围，附近的国民党新七军宣布起义，郑氏内外交困，最终放下武器，弃暗投明，脱离了国民党阵营。电影《兵临城下》就是依据这个史实拍的。这里有这么一个后来不怎么提及的事实，就是当时在上海的夫人陈碧莲给郑氏写了一封劝他明辨形势应该投诚的长信。在郑氏最终选择投诚的"诸多合力"中，陈碧莲这封信更是以情感的分量发挥了作用。

新中国成立后，郑洞国受到了毛泽东、周恩来的接见，被安排担任水利部参事、中华人民共和国军事委员会委员，是全国政协委员和全国政协常委、民革中央副主席。1952年6月郑氏欲举家北上，妻子陈碧莲却不愿相从。《郑洞国传》说："理由是她是南方人，不惯北方的气候……郑洞国向来不愿强人所难……独身北上。一年后，妻子来信，提出离婚的要求。"郑氏伤心、气愤，但不愿报复她，也就签了字。从中可看出其间郑、陈之间的隐情。在笔者看来，此书作者这一结论太简单表面了。联系当时的情势，更联系陈碧莲的家庭背景文化渊源，以及她当时三十出头的年龄，在她完全可以继续"夫贵妻荣"过舒适生活的时候，却决定离开他而找新爱，是可以理解的，同样是出自客家文化精神滋养的一个现代女人的生命亮色。也可以说她阅历不深，富有爱情的浪漫情调，而对后来政治运动频仍社会动荡——生活越走越窄毫无感觉，她选择了新爱也就承担了以后的坎坷（这坎坷既是她个人的，也是我们民族的）。在个人选择上她遵从的是自己的意愿，这是她生命的光彩。她不是个寻常女子，但是她依然是个弱女子。

实际上，她选择留在上海的生活多有苦涩，并不美满。在北京另成家的郑洞国同样坎坷，不但经受政治运动的冲击，而且现任（第三个）妻子病逝，与这个妻子的女儿被人杀害。1976年粉碎"四人帮"，历史翻开新一页。在第五届全国政协大会上，郑氏当选为全国政协常委，并担任了民革的领导工作。在上海的陈碧莲也从"苦海"里探出头来。当她得知郑洞国孑然一身，便通过一些老朋友，委婉地表达了与他破镜重圆的愿望。他与第一任妻子的儿子及媳妇也希望他与她复婚。郑氏经过慎重考虑，最终没有答应。《郑洞国传》这样写道：郑洞国先前只是不说话，后则摇摇头，末了才瓮声瓮气地说了一句："她来了，我一个月的工资（行政九级，245元）只够她10天花。"其真正原因，代理他家政的儿媳焦俊保明白："大约是因为当初对方伤透了他的心。"

在笔者看来，这还不是原因的全部。由于长期的阶级斗争思想的冲击和禁锢，面对陈碧莲这样一个有着复杂政治背景，而且伤过他的心的女人，加上他自己步入老境，生活和治病已无忧，"平安"是他的首选。但也可看出，陈碧莲是个大把花钱惯了却又保持一定自尊的女性。

然而，能真正懂得郑洞国内心的还是陈碧莲。复婚不成，她又写信给他（由焦俊保转交），诉说自己无经济来源，请求他将她的陈情书转给当时全国政协主席邓颖超。这说明她有给邓颖超陈情的充分理由（不仅仅是辅佐过郑氏的前妻），由郑氏转交是加大邓颖超收到信的保险度。这次他果然照办了，挺负责任地为她转交了信。在邓颖超的关心下，陈碧莲被安排在上海文史馆工作。

《郑洞国传》说："郑洞国对前妻的宽容，是一种大写的大度，一种超凡脱俗的宽容，一种天性的善良"。笔者认为，还应该加上"郑洞国内心深处还有着没有泯灭的是非观念和饮水思源观念即基本的良知"。经过长期的历练和思索，郑氏会明白当年他国民党阵营的一些幕僚（包括陈碧莲的国民党亲属）也是为国献力的民族精英，只是党派不同罢了。更何况，在他人生抉择的关键时刻，陈碧莲写了长信劝导他。当然他也能察觉，随着政策的调整，"国共融和"是一种趋势，也是一种"国是"。

从全国政协主席邓颖超来说，关心陈碧莲，并不是因为她是落入窘境的郑氏的前妻，而是考虑她有着不可小视的"统战背景"，更重要、重具说服力的是，她同样为新中国做过自己的贡献。周恩来邓颖超夫妇极会做团结人的工作，为共产党争取了不少力量，这是有口皆碑的。

历史是公正的，对一个有过贡献的小女子是不会永远忘却的。为国为自己，陈碧莲都绽放过绚烂的光彩。

陈氏兄弟姐妹在动荡时代的身影，足以说明营前（上犹）的客家文化精神绽放出绚烂的花朵。"一人读书能影响和改变一家人甚至后代"，此言不虚，而这正是客家文化精神的精髓。

营前的昨天：客家文化精神的老树新花（二）

这里，无须刻意地把陈氏兄弟姐妹等一批卓越的客家子弟在外面风云叱咤的事迹作为上犹客家精神来鼓吹，我们还是面对这块土地，探寻陈氏兄弟身后的陈氏家庭。笔者着意的，是从一个普通的个人和家庭来追寻营前（上犹）客家精神的发展变化，这样更有普通性和普遍性，也更有说服力与启示力。于是我们又接触到了另一个客家士绅——由农民到地主到民族企业家的故事。

1886年对于陈位镠家来说，是个既普通又划时代的年头。这时营前土客籍趋向和解，圩场一派兴旺但也竞争激烈。可以说这也是陈家发展的一个难得机遇。据《陈氏支谱》记载，陈位镠的祖父陈显炤有二子，父亲陈名塑只有位镠一个儿子，房系都人丁不旺。这就说明，在当时一夫可以多妻的环境中，他是家境贫困的小户，这跟整体上营前陈氏的颓败之势相吻合。他肩上顶着发展经济和兴旺人丁的双重压力，在他内心深处，勃动着陈氏祖上称雄营前的渴望，因而他像陈氏先辈一样怀揣振兴房族家族的梦想。这样的"梦想"绝不是一时心血来潮，而是有太多的历史与现实内容（前面已介绍），梦想与现实的反差（张力）聚集于内心。他的梦想既是他个人的，是陈氏家族的，也是营前"土著"的。推而广之，也是包括新客家在内的曾经受重创家庭家族的梦想。这就是文化底蕴，也是他力量的源泉。

陈位鏐分别给六个儿子起了"堂号"（如一德堂、二南堂、三溪堂、四吉堂、五福堂、六春堂），足见其文化雄心与梦想，想象每个"堂"（支脉）都兴旺发达。自然还是农耕文化的理想。但是他有自知之明，知道自己力量不济，愿望成不了现实，于是他痛下决心，毅然把家长之职让给16岁的长子玉田。这是让贤之举，开明之举，也是他变通的决绝之举，这在父权显赫的当时是不容易的。传统加各姓竞争激烈的营前现实的触发，终于在这一陈家父子两代发生作用。

这人就是陈鸿钧、陈鸿藻兄弟的长兄陈玉田。据陈家庆余、庆仁、庆伟、庆源、庆煌合编的《玉田公传略图谱》载：陈玉田是陈位鏐的长子，1870年生，身材高大，终年着中式长衫，布鞋布袜，生活简朴，晚年蓄有长长的洁白胡须。这样，16岁的陈玉田就担起了重任。他受父之命，他是长兄是个原因，更重要的，是他身上有着直率坦荡、待人真诚、胸怀宽、克己厚人、勤劳勇锐、广交朋友、助人为乐、遇事沉着冷静等一些优良品质。他身上这些品质也可看作是土客籍融会的文化结晶。家有六兄弟五姐妹，治这个家非同儿戏，压力之大可想而知。

陈玉田当家之时耳闻目睹许多家族成功发达的例子。鹅形（五指峰）鹅窠子郑家的发达就是是个很好的实例。郑家迁来鹅窠子已经一百多年。当初祖先还在金盆隘（乡）居住，山林土地极为有限，于是把兄弟六人召集起来，想分出人去拓基。面对五指峰那豺狼虎豹出没的地方，兄弟六人谁也不主动开口说愿意去。兄弟中的老五老六也就是郑缨泰、郑经泰顺从父母的意图从安逸的老家金盆迁到了蛮荒的鹅窠子，以三对小鹅换来可供发展的一隅之地，鹅窠子地名由此而来。郑家充分利用竹木资源，造起土纸，又把木材通过水路运往上犹和赣州等地，财富骤然激增，不但在当地声望鹊起，而且置下了赣州黄金地段（当今文清路）的一溜店铺，创造了上犹客家人新的奇迹。艰苦创业，从无到有，从贫到富，他们建起了气派的郑氏宗祠。"其顺堂"就这样在鹅窠子出现了。显然，陈玉田的决心、信心和智慧正是来自传统（家庭）和营前这种"百舸争流"的现实。

在父母大力支持下，他首先做好"农耕"这篇文章，种好田养好家禽家畜（包括牛），解决温饱。营前这个大市场给他以大思路，成功创业者的事迹是他的榜样，接着他谋划经商（这显然是新客籍的经验），选择了做木材生意。他去五指峰黄沙坑跟黄氏商量，得到了黄氏的帮助，采购了一批质地上乘的杉木，水路运往赣州，大获成功，不但积累了资金，也积累了经商经验。他打听到崇义莲花山刘氏的杉木质地优良（打下的斧印浸水便会消失），又同四弟世琮前往采购，不但运往赣州，还运往南京。每立方米木材能赚200～300块光洋。他成立了"婺源木材公司"，分别在赣州、南京等地设立转运站。一个以家族经营为特征的经营实体出现了。与单纯以地租实现原始积累的地主相比，陈家以办跨地区跨省工贸企业大大加快了原始积累，思想境界也为之一新。这肯定对营前乃至上犹有很大的启示作用。这实际上显现了由地主到民族资本家的转型。

陈玉田于1903年慷慨供两个弟弟留学，当然是基于学而优则仕和荣宗耀祖的传统思想，他并不知道东渡的弟弟追随即将推翻帝制的孙中山做一番大事业，更不会知道陈家后代会在都市崭露头角。陈鸿钧、陈鸿藻在日本参加孙中山的中国同盟会，是最早的同盟会成员。孙中山立国后，陈鸿钧做过其秘书。陈鸿藻偕同李根源、李烈钧、熊克武等国民党元老，大力提倡实业救国，发展民族工业。笔者认为，在营前是陈家而不是别的新客家的子弟被送去留学，这样的文化眼光非得有深厚文化根基，又想改变面貌的家庭，在精神上才有如此一跃。陈家正好是这样的家庭。至于两个弟弟后来出人头地反过来支持家里，那是"种瓜得瓜"的结果，谈不上陈家的投机。陈玉田的后来经商当然运用了这样的政治资源。

应该说，陈玉田有如此雄心，自有他具备内在素质的一面（他没有竭力扶持儿子读书，而是全力扶持两个弟弟），在日本的两个弟弟跟随孙中山后来成为中华民国初期的栋梁，也是个很好的条件。真是"好风凭借力，送我上青云"。两个弟弟归国从政刷新了陈家的历史，再次说明营前（上犹）置身于时代主流，又冲上了一个很高的起点。营前（上犹）的经济活动融入全国经济之中。有所准备的人才能抓住机遇，所以他踌躇满志，夯实了经济基础，路子越走越宽。他又派家人从广东的始兴调入食盐从水路运往龙南—赣州，再由竹筏运往营前。从赣州等地采购的布匹，从广东的南雄采购"洋油"（煤油）、"洋火"（火柴），运往营前后又分散在湖南的桂东等地。他还从营前人口多耕地多，犁头、铁锅需求量大的实际，创办了五指峰罗家山铁厂、黄沙坑铁厂、上寨铁厂等多家小型企业。这样陈家在营前圩拥有多家店铺，如"道生号"、"福安号"、"永庆祥号"、"光大行号"等，在本地经济中占有一席之地。一个民族资本家已现雏形。

如此，陈家的一德堂、二南堂、三溪堂、四吉堂、五福堂等才真正名实相当，陈家的梦想成为了现实。陈位鏐于1917年病逝，孙中山、袁世凯和同盟会元老都送来挽联，以示哀悼。这说明同盟会的同志之情，也说明孙中山等对陈氏兄弟的器重，对陈家老人的尊敬，更能说明营前（上犹）因有她的子女的奋斗，已进入时代和社会的主流。

这里，略举陈玉田五弟陈祝山长子陈泽长一个实例。在台湾的陈泽长后代庆祺、庆祯、庆祚、庆缇、庆缤、庆绩于1992年10月31日撰写的《先严陈公泽长生平事略》说：

……故乡依山傍水，风景秀丽，历代先祖耕读传家，兼营钨矿探采，以利乡人。先祖辈兄弟六人，事业皆卓然有成……父亲幼承庭训，七岁启蒙，课读古籍经传凡五载。后转入西昌小学，以天资聪颖，勤奋好学，直入县立中学就读。毕业后，由于家乡民风保守，适逢采矿经营失败，先祖本拟父亲暂时停学，协助处理家务，然以校长力荐，乃同意父亲赴南昌省立第一高级中学。在学期间，因家庭经济拮据，所需学费及生活费用，常无法获得接济，学业几至中辍，父亲仍刻苦攻读自励，在三餐不继情况下，终于民国二十三年以优异成绩完成高中学业。同年考入国立河南大学攻读文史，肄常期间，适逢国难，生活备极艰难，忍苦含辛……大学教育系在颠沛流离中完成。

（1938年）自河大毕业，旋至湖南省第三区行政督察公署服务……次年转调财政部，因服务成绩优异，甚受上级器重，（1944年）调升财政部钱币司稽核。父亲平日行事一丝不苟，正直不阿，在任稽核期间，经常查核银行，纠举不法，业绩卓著……母亲（吴颖）出自书香世家，毕业于上海复旦大学法律学系，在校成绩均列前茅，个性爽直，贤淑慈雅，与父亲结婚四十载，恩爱情深，为亲朋所钦美。

（1949年初）政府再度西迁重庆，是时先母怀孕待产，父亲未便随部远行，乃举家离穗赴港暂居，寄居香港达六年之久……顿时接济中断，流离失所，父亲于此困顿危逆之际，得悟基督博爱济世之真义，而受洗为基督徒，直至终生。（父亲1955年来台，先后在台湾省财政厅、财政部、台湾银行任职，于1987年退休。）

父亲鉴于自己苦学之经历，对子女教育非常重视，子女六人在学期间之作业，必亲自审阅教诲，子女在父亲数十年严格督导下，均能学成业立……

凡悼念父辈不免有溢美之嫌，但我们能够从中感觉到，在台湾的陈家后代对家乡的深情怀念，这种怀念显然跟其父平时的教诲一脉相承（也是当时台湾重中国传统文化的印证）；感觉到20世纪20～30年代营前学风及陈玉田家的家风。陈玉田支撑这么一个大家庭（几个弟弟读大学和留洋），委实不易。家里及家乡（如那位校长）给人的文化影响是深巨的，可以滋润人的一生，像陈泽长等陈家后人，在时代的颠波中，因有文化精神做支撑，没有放任沉沦。所以，尽管后来苦尽甘来，诸事顺畅，甚至飞黄腾达，他们都发自内心地感念家乡和亲人。

如今他们及其子弟分散在美国、加拿大、海内外等世界各地，为振兴中华，和平统一祖国贡献自己的力量。毕竟家里是一个人的人生起点，所以陈家后辈都感念在家奋斗的陈玉田。

近年当听说要修《陈玉田传略》，陈鸿钧女儿陈泽英的长女肖良琼（中国社会科学院历史所研究员，其夫张俊彦为北京大学教授）深情地回忆说：大外公是我们晚辈们尊敬的长辈，他尤其喜欢我的妈妈。我妈妈曾经对我说过，我外公赴日本留学之后，外婆家贫困不能资助他，冬天泽厚舅舅（大学毕业后曾任吉林省代省长）就在夹衣外再罩单褂御寒，衣长褂短，惹人耻笑。有一天吃晚饭，我妈妈嫌饭菜不可口，要吃酒泡饭，外婆说没有酒，我妈妈便伏在桌子上哭。这时大外公从外面回来，得知原委，立即出门买来米酒，让我妈妈美美地吃上一顿酒泡饭。

从中可以看出，陈鸿钧、陈鸿藻日本留学前是娶了媳妇有家室的，陈家分大家小家，大家由陈玉田管理，当时正是陈家创业的初始阶段，经济状况不怎么好，但陈玉田还是尽最大努力满足侄子女的要求，让弟弟一门感到家的温暖，以免影响弟弟的学业。

陈鸿钧留学学有所成，也促进了陈家观念的更新，其长女陈泽英后来读书举业，与湖南的肖忠贞结婚，时任国民党中央党部组织部干部。她为丈夫的家乡做了贡献，湖南石门县已把她的坟墓立为文物。

陈玉田办实业，也趋于制度化管理。如他进军大余县洪水寨钨矿，买下数个坑口，设"兴茂棚"、"兴利棚"，两棚共有员工300多人（大多从营前老家招来），订的制度趋于明细（大意）：忠于职守，负责工作，团结互助；有事请假；按劳取酬，多劳多得，奖惩结合；集体学习练武，确保防卫安全；青年徒工夜晚不得外出，不得在外过夜；除少量零用钱，工资由会计代寄回家；有病得去治疗，不得强行上班等等。这是从粗放管理到制度管理的过渡，这就是一种智慧。

不过，从"数学化管理"即现代管理来看，陈氏的管理还是初级的，实际上还是家族管理的延伸。陈玉田助人、育人几乎都是从本姓（姓氏）或亲属关系着眼的，这有他乐于助人的一面，也说明他的局限性。这也是时代的局限。一个人不可能突破自己内在的局限性，陈玉田同样如此。在一定程度，他的局限性也是营前（上犹）的传统客家文化的局限性。他在时代中脱颖而出，最大限度地达到了他的人生高度，实现了他的生命光彩。他的成功和局限同样是一笔有价值的精神财富。

当然最大的局限性还是来自时代，在国共较量、战争和动乱频仍的时代，一切被置于非此即彼非白即黑的情境，仇恨、报复——阶级斗争大行其道，建立在客家民族智慧基础上的民营实业受到了重创，好不容易积累起来的建设精神受到了极大的摧残。问题的严重性还在于，我们长期奉行战争时期建立起来的革命即阶级斗争理论，而没有向国家建设理论转轨，传统文化的毁弃之烈造成了诸多不良后果。如今一切仿佛回到起点，但重塑文化精神是给我们最大的启示。

阻遏与沉潜：客家文化精神更新的漫长之路

在陈家兴旺的时候，陈玉田的一些作为，如扶持弱势、捐款修缮、修建气派的住宅，其实是先祖作为的重复，还是一条传统的路子。如果从世界现代化这个角度看，中国所面临的时代是一个全新的时代，不是以往任何一个朝代所能比拟的。积贫积弱的中国在世界格局中没有什么地位，而国民长期闭目塞听养成了自大和自恋的心态，自以为是世界的中心，一旦与强国交锋便败下阵来，一股仇恨的民族情绪应运而生。应该说，这种情绪有积极的一面，也有消极的一面。总的来说，一股激进的思潮笼罩着华夏大地。笔者赞同王思睿的看法：五四运动之后，中国的主流思潮和政潮越来越"左倾"，越来越激进，在"文化大革命"中终于走到极端。

这种激进的思潮跟日益贫困的现状相结合，就更具有摧枯拉朽的力量。所谓贫困的现状就是贫富的距离拉大，越来越多的社会底层陷入贫困和绝望，它不但体现在物质生活上，也体现在精神上。拿营前来说，蛰居心灵深处的土客籍对立的仇恨思想很容易死灰复燃。毛泽东在《井冈山的斗争》一文中就分析过这种现象。激愤之下，人们的思想简单化。对陈家来说，有人在朝，自家店铺连片，还拥有矿山和不菲的田产，还兴建了营前第一流的二层砖木结构、有三进厅堂的荣光堂大院，大院内置有景瓷盆景，红烛高照，"百年燕翼唯修德，万里鹏程在读书"的楹联灿然。陈玉田如愿以偿，肯定会吐露豪气和傲气，甚至不可一世。殊不知，他和陈家如此招人显眼，"木秀于林，风必摧之"的命运就在眼前。

1930年营前兴起苏维埃运动即"闹红"，作为"土豪劣绅"，陈家自然首当其冲，陈宅毁于大火。这是陈家由盛而衰的开端。成也萧何败也萧何，两个弟弟是民国政府要员既给陈家带来光彩和诸多好处，同时也给陈家蒙上令人恐惧的政治阴影。《玉田公传略图谱》也只是简略几句：这座营前一流的陈家大院被大火烧成灰烬，只剩下残垣断壁。据说当时全家老幼都躲在举岭的坪顶子，望着浓烟滚滚的大屋被烧，无人敢去救灭，只好望大火兴叹，无可奈何。这是发生的事实，我们也无须再做评价。笔者揣摩当时陈玉田的心理，一定是悲凉的，陈家在他手上跃上顶峰，突然间坠落下来。

报复和破坏（包括敌对双方）总是痛快的，就是在营前拍手称快的也大有人在，不过从社会精神这一层面，包括那些叫好的人，不愿经营、小打小闹、得过且过，甚至指望掳掠富者的思想会弥漫开来。富有建设精神的客家精神受到阻遏，而向着仇恨斗争的方向发展（这在营前也是有历史传统的），人们的思想两极化简单化，一些务工办企业慢慢形成的健康的常识受到摧毁，这也是事实。就是说，客家精神的滋长受到了极大的挫折。这也是20世纪末期改革发展至今，最终要回到文化建设（提倡和谐社会和谐文化）的一个内在原因。

经受这一重大挫折，陈玉田在为人处世上会有消极的一面，不再像先前那样凝聚心力含辛茹苦奔忙了。但在行动上，他却不甘服输，继续办陈家实业，更加依傍权势也是其必然的选择，不过在奋斗中，他依然以客家文化精神为支撑。即是说，客家精神更为沉潜了。这里，可以举若干例子。

一是1934年，大余县矿场坑口原是营前人陈奕柱经营，因欠债而抵押给南康人张文志，随后又被陈奕柱赎回，后来由陈玉田收购。张氏不满陈玉田收购，故意找茬拖延交接，不让后者进驻生产。张氏只看到了自己在地方玩得转，而没有把陈玉田的政治背景当回事，他贿赂了大余县长及警察等相关办案人员。这就显示，民国立了法，但在具体操作尤其在地方上仍以政府权力为核心，且充斥权钱勾结的腐败。次年陈玉田等待未果，他并未亮政治背景，而是据理递交诉状，与张氏打官司，请法院裁决。结果陈玉田败诉，还被判处三个月拘留处分（这显示了权力介入司法的特征）。这个结果肯定让他及家人震惊。

陈鸿钧的长子陈泽厚（大学毕业，曾任民国实业部专员、吉林省秘书长、代理省长，1976年病逝于台湾）与妻子朱伦（东北人，抗战期间任蒋介石夫人宋美龄代表，民国东北特派员）获悉立即介入。朱伦非一般女子，她与宋美龄、李宗仁夫人郭德洁、杜聿明夫人秀清结为四姐妹，时任全国妇女委员会副会长，她认为投资办实业符合国家利益，遂于宋美龄商议，宋美龄表示："可拿我手谕，派你代表我到南方七省视察妇运工作两个月，对你伯父败诉一事做进一步了解。"

于是陈家女子又进入了我们的视野。朱伦从南京乘飞机抵广州，改乘广东警备专车直奔江西大余。当县长得知此事非同小可，立即改变态度，低声下气，释放陈玉田。朱伦表示：受贿者依法惩处。不过，陈玉田这时也显骄矜之气，要县长亲自赔礼道歉，用四人大轿，披红挂彩，鞭炮长鸣，护送回到洪水寨矿山。

我们不停留在朱伦的权势层面，从另一个角度，便可以发现，她一个东北女子，又具有如此显赫的政治身份，她完全可以通过电话要地方妥善解决，或派别人前来解决，但她亲自奔赴赣南，这就说明她已融入陈家，她对陈玉田和陈家的感情肯定来自于丈夫陈泽厚及公公陈鸿钧对陈玉田的爱敬和对陈家的眷恋，这种浓浓的"客家感情"已延续到后一代。

旁人或后人都会将此归结于权势之争。其实，从事情本身分析，一开始陈玉田的道理是能站住脚的（他要是早亮权势背景，县长根本不会抓他）；他用心订了制度管理矿山（前面已提及），说明他把矿山当作了一桩事业来对待。他的智慧和雄心被权势之争掩盖了。

二是热情协助政府办学。王继春是上犹廉洁有作为的民国县长，他到上犹后经过调查研究，决定发动富户捐款办一所县级中学，把教育纳入政府负责的轨道。在他"宁可一家哭不要一路哭",大刀阔斧推进的时候,其实是得到了许多有识之士(包括绅士)的大力支持的。陈玉田就是热情支持者之一。1940年在营前北门乡公所募捐大会上,王继春看到一位须髯飘飘的老人,打听到他就是陈鸿钧、陈鸿藻的哥哥,于是叫人搬一张高椅给他坐,并请他讲话。他说:"建设新赣南新上犹,创建县中和普及小学的决策很正确,需要一定的经济力量,靠政府拨款远远不够,我先捐10石稻谷。"他还提了几点建议:(1)把全县各乡、庵、寺、庙或其他社会公产全部收回作教育公产;(2)把全县各姓祠产、众产,除春秋五祭留一部分外,全部收为教育基金;(3)把全县各姓膳学田产全部收为教育公产;(4)欢迎各界人士自动贡献土地或财产。这说明陈玉田不但有重教的切身体会,还熟悉营前乃至全县的教育状况并做了深入的思索,他身上体现出客家文化精神,也说明王继春善于吸取民间智慧。

三是维护社会稳定。1943年,由于官员腐败,官僚体制百孔千疮,社会矛盾加剧,营前土客籍矛盾时隐时现。营前人黄建曾是民国兴国县长,1930年红军攻兴国县城,他弃印而逃,在人格上也是个失败的官员。他会书法,有才气,算得是一个营前精英。回到老家,他仗着是王继春同学,又想东山再起,在王死后,与县长刘文渊(刘县长倒办了享誉中国东南片的县报《凯报》)相勾结,终于当上县参议长。他看不惯和怀恨陈家,当然也收集了陈玉田一些"把柄",这里有嫉妒的因素,有想自己称雄的因素,更有土客籍宿怨的因素,当然也有陈玉田及陈家的种种不是。这天他终于按捺不住,组织以黄姓为主的一些人要抓陈玉田游街示众。一场姓氏流血械斗眼看就要在"道生店"门前——营前街上发生。这时陈玉田没有躲避,而是吩咐打开店门,他站在一张高凳上向群众做解释,说明械斗会让许多无辜者遭殃的严重后果。许多人醒悟过来,一些黄姓人向陈玉田道歉。一场人为的灾难就这样平息了。

从这些寻常的生活场景,我们能闻见已成旺户的陈家风雨飘摇,步履维艰,甚至滑坡的境况,可以感受到时代的脚步,生活的纷纭复杂,也可以感受到激荡生活的深处,即便是陈家,受着时代的冲击,客家文化精神依然有强劲地律动,在陈家男人身上可见一斑，在陈家女人身上同样有不俗的表现。

陈家文化精神代代相传，前面已提及。我们已领略陈家女子的光彩。这里再举一个例子：陈鸿钧的女儿陈泽英，其夫婿肖忠贞是国民党高官（20世纪40年代逝世），她始终遵循陈玉田"荣光堂名下不分房派，只要能读书的子弟，都要出去读书"的叮嘱，对当时来南京的陈家许多兄弟子侄，不分男女，一视同仁，一样督促，一样安排，一样管教，使他们学有所成，为国出力。她把陈泽莲（陈碧莲）带到身边（南京）读书，并促成陈碧莲与抗战将领郑洞国完婚。她们像陈家男儿一样，在动荡时代以自己的方式铿锵抵达时代前沿。

完全可以想象，如果陈家把她们困守家中，日出而作，日落而息，一生作为男人的陪衬而存在，她们的人生肯定是黯淡的。她们以热血生命刷新了营前（上犹）的客家文化精神。她们乃寻常的南方山乡女子，体质娇小甚至羸弱，但她们植根传统文化之树，一旦走出"山门"风云际会，吸纳时代新鲜气息，有作为，有所成，与七尺须眉相媲美，同样奏出了命运的慷慨乐章（陈泽英、朱伦是从政方式，而陈碧莲则是个人方式，但都置身于时代的前沿）。启示是深远的。她们同样构成了营前（上犹）的文化现象，进入我们的文化记忆。

我们看到，毁弃客家文化精神的是我们自己，发扬它并让它成为不息的生活潜流，也是我们自己。我们应该检视自己，我们责无旁贷，以新的视野新的魄力雄健地走向未来。

这里笔者谨用李连齐《废墟》的一首诗献给营前（上犹），以表达对客家先贤的回望与歌叹——

荒原之上，唯有你

迢迢地招摇着一种情调

岁月的尘埃湮没苦涩和忧伤

你保持着沉思的方式

巨大的孤独拥抱着经天日月

荒原沉浑

一把积雪和阳光

咽下一片伤痕累累的寂静

记忆的翅膀

老得不能再飞翔

疼痛了历史

古典的事物不再生长

一生风雨

悲怆，植根于内心

灵魂的断裂，新生的呼唤

为谁而歌，为谁而泣

渴望的明光之河泛滥

负载最初的舟楫，今生

你注定与荒原天荒地老

没有你，荒原就没有故事

没有活力的血液，你是——

荒原最初也是最后的生命诠释

[附记]

　　当时代进入21世纪，20世纪晚期逐渐兴起的"客家文化热"仍在继续升温。我县蕴藉的客家文化是我县文化底蕴的重要组成，而营前客家聚落历史悠久，典籍保存相对完整，以及商贸重镇的地位，具有典型个案的意义，已经引起了专家学者的关注。上犹应该有自己的客家文化研究。从表层看，有诸如打造旅游牌的功利性考虑，有由注重经济发展到注重文化建设的社会功能性考虑；从深层看，更有寻找并汲取本土传统文化资源，以浇铸现代国人文化灵魂的渴望。建设和谐社会已成为我们的共识，而"和谐文化"——客家文化是它有机的一翼。

探寻历史的足迹并不是复活历史，历史是无法复活的；复活的是一种文化传统，一种文化价值，一种文化精神，这才是它的价值所在。

有的专家学者所展开的"营前"课题研究，富有学院派气息，而我侧重文化精神文化灵魂的探究，不但关注事件和历史进程，更关注其中的人的命运及精神状态，因而更能找到与当今时代的切合点和共鸣。这种切合点和共鸣既是社会的，也是个人的。我注意到，历史的发展总是呈某种回归或重复，这就表明类似的历史场景里面有一种情愫闪亮，它正是后来的时代和人所需要的，或者说被我们一度所忽视了的。这就是历史的启示，能感觉这样的启示也说明时代在进步。市场经济的汹涌浪潮中，健康个人——个人化的评判、选择、追求以及内在动力的汲取，自我价值的实现，逐渐成了我们每一个人面对和正视的精神课题。其实这也是建设现代公民社会的基础性工作。在这个意义上，彰显我县文化个性，提升县人的文化自信和自豪，提高县人的文化精神素质，弘扬上犹精神，进而提高我县文化竞争力，为打造和谐社会注入强劲的内在动力，就很有必要。这几年县政协文史委就在做这样的工作。这方面我们的工作只是刚刚拉开序幕。

"上犹是客家重镇，具有文化底蕴"几乎成了我们的口头禅，它体现在哪里？除了一些从表层可以闻见的诸如客家门匾、姓氏宗祠和谱牒、上犹历史上有某几位名人，我们不禁茫然，实在说不出更多的有说服力的东西。尤其我们搞文化工作的人更应该汗颜。我认为，利用我县相关资料保存得相对完整，从中发掘有情感、有体温、有价值的人与事，从而感受生命和精神的律动，得到启示。不过，许多相关资料（包括谱牒）只是记录其事，而忽视其人的活动，更没有作为个体的人和活动，这就增加了了解历史的难度。了解历史就是了解我们自己，而了解一个时代只有当这个时代成为过去才有可能，因为后来的人有了新的参照和新的感悟，就像当年鲁迅先生从英国人写的《中国人的性格》得到启示，而写出了不朽之作《阿Q正传》一样。

正如克罗齐说的"一切历史都是当代史"，我探究19～20世纪上犹客家的精神变迁——世纪之交的上犹客家魂，就是以当代思想文化为比照，探究当代县人的精神建构和精神走向，为我县的文化积累做一些工作，当然也发现了我们以前所忽视的一些东西。1985年为探寻"九狮拜象"的起源，我在营前采访了好一阵子；1997年为写长篇小说《旷野黄花》，我对营前做了更深入的了解；平时也接触了营前的人和事。这都为我了解营前打下了基础。这次我又深入了文化营前的纵深地带，依然有全新的发现。一个重要原因就是我自己比以前的精神视野更宽了，思想起点更高了。

在此文的写作中和写出初稿后，有幸连续获得一些有价值的相关资料，我欣然做了一些充实。

几年前我写《王继春在上犹》时感言：由于王继春、蒋经国，当时上犹的发展已置于时代的主流中。这次我更感悟：早在20世纪初，上犹精英追随孙中山，上犹就置于时代主流；甚至在遥远的宋朝，地处蛮荒的上犹更是主动地扑进时代的主流。我们的祖先在每一个历史关头，以传统为基础，吸纳新潮，站在时代前列，张扬了上犹的精神气，具体体现为一种胸怀、眼光、胆识和开拓精神，从容地走自己的路。这是上犹客家人卓越的贡献，也应该是上犹文化底蕴——文化灵魂最有说服力的一笔。

无数的中外事实说明，文化形象的大小并不跟地理和经济状况的大小强弱有着必然联系。我县完全可以而且能够颇具说服力地打造富有特色和底蕴的客家文化品牌，而营前就是这样一个坚实的文化存在，它不但是我县的一个文化闪光点，同时也是中华客家由传统到现代的一个意蕴丰沛的典型个案。

在写完上述包括正文和后记的文字后，我又恰好读到学者何怀宏的一段话。他说：我们生活在现在，我们又生活在"历史"或"传统"中。第一种传统或可称之为"以千年计的传统"或简称"千年传统"；第二种是近代，尤其是"五四"以来的"以百年计的传统"或"百年传统"、"二十世纪的传统"，那就是前期启蒙、后期革命的传统；第三种则是改革开放以来，尤其是20世纪90年代以来的"以十年计的传统"或"十年传统"。这可以与董仲舒划分孔子《春秋》纪年的历史"所传闻世"、"所闻世"和"所见世"相对应。严格说来，"千年传统"才是真正意义上的"传统"，而今天的"十年传统"挟全球化铺天盖地之势，不仅是我们"现实"的，看来也将是我们"未来"的主要构成力量，我们说它是"传统"，则主要是在一种未完成式的意义上说的，因其与中国已有文化的某种异质和新颖，我们肯定它无论如何将成为一种未来的"传统"（《精神历程——36位中国当代学人自述》当代中国出版社，2006）。我正是以这样的思路一路写来的，感到踏实和欢欣。

现实（物质）之"水"与时间之"水"，加上陈旧过时的观念，障蔽了古往营前（上犹）这片热土，但是新世纪太阳的朗照，我得以眺望云端中的先贤，聆听并感受到了历史的回声。几年来我分别写出像《王继春在上犹》《南赣有梅香袭人》和现在这篇《世纪之交的上犹客家魂》等大块文章，追求资料性思想性学术性的统一，让更多的人了解上犹，感受今天的上犹，也感受上犹的历史文化传统即文化底蕴。在深掘并展现上犹的文化灵魂上，我还要继续努力。

2007年12月30日～2008年1月15日
2008年2月26日～2008年3月3日正稿
2009年12月中旬再作补充

摩崖石刻的销蚀

——赣南客家再寻踪

1998年11月，为观摩西晋摩崖石刻，我又一次奔赴离县城百多里的偏僻山乡——双溪。

被誉为"江西第一碑"的这尊石刻在20世纪70年代末出土并广为人知，眨眼又过去了20年。当年出土时它字迹的古朴、苍劲而清晰一直印在我的脑海里。它保存完好，我以为这是仗了双溪优质石料的缘故。古人石刻对石头的选择是苛刻的。1600多年以前的西晋人选择在这地老天荒的鸿蒙之地摩崖而刻，也显然不是急于向世人宣讲什么，教诲什么，而是凭借幽静优美的大自然，让其记录人生的感慨和喟叹。

这尊石刻的内容是这样的：青山翠色/磊落葱茏/石濑浅浅/波涛汹涌/壁立中柱/羲文是宗/形日灵龟/申锡无穷/蔚起人文/有虞歌风/猗欤胜地/于焉托踪/建兴二年虞去疟书……这也跟当时晋人的心态合拍。魏晋时代中国前期封建社会正式揭幕，是人的第一次觉醒时代，对生死存亡的重视、哀伤，对人生短促的感慨、喟叹，从中下层直到皇家贵族，在相当一段时间中和空间内弥漫开来。因而，晋人以石刻寄托心志思绪，摩崖石刻就具有了双重的永恒意味：一是摩崖石刻本身的恒久，二是心灵化人生化的碑刻内容因符合人最内在的审美需要——审视自身而获得了恒久性。

新中国成立后有了公路，这尊石刻恰好被掩在路边，旁边就是清澈的双溪河。现在，临公路垒起了一道厚实的两尺高石墙，"江西省重点文物保护单位"的牌子矗立旁边。在车流与喧哗不息的今天，这里仍显得有些寂寞。它在旷日持久的寂寞里静静地躺卧，也以静悄悄方式迎接每一位探访者。

自它出土，不时有远方客人慕名探访，在这里驻足，观赏。养在深山有人识，富在旮旯有远亲，也算是一种幸运吧？它可以享受这珍贵的慰藉，更算是一种敞开山门遇知音的当代幸运吧？这里，"养"几近于一种天然怡养状态：青山绿水做伴，轻风暴雨相抚，太阳月光相对，敞露于天地之间。"富"是指它拥有一种内在的文化基质，这是一般人看不见而漠视的富有，而它的外观却是临皓月拂清风一派贫瘠之外表，这于它，幸还是不幸？

当找走近它，目睹薯地，心里不由一抖，悲从中来。仅此就可见这一带石多地少寸土寸金，村民拼命找缝种植的情景。他们已向这里争夺了，他们为占据哪怕是一小片立锥之地而无视摩崖石刻的存在。殊不知，举锄垦挖这恰恰腰斩了文化生灵文化之神——国人立世致富的文化筋络。这实在是当下国人求富心态的一个缩影，当年出土时村民以为窖书而拼命翻掘寻找财宝的激情早已消失。

当下世界一夜骤富、数天暴富已不是天方夜谭，而真正的长久的富，必定建立在丰蕴的文化土壤之上，就是说，从传统文化汲取精神支撑思想的充实，即承接内在的文化血脉，同时又面对与拥抱当下的时代社会，在与社会磨砺（创业致富）过程中锻造出鲜活的文化精神——实现传统的创化，由此提升自己的生活境界和精神境界，这才富得有底气，有人味，有价值。若说西晋人提出了本体意义上人的生死存亡即人的永恒魅惑这一追问，那么后来者走的却是一条弯曲的山穷水复的艰难之路，往往被束缚于利绊名缰，南辕而北辙，社会物质生活的发展往往不与人的健康发展同步，朝着富裕迈出一脚倒有可能同时在人的精神上后退一步。

环顾这尊石刻周围的村落，参天大树已不复见，只剩瘠薄的绿色——大自然给南方的本色，而这里没有出现长足的富裕，种种贫困的迹象触目可见。贫困并不可怕，就像当年西晋人拥有的贫困一样，但西晋人却能够拥有一份从容和洒脱，对人和生命的至境发出炙人心扉的永恒追问！这里，文化精神的具备是个关键所在。

更使我感到怆然的，是这尊摩崖石刻好些字已模糊，严酷的风化和人为的磨损使它难逃厄运，它哪像是20年前的端庄高洁的模样？难道这20年风沙之酷厉就盖过了1600多年风沙岁月的洗濯侵蚀？

我立在石刻面前沉思。

我一路沉思。

当地一位八旬老人也忧虑地向我说出这尊石刻遭急剧风化的事实。他正是当年献出碑文的人，从小到大到老他一直关注着它的命运。在小时这里古树参天浓荫蔽日，石刻隐在绿丛中，夏天下河玩水，他们为要看清碑文而踩着另一伙伴肩上，伸手能触石刻底端，但依然看不真切。绿色葱郁的环境保护了它，使它虽长时期受风沙水火的直接侵蚀，西晋人这一生命情态仍得以保存下来。新中国成立后砍树开山修公路，它因被掩埋而躲过了风化的劫难。我突然想到赣州通天岸的石质呈沙性，但壁上石刻的风化就小多了，这跟其郁闭清幽的绿色环境有关吧！

书籍化是文化保存的有效方式，优美怡人的大自然也是保存文化的重要屏障，这尊摩崖石刻就是个明证。古人精骛八极，心游万仞，隐身于山水，寄情于天地，无意中把优美大自然当作放大了的书院。优美大自然也成了这合格的浩瀚书院。在环境退化的今天，这大自然书院安在？

也许是巧合，也许是歪打正着，也许是人类高层次文化思维的一致性，现代的石刻不正源源不断地进入环境好的风景区？那些碑林与雕塑不正出现在公园、公园化的旅游区——人化的大自然？我更希望人人都来美化和绿化自己的家园，使现代人可以随时随地直抒胸臆，让生命镌刻和蕴藏于遍地的优美环境之中。让绵厚的绿、绵密的森林、清碧的流水——优美的环境重新覆盖我们的家园。这不正是当代国人无字无言的心灵浩歌！

转眼又是新千年翻过了12个年轮，近日在县城一次与《客家摇篮》编辑聚会时，对赣南历史文化钻研颇深的张少华说了一句：赣南应是客家人的"子宫"。此说与"赣南是客家摇篮"不同。我不由一怔，油然记起了这块摩崖碑刻，这么说，遥远的西晋年代就有人悄悄地入住了赣南。确实，从当地吴氏族谱可知，在赣南客家几次大规模迁徙运动之前，吴氏已在这里休养生息了。摩崖碑刻不正印证他们的生活和精神状态吗？

归去来，摩崖石刻……

2012年7月3日补正

"九狮拜象"探源

一九八五年初，因工作关系，我到营前进行上犹县民间舞蹈普查，将"九狮拜象"灯舞当作一个重要的探研项目，对其发生、发展及历史沿革作了一些文化溯源。

一

大型民间灯舞"九狮拜象"是上犹县营前地区传统的春节娱乐项目。它以精美的灯舞狮象艺术造型、雄浑磅礴的气势为人民群众所喜爱，历史悠久，影响深远，一直盛行不衰。它是上犹县营前地区风俗史、民俗史、文化史的一个缩影，是营前地区历史发展的一个例证。

"九狮拜象"以造型艺术为主要特征，在清朝末年和民国年间就已成型，并且日趋完善。它有庞大的队形：前面是一只制作精美的牌灯，它是整个龙灯队伍的前导。牌灯上方扎着蝙蝠图样或花篮，中间写上姓氏堂名。承后是锣鼓亭，是伴奏队伍。锣鼓亭的制作很讲究，可扎出"八仙过海"、"鲤鱼跳龙门"、"水淹金山"、"刘海砍樵"等纸牌小人物，在现代还会用留声机的齿轮制作各种会动的小人物。后面是龙灯队伍，一般是九节蛇龙组成，一个龙头。龙头上有龙珠（制作好的龙珠不止一颗，以作备用），龙头后面是龙身和龙尾，每节的间距为6至7尺。

再后面是各种神态的狮子，五个、七个或九个，单数。狮子有红、黄、青、绿、白（白狮头上要加红布）等。狮面可分蚕狮、猴面狮、猪头狮、狗头狮、牛头狮、猫头狮等。白象（腰上加红布）和五彩麒麟夹在其中。

在锣鼓唢呐和鞭炮的喧闹声中，灯彩队伍前呼后拥，浩浩荡荡。麒麟伸颈缩腰，瞻前顾后，各色狮子咧嘴咋舌，摇头晃尾，相互逗趣，有的交颈，有的搔痒，有的伴怒。长达七丈多的蛇龙来回穿插，在爆竹的硝烟中时隐时现，呈腾云吐雾状。慈祥的白象甩动着长长的鼻子，接受龙狮麒麟的朝拜。各种灯彩栩栩如生，整个场面十分壮观。

"九狮拜象"表演为正月初二至正月十五日，头年冬十一二月（农历）就着手筹备。正月初一为参神祭祖日，十五日"烧龙"为送神日，也就是把各种形象灯彩的皮毛烧掉，留下骨架，待来年裱"皮"糊"毛"后再用。

民间灯彩在农村以前以姓氏为主，相沿成习，"九狮拜象"亦然。配合春节气氛，大家都团聚在家，联络感情，一年复始图个吉利。特别是造了新房和添个男丁的，更是由衷欢迎狮象灯彩进屋"暖房"，或拔根龙须，或夺个龙珠，或让龙灯进屋团龙，合家都要张灯明烛，连鸡舍牛栏猪圈都要点上红蜡烛，以示热闹。

据老艺人回忆，在清末、民国初年，在新中国成立后的20世纪50年代中期，"九狮拜象"多次在崇义、大余（前南安府辖）及广东的南雄和赣州等地表演，受到热烈欢迎，产生了积极的影响。历史上赣南有"头唐江二营前"的说法，是指作为商贸集镇的营前圩在赣南有一定的名气，"九狮拜象"更起到扩大其影响的作用。

二

"九狮拜象"从出现、发展到逐步完善，经历了三百多年的历史过程。新中国成立后，"九狮拜象"也历经几度兴衰，迷信色彩大大减弱，对其外观美的追求和表现有所加强。但它的磅礴气势的主要特色一直保留着，贯串着一种图强兴旺的民族心理。从它的龙灯和灯彩，可以看出同中原文化是一脉相承的；从它狮舞同象舞的兴起，可以看出当地独特的风土人情，及该地区缓慢郁闭的经济和文化。

营前地区究竟什么朝代开始形成"九狮"形象？目前尚无确切的证据。上犹县自五代时期南唐保大十年（952年）建置以来，在这1035年的历史中，县志的纂修只进行过六次，仅存的十八卷县志，只以县城附近的一些实事作过记载，对营前地区的"九狮拜象"一类民间灯舞，更是只字不见。何况从光绪十九年（1893年）到当时，已经有90余年未修县志了。

营前地区包括现在的营前、龙门、金盆、平富等6个乡，毗连湖南、吉安地区的遂川，前南安府四县的崇义，交通闭塞。以前没建上犹江发电厂和修建犹营公路时，除不太畅通的水路外，只有一条崎岖的山中驿路，山势嵯峨峭拔。据《赣州府志》记载，赣南"唐始有士，宋始有名士"。由此可见，唐之前赣南并没有文化教育实施。更由此可见，营前即使有少量的土著，也不会有搞龙灯一类的春节习俗。

也正如万陆所指出的："给赣南经济、文化以重大影响的是北方居民，即所谓客家人的南迁。"

现在流传营前地区"朱陈蔡"（三土著姓氏）之说，也不是指朱、陈、蔡是地道的营前土著，他们也是作为客家先迁徙到营前，后来的客家称他们为土著，而且他们本身也以土著自居。据《朱氏族谱》载：腊树下朱氏祖宗朱子和于清朝雍正年间从广东和县迁入。《上犹县地名志》载：长坝子刘圩祖宗刘白玉由广东兴宁迁入，至今已二十一世。又据《蔡氏族谱》载：南宋末年蔡壁增在文天祥麾下做过签事，文天祥抗元战败，蔡由吉水迁入营前镇隐居。这样，南昌、抚州、吉水一带的狮舞（这种狮子形象很像石狮子，纸扎，里面装灯，由四人抬着走），由蔡氏带入营前；广东兴宁一带盛行的"打狮"（狮头为硬壳，身子用布围）由广东移民带来入营前。

营前地名的来历，也可以看出该历史是受中原文化的影响。明朝王守仁在该地曾驻军扎营、屯田，军队与当地乡民接触日益增多，久而久之在军营的前面形成了一个贸易市场，营前的地名也就由此而产生。

"九狮拜象"是中国汉族古老灯节习俗在营前的延续和提高。现代学者赵景琛经过考证说：关于灯节的始起时间，"一、汉（又分为武帝说和明帝说）；二、南北朝（"三元日自魏始"）；三、唐（景云或先天二年）"。所以，历史上客家人不断南迁（分秦汉、唐宋、明清阶段），在开发营前的过程中，不但传播了较先进的生产技术，而且带来了中原文化。"舞狮""舞龙"也完全沿袭了汉民族的旧习：图吉利兴旺发达和驱邪安泰。"九狮拜象"同中华民族的文化传统是一脉相承的。

据调查，较为原始的"九狮拜象"无论在内容还是在项目上，要比现在繁杂，主要是它同当时春节前后的农事、习俗生活紧紧配合在一起。每年舞狮舞龙之前要"扫邪"，用迷信的方法（请仙婆子、道士）来驱除各种秽邪之气。正月元宵节里还要"摆春"：一边搞灯舞，一边要把头人用盘子装五谷，敬灶官，敬当地最高行政官。这个时候，当地最高行政长官必须打赤脚在早已选择好的沙地上负轭犁田，以表示朝廷重视农耕，力行"民以食为天"。不过，"扫邪"和"摆春"这一仪式并没留传下来。这是因为：一、比较起来，"九狮拜象"气派得多，壮观得多，它有各种不同的狮象造型吸引观众，舞狮舞龙的情态更具魅力，拿现代话来说就是更有艺术性，而"扫邪""摆春"则枯涩得多了；二、由于"摆春"只能农历正月初二至十五期间的立春日，前后都不行，而这样的日子并不是年年都碰得上，所以这就麻烦多了，渐渐也就取消了。

据说较原始的"九狮拜象"，其物质要求也是严格的。如蛇龙以管龙（即稻草龙）为正龙，要用稻草捆扎，示以农为本，以农为正宗。又如"猪养象、狗养狮子、龙养五谷、牛养麒麟"之说，实际上也就是象象征着猪，狮子象征着狗（狗有忠于主人守家守舍的秉性），龙象征风调雨顺、五谷丰登，麒麟象征着牛（农村的"前头爷"）。这显然是寄托安稳平静的农业经济的朴素理想。连狮子和象身上的毛也规定要用干燥的晚稻秧苗粘贴而成。可见，小农经济及其思想怎样渗透到乡俗之中。

"九狮拜象"的形成有一个较长的历史过程。它最先是龙舞（同全国大多数地方相同），又是狮舞（也同一些地方相近）。相传，营前的狮舞也是由一两个（狮子）逐渐发展到九个的。稻草龙最多的是长坝子刘屋搞过九十九节（民国初年），达到最大规模。这方面，我们可在姓氏争斗中找到原因。毛泽东在《井冈山的斗争》一文中说："（湘赣）边界各县还有件特别的事，就是土客籍的界限。'土客籍人'之间存在很大的界限，历史上的仇恶非常深，有时发生很激烈的斗争。"于是，每年春节期间的龙舞活动就提供了姓氏团结和斗争的表现舞台，亮一亮谁的根子久远、人多势壮、背景强。

象，是营前地区舞狮舞龙突出的标记，据我们了解，其他地方都不曾以这样的形式出现。这里也可从客家的迁徙中找到"引进"的痕迹。营前地区有很多姓氏是从广东内迁的，那里热带风光接触多，先人中必然有象的形象的印象。象，气盖如山，稳重庄严，是权力、地位、势力的象征，也是农家六畜兴旺的标志（猪养象）。原始的九狮拜象又带有佛教的色彩。按《佛教词典》的说法：狮子是勇猛的象征，象是慈善的动物，喻为佛王。《中国绘画史》就有释牟佛乘象八胎而成道的记载。历史上广东福建一带对外文化交流较多，所以迁入营前的客家自然会把这种具有佛教色彩的民间灯舞带进来。又据《金陵杂记》载：太平天国也有它的等级制度。所谓凤门、象门（"相""象"谐音）、狮门、豹门等。因此，凡姓氏中没有人当过皇帝丞相的不准扎象，有的便借"九狮拜象"来炫耀一下。

"九狮拜象"的盛期在清末民国初年。民国初年刘姓曾经扎过九十九节稻草龙来助"九狮拜象"舞之阵，可见规模阵势之大。当时，营前老圩一条街道，因各姓不甘落后的竞争心理，而致使舞龙灯放鞭炮的碎屑足有成尺厚，"九狮拜象"和龙狮之盛况可见一斑。同时，它也刺激了鞭炮手工业的发展。营前鞭炮历来名气不小，这也是个原因。

三

"九狮拜象"的历史可分为四个阶段。

第一个阶段是它的成形阶段。这一阶段，虽有姓氏争斗，但还不是带有政治斗争的性质。他们搞龙舞狮是出于对自然界的迷信，出于祈求安泰丰收的朴素愿望。因此，扎龙一定要用"管龙"（稻草龙）作正宗。舞龙的技艺也较为拘束。龙灯进了屋子，牛栏猪圈鸡舍都要点蜡烛，送龙离开时，东道家扯几根龙须，或攀夺一个龙珠。这期间得讲究清洁卫生，讲究吉利、禁忌，讲究尊奉祖先，尊老爱幼，小小心心过年。"扫邪""摆春"盛行。扮一个监斩官驱除邪恶，请当地最大的行政长官负轭犁田。

第二个阶段即是"九狮拜象"基本成熟，艺术上初现风采，时当在清末民国初年之间。其时，姓氏争斗、政治斗争日趋激烈。一方面是农业生产缓慢发展，另一方面是家庭手工业的发展（如鞭炮业的趋向发达）。马克思曾指出："'当前的'中国社会经济结构是小农业与家庭手工业相结合"。（转引自刘大年《中国近代史诸问题》）因此，在"九狮拜象"规模场面趋向发展的同时，蛇龙的结构组成已经出现用竹篾编织，而不是一律用稻草织成。外面用红纸糊裱，里面点燃蜡烛，但狮子的尾巴仍用柏树枝叶，象毛和狮毛用稻草或干秧尾粘贴。龙头狮象增加了艺术性、形象性，狮头可以左右晃动，狮眼左睁右眨，狮嘴可张可合，龙嘴可吐珠喷雾，龙眼可放出亮光，象鼻可伸可缩。整个队形由高灯、排灯、沙赖子（唢呐的一种）、锣鼓亭、狮子、龙、象、麒麟、赶龙的人组成，因而须有一定的组织能力和表演能力，要求一定的工艺水平和吹奏技巧。

但是，由于"物质生活的生产方式制约着整个社会生活、政治生活和精神生活的过程"（马克思《政治经济学批判》序言），"九狮拜象"在艺术上虽大有长进，但仍逃不脱迷信愚昧和姓氏争斗的藩篱。例如，人村团龙，在村头的社官庙坪上，"九狮拜象"要摆八卦，蛇龙进出八卦有生门、死门之分。舞龙的人一定要进行严格的训练，以防误入死门，不吉利而引起主家的心情不快。

第三阶段是民国十九年（1930年）后。其时营前成为苏维埃政权所在地，阶级斗争尖锐复杂，即使是同一姓氏，阶级对立与冲突已上升到支配地位。"九狮拜象"理所当然让位给政治斗争。它外表的古朴时尚被破了。风雨飘摇中，举办这种活动虽有凝聚姓氏人心的企望，但已出现自行解体的趋势。

1955年翻了身的营前农民在政府的支持下，自发从营前来到上犹县城，第一次把"九狮拜象"的艺术声势带进了城镇，呈现出崭新的精神面貌和艺术风貌。以后，由于受到"左"的影响，曾把"九狮拜象"也归入"封资修"范畴，致使它濒临灭绝。

第四阶段是党的十一届三中全会（1978年）以后，随着经济发展及生活的改观，农民又自发地对"九狮拜象"提出了新的更高的艺术要求。"九狮拜象"宏大的气势正体现我们时代奋发前进、蒸蒸日上、团结拼搏的风貌，已同时代精神融贯一起。

四

"九狮拜象"舞蹈动作很少。如狮子只有舔皮、亲嘴、朝拜、咬球等幅度不大的动作；蛇龙只有团龙、穿花等不算复杂的动作。它主要以造型艺术为主，重场面，重气氛，表演者是支庞大的队伍。

总体上讲，它对于维系亲邻、家庭、民族感情，鼓舞人们奋发进取的信心，提倡尊老爱幼，提倡卫生习惯等传统美德，沟通社会信息，活跃节日生活和文艺生活等方面，都有着积极的作用。

"九狮拜象"主要乐器为唢呐。相传是开发营前的祖先从广东带入的，至今已有一二十世的历史（一世约三十年）。唢呐《五更曲》最先是用来吓退野兽的，号召人们起床上工，至今这支典子还流传上犹民间，并运用到"九狮拜象"中，伴舞的主要乐器有民间吹奏乐和打击乐。每盘锣鼓由两支唢呐和小鼓、大钹、小钹、小锣、大锣等组成。有时为了加强气氛，也可以同时用两盘、三盘锣鼓齐奏或轮流演奏，唢呐相应增加了四支、五支不等，做到了舞蹈队伍前、中、后都有乐队，有的地方还加大大筒号、沙喇子两种乐器。大号浑厚，沙赖子高亢，相得益彰。

"九狮拜象"常用的唢呐牌子有"三子对"、"将军令"、"叭喇滚"、"满堂红"、"得胜歌"、"十杯酒"、"状元游街"等。有时可根据吹唢呐乐师掌握的曲牌吹奏民间小调，如《茉莉花》等。这些曲调音乐气氛欢快、热烈、旋律奔放、优美动听。它和狮舞舞紧密配合，深得群众喜爱。

从乐曲的调式来看，大多数是微调式、商调式，但也有一个曲牌中变换两三个不同调式的乐曲，如"三子队"开头是"商调式"，奏了六个小节后转"宫调式"，再奏二十个小节后转"角调式"，最后结束在"角调式"主音上。

在音乐表现手法上，采用重复法，有相同旋律、相同节奏的重复，如《将军令》，这种手法用得较多。

"九狮拜象"开厅和暖厅时，吹奏《满堂红》以示吉利。打击乐和其他喜庆的演奏相同，可以单独打，也可以和唢呐一起合奏。常用的锣鼓有"一花""二花"、"三花"、"满堂红"等，整个打击乐大大地渲染了龙灯队伍的热闹气氛。它同营前地方的乡土特点、客家乡民的心理相吻合，包含着他们生活劳动的新创造，它是"九狮拜象"的一个有机组成部分，也是营前地区的人民和上犹人民的文化创造之一。

"九狮拜象"虽然是一种艺术，但它体现了人民的心理，这就是对风调雨顺年成丰熟的追求，对安定幸福生活的向往。

1985年7月

莲花井散记

1

其实，"神奇"早已存在——它默默地藏匿于江西省赣南的上犹县安和乡联合村的莲花井所在地。初始它不叫莲花井，随着对它的开掘、命名，井水长流不绝地滋润世人，神奇也就传开了，不知不觉传了一千多年。

正如真实的"存在"不可言说，真实的"历史"不可言说，一言说就走形，失真。莲花井命名之后，它本真初始的神奇虽平凡地发生着，也就被忽视，被遮蔽，被冲淡了，被新的神奇所取代了，世人也就相信并且认定这新的神奇是它的唯一而真实的神奇。它本真的神奇就会被熟视无睹而销声匿迹么？

其实，任何"神奇"都带有本土文化色彩，莲花井新的神奇的传播，在传播中强化"神奇"更与文化名人——历史文化有关。即使是新的神奇，在历史文化的强力磁场中，也会产生更新的神奇，这新的旧的神奇奇妙地交融，而形成更加激荡人心的崭新的神奇，在新的岁月里传播。

让我们从命名后的莲花井从容地进入。

2

莲花井之为莲花井，一开始它就借助了历史文化的魅力。

莲花井的所在地叫小逻团。阳氏先祖阳城担任唐谏议大夫阻裴延龄入相，得罪了朝廷，而被贬为湖广道州刺史，举家由京城迁湖南再迁江西吉州，辗转数世，其中一脉定居于梅峰下的小逻团。孙辈阳忠宣终于出人头地，任虔州节度使，后升迁为上柱国银青光禄大夫，祖妣白氏诰赠夫人，从而家声大显，子孙繁盛。如今，那块唐诰白氏夫人的碑刻仍在。可以想见，当时地处偏僻南蛮之地的小逻团阳氏，因有这一文化先泽而自豪，而激奋，一股强大的文化精神滋润着阳氏后裔，那座只葬着一只绣鞋的白夫人墓已经成为了绵延相传的文化象征，有关白夫人的一切一度成为这地方"神奇"的全部内容。至于莲花井（那时还不叫莲花井），只是神奇白氏夫人墓的附庸：白氏墓相传为神师头陀点穴，有秘记载地图，穴前有井，状若连环，水甘美，春冬不溢涸。如此而已，大凡乡村总有清澈的水井在。作为水井，莲花井太普通、太平凡了。

与别村不同的是，莲花井有两处泉眼，于是形成了连环井，两个圆井并列，一口井叫籼米井，另一口井叫糯米井。据说有人做过实验，用这两口井的井水蒸酒或沏茶，确实各有风味。村人以此为奇，亦以此为荣。这实际上反映一种普遍的心理：故意炫耀自家的特异处，从而增强自立于村邑之林姓氏之林的自豪感。必须承认，这是国人行走蛮荒大地、砺志创家立业的最初始最重要的精神支柱，在此基础上形成了我们的民族感情。

不过，使莲花井卓然而立超拔出群的，是井里竟然绽开了莲花（以现代人眼光，不难理解，是莲根或莲籽掉进井中，它沿井壁而生）。莲花开放的那一年——宋徽宗大观二年即1108年，阳氏十一世孙阳孝本遂应朝廷八行举官国子博士，小逻团阳氏又遇上一个兴旺发达的辉煌时期。人们以为是这井的莲花兆其瑞，于是它开始被称作"莲花井"。属于莲花井的神奇时代开始了。

3

阳孝本秉承阳氏文化精神，博学多才，京城举官，名扬天下，且是教皇太子的国学博士，这就使兆其瑞的莲花井身价倍增。阳孝本一定参加了修井方案的制定。它被修成八角井，底部两口圆井（各约四尺深），从上面俯视，恰似阴阳八卦的鱼眼，井壁用特别烧制的弧形青砖砌成，石板和鹅卵石砌井台，四方井台的栏杆由青石砌成，上有浮雕。莲井因而拥有了凝重的文化气息。当时这一带林木郁闭，古木苍苍，山体闭合，流水潺潺，高高的梅峰隐在云端，附近的福乐寺钟声像月光一样飘洒，冬春季节井台一派云蒸霞蔚。很自然的，如《阳氏族谱》所载，"故后人但知有莲花井，竟忘所谓小龙坑（按：白氏夫人墓所在地）矣。"

至此，小逻团的神奇已完成了向莲花井的转移。

处于地老天荒的南赣，在赵宋时代能进京城做大官当大儒的人非常珍稀，恰好莲花井莲花也难得一现，两者之间形成了颇有说服力的对应，这样当地人就有了企盼，既从容又紧张地等待井中莲花的再度开放。他们敬畏莲花也就是敬畏天命，希冀天命通过莲花开放再一次降临。莲花呈拳头状，到了暮黑开得更加灿烂，这绚烂动人的一幕一代传一代存留在人们的记忆里。

以现代人的常识，井中盛开莲花的奥秘已不难理解，它有着细小莲籽或莲秧嵌进井壁砖缝从而伴着藻类蕨类悄悄生长开花的过程，存在不为人所察的契机。然而这种契机在敬畏天命鬼神的古人看来，绝不是凡人所能左右的，只能等待上苍冥冥中默默地给予，即是说，是可遇而不可求的。所以虔诚而惶恐的莲井人绝不会、也不可能耍弄小心眼，人为地制造这炙手可热的神奇。莲花顺其自然地开绽，村子就一定会出现祥瑞，最具说服力的就是出读书人、出朝廷命官、出能在京城立脚的仕儒，或外地大人物到此地造访。这种"神奇链"已卧伏在莲花井中。

阳孝本年轻（29岁）时由宋朝右丞尚书蒲宗孟推荐为京都上庠馆师，他走出山门身显京都，始终被莲花井的神奇魅力所折服。在现代人看来，这不过是乡土情结罢了。后来他毅然隐退于赣州通天岩，长达20年，成了通天岩的开山祖。万卷收书肯为贫，长年石室谢纷纭。浪漫著书酬素志，逍遥齐物载清淡。他是真隐，随身带一童一鹿，与书为伴，成了《宋史》收录的隐逸大儒。他创立了"通天岩文化"，主持修编了《阳氏家谱》，让最高水平的中原正统文化贯穿于家族文化（谱中收录了柳宗元等大家为阳氏撰写的文札），把家族文化、当地文化融汇于主流文化，提升和确立了其俯仰的标尺。他尊崇先祖阳城犯颜直谏的正直品格，但他却选择了一条退隐之路。晋朝时代江西九江的陶渊明创立了退隐文化，宋朝时代江西上犹的阳孝本开辟了退隐的新境界（他倡导的精神独立、不同流合污的以退隐来处世的精神却一直受到了忽视）。

阳孝本68岁时再次被推荐于朝廷，举八行科官，应诏授国子监学录，转宣教郎秘阁校理，迁直秘阁提举。这于他都是"种瓜得豆"，不是他的愿望。他仍以守孝为由请假回家，向家人深表受荣太盛不值庆贺的歉意，重新蛰居通天岩，直到终老通天岩。他不会不知道，他所处的时代旧党、新党争斗一直不断，多少志士仁人为此浪费了才华，潦倒终生，有的赔进一条老命。大文豪苏东坡的悲凉遭遇，他应该完全知晓。他选择终身退隐之路，心路历程也一定充满坎坷起伏，对家人对朝廷命官都不可直陈，他只有回家则以莲花井，住通天岩则以石室为倾诉对象了。

可是家乡人却一直以为是莲花井献瑞的缘故而自觉跟随其神奇对上号。这样，他的淡泊无为退隐自守的操行与村人对莲井神奇的感应南辕而北辙。当年一个正直但无奈的知识分子的人格及其精神追求被世人普遍地漠视了，他的自我选择的独立人格更多地被赋予了官宦显贵的色彩。这里，一个被当作文化楷模的宋代大儒心灵的神奇被忽略了，这就说明当时是个忽略与禁锢心灵的时代。自然，莲花井的神奇被世俗化了。也许，莲花井人不如此就不能炫耀与捍卫阳氏家族文化精神的尊严感自豪感吧？由此可见，国人投身于心造的虚幻性的狂热里，他们热衷和捍卫的，往往不是真正有利于其生存与发展的东西，而是掏空自己立足之本的东西，自我窒息的东西。

这种尊严感自豪感自然而然再次渲染了莲花井的神奇。以小农耕作为本、儒教政治为依归的社会没有根本的转变，这种神奇感就会像不溢不涸的莲花井水一样一代一代流传下去。至今，阳氏族谱上，有关阳孝本直抒胸臆的著述极少，它们或散失，或被修编的人当作无意义的东西而舍弃掉了，留在谱牒上赫然可见的，只是阳孝本以及阳氏大大小小的官名与学名。

仅仅依傍阳家人的官名学名，莲花井的神奇会趋于虚幻而轻飘，是最终会失去神奇的坚实内涵的；随着科学太阳的朗照，莲花井会失去最后一道神奇，成为无数村井行列中的"凡夫俗子"。

4

不过，莲井是幸运的，它终于逃脱了平庸的宿命而新添了神奇的内涵。这关键的一笔，是大学士苏东坡的造访。苏东坡在他死前的一年，由阳孝本随同，从通天岩西行来到莲花井。阳、苏互为知音。阳孝本从容而沉静地把这位名震朝野但潦倒一世、憔悴不堪的大文豪带回青山绿水的家乡。这似乎不合他的退隐之道，其实正合其退隐之途。他身形退隐，其实精神并没退隐，暗中寻找和等待真正的精神知音。与苏相聚，他可以进行一次酣畅的精神交流。

阳孝本小苏东坡3岁，属同时代人。应该说，阳氏对苏氏"闳伟议论之卓，文章之雄隽，政事之精明……神宗尤爱其文，宫中读之膳进忘食，称为天下奇才"（《宋史》339卷，《苏轼传》）的佳誉早已烂熟于胸，也对苏氏一生陷于新旧党争之中屡遭讼狱郁郁不得志的悲凉处境深有体察（也许这正成为他毅然退隐的主要精神动因）。而在政坛官场上浮沉颠簸屡遭流放的苏氏，对阳氏急流勇退、退隐山野的人格精神有着更深刻的认同（何况苏氏受老庄出世的思想颇深），两人实在是精神的知己。

他俩不是相识于京都朝廷，不是结识于风华正茂的年龄，而是进入老境之后，相识于赣州通天岩这样一个边缘之地。

宋元祐（1086—1095）年间，苏氏均被先后的旧党、新党所恶，谪惠州（广东惠阳），再贬至琼州（海南岛）。宋徽宗即位大赦天下，他遇赦北还。建中靖国元年（1101年）他从岭外北归，路过虔州（赣州），专程去通天岩会见阳孝本。（应该是1094年9月，苏东坡被贬由北而南，路过赣州而访阳孝本。见《苏东坡1094年到上犹》一文。——笔者）

传说，当时苏东坡用稻草系一条鲤鱼与阳孝本相会，阳氏马上猜中来者正是眉山苏东坡（苏的繁写体为蘇）。苏立即叹服阳为高人。阳氏热情地说："坐请坐请上坐，茶沏茶沏好茶！"在夜话亭，他俩侃谈通宵达旦。苏氏感叹地说："真是听君一席话，胜读十年书呵！"犹不能尽兴，他随阳氏来到上犹的阳氏故居莲花井。

那一年正好井里又盛开莲花，村人惊叹着，兴奋着，原来是孝本陪同一位翰林学士——大人物回家探访。人们不假思索就把"神奇"的底牌押在这两位大儒身上了。

当然，苏阳在通天岩相会，只会给通天岩增添浓墨重彩的一笔，不会给特别偏僻的莲花井之神奇增加什么新的内容。族人尊崇阳孝本而捎带记住了通天岩，把通天岩也看作阳氏的骄傲，除此之外，对通天岩没有更大的兴趣，而只会对身边的莲花井哪怕就是细微的涟漪也深深着迷。两位令朝廷侧目的名儒的到来，使莲花兆瑞又有了切实的内容，莲井变得单调的神奇又像春水一样被激活了。

5

从小逻团到莲花井仅五里山路，然而山溪九曲回环，溪中多有峥嵘巨石，两边林木森森，覆盖着浓浓的蛮荒气。自进入上犹县境，沿湍急的江河而上，苏东坡已脱口吟出"长河流水碧潺潺，一百湾兮少一湾，造化自知太玄巧，不留足数与人看"的七言绝句。这时他又如是吟唱了一遍。这位文豪从不把圆满丰盈当作美的极致，而向来把残缺当作人生的一道胜景，所谓"人有悲欢离合，月有阴晴圆缺，此事古难全"（《水调歌头》），所谓"但知临水登山啸咏，自引壶觞自醉。此生天命更何疑？且乘流，遇坎还止"（《哨偏》）。他称"南赣乡贤"的阳孝本（终身未娶没有妻室子嗣）："道不二德不孤。无人所有，有人所无。世人所宝者五，天啬其二而界其三，是以月计之不足，岁计之有余也。"

说实在的，由于长期的颠沛流放，苏氏对南方奇丽的山川早就耳熟能详，不会对这一带山景顿发豪情，加上老年憔悴，急欲北还，加上山道崎岖，他把屏障似的青山视之为畏途，终于不再想向莲花井村前跨一步了。阳孝本沉静地微笑道，请君再走几步，再进几步。

果然，一个被层层山峦包裹严密的小盆地出现了。陶渊明的桃花源景象又一次得到了印证。粗粝蛮荒的山气退走了，代之以亲和的文儒气息徜徉。这当儿，苏东坡注意到这里的水流由东而西，触景生情，他记起自己的"君看流水尚能西，休将白发唱黄鸡"（《定风波》）诗句，心里不由激奋起来，心情也变好了。

村口几座寺庙香火缭绕，诵经声不绝于耳。当踏上井台，见一朵莲花在井中灿然开放，苏东坡脱口说道："此井就叫莲花井吧！"阳孝本拊掌大笑。于是，村里就有了苏东坡为莲花井命名的说法。从来客放荡不羁的豪放举止，村人认定来者一定属显贵高人。同姓异姓的当地人喜滋滋悄悄注视他们的行踪。

那时，村口村尾有好几个香火正旺的寺庙。福乐寺坐落村尾，梅峰之下，十来个僧人，悬吊一口大铁钟，两边搭有戏台酒肆。每逢农历七月以后，来自湖南的戏班子便在这里一带上演数月。戏风和商贸对禁锢的乡村伦理秩序是个有力的冲刷，男女关系悄悄地松动了，不同姓氏不同村落的男女青年便有了暗中来往。有上村别姓的女人到下村阳家找相好的传言，因为阳氏是当地的望姓旺族。这里，历史文化依然散发着潜在的魅力。这一切，都被风流倜傥颖慧过人且曾涉风月的苏东坡感觉到了，他笑吟吟地说："还是把福乐寺改为极乐寺吧！"一锤定音，极乐寺便这样诞生了。阳孝本首肯，别的人又有谁会觉得不妥呢？大文豪发话，言辞怎样放肆也不为过。这段文化的口碑也就延续下来了。文化的力量在这里又得到了有力的印证。

尽管宋明以降以理学为名加强了文化禁锢，阳姓人在两村交界的田里竖起了一块"石卵"（此石保存至今。阳氏祠堂里挂的许多匾榜毁于"文化大革命"的烈火，但石卵秋毫无损，一直在稻田里傲然挺立），但没有人怀疑极乐寺名字带淫秽意义的所指。人们把大文豪的命名当作一种光荣与骄傲。

于是，莲花井的神奇又有了新的内涵。因有大文豪的亲临光顾，地理意义上的莲花井向着文化意义上的莲花井靠拢和提升。一旦黏附了文化的意味，莲花井因而超越了时空，在更广阔的地域更多人（不仅仅是阳姓人）的心灵里流传。莲花井更具有宽阔的文化胸怀，它不会拒绝长时期被朝廷贬斥的真正大儒，不会拒绝有真才实学的落魄文人，相反，这些文人学士的踏访，只会增加它的魅力与神奇。

莲花井人呵护着它的神奇。转眼间苏、阳时代又过去了数百年。《莲花井合栏碑记》云："自宋明以来，掇巍科登显仕者累累，然何莫非比灵泉之发祥也，护持可不慎欤！"这便是在如此洋洋洒洒大道理之下村民的心理写照。

不过，对于小逻团众多姓氏来说，仿佛更有兴致铭记眉山苏东坡跟阳孝本的这次莲花井相会。在他们看来，这是一起了不起的文化大事。终于在清朝乾隆五十年（1791年），当地人不分姓氏，捐资在河畔立了块4尺长2尺宽5寸厚的青石石碑，开头就刻有"阳玉岩先生与苏东坡先生钓游于此也"等字样，更多的是捐钱捐谷者的姓名。如今，这块好几百斤重的碑石斜卧在一阳姓农家的墙脚旁边，静穆而现几分凄清。

如今，这一带林木稀少，植被薄削，房屋众多，人烟稠密，河里流水浅缓，早没有了当年河水湍急舟楫穿梭的壮观。已没有几人能记起这块石碑及其碑刻内容，文化的被破坏被消解恰恰在这文化绵厚的乡村达到了令人扼腕的程度。

这使人相信，近两百年，尤其是21世纪以来，历经无数的战乱和"文化大革命"浩劫，传统文化从枝叶到根絮，从看得见的景观到看不见的心灵，都遭遇了相当彻底的洗劫，传统文化的凋零已成事实。文化与社会不总是经历达尔文式的

127

进化过程，它们也可能陷入退化，在各色飘飘扬扬的旗帜下沦为荒漠。这里，小逻团、莲化井却呈现消极意义上的神奇，文化后退——消弭的神奇。

面对文化败落的景象，我不禁黯然神伤。当年这里铭刻与张扬文化的文儒志士、凡夫俗子何在？难道这些先贤不正是时下行走这块土地上的人的神圣祖先么！难道当代人可以既缅怀祖先的神奇又对文化没落麻存不仁而心安理得么！

<h1 style="text-align:center">6</h1>

如今，尽管莲花井的井台已成一块平地，刻有浮雕的石栏杆和石板已被用于铺路或砌房基，但八角形的莲花井尚在，它供应着全村好几百人的生活用水，它依然是生命之泉。两眼井的砖壁已拆除，代之以水泥圆管，这就失去了井中长莲叶开莲花的可能，莲花井开莲花以及由此带来的祥瑞，只能存于村子苍老的记忆中。

这是个神奇世俗化、弱化，乃至被亵渎、被抛弃的时代。这是一个仿佛不再需要神奇的时代。这是一个可以用任何手段攫取利禄、赤裸张扬利禄的时代。自然，莲花井的神奇早被踏平，许多人心目中已没有存放与呵护这神奇的位置。

即使在"文化大革命"年代，村上有位儒者冒着危险偷出并保存一块木刻金匾，这是一块某状元题写的《重修通天岩阳玉岩祠记》（跟现在通天岩挂的那块有区别）宏匾；村上一位成分高的教师曾恳请一阳姓贫农保存题写有"南赣乡贤"等大小字样的宏匾；也许，村里还有人保存着其他文化珍品……某种程度上，它们都构成了神奇，成为莲花井神奇的延伸。我敬佩这些为保存文化做出艰苦努力的人们。但是，在我看来，放在乡土中国这一大的背景，这种种神奇已稍嫌一般，它们跟莲花井有过的天人感应、天人合一的种种神奇有着高下之分。说白了，我倒是愿意听到闪烁瑰丽文化光彩的神奇，有着天启意味的神奇。

然而，对此我并不存奢望。

然而，我还是终于亲眼看见了当今莲花井一次实实在在的神奇，本真意义上的神奇……

那天——1999年3月6日，即农历正月十九日，是个黄道吉日，气温高达30度。阳氏十修族谱告竣（离上次修谱已近百年），举行隆重的接送谱仪式。我随披红挂彩的车队一道驶入安和。该乡近千名阳姓人以热烈的锣鼓、唢呐、鞭炮夹道欢迎。这是阳氏盛大的节日，一个值得纪念的日子。

当车子驶进莲花井众祠，见祠堂更是张灯结彩，被修葺一新。一切热烈而有序地进行。要知道做这种准备的时间只有两天，而一旦决定，连维护秩序的组织也建立了。谁说乡结懒散？阳姓人奔新谱而来，奔这热烈肃穆的场面而来，其实就是奔文化的凝聚力而来，在这里显示的正是阳氏家族——传统文化的凝聚力。

当数百个阳姓男男女女听从号令，满满当当地跪在古老宽阔的祠堂，看着向列祖列宗焚烧告祖文和3卷新修的族谱，连我这个站在一旁的异姓人也不由怦然心动，思绪滚烫。这使我相信，乡村的文化、精神之树虽然被淘洗被摧残，但它的根并没有被拔掉，它仍扎在乡村的土壤里，山里人的心灵深处。我可不愿用封建复辟来比喻这些乡村现在普遍发生的场景，而宁可相信："地域社会与家庭一起构成了追寻共同社会的人们寄托恋旧情绪的一个最后据点。"（富永健《社会学原理》）在现代化市场化的裹挟之下，乡村的人们已不可遏制地产生了寻根愿望与行动，它构成了世纪之交神州大地一道酣烈的文化景观。城乡的诸多姓氏一呼百应地编修族谱、送迎家谱，充分表达国人建立在血缘地缘基础上的趋群心理。应该说，这已构成了传统文化的精神内核而漫于乡土社会的经络血脉中。

真正说起来，上述这种热烈而肃穆、激荡而凝重的场面，包括紧接着每户阳姓人摆碟提壶会餐于祠堂的火热场面，已不算什么神奇。许多姓氏已恢复了正月聚会祠堂议事的"点灯酒会"习俗。阳姓此举就像在滔滔江河中添一朵浪花，很平凡的。

在这次阳氏盛会的酒席间，听说明日（正月二十日，被认为天聋地哑日）全村人要进行洗井，各户至少一人。我仍觉得很平常。当我听说"一定要洗出谷子才算洗干净了"，我心里惊讶，但不相信。两位退休干部坚定地说，这是真的。

3月7日吃过早饭，几十个中青年男女聚集井台，清沟的清沟，洗井的洗井。他们用桶把井水舀干，一边用竹扫搅扫，地下水汩汩地涌上，井水于是浑浊了。两个男青年分别跳进两个小圆井，弯腰洗井，不间断用桶排水，捧上井底已洗得干净的泥沙，几个少年亮着眼睛在泥沙里寻找，但不见一颗"稻谷"。大家嚷道："没洗净，要继续洗！"几个人告诉我，去年的今天南康、赣县几位族人（他们几百年前从这里搬出）半信半疑地看洗井，一直到下5点才洗出"谷子"，果真洗出了青籽（半熟的稻谷）和金谷（成熟的稻谷），他们包好欢天喜地而去。一老者说，数十年前的一次很快洗出了"秕谷"（它们浮在净泉上），现在井底"谷子"越来越少了。

我不动声地看看，仍然心存狐疑。

下午5点多，"谷子"终于洗出来了！这时井四周、井台、井水十分清爽。他们用小玻璃瓶装井水养着，送给了我。仅有3颗谷，一颗青籽悬浮水中，两颗金谷沉入水底。我认真地看了很久，这里是真的，跟真正的新鲜稻谷一模一样！十分灿亮！没人会怀疑它不是稻谷。这是从井底泥沙中仔细拣出来的，而绝不是人为地将稻谷藏在莲井中的。

我不由自主地激动起来。这一夜我辗转不眠。我突然明悟，这才是莲花井最初始最本真的神奇。因每年洗一次井，它就敞现一次。其他古往今来诸如阳孝本苏东坡一类的大大小小的神奇，都应该为之让路。这神奇的根早被上苍藏于莲井，于是千百年来莲花井人就有了无数次平凡而锲而不舍的洗井寻谷的集体行动。寻"谷"与种"谷"同时发生，也就是寻根与种根，这成了莲花井人的生存本能，一道基本的不可或缺的生活节律。

哦，永远的莲花井，永远的神奇……

1999年3月17日
2018年9月13日更正

上犹玳瑁石：古远神奇的绽放

上犹石的大家风范自古有之，在古远的宋代就被发现和定位，它也就能在长期的默默无闻，甚至几近被湮灭之中，一旦被重新发现，名气就夺人耳目扶摇直上，上犹石连同上犹的奇山秀水更是成了响亮的存在。不过，人们往往会忽视，上犹石还蕴含着古远上犹人与山水相交融的生活情状。

公元1133年正是北宋晚期，杜绾编著的《云林石谱》问世。这是中国一部最早、最具影响的记录各地名石的谱记，它记载了当时全国116种著名奇石，上犹石名列其中。此书记载："虔州上犹县山土中出石，微质稍粗，多浅黑斑点，三两晕绿色，堪作水斛或栏槛，好事者往往镌礲口地面，全若玳瑁。"所记载的上犹青花、上犹彩蜡等上犹石深受石玩家的青睐。

这数十个平淡的简介文字，不经意还记载了当时居住山水间的上犹人简朴却有几分神秘的生活习俗，以及粗浑古朴却细腻幽微的审美情趣。实用当然是第一位的，而"好事者"即用心遂情者则精心用它装点生活和丰富心灵，以与玳瑁石相处自荣自足自雄。赏石琢石进入了民间生活，也就参与了上犹人文化性格的锻造。可以说，玳瑁石是上犹石的代表和象征。

据汉语词典，玳瑁是一种形状像龟的爬行动物，甲壳黄褐色，有黑斑，很光润，可用作吉祥物装饰品。这种像玳瑁的奇石既可做居家用材，同时可做镇宅之宝，还给人以品赏把玩陶冶心灵的审美愉悦。宁静、恒久、持守、坚韧的精神皆在其中。可以想见，在那个时代，上犹人通灵石性，崇仰秀石之神性和灵性，上犹人在赏石琢石中感悟天地与人生，希冀通过奇石秀石降灾避祸，让祥瑞常驻。上犹石的文化价值由此体现。

我揣测杜绾是跟随宋建炎元年（1127年）丞相李纲而到上犹的。

产生《云林石谱》的宋代，已由魏晋人物画的主流转向山水画，此一转变至北宋而告完成。宋代所完成的古文运动，与山水画的精神一脉相通。这更有助于山水画的发展。（徐复观《中国艺术精神》第七章）这实际上揭示了当时艺术创作和审美的新趋向：许多文人（如苏东坡、黄山谷）陶冶心灵，山水竹木入画，以寄托对自然景物的慕恋。拿今天的话就是走出宫闱居室，走向并感悟大自然。鬼斧神工的奇石也就进入了中国文化的磁场。跟入画亦入心的山水一样，赏石这一精神活动也就具有超凡脱俗的文化品格。

可以肯定，宋人杜绾是位熟谙山水画中深远的意旨，具备其审美基础，又能领时代审美风气之先，实地品味山水的行家里手。他全身心沉浸于奇崛清新的山野。奇石当属自然景物，终被他慧眼相识，上犹石等各地奇石让他眼界大开兴奋莫名，托石为知己，并与之心灵相默契。他独辟蹊径，编撰出这么一部与山水画集不一样的旷世之作，无意中也将上犹（赣南）山水及奇石以纯正的文化定位。玳瑁石——上犹石及上犹山水很早就进入了中国传统文化的肌体而悄然绽放。

玳瑁石是上犹石的代称，然而当今赏玩上犹石，玳瑁石已被人们所忽视，譬如我自己，一直对玳瑁石印象淡漠，真是抱憾。但机会总给心有所备的人敞开，我终于见识了真实而鲜活的玳瑁，对玳瑁有了确切的印象。

2012年5月我赴惠州游玩。这天我们来到惠东港口——一个美丽安谧的海湾。这是一个国家级海龟自然保护区，设有世界海龟展览馆。我在展览厅观赏大大小小各色各样的活海龟时，注意到一种叫"玳瑁"的海龟，凝视良久："属爬行纲，龟鳖目，海龟科。背甲长约0.6米，大的可达1.6米。头顶有两对前额鳞，上颌钩状。背甲角质板覆瓦状排列，随年龄的增长而渐趋平铺，具淡黄色和褐色相间的花纹。四肢鳍足状。尾短小，通常不露出甲外。"

此时玟瑁在我心中具体化了。难道上犹的玟瑁石就类似这种模样么？我无数次沉浸于上犹山川，肯定跟玟瑁石交臂而过，但我没感觉到它的存在，其原因，是我心里从来没有玟瑁石。民众也一样。玟瑁石已经淡出了人们的视野之外，沉默于时间之海。

在今天的上犹石（展品），依然不见玟瑁石。这么说，民间原有的赏石文化气场不再，而玟瑁石仍然存在，缺失的是我们与它同在的心智。这就是民间审美上的断裂，或叫一种缺失。真正的问题还在于，我们把一个给上犹石带来巨大声誉的玟瑁石给忘了。与其说是现代人的疏漏，不如说是现代人的精神的残缺。我们忘掉了玟瑁石，忘掉的绝不仅仅是一个奇石门类，而是忘掉了曾经支撑我们先人的文化心灵，忘掉了我们民族一段心灵的历史，一段精神的来路。应该寻找玟瑁石。丑陋也好，简朴也好，它衔接我们精神来路的意义却是不可小视的。

由是，对玟瑁石我感到一种缺失和断裂，更由衷地感到缘自古远审美的弥合。

2012年5月1日初稿

2012年8月6日正稿

2018年9月13日补充

艾雯与上犹和赣南的旷世乡愁

踏勘时间之水的重现

著名文化学者、在人民日报社工作的李辉在2013年《上海文学》和《南方都市报》发表了《念念在兹　章贡合流》的文章，主要写大画家黄永玉在上犹、信丰和赣州工作过——在赣南的轶事，涉及20世纪40年代蒋经国赣南主政，赣南各县办报的情形。恰好《人民日报》有个《大地》副刊，写《念念在兹　章贡合流》之前李辉还到上犹查阅档案资料，因发现上犹《凯报》有个《大地》副刊而惊喜。不过上犹的《大地》副刊已是20世纪40年代中期的事了。

黄永玉先生20世纪40年代在上犹《凯报》工作过，创作过不少漫画和木刻。当年他为《凯报》年轻编辑艾雯画了一帧剪影，附有艾雯的一句话："在我编报时，当场剪了一帧剪影，倒是颇为神似。"还录有黄先生为艾雯画的一张水彩速写，附有艾雯一段话："他（黄永玉）为我画过一张水彩速写。他自己不甚满意，在画上写了'艾雯呀：黄牛画像 抱歉之至（民国）34．11．4'。"（此画编者收集自台湾）2014年《人民日报》副刊刊登了徐红梅《黄永玉的马年生肖画：欢快时沉吟处》一文和90岁黄永玉作的一幅马的漫画，画上有段黄老先生题款，其中有"我几十年前在江西上犹报馆下乡采访"的追忆。

2015年上犹县政协出版的《黄永玉与上犹》就收录了上述资料。

不该湮没的历史文化印迹在日后总会显现：一位与赣南有缘，沿着黄老先生念及的"上犹报馆"线索，女作家艾雯的身影浮现了。

其实，在20世纪50年代初的台湾成名，以第一本散文集《青春篇》"曾经在那苍白年代抚慰多少受伤心灵"，"成为前现代主义时期的重要作家"的艾雯，在台湾的身影里就有着依依的"赣南回声"。艾雯，她的脚步已在她的家乡苏州踏响（2000年10月首届"艾雯青年散文奖"颁奖仪式在苏州举行），这更意味着"赣南艾雯"呼之欲出。

2005年人民文学出版社《新文学史料》第4期上的阎纯德所写《青春和爱的歌唱——艾雯的生平与创作》已刊登了艾雯对上犹《凯报》的回忆——

"当1943年日寇逼近大庾，机关停止生产，我押着一船图书，疏散到较偏僻的上犹县待命时，却由于投稿副刊主编的介绍，意外地进了凯报社。"那时的"新赣南"，地方不管怎么偏僻，经济不管怎么穷，也都是一县一报；报纸麻雀虽小，五脏俱全，有新闻、政论和副刊。开始她负责数据，不久又主编副刊。"我是个孜孜不倦、勤奋尽责的小园丁，经常让小小的园地花草茂盛，生机盎然，新的工作开拓了我新的境界。"当时闽浙一带尚未沦陷，因为与外界隔绝，反而使那里人文荟萃，各种报纸的副刊繁荣一时，文艺运动蓬勃发展。艾雯也拟订编辑方针，提高作品水平；为让（《大地》）副刊成为纯文学刊物，她相继开辟了《诗艺术》《文坛》《文艺评论》《民间》《大家看》等日刊式周刊，积极参与发展东南文艺，以"大题小做"为名，发表各类"针对现实、反映社会，警惕民心，鼓舞士气"的文章。更有艺术编辑黄永玉配合创作木刻刊头，小小刊物，亦称得上图文并茂。

1988年5月写的《赣江水流不尽》一文，艾雯说得更详细：1944年初夏，大庾告急，钨处派我押了几十箱图书疏散到上犹，航行了二天二夜才傍岸。1991年艾雯在《走过抗战》一文还清晰地说到了当时（1944年）一些细节。

在宽泛意义上，这些历史生活场景和艾雯的相关写作，不正构成我们的"旷世乡愁"吗？我们兴致盎然阅读艾雯，沿着"艾雯"我们可以进入那段短暂却弥足珍贵的赣南历史细部——洇漫旷世乡愁的源头。

乡愁泛涌：你与赣南互为记忆

艾雯，本名熊昆珍，江苏苏州人，1923年8月11日生，2009年8月27日逝世，享年86岁。抗战期间她曾任档案图书管理员、江西上犹县立《凯报》资料主任兼《大地》副刊主编，投身发展东南文艺运动。1949年以军眷身份来台，践行纯文学写作，笔耕不辍。

艾雯到赣南第一站是大余。《艾雯自述》写道："1937年初春，我们一家四口随着父亲欢欢喜喜去江西钨处上任。不料几个月后日军侵略我国，战争爆发。1940年夏天文弱书生型的父亲又因忧愤交集，遽然急病去世，温馨的家庭顿时失去支柱。年轻的我（时年17岁）辍学就业，挺起柔弱的肩膀来承下了奉养母亲、幼妹的生活重担。"她在（大余）图书馆5年。

她的第一篇作品是短篇小说《意外》，1941年应征《江西妇女》月刊征文，得小说组第一名，便取"艾雯"为笔名。1944年初，日寇迫近工作地大余，她押着一船图书物质疏散到丛山围绕的上犹城待命，却由于投稿报社的主编介绍，进了当地的凯报社。正是在上犹，她见证了赣南20世纪40年代中后期的文化振兴。

她在写作中发现了自己，在思考中认识了自己，在接受时代的考验、生活的挑战中，建立了自己。"建立自己"的过程，恰恰又是推动《大地》建立信誉和影响的过程。她以满腔的青春热情参与到赣南那段历史之中。

《凯报》寓抗战凯旋之意。年轻的艾雯进凯报社，工作刚刚开始，她又随报社撤退到离县城百里的偏僻山乡平富，在那里生活了好几个月。

1944年底，日寇依然疯狂，逼近赣州，上犹全城居民不得不撤退。艾雯回忆说："报馆的图书及器材均用木筏运走，我带着小脚的母亲和幼小的润妹翻山越岭、长途跋涉，历尽艰辛地避难到离城八十里营前镇，接着又进入山坳的平富乡。那时，每人准备一小包米和衣服，以备随时躲入高山深谷。报纸在稍作安顿后，便在一座无人的学校内开始印行。我在黯淡摇曳的油灯下画着版面，校订文稿。手摇的印报机在竹篾火把下不停地转动，一卷卷印好的报纸用当地产的空白竹纸作伪装，天不亮送报的就挑着箩筐翻过山岭，穿过荒野，送到四面陷敌的城里和敌后的村庄乡镇。直到1945年8月15日收音机里播出敌人投降的新闻，我在大家狂喜欢腾之际，忍不住独自攀登屋后常去的红土山上，热泪盈眶，振臂高呼：'我们胜利了！'"（阎纯德《青春和爱的歌唱》）

1945年抗战胜利，艾雯接手编辑的《大地》副刊连接各地文学精英和文脉，一时风生水响，构成了上犹（赣南）的现代文学波澜。20世纪50年代依凭文学艾雯在海峡两岸的流布，上犹（赣南）昨天（20世纪40年代）的呈某种高原状态的文学地平线得以重现和定格。这应该是上犹（赣南）现代文学史闪亮的一笔。

因艾雯的相关文章，我们看到了20世纪40年代上犹的时代状况和上犹乡土。也因艾雯主编并悉心耕耘《大地》，中国东南片高水平的作家和学者的作品纷纷在上犹亮相。抗战胜利后的两三年上犹文学天空星汉灿烂。这都是珍贵的历史记忆。由于艾雯的客居者角度，她对真善美的追求，对自立和精神自由的追求，她的作品过滤了许多政治杂质，流贯着较为纯粹的赤子之情怀，《大地》吸纳了许多富有现实主义精神的文学作品和文化论述。她的笔下，上犹乡土的特征真切展现。在上犹（赣南），凭借《大地》，白话文运动风风火火地展开。正如陈芳明在《艾雯和战后台湾散文长流》所指出的，她不仅作品产量丰富，而且以文字实践协助了白话文传统。广阔的华文世界里，白话文在战后跨海引渡到台湾，终于获得开花结果的天地。

不经意之间，艾雯留存了20世纪40年代赣南记忆。

2016年4月2日我正在读《艾雯全集》，中午在上犹街头遇见了八旬老人李景球先生，我说起艾雯，他如数家珍侃侃而谈，足见艾雯和《凯报》给当时县人振奋之情印象深刻，也足见那一段文学盛景之后"旷野无人"的文学现实。

李景球先生说，上犹《凯报》的主编得到当时在赣州《正气日报》的李姓主编介绍，而聘请了艾雯。《凯报》由于办出了品位，《中央日报》《东南日报》等主流大报认可这份县办报纸，互寄报纸。1943年由于日寇迫境，上犹县的几个主要单位向山区转移，县中转移到龙门，上犹简师转移到营前，《凯报》转移到平富。这也说明县里重视《凯报》。李先生还说，20世纪50年代初，在台湾的艾雯把《青春篇》寄给在北京的上犹人张均杰，数十年后张先生还复印过一份寄给李先生。

这正好也把艾雯与上犹的缘由理清了，把我阅读中感觉到的"历史线索"串联起来了。

1991年艾雯在《走过抗战》（原题为《守着岗位的园丁》）清晰地说到了当时（1944年）的情形。她曾经向《正气日报》投过稿，李主编推荐她去上犹的凯报社，她认为这是满高尚的文化事业，可以尝试，于是"第一次冲关。社长周鼎带着浓醇的乡土气息，和蔼亲切一如长者"。他问她做记者还是做编辑，她"哪敢跑新闻"，选择做了编辑。在该文的"在文艺绿园做一名勤奋尽责的小园丁"一节，她回忆——

上犹《凯报》日出四开一张，后改三开、对开。却也设备俱全，自电讯、编采、排版、印刷到发行，一贯作业。报社设在唯一的大街尽头，紧靠红土山崖公路预定地，是一般新赣南模式的速简建筑，楼下编辑部宽敞明亮，只是脚步稍快便震得桌上茶杯叮当……原先的负责人是中大学生，赶着暑假开学，匆促离职交代不清。我只有参照管理档案的方法……自订规范，很快便进入状态。且能浏览群报副刊，也是乐事。

冗长的战争造成了不少游牧族、流亡学生和失乡青年……总编辑就得多编几版，便将副刊《大地》交给我，一时兼三职：资料室主任、副刊主编，而原来的机关一直没有遣散我……那时江浙赣一带未沦陷的东南角，人文荟萃……各报副刊蓬勃一时，还展开了发展东南文艺运动。编副刊让我接触到更深广的层面，认识许多爱好文艺的年轻作者和少数几位名作家……我像一个每天配一桌佳肴的主妇一样，有方块、散文、小说、诗、评论，设计版面、更换刊头，强调特性的所在不是迎合读者的趣味，而是领导读者的趣味……我每天要排字房送五六张纯副刊单页亲自寄给当刊作者，过些时也寄几张给久未来稿的作者催稿，留一份装合订本，计划编一套大地丛刊，选副刊好文章印行，可惜只出版了创刊号《祝福》。……作学相长，自己觉得充满了信心和期许，是责任使人长大，苦难使人成熟。

敌寇从湘粤赣边区大举南犯……（上犹）全城立刻宣布紧急疏散。报社指派我一名挑夫，黎明前仓促上路，目的地营前镇，离城八十华里全是崎岖的乡道田径，还必须翻越一座名十二碑（李记：十二排）的山，母亲是小放小脚、润妹年幼，我一向体弱……别人一天走完的路我们竟万分艰辛地走了二天……

赣南诸城尽失，上犹是唯一未遭蹂躏的福地。由于迫切需要，报纸就在平富乡一座未完工的小学内复刊。消息来自收音机，稿源断绝，只能东拣西剪加上自己动笔，印好的报纸用箩筐挑进城……更有认白纸伪装，悄悄翻过山头散文入敌后……编印报纸是我们生存现代的唯一凭据，直到胜利的喜讯来临，那花费国家民族多大代价的胜利！大家欢跃拥抱又热泪盈眶。我独自奔上红土山峦，振臂高呼："我们终于胜利了！"……当晚，我在牛舍旁的小茅屋里，挑亮灯盏、振笔疾书胜利感言……白纸黑字，我们第一个印上历史的证言。

在《大地》第一期（1946年）就有黄牛（黄永玉）、骆宾基、徐中玉、野

139

曼、李白凤的作品，有契诃夫的两个短篇小说《在黑暗中》《小和尚的寂寞》；《大地》第二期就有黄炎培的政论《求民主的到来》，有许杰的文艺评论《文学的有用与无用》，有绿野的诗《明丽的流水啊》，有艾雯的童话《小草子》，有莫泊桑的小说《伞》，以及"广州文讯""大地龙蛇"（短讯）。徐中玉的《民众语析论四题》，还配黄永玉的木刻画。黄永玉还给许多作品配了木刻画。真是中外汇集，视野开阔，图文并茂，乃小山城的文学奇迹！

可是，由于时局纷扰，《大地》很快风云流散（如艾雯赴台），戛然落幕。可以想见，当20世纪50年代初艾雯在台湾文坛崛起，她回忆起此情此景，心中也一定乡愁涌动……

毕竟艾雯在上犹顺风顺水扯起了文学风帆，在上犹生活6个年头，而且在上犹结婚生女，妹妹在继春中学读书，当丈夫来到山城问她"有没有意思去台湾"，她第一次坚决地拒绝了，她是耽于上犹的安谧。过了一个星期，丈夫又踅回来要她走，终于她"收拾起惜别的心情，在一路欢乐度新年的气氛中，默默地踏上了征途。"（《这一年》）

正如她在1949年3月写于台湾屏东的《从赣南到台湾·告别山城》写的：1949年初，"当家家都在忙着迎接一个欢乐的旧历新年，我们却得整顿行装，去饱受旅途的风尘。""别了，上犹——这寂寞的山城，五年寄居不能说不悠长，虽然那止水般静寂的环境和单调沉闷的生活，忍不住教人厌倦，但那种忘世纪的清静和安详，别处怕是难以领略了。尤其是曾经让我们躲过战乱，在流离颠沛中度过一段苟安的日子，更让人难以忘情。而握别相处数载的同事和友好，黯然伤情，几不能忍禁，别了，寂寞的山城，愿你永远保持着宁静和平。"

由于耽于上犹的安谧宁静，她对旅途的艰辛也就格外敏感。"到唐江虽说只三十公里路程，却煞费筹划……我们花了九牛二虎之力，才雇得四捐轿子……自幼时在家乡乘过那古老的交通工具，江西的简易竹轿我还是第一次坐，生长在二十世纪居然还能领略到十八世纪的风味……"经唐江过浮桥，弃轿前进，去南康这三十里的公路也坏透了，南康的柚子是著名的，味同桂林沙田柚而汁水更多，可惜产量不丰不能畅销各处。"赣县（赣州），这打虎将军蒋经国先生的发源地，这以'新赣南'三字出足风头的城市，虽只六十公里的相隔，我还不曾瞻仰它的丰采哩。"在赣州耽搁了二天，又乘车赴大余曲江（车况坏，几次抛锚，而且车里一个军官耍威风），"十二时至大庾打尖，大庾是我一度居留之地，也是生活遭遇变故的伤心之地。""过了那'十月先开岭上梅'栽满了花的梅岭，便是粤境了，回首望一眼'天下第一关'墨书的'再会！祝君一路平安'，心中不禁黯然，再会，几时再会呢？你这蹭蹬我十年岁月的山国！"

只一个月光景，千辛万苦从海峡这一边（赣南和内地）抵达海峡那一边（台湾），一路艰辛。艾雯感受太深，很快便写出了这篇长文。显然，赣南生活成了艾雯在台湾的精神联结。

1951年8月她写的《山城忆》对赣南山城萦怀情牵。当她在山城工作和生活时，感到封闭和郁闷，她甚至诅咒过，事过境迁，竟成美好的回忆。文章开头就写道——

尽管岁月埋葬了年华，时光带走了无数的梦，在有生之年，当你从烦嚣俗虑中获得片刻宁静，悄悄地用思想的翼尖拨开时间的尘封，你将惊奇那些与你生活有过密切过往的事物境遇，依然那么清晰地保存着，就似一部崭新的拷贝……我缅怀着山城，那曾经消磨掉我十年岁月的山城。

她把工作过的大余和上犹连成一体。大余和上犹山乡就是赣南的山乡——

一座毗邻着一座，仿佛是密密的蜂窝，城镇全嵌在这群山丛中，万壑争流，千岩竞秀。就是那一环青嶂，阻挡了外界的骚扰与进展，保留着山城那种忘世纪的静谧和安详。河流载负着历史的忧郁，这山绕到那山地蜿蜒潺湲着……古老的渡船缓缓地引渡着两岸行人，橹声咿呀，桨摇频频，霎时搅乱了水底云天。树影晃得满河绿色，白云碎成朵朵棉絮，须臾间又浑凝成一片，分不清天上水底。

层层的梯田刚从山麓直翻耕上山峦，满山遍野嫣红的杜鹃和雪白的茶花，更给朴素的山城增添春色，夏天里一片馥郁芬芳的柚子花，弥漫在空气里熏得人沉沉欲醉，收获的季节更到处是累累的果实和黄灿灿的稻穗……而寒风凛冽的冬天在山城逗留的日子也不多，当温暖的骄阳从万山岭上直铺泻到大地时，人们便又可以嗅到春天的气息了。

山城的居民勤俭，刻苦而朴实，他们从不奢望丰衣美食的享受。穷富一样地操劳作息。日出而作，日入而息，是他们一直保守下来的生活规律，清静的街道上，代替红绿灯的是一排苍郁的树木，皎洁的明月有时比古旧的路灯还更光亮……山城，山城，你的静谧朴实和十年寄居的那份感情，使你在我记忆之城占着庞大的一角……如今，第二次更惨酷的战乱，却驱使我离开了苦难中的你。竹幕沉沉，凭谁寄我这份惆怅！

这里我突然明白了，艾雯20世纪50年代的散文集《青春篇》等作品一版再版，且多种版本（第6版后又出新版），是呼应了随军迁去台湾的数十万大陆人（不少赣南人和南方人）的思乡之情。人们在她的作品里回忆起生我养我的乡土，恋乡的惆怅之情得到抚慰。艾雯是他们中的一个代表，她以乡土山城回忆的写作抚慰自己，不期然也抚慰万千来台的大陆人。这就是乡愁的泗漫和吟唱……

今天纯情文字即成明日乡愁

初到上犹的1944年9月27日，艾雯为纪念自己21周岁生日写了短文《月未圆》，心情是郁闷的。她漂泊到上犹，她人生目标的期待不在上犹。为了养家糊口的一份工作（县《凯报》副刊编辑）来到上犹，"我脱离了寄生的生活，悄悄地来到人间"。她也只是寻常的人，上犹成了以"素面"相迎的人间。其时接近八月中秋节（农历八月十一日），她叙写了上犹人过中秋节的时尚：

人们忙碌着：为自己安排下一个丰盛的佳节。桂花在金风里散布着馥郁香，一弯新月挂上了树梢……望着皎洁的银光，人们带着喜悦的企盼，在月饼、莲藕、礼物堆里愉快地舒了口气。

她却想到自己的人生境遇和理想：风霜磨砺了意志，辛辣的世情，冰冻了一颗热忱的心……谁不想追求真善美？可是生活却像一支链索，梏起了走向光明的双足，锁住了飞向自由的翼翅……于是我只得面对着冷酷的现实，背负着生活鞭挞下的创痕……虽然那一段凸凹不平的道路，已使我感到疲劳，而未来，未来更渺茫。但我仍旧支撑着希望的拐杖不断地鼓舞自己、鞭策自己。

1944年11月她写的短文《路》，表达了自我期许自我鼓励：平稳的道路通向平稳的终程，崎岖的道路却往往通向璀璨的前途……只管走过去吧！不必逗留采拾路畔的花朵来保存，花朵自会继续开放哩！

艾雯一家在上犹山乡的生活是清苦的，却是安谧平和的，有《大地》这个文学园地，她虽是寂寞，可驰骋文字，精神得到磨砺，却是上扬的，工作和生活的新局在悄悄展开。

所以到了台湾，"抗战时期已习惯了克难生活，对物质的缺乏，生存的艰辛，倒也毫不在意。"诚如艾雯在1978年台湾《中央日报与我》的《精神砥柱》一文回忆的："当我第一次看到在台出版的《中央副刊》时，使我有一种异乡重逢故友的亲切感……忽然间仿佛一道曙光通过我那陷于蒙昧昏暗中的心灵，重又点亮被苦压灭的心灯，唤醒了几乎被遗忘废置的兴趣和热忱。"

因而，她在赣南的大余、上犹的生活和工作，成了她很快在台湾文坛崭露头角的坚实基础，当然也成了她的温馨回忆，沉淀心灵深处的乡愁。而且在《精神砥柱》，她毫不含糊地道出了她渡海（不是江河而是汪洋大海）赴台所引发的乡愁：胜利还不曾回乡，又仓促渡海。载重三千吨的"继光号"，似乎也载不起如许离情乡愁。不只是赣南，故乡苏州也离得远了。她抒发的，不正是现场版的即刻乡愁吗?

不期然,从生活现场、现实经历和精神阅历,从广度深度,艾雯书写了这跌宕起伏而深刻的乡愁。

"乡愁泛滥"绝不是艾雯一人的,而是赴台人员普遍的、真切的、深厚的离乡望乡的感情,却由她"这一个"抒写,于是《青春篇》等系列散文走进了万千赴台者的心灵。

从乡土(传统)到城市化(现代)的时代意义上,一如台湾学者王明珂基于边缘的台湾写出历史记忆与族群认同的不同凡响的《华夏边缘》,艾雯那些人较早而独特地感受了浓浓的化解不开的乡愁,而我们大陆的人们则是半个世纪后城市化全球化中,才在自己的土地上发现故乡早已面目全非而升腾起绵绵乡愁。

阅读艾雯,我们也就感觉,年轻的艾雯踏着乡愁一路走来。

灿烂一现的上犹(赣南)文景

回到艾雯的作品,这期间她零距离地所记录的大余上犹乡景,不期然成了连接你我的21世纪之交的赣南乡土的旷世乡愁。

1945年8月她在《凯报》发文《〈大地〉的回顾与前瞻》说:

> 记得去年也是这个时候,我才结识了也接近了在革新中的《大地》,那时前编者以"筚路蓝缕"的精神,悉心竭力地为本刊开拓着出路。逐渐地,《大地》居然在东南这一角建立了信誉,也在读者那里获得了爱戴……可是灾难来了!(日寇侵犯赣南)上犹陷入围困的状态,交通断绝了,一切的稿件的来源亦完全中断,这一严重的打击,使《大地》这枝脆嫩的幼苗二个月没有站起来。就在这时,我在前任编者手里接过……惨淡地耕耘起这块荒芜的园地。

她是在《大地》生死存亡时刻接手的。《大地》历经凤凰涅槃。她认可《大地》的已有定位：在这东南与大后方文化交流被阻断的今天，副刊更负起了过去大时代文艺时期所负的任务——尽量地刊载纯文艺性的作品，以发挥文艺的战斗性和充实东南的文艺阵容……

她还计划，为达报纸杂志化之旨，陆续出刊两种：一为专供老百姓阅读的《人家看》周刊，一为综合性的副刊《民间》，要是可能的话，还想开辟一块以供一班爱好文艺的青年学子学习、研究的园地。这样一来，《大地》就可以依照原来的编辑方针，成为纯文艺性的读物了……因此，本刊所乐于刊载的作品是：能反映现实，具有战斗性、富有精神品位而文笔生动、简洁的小说、散文、戏剧、诗歌，建设性的文艺理论、文艺评论，以及泼辣、幽默、针砭黑暗、阐扬真理的杂感等。新上犹出版社应运而生。

这样的认知和信念、胸襟和布局，是大手笔。她不为小山城封闭环境所困，高举起纯文艺的旗帜，站到了时代的前列。

从《大地》1946年第一、二期的作品、版式和所登各地文讯，既可见其气度，可见它为外地（东南）作家和读者所关注，足可证明它成了一块耀眼的文学高地。

前面我们已简单介绍了《大地》名家荟萃的盛况。除正文外，还可以从《大地》第一期刊登的文章，看出它与外地文艺刊物互动的情形。比如广告页刊登了"现代文学译丛"苏联梭尔齐瓦著、黎烈文译《最高勋章》，刊登了新书《芦笛之歌》要目，还刊出了诗、歌、木刻丛刊第一辑《钢铁之歌》的广告。

石流写的《大地》编者语说：今后，除了不脱期，每一册里，希望皆能收到若干篇第一流作品，以酬读者，这里并谢谢许杰先生，徐中玉及野曼先生，他们将会经常为本刊作稿并介绍上海、广州、香港等地的作家撰文。

《大地》第二期以重要位置介绍国共两党参加的政治协商会议的分析评论文章。第三、四期合辑，特大号要目预告：

在刊后语中，编者还披露第五期《大地》（六月一日出版）的主要内容（大约有张铁生论文及司马文森、黄药眠、彭燕郊先生等作品），第六期（七月一日出版）为"文艺理论"特辑，有钟敬文、周钢鸣、徐中玉诸先生著译。

由于大家都明白的时局巨变，刊物不能维系，艾雯最终选择了赴台，《大地》所播种的文学精神在上犹和赣南并未形成有效的积淀，因而，《大地》所亮出的文学精神只能昙花一现随风而逝。一直到20世纪80年代改革开放，小山城倒是从外地百舸争流的文艺刊物接受世界文学和中国现代文学的洗礼，而不知道脚下的土地曾经风生水起，绽放过美丽的文学之花。

而且这种"风生水起"的文学之花依然折射在90岁黄永玉老先生的心里。我在文化学者、复旦大学中文系教授张新颖在其新作《黄永玉先生聊天记》中闻见到了。

2014年8月4日，受李辉之邀，张新颖赶到北京参加了黄永玉先生90岁生日简庆。沈从文是黄先生的表叔。黄先生通宵达旦读了张新颖的《沈从文的后半生》，张新颖也就抓紧机会跟黄先生"聊天"。黄先生在赣州的木刻和插图自然成了一个有趣的话题，正好跟当年的办报编刊——《大地》有关（黄先生在《大地》创作了许多木刻和插图，他这位"美编"及作品列《大地》目录之首）。黄与张的聊天："你知不知道有个诗人叫黎焚薰？""我还真不知道。""彭燕郊。""我知道。""李白凤。""李白凤我也知道。还有野曼，你也为他的诗插图。都是在江西赣州的时候。"时过境迁，上犹和《大地》的文事均以"在江西赣州的时候"所替代了。

隔海而乡愁泛涌

　　一个热爱家乡而离家的人，生活和人生情境的改变使乡愁顿涌。对于艾雯，离开家乡苏州跟父亲举家奔赣南，当父亲病故，她母女仨又从大余来到上犹，在上犹6年，而且她在上犹偏僻山乡平富跨年而驻（虽然感到寂寞和苦闷），1949年9月又离开上犹、离开大陆赴台，真是步步乡愁，一路乡愁。曾经的寂寞和苦闷化为"密切牵恋"的乡愁，无尽乡愁涌心头。因而她一旦执笔为文，对上犹（赣南）的回忆就奔进而出。

　　况且，台湾光怪陆离的都市乱象的刺激，成了她赣南乡愁回望的一个坚实支点。她在1950年2月写的散文《这一年》回忆——

　　　　来台湾，不觉已是整整一年了。一年以前，我还寄居在千岩万壑中的那个小山城里，虽是简陋偏僻却也朴实单纯。人们"日出而作，日入而息"地工作着，那里，没有火药血腥味，那里，没有奢华和荒淫。那是座静寂之城，可也是块福泽之地。抗战时，敌人侵略的铁蹄踩蹦遍邻各县，唯独山城屹立无恙。在那里，我一度避过了魔劫，在那里我拓展了心灵上的新天地。在那里，我的生命开了花又结了果。而山，那庄穆宁静的山，更教会了我怎样沉思，怎样忍耐。除了那一份近乎忘世的安谧，山城对我还有更密切的牵恋。因此一年、二年、三年……总是像只倦飞的鸟儿，静静地蛰居在山城里，默默地工作着。

她写于1950年8月的散文《海角灯影》——

生长在南国温柔的水乡，对水自幼便含有一份恋情，一份默契。那清澈的小溪，恬洁的湖沼，潺湲的河流……而现在，现在却是泱泱茫茫的大海。在我与水的一段交往中，它们都是温柔的。只有一次，一生的一次，我看见了它的愤怒。那是由于山洪跋扈地暴发，冲激得它恼怒得失去了理智的控制，一跃而把那山城洗刷了一下。可是激性过后，它马上又恬静地、驯良地载负着历史的忧郁，静静地流着流着……可是海……它总似一只不安定的怪兽，一个喜怒无常的巨人，一会低吟，一会长啸，骤然间又会掀起万丈怒潮，千顷狂澜，无端地撞冲、扑击，就像要震碎天地，并吞宇宙。

她写的是海，自然以自身经历为参照，字里行间，她第一故乡苏州第二故乡赣南不正闪亮其间吗？

1950年5月的《花开时节》，因"也许不曾忘却"的一个友人附了一朵压干石榴花的来信，她记起了"三年前清晰的一幕"。

她写于1950年12月的《祝福——写在恬儿两周岁》——

你爸爸为追求更合理的生活，远在另一个城市，只有我同你外婆和你阿姨，寄居在那个小山城里。在赣南，现在已是很冷的了。你在出生前的前一晚便发出了讯号，第二天，我熬着腹痛去请娩假，办交代。一切准备妥当，大家都紧张地恭候你的来临。但你又对那温暖的旧居恋恋不舍，直到第三天深夜，你才姗姗地踏入这大千世界。你的第一声响亮的哭声，把我从痛苦得昏迷的状况中惊醒。那是多冷的天气啊！……那欠熟练的助产士还把你冻得吐了一天白沫……

1951年因空袭而躲进山洞，在黑暗中只有思维活跃，像一支游离的粘丝，由它牵引着艾雯轻叩记忆之门，上犹整块连片的生活场景重现——

在那些甜美可喜的日子里，不知也消磨过多少这样没有灯亮的黑夜。那时，小城稀疏的街灯不比星星亮，沿河一带，索性就让星月来管辖，有月亮的夜晚河山显得格外妩媚，没有月亮的夜却是无比庄穆。每晚，我总爱在门前小立，那潺湲的河流，对岸的山林，便隐约地出现在夜的雾霭。不用赘言，我们的脚步很自然的向桥上走去，流水的低吟在沉寂的夜晚却成为欢畅的歌唱。远远地抹角处亮起了一点火光，是一只轻巧的渔筏正顺流而下。筏尾的松明火炬，映红了岸、水和桥上的双颊，那一排鸳鸯悠闲的模样就似夜游的绅士。竹筏打从我们脚底下穿过去，又慢慢地消失在另一个拐角处。我们走向对岸绵绵的草地上背靠背地坐下，树林在身后悄悄喁语，流水在面前潺潺吟唱，头上是一片辽远深邃的天空。夜的空气那么柔和，夜的氛围更恬静可喜。黑暗像一幅轻纱，轻轻地围裹着我们。我们在黑暗里试着辨认对岸各自的家，遥指着牛郎织女星笑说是我和他。突然，岑寂中响起一个美妙婉转的声音，仿佛是一支清泉来自遥远的天际——那是一只夜莺在树上歌唱。轻快怡悦的旋律激荡在夜空里，一阕比一阕热情婉转。树林静止着，风逗留在树梢。我们屏息凝神，紧握着手静静倾听。沉默中我们清楚的感觉彼此的血液在流，彼此的心在跳，两颗灵魂酣然偎依……等一切复归静寂，这才发觉夜露已沾湿了草地。那时，虽是生活各自的天地，年轻与无羁却使心与心密切相依。如今，已是生活在一起，在这静静的夜，在这沉沉的黑暗里，我多么愿意有一双亲切的手紧紧相所握着，沉寂中重温一次心的默契……

我家就在上犹江水边，我枕着江水长大，20世纪50～60年代，薄暮或清晨或夜里，我立在水边码头，看过只有一公里的上游的竹林坝渔民撑着竹筏，鹭鸶立在筏头，鱼篓盛着白亮的鱼，松明火点在筏尾，清亮的流水，清脆的篙声，情形跟艾雯写的一样。这时兴起了土炮炸鱼，"咚"的一声沉响，白花花的鱼儿浮上来，这也昭示，随着现代炸鱼技术的出现和更新，人工加鹭鸶的捕鱼已近尾声。当20世纪80年代初我从乡下回城，连同炸鱼，这些场景已经消失了。本地人从来没留下如此从容而优美的"犹江回忆"。

正是艾雯，无意中却保留了上犹的这一回忆！

她在1951年3月写的散文《都市之访》，表达了对纷乱都市的不满：

> 呵呵，都市究竟不愧为物质文明精华所在，多雄伟的建筑，多宽阔的马路！可是，为什么那么匆忙、那么拥挤、那么紧张！看那里，那辉煌的大厦里扬着撩人情思的音乐，多少淑女绅士婆娑起舞……都市里最高贵的居民爱这般醉生梦死。

她还写了一次血肉横飞的车祸：

> 只是一眨眼的工夫，便成了物质文明进步下的牺牲品……人类的生命在文明进步中又是那么脆弱，那么易于幻灭。怎么样的一种矛盾的循环啊！

五十年后的大陆（包括上犹）城市不正是这样吗？看来，由传统农耕转为现代城市，这一幕少不了，但是，应该考虑减轻或避免之道。

艾雯感叹："呵呵，小城多恬静，多庄谐！可是直到今朝，从喧闹纷扰的都市回来的今朝，才领略你美的氛围。是的，没有掩饰着的丑恶，又怎现出纯朴的可爱！"

她赞叹上犹乡土的昨天，也引起我们回想家乡的昨天。乡愁便在这赞叹和回想中流淌。为悼念蒋经国逝世（1988年1月），艾雯在同年5月写出《赣江水流不尽》，仍然深情地描述1944年的上犹——

　　那真是个蕞尔小城，没有电灯，没有交通工具，但是街道宽敞，市容整洁，新的建筑与民房相映成趣，矗立在十字路口的精神堡垒无时无刻不都提醒人要"抬头，挺胸"。公仆一袭"阴丹士林"中山装，百姓节俭成性，生活刻苦，穿着更是简单朴素。一切运行，井然有序，自有一种新气象，匪徒恶霸早就销声匿迹，三年五年计划实行以来已经是夜不闭户，路不拾遗。而群山围绕，赣江水悠然流过县境……小城竟还拥有一份遗世独立的清静和安详。

　　那座被经国先生称为全国数一数二的县立中学，在西门城外，范围广阔，建筑堂皇，有六七百来自各乡村和一些避难来的学生，润妹就在该校念过……

　　上犹四面环山，急难时已无路可退，人称绝境，我却绝处又逢春，留守此处，竟意外进入当地的报社工作。一县一报，是新赣南建设中的一环。（经国先生提倡和推广各县办报）……而上犹是其中的佼佼者，为了提升阅读能力，培养文学兴趣，更兼顾激发爱国热情，鼓舞士气。副刊在这方面也煞费安排，各报副刊还联合发起了一次"展开东南一角文艺运动"，促使文艺普及，也就造就了不少写作的青年，其中最多的是各大中学校的许多流亡学生……在主编《大地》的那几年中，我全力以赴，充满信心，要在整体垦拓巨业中，做好小小园丁的工作。

　　1944年底到1945年初，胜利前夕，战争更惨烈……除夕前二天，战蹄迫近上犹，全县紧急向四乡疏散。翻山越岭，一路全是曲折陡险的山径，或荒凉泥泞的旷野，几里路不见人烟，我家扶老携幼，总落在人后，一天的路程走了二天。草鞋踏破，双脚蛋烂，苦不堪言。在营前镇住了几天，又到了社溪乡，接着再深入山坳中的平富乡，机器安顿在学校，员工挤借住在农家……

1956年2月14日，蒋经国在台湾以救国团主任身份，在"妇女之家"设宴招待"全国青年最喜欢阅读作品及崇敬作家"，艾雯有幸入选。她心里盘算如见到蒋主任，就告诉他，"我是最后离开您的第一座改革、耗费心力最多的、那个上犹山城的人"，但见了蒋主任，全忘了台词……

这种不刻意写乡愁而乡愁呈现，她笔下的"赣南（上犹）乡愁"更具代表性与覆盖力。

已然消失的上犹风景

艾雯把上犹看作"第二故乡"。

在上犹，由于艾雯家世、客居和内向、自处、自静而追求精神自由——现代城市女性的性格，加上年轻，她始终没有积极介入上犹的社群而立于上犹社会之网的边缘，却成了一个细致的观察者。

觅取枯枝"烧灶取暖"的上犹小孩

艾雯1947年11月的《黄昏的祝福》写了上犹底层的寻常一景。

一天，她在上犹刚开的到赣州的公路（"处女地公路"）溜达，碰见了一个衣衫褴褛的小孩，正聚精会神地在草堆寻觅着，把一根根粗粗细细的枯枝投入一个比自己身躯大的篾篓里。她发出"生活的鞭子是怎样的残酷呀"的叹息，可是小孩看了她一眼，继续他的工作。她从小孩"坚定而又淡漠"的眼光里，明白小孩不是害羞，"该是人们给他太多的鄙视、侮辱、虐待，伤了他幼嫩的心灵"。她认为小孩被社会遗弃了。小孩回答"烧灶取暖"出于她的想象。小孩没被遗弃，而是有家，他拾枯枝就是为着能在家里烧灶取暖。小孩的坚定有个家为依托。她发出感慨——

一截枯枝是一分光，一分热，让自己冻冷换来了全家的温暖和喜悦，多伟大呀！我满心震动着赞叹的韵律，目送着那负着大篾篓，在夕阳最后一抹的余晖里蹒跚而归的孩子，默默地致送祝福！

这一生活小景象外国童话《卖火柴的小女孩》，但又有着不同。这则外国童话所寓意的，是火柴会熄灭，对美好生活的向往不会停止，火炉、烤鹅和奶奶是希望的象征。而上犹小孩还有个家，有灶意味着有家，上犹小孩明确自己有家。家是上犹人——客家人栖身之地，也是心灵安放之所。（当时）艾雯不也一样吗？家里有母亲和妹妹，有家，人就会坚强。此时此刻，艾雯渴盼自己能够坚强。

上犹山乡

1945年4~7月艾雯随上犹凯报社转移到更加偏僻的上犹平富乡。她连续写了数篇"山村小简"，之一《幽禁》——

嗅着粗犷的田野的气息，踏着褐黄色的泥土，荆棘筑成的篱笆掩映着稀疏的农舍，这里那里，到处都是铺展着点缀着葱翠的绿色……啊！朋友，我是真的投入大自然的宠儿——乡村——的怀抱了。

……这并不是风光绮丽、景物如画的江南，而是被战争围困在千峰万壑的赣南哩！城市是在山中间，乡村更在山中间。种地楼梯般倾斜地开辟在山坡上，走的路环绕着山腰，横贯了山顶，一幢幢跟山土一色的泥屋，零落地依枕着山麓……左、右、前、后，四面统统是臃肿的绵亘的山峦，森严、冷漠、凝重……假使仅仅是我一个人，我早就像吉布赛般浪迹遍天下……但事实上母老妹幼，又教我怎生摆布呢？……我是怎样地厌倦和憎恨这晦涩的生活哟！

她觉得自己被"牢狱周围森然屹立的围墙"一般的深山被幽禁了。当然也是她"这一个"的乡愁即愁闷。之二《沉默》——

来这岑寂的山里，转瞬已圆月三度了。这九十多个日子，就像一阵微风掠过渺茫的时间大野……每当我独坐山莽或伫立涧畔，就仿佛觉得我与烦嚣的人世隔绝了，又恍惚是人群弃遗了我……在日月的轮转中，贫瘠的山村里唯一的点缀——山麓酡红的杜鹃凋零了，路畔芳冽的野蔷薇杳然谢世……朋友，时间是怎样地摧残着繁荣，盗窃着青春！

沉默即愁闷的表征，但她还是从山村找到支撑心灵的所在——

如果说人生仅需空气及一个寂静的、可以躲避丑恶现实的环境为满足，那么山村将是最合适的生活地点……这儿有平旷的丘陵，有迂回的山径，有错综的阡陌……清晨，你可以踏着草端似蚌壳里才孕出来的珍珠般晶莹的露水，缓步上宁静的山岗；树木都在清新的空气里轻轻地呼吸着，散布着沁甜芳冽的气息，大地平静而安详，有如一个在酣眠中的少女，一会儿，朝阳酡红着脸，从森幽的山岭后羞怯的显露出来……大地苏醒了；千百种鸟在树梢唱出它们的赞美，那声音就像春天映着阳光的溪水。田塍上，三两个农夫披着柔和的阳光，正把耕牛赶向田里……一天就这样开始了，傍晚……晚霞燃红了半边天壁，从山腰涌起一片朦胧的暮霞，逐渐吞没了峰峦、林木、村舍……蔚蓝的碧空显得更深邃而神秘了。农夫负着锄犁，把汗湿的身子，拖回家里，水牛在塘里洗刷去一天的疲劳，笨拙地踅进牛栅。山村复归于平静，只有缕缕的炊烟，点缀着黄昏的苍茫……活着只是为了坚强地活着……

她注意到了：疲累的农夫有个家。之三《为什么不写》，时局纷扰和母亲得病使得她难以潜心写作——

　　自从半年前披着风雨奔来这山村后，好像是一叶惊涛骇浪中的小舟，给巨浪推上了沙滩，暂时搁浅了……我并不疏懒，在放下红笔和稿样的闲暇，我也曾铺一张纸在面前，握着笔，让思想像匹无羁的野马……思想是自由的，我又怎忍来约束它的奔放呢？……一件意外又推翻了我的计划，搅乱了我的意兴。母亲病了，我得分身在病榻前照顾，又得去厨房里忙碌……活了二十二个年头，烧饭洗衣还是第一遭……无论做什么，你不亲历其境是永不懂得其中困难的。过去老看母亲一天忙到晚，现在可尝到味道了……当我第一次咀嚼自己煮成的饭菜时，有一种学会或完成一桩事的轻松与喜悦……

这又是她"这一个"的愁肠，不过又显露了她与家呼吸与共，血肉不可分。她自己煮饭做菜，意味着家建在她心里，力量由此而来。

艾雯1951年在台湾写的《乡居闲情》回忆上犹山乡（平富乡）——

　　我们在报社附近的农家租赁了一间茅舍，前临池塘，后依山麓，两旁是菜圃和果园。门前还遮着一架瓜棚，住房虽是简陋矮小，环境却幽静可喜。横过塘前那一片广袤的稻田，更有一道清澈的河流……给沉肃的丛山增添不少生气。

　　清晨……群山穆然，丛树凝翠，大地犹在沉睡未醒中。不一会，最高峰上渲染第一道灿烂的金光，紧接着一片细碎聒噪的鸟啼突破了沉寂……当骄阳热烈地拥抱大地时，我便搁下剪刀红笔，挟一卷书，径自去山林那里躺下，头上是苍松白云为盖，身下是茸茸绿草为毯……周围一片静寂，风过处，只闻松涛呼啸，涧水淙淙，远远传来隐约的伐木声。阳光、清风、花香、水声，合成了一支神奇的催眠曲……骤然间从黑字里涌出一团鲜嫣红霞，那不正是满山遍野开得绚丽的杜鹃花！……

有时，我也会拽支钓鱼竿，拣河畔那一带绿荫坐下，清澈晶莹的河流穿过去时两岸的翠霭，带着野蔷薇和杜鹃花的笑靥，悄悄地流着，成群寸余长的小鱼，优游地在水里浮沉、回旋……

去登临山峰，在高高的山巅上，我们一声呼啸，仿佛千峰万巅一齐闻声奔来，我们引吭高歌，更是山谷共鸣，汇成一部雄伟无比的混声大合唱。而仰视苍穹，是那么辽阔深邃；俯瞰大地，圆丘茅舍就如图中点缀。群山环绕，天风犷厉……

每天编完了报纸归去，总是夕阳滑下了山峦的傍晚。山坳里的村舍吐出了袅袅的炊烟，耕罢的水牛溜下了池塘，这里那里，传来了村女唤猪呼鸡的轻俏声。田庄洋溢着一片悠舒的气氛。我推开柴扉，一群待喂的鸡立刻啾唧着围绕我脚前……母亲端出晚餐来，碧绿的是豌豆，姹紫的是茄子，都是才从菜圃里新鲜摘下来的，还有嫩黄的蛋汤，是自家母鸡的产品。

我爱山村的静谧，我更爱居住在山村那份从世俗中解脱的自由，只有返回大自然的怀抱里，人们才能显出那一直为尘虑世俗所掩蔽的、最可贵的品性单纯。

艾雯1977年写的《青春不老》还记起1944年在上犹平富乡的情形——

庚城告急，退守犹城，一个车辆不能到达的地方。兽蹄迫境，又避难至更僻远的山村。供住的农舍紧傍着牛栏，报纸在未完成的保学教室里编印，面对黄土山坡的大窗户钉着手臂粗的木栅，为防老虎来袭……

上犹的水

上犹雨水丰富，一条终年潺潺流水的上犹江（发源于湖南）傍城而过（21世纪的今天由于县城南扩，上犹江穿城而过）。艾雯来自多水的苏州而对水有着深深的感情，来到上犹，她厌恶"像许多巨型的铁环，把山城箍成一个木桶"的群山，自然更加钟情于水了。1944年10月发表在上犹《大地》的《水的恋念》——

　　　　水总是进取而活泼的。它日夜不息地奔流着，生存在不断的奋斗中……有山无水，游览片刻，便令人感到枯燥、单调，索然无味，而水，哪怕是一道清澈的溪流吧，也就够人耐味了。你可以静卧在溪边茸茸纤草上，细聆那如悲如怨如歌如泣的江流声，使你忘却尘世的烦嚣；你可以伫立在溪畔，欣赏泡沫的追逐，使你领悟生命力的伟大。水是孤独者良好的伴侣，失意人唯一的安慰。

上犹不缺水，江河溪流纵横，她在上犹会得到安慰。

上犹船帆和船夫及江河之景

船与水不可分，船夫便是水上的英雄。船帆也是"上犹的水"的延伸。

1943年一身朝气的艾雯是乘船进入上犹的。

大余与上犹（还有南康和崇义）同属古时南安府，从大余出发，水路还得顺流向北先到蓉江（南康），到三江口掉船西行，溯流而上，水流湍急多了，得用竹篙，辅以拉纤，跟苏州完全不同。由于日寇迫境，大余钨处紧急疏散，艾雯"被指定去一个偏僻的小山城"。其时她父亲去世，"航程是陌生的……我感到惶悚，但母亲的坚定又使我变得刚强"。她在《航程》这样写道（她当时并不熟悉赣南地理）——

　　　　山城与山城之间唯一的交通工具是蜗牛一般的帆船（他们乘坐的是运钨的货船），水程竟走了三天五天。我们开船的第二天便开始下起雨来，篾篷遮盖得严严的，局促在狭隘的船舱里听雨滴或紧或疏地敲着篾篷……心里有一种说不出的落寞。有时雨小一点，我便耐不住打开舱门，走到船艄站着，河上就似扯起了一层绢纱，两岸的景物全笼罩在迷蒙的雾绢里。河面却变得更辽阔了，水流湍激而黄浊。（掌舵的告诉她"又是上游的山洪暴发了"）约莫在水上游荡了五六天，在一个三岔口（三江口）拐了弯（便进了上犹江），在一个小镇（唐江）歇下来。

这时她又听见赣县沦陷的消息。再行进便进入上犹之境了——

　　河上开始回荡着拉纤人单调而沉缓的歌声，七八个一串背着绷紧的纤绳，在田岸上，悬崖边，弯着腰一步一挪地挣扎着，眼看船将贴近山崖，立刻又收起绳索落在船舷上，换上竹篙，斜插进水里，用胸前那褐色的疤印抵住篙竿，脚便挺住了篾篷，竹篙直了，船迟缓地进行着，于是低沉的歌声又从十几个喉咙里唱出来，从河心一直飘到田野。

　　白帆扯起来了，风送着，船像一支出弦的箭似地笔直行驶，水清澄平静。了无一点涨水的痕迹，洗出两岸的稻禾丛树青翠欲滴——年轻的心是载不住忧虑的，一时间我又神驰于周围的景象里，每天，空间才现出灰蒙蒙的曙光，我就钻出船舱，掏起清冷的水洗去一晚的窒困，然后打开发辫在晓风里慢慢梳理，一面守着朝阳上升。当万千条金蛇窜出薄薄的晓云，在平静的水面追逐、交缠时，船已起碇半天了。两岸景物一路悠缓地舒展着，瞩望前面，远远的山峦正亲切地向人环绕而来，回顾后程，渺茫的山和田在身后合抱围拢，这时，恍然分不出身在景中抑是赏景的人！

入住上犹的艾雯于1944年8月，写出一篇《船夫》——

　　（如果）登上一月半旬，你一定会从那班粗犷、结壮的船夫那里，得到一种淳厚可亲的印象。除了有关航行的丰富的经验常识外，他们当然谈不上学识与教养。可是他们有着原始人的淳朴，乐观派和乐天知命，你是个忧郁者吗？那么请到他们的小团体中聊聊天吧！那融洽的气氛，单纯的喜乐，马上会让你们心情渲染上轻松愉快。他们生存在战斗中，生活在困苦中，没有叹息，也没有怨言。一个个被风雨磨砺得粗糙的身躯内，仿佛永远都蕴藏着一股取之不尽、用之不竭的倔强的生命力！

她这样描写船夫——

　　在葱绿的稻田间，在悬崖的边缘上，在闪烁的沙滩中，在潺湲的河流里，背着长长的绳索，一群拉纤者同一的姿态前进着，步伐沉着整齐，褐色的光腿交叉成一幅简美的图案，弯弓似的向前俯冲的身体，有如微风里成熟的麦秆，摇拢得缓慢而有韵律，汗珠在阳光下开出了灿烂的花朵，从十多个沉浊的声带上，滚出了一串低宏、悠长的歌声，飘扬过山岭，回荡在广阔的河面上。有时一座险阻的危崖或一条湍急的深流，阻挡了拉纤者的路途，于是敏捷地收起绳索，像人猿般，一个个窜落在船沿上，不歇一口气，又举起了光滑的竹篙，胸前，两块紫褐色的圆斑，诉说着坚硬的竹篙对它的磨折，可是，他们毫不在意的又将篙头深深地嵌进了那斑痕。脚，牢挺着船篷，身子悬空地支持在竹篙上，凭着这力量，船身平顺地滑过奔腾的激流，缓缓地前进着。这是力的表现，力的权威，"用人力战胜自然"，船夫们可以无愧地戴上这顶桂冠！

上犹江景让她眼睛一亮，心地一振。她文学事业的船帆悄然升起。
同样，上犹船工身上洋溢着上犹精神，艾雯在感受并书写"上犹精神"。
这不正是上犹江已消失的一景吗！当时代翻过一页又一页，船工何在？此景此情已成久远的过去，她的文字酝酿成乡愁，也成了上犹的乡愁。

上犹排工

上犹木材丰富，木头扎排顺河流出山，经上犹江而入赣江，再汇入长江，排工众多，林区的农民就是排工。在《航程》艾雯写了在上犹的另一次乘竹排——

　　第二次航程距那次不过半年多，但情况完全不同，前次如丧家之犬，这次却是胜利返棹。我们从山墺里乘竹排回归山城，竹排是用二排手臂粗的竹子扎成的，前后也有二个篾篷，出发时五六只驶成一线，活似一条大蜈蚣，狭隘的河身夹在陡险的峭壁里，峰巅间簇拥着一线蓝天，两岸尽是峥嵘的怪石，鲜妍的山花。河里碓石错杂，险滩密布，竹排便蜿蜒曲折地穿行着（这是上犹江的龙门十二排到铁扇关一带），有时经过浅滩，排夫全下去推着扛着，只听见排底擦着沙砾"杀拉杀拉"的响。有时峰峦当前耸立，看看仿佛山穷水尽，近前时豁然又是不尽滚滚奔流，遇上险滩，老远便听见水声喧哗，像一支声势雄壮的队伍奔啸而来，近前更是声势夺人，人的声音似泡沫消失在浪花里，只见白花花的水冲激着嶙嶙的乱石，浪花四溅。这时乘客早便下排绕道山经，排夫个个如临大敌沉住气，神情一显得紧张严肃，竹篙插进乱石缝里弯曲得弓似的，但排身在湍急的奔流中却似钉住了，而稍松懈，立刻就会倾覆而被疾卷进漩涡，眼看水已漫过竹排，骤雨般迎面扑来的浪花更把排夫淋得浑身透湿……这挣扎，这搏斗，永远在我心里留下了不可磨灭的印象。（直到后来她的梦中还重现此情此景，觉得"隐约空灵，似比海市蜃楼更奇幻"）

艾雯是用纪实散文定格了上犹远去的风景。

20世纪50年代中期因建上犹江水电厂，接下来其上游下游建了6个水电站，水域成平湖，如此江景早不复存在。我在长篇小说《旷野黄花》《父兮生我》等作品写了排工生活，都是凭着记忆和想象，但没有艾雯写得真切。今天我方知道，当年确有一个外地的年轻知识女性带着母亲和妹妹从上犹奔营前而来！

上犹短桥长桥

因溪流多，上犹山乡有许多桥，短的是单板桥，长的是多节桥，用木桩架桥。县城傍着宽阔的上犹江，其窄处或支流，就有几座多节桥（多节桥要在河中立木桩，容易被洪水摧毁），南门大码头还有浮桥。终于，艾雯在1947年3月12日写了一篇《桥》——

当我第一次踏上你皑白身干时，是带着一种那样微妙的心情（是的，你没有现代化钢铁水泥的骨骼，你也不学雕塑上富丽的外壳；就跟山城的居民一样，你是赋有着他们的纯朴）。我轻轻地踩过一块木板又一块木板（怕踩痛了你啊！）……你是劳动者忠实的朋友，你豪放地挺在金色的光辉中，让沉重的脚步负着满担待售的菜蔬和希望……那块有结巴的木板还是他从峻峻的山岭上砍来的。这是老百姓的桥，是由他们的血流浇铸出来的。

她把桥视为"沉默的巨人"，觉得在桥（大自然）面前，人是怎样地可怜和卑微。桥成她的精神寄托："我喜欢桥。"

也许她写这篇《桥》时县城还没造浮桥，她目睹了一次洪水冲毁木桥的过程，"人们只得驻足岸畔，诉说着对你的惋惜，回溯着与你的交情。""我从桥西迁往桥东，那仅能凭吊的残桥也疏远了。一艘老迈的渡船取代了你的位置。"（艾雯工作的凯报社在县城东头，推断艾雯当时住在紧邻西面出城的保障门，再迁到城东。）她对残桥仍有独钟，又看到民工建桥的一幕——

今天，随着北风送来一阵"吭唷"之声，我寻声走去，在大桥的废址，几排崭新的木桩赫然耸立在浅水里，我又看见了那群熟悉的劳动者，他们在寒风阴霾下挑着、捶着、掘着，挥舞着千百只给风霜骄阳磨砺得黝黑的手臂，热衷在紧张的工作里。在他们面前，我这自命爱桥者不禁悒然俯首了。我爱桥，可又贡献了什么啊！

上犹栗树林

"此情可待成追忆，只是当时已惘然"，1950年新年刚过，艾雯写了《栗子之恋》，所依持的正是上犹的栗树林——

> 我们待的那个小县——上犹，也正是盛产栗子的地方。那一片栗林与我住的楼房只一水之隔，每在编报阅稿之余，我总爱上那儿去溜达。粗壮的树杆支撑着密密丛丛的叶子，宛似一幢幢庞大的人伞盖，遮盖着纤绵的草地，栗花很像柳絮，一串串流苏珠络般悬垂着；一只只小刺猬似的栗子，累累坠坠冲出在叶丛外，外面是尖刺，里面又是坚韧的硬壳，造物安排下种种保护，还有什么比栗子还来得周密？！……
>
> 我想问问家乡的栗子摊是否还那样旺盛？我想问问那第二故乡的栗子是否还装得满筐满箩？但是书得满纸问讯，却又凭谁寄。

艾雯当年工作的凯报社就与栗树林隔河相望，写的是上犹水南的栗树林。20世纪50年代初期这片栗树林仍繁茂。那时水南是乡下。这片林子有些历史，成县城一景，小时我也在栗树林中走过。现在成了喧闹的居民区。

何止栗树林，20世纪80年代水南靠上犹江有一溜茂盛的竹林（凤尾竹），它有着抗御洪水护坡的作用，也成了县城一道风景，乡村味在竹荫中流淌。可以想见，当年艾雯阅稿之余，乘渡船或踏桥而过，在栗树林中流连。

今天，如果不是读这篇文章，又有谁知道，水南有过一片栗树林，一个来自异乡的文学赤子曾经在这里遐思，而且会在海峡对岸留下纪念的文字，凭此把上犹视为她"第二故乡"。

艾雯在《载情不去载秋去》开头吟道：

> 我终将离去，这安静的村子。

我终将离去，这潺潺的溪流。

我终将离去，这倚风的小楼。

　　她已经离去却没有离去，因为她书写了乡愁。她的书写表明她进入并烙印了这段山乡历史。她就是乡愁，乡愁里藏伏着人和民族的历史，也昭示人和民族的将来。

2016年3月27日～7月18日初稿

2017年1月19日～2月3日抄定

姓氏族谱的现代转型

——新编《上犹方氏支系归统谱》序

　　20世纪90年代到21世纪初年，上犹城乡兴起续修姓氏族谱的热潮，这是赣南——全国带普遍性的文化现象。我并不认同"盛世修谱"的说法，而认为是"乱世甫定而修谱"。当生活稍稍安定下来，人们（特别是客家人）念祖寻根的强烈愿望浮出了水面，有良知的国人不但目睹"文化大革命""十年浩劫"对传统文化——民族文化根性的摧毁，而且知道把包括姓氏族谱在内的中华文化传统进行批判否定，早在几十年前就开始了。也就是说，我们早就陷入了失却文化根基的窘迫之中。这样一种精神无根的状态，在又逢改革开放生活转型、生活提速——融入世界经济一体化的过程中更是无法忍受的，民间于是不约而同地采取了修谱的寻根方式。早熟的中华文明正是我们安身立命之所在，也是与世界抗衡或鼎立于世的特色之所在，姓氏族谱成了传承中华传统文化，具有民间性广泛性的最好载体。姓氏族谱蕴含着民族性格心理的全部秘密。可以说，祖宗崇拜及由此生发的风水意识是中国人（汉族）的宗教。民间发起，官方认可，"修谱"成了跨世纪遍及城乡一个盛大的文化景观。

　　由于直接参与修谱的人的年龄、文化背景和文化视野即文化修养（包括公正之心）的参差不齐，加上间隔的时间长（有的百多年，有的数十年），而族裔外迁，当时交通和信息极为不畅，家谱也就存在不少悖谬之处，以至谬种流传，以讹传讹不可避免。在我看来，即使当今续修族谱，一些姓氏族谱还存在这么一种偏向：重房系分支（吊线），重族人的官品和文凭（如科举时代科考分三级，第一级在州县，通过后才给生员资格，生员中再选出监生或贡生，这说明当时社会读书人极少的文化状况，家族以拥有生员而自豪，当然生员也成了一种身份），而不重总谱里的序言、传记和训诫（如八善，七戒），这就造成修谱成了繁衍流水账，文化含量缩水，如此谱牒文化价值不会高。现实中民众也只是注意自己一家一房一族在谱上是否有记载，而忽视了谱牒（祖上）的谆谆训导，而后者正是家族文化渊源的重要内容。然而，在我接触到厚厚两大册《中华方氏全族统谱》后（中国新闻出版社，2007），为它翔实的内容和高乘的质量而叹服。此书最显著或最有分量之处，在于吸纳了当下时代的精神气息，辑录了许多用现代语言进行寻根探源、探研方氏家风的文章（史料），加上辑录一些原有的有价值的文献，从而较好地实现了族谱的"现代转型"。我进而知道，方氏以湖北孝感为基地，经十年艰苦努力玉成此书，它被列为全国修得比较好的十大姓氏族谱之一，而且摘了头筹，被誉为"天下第一族谱"。方氏的努力令人敬佩！其意义和价值已超出本姓氏。

任何宏伟的、涉及千家万户的事业，其实都是由少数几个中坚来实际承担和推进的，《中华方氏全族统谱》同样如此。这需要何等坚忍不拔的毅力和竭诚奉献之心，上犹方氏的修谱也是如此。在这里我更想说的，是上犹方氏修谱的不俗努力。

上犹方氏也是在各姓修谱热中（1996年）聚集起来推进这个系统工程，自然他们偏重于"江西上犹崧卿公（定公）支系归统谱"的修撰。从其实际的修撰，他们至今完成了"分谱"（房谱），而"归统谱"尚在修撰中。方氏在上犹并不是大姓，照理说其族谱的修撰并不会太复杂，工作量也不特别大，沿袭过去的修谱惯例就成。别的一些姓氏的修谱已"大功告成"，可是方氏不慌不忙，仍在有条不紊进行甄别和归统，做事认真讲究质量。这本身就体现了一种弥足珍贵的文化精神，也是缘由方氏先祖一脉相传的家风。我以为，以方永朴先生为代表的上犹方氏族谱修撰者，他们以较开阔的视野、执着的精神和踏实的工作修撰的"上犹方氏族谱"，实现了现代转型，在上犹各姓氏族谱的续修中起了一个很好的示范作用。

具体说来就是，他们不是闭门造车，而是积极参与《中华方氏全族统谱》的相关活动和工作，吸纳其相关资料，厘清了方氏的源流，学习其认真的治学精神，实现了上犹方氏支谱与全国方氏统谱的连接。这种连接一方面是方氏族裔（血统）的流传，另一方面更是方氏文化精神的流传。他们把其特别有价值的文献（前面说过）转接到"江西上犹崧卿公支系归统谱"上，使新编族谱富有新意或创意，这样在质量与品位上，在为方氏后裔对族谱的接受和理解上，增加了有机的内容，从而刷新了上犹方氏族谱。此其一。

续修族谱工作不仅仅是家族人口的延续图，过往家族史料的重印，同时（尤其是对于近现代）也是一件去伪存真、纠正谬误的工作。由于跟人的现实生活没有直接的关联，这项工作往往被忽视，而且吃力不讨好，因为这会改变一些人心目中的"既定印象"。应该说，由于种种原因，大到国家主流媒体，小到姓氏房系个人，有多少真实的历史事实被掩盖甚至被篡改呵。所以做这样的甄别工作需要勇气和耐心，更需要一颗公正之心。就我所知，方永朴先生在这方面付出了艰巨的努力。他从《中华方氏全族统谱》的修撰活动得到了一定的启发，更重要的，是他源于自己的阅历、人格和负责精神，也就是受他所在上犹方氏和上犹文化精神的激励，认真工作。他查对了很多国家和地方史书，对上犹方氏的源流进行了疏理，写出了许多文字材料（如对上犹方氏始祖崧卿的考证，他写了《关于严湖两支方氏同源于方崧卿的初步探索》等）。他的识见有些被全国的《中华方氏全族统谱》编辑部接受，有的未被接受，但他坚持自己的观点，并写进"江西上犹崧卿公（定公）支系归统谱"，这就让这部上犹归统谱不同凡俗。此其二。

方永朴先生等族谱修撰人士以这种精神为一姓或一房系续谱，绝不是一姓一房之私事，而是一项严肃的文化工作，对上犹——中华现代文化的建设意义不言而喻。一个姓氏一个地方的文化底蕴由此而来。当下抬头所见，追逐金钱权势时尚的功利之心甚嚣尘上，全社会充满浮躁之气，而坊间仍有如方先生等一些人甘于寂寞与清贫，严谨而坚韧地为中华传统文化"砌基"，此心可感可叹。"上犹方氏族谱"从内质到外形令人耳目一新，步入全县各姓氏谱牒的前列，实在可喜可贺。于是我写下这篇小序额首志庆。

2008年10月29日

21世纪客家民俗新读本

——《李摭客家民俗集典》序

上犹居赣南西陲，是客家重镇。而上犹之西的营前，从古至今，一拨又一拨的中原南迁或粤闽北还的客家人，聚姓而居，联姓而村，依托商贸促农耕，民俗礼仪香火相传，与时俱进又呈新的演进，每每形成或谱牒或楹联或对联或尺牍的文字记载，延绵不绝，家庭的、姓氏的、村落的、圩镇的生活新生面云蒸霞蔚，如此营前当是上犹客家的文化标识。尺牍就是民俗读本。与生活相对应，民俗礼仪的民间读本总会应运而生。它的不断衍生也见证了上犹客家文化精神的内在活力。

20世纪50年代政权易手万象更新，社会上尚流行石印本的尺牍，叫"幼学琼林"什么的，是一个系列，我家就有几本，直行，书型较长，纸质好，当时有乡友到我家借阅。此书其实是明代程允升《幼学琼林》的变本。家父已是"人民教师"，也需要它应对凡俗礼节。这说明乡人——民间生活需要这样的工具书，民间需要与过去相连的心理秩序。它跟新华书店里的书籍不一样，它是"前朝"即民国产物，上面还有供学习英语的简单的"英汉对照"内容，但主要内容是讲民间礼仪，民间如何待人接物，亲人亲属如何称呼，如何应对四时八节的庆典和祭祀。一般民众并不知其礼仪程式的具体含义，只是伴随一种敬畏，虔诚接受。当时民众多是文盲，宁可说客家人需要礼仪或需要洗礼，经过一定程式的淘练，一颗心方能安妥。后来越来越讲究"阶级斗争"和"革命"，此类书籍属于"旧文化"而遭否定。大凡人和家庭的婚庆喜丧，推崇新事新办，"办一个革命化的××"（如赠发"红宝书"、草帽锄头和发一把糖果之类）成为喜庆（包括结婚和做新居）的口头禅，还掩盖了社会普遍的物质匮乏生活拮据的现实。

其实，如此革命化的诸多程式是无根的，它不可能在中国民众心里扎根，所以民众宁弃简单而取繁复（民间说"尽必要的礼数"），礼俗仍在民间悄悄奉行。若干年前，我获得来自营前的一本小32开"礼仪尺牍"（复印）。这是营前某乡间文化人精心抄录装订成册的，上面有（民国年代）婚嫁喜庆、宗祠祭祀、乡间契约（比如"分关""过房字""借据"）的礼仪和程式，非常翔实。可以揣测，此书属"地下"性质，作者秘不示人，民间却视为宝物，并虔诚地应用在日常生活中。经此书提供的程式和礼仪，肯定是入流的，有着文化品位，受到尊重，相关姓氏百姓照此礼仪行事，会被高看，增强信任和信赖，各方心安妥。因而这类书籍不会湮灭，总是有人默默地担承这一民间文化之责推出新本。

由此可见，客家人文化血脉的流传，文化底蕴的陈陈相生，不可阻遏，不可能消亡，因为它虽只是体现为格式化的程式或辞章，却是华夏的根基所在，符合中国人心灵及心灵结构的需要。当代著名学者葛兆光在其学术专著《中国思想史》（复旦大学出版社，2001）的相关研究，能够解释客家人继承中原先人敬畏天地和祖先的祭祀特征。远在殷朝西周就达成了祭祀仪式的完备，直到"后圣"出来，才渐渐把这种凭直觉、想象与经验的通神方法变成了种种规矩繁复而严格的礼仪制度。这也是我们先人对宇宙秩序的理解，以中央为核心，众星拱北辰，四方环中的"天地差序格局"成了先人的价值本原。所以，仪式作为秩序象征性表现，其来源具有了合理性，而秩序首先表现为一套仪式。宇宙的结构、亲族的感情、社会的等级，就在这仪式中被奇妙地叠合在一道。

所谓"后圣"，我的理解，指的就是殷朝西周以降建立宏业的君王，他们成了迁往南方的客家人正统血统的渊薮和精神象征，南迁的客家人莫不以中原君王天人感应之教化人自居，而南方的群兽出没瘴气横流风雨雷电又给他们以先祖遭遇过的体验（远古时代的中原气候比现在温和湿润），于是包括祭祀和婚丧喜庆在内的文化仪式和程式更是烙入心灵，成了不可磨灭的群体记忆和客家人的潜意识。何况当下物欲滔滔价值失范人心浮浅，我们也就能看到，又有新的礼仪书应运而生。

这本李氏宗亲联谊会推出的《李摭客家民俗集典》又是雄辩的证明。实际上，20世纪70年代末我们国家改革开放即融入全球化，多元文化相互碰撞，寻根护根的民间行动也就在新的历史条件下得到强化。就上犹而言，就有如黄氏宗亲联谊会编的《客家礼仪》面世，而且多次印刷。这本《李摭客家民俗集典》，以及别的姓氏别的编纂者的这类礼仪书籍，因着眼于实用和普及，有不少内容是相同或相近的，但是每一本都有其特有的思路，也就必然显现不同的"面相"。林林总总，构成了我们上犹（客家）文化研究的根深叶茂，见证了上犹客家的自雄自力继往开来。

这里我还要为这本《李摭客家民俗集典》多说几句。此书分为"称呼""婚姻""节俗""礼仪""民艺""契约""丧礼""姓氏""楹联""择吉"等类别。仅"民艺篇"，就涉及"客家锣鼓""客家唢呐""客家民间曲调""客家灯彩九狮拜象"，其中又勾勒了如营前、油石的各自特点，视野开阔，文化内涵厚实。又如"称呼篇"，细分为"交往称谓""其他称谓""应酬称谓""全称呼"，还介绍了"三从""四德""五伦""六礼"的内容，在"交往称谓"又介绍了古代的渊源，给人以汲古通今豁然开朗增长见识之慨，传统文化的普及皆在其中。所以本书完全可作为"上犹民间文化"的可信的副本。相信不但是李氏，而且兄弟姓氏朋友在饶有兴趣的披览中心智得到开拨，平添社会关怀，自觉营筑与亲与友的和谐之道而葆心态安详。

本书是李氏宗亲联谊会文化贡献的新成果。毋庸讳言，它冠以"李氏"也就昭示当今"百姓争流"中，我们上犹李氏的文化担当；另一层意思是，李氏宗亲柏英先生以极大的热忱和严谨的求学精神，为上犹人亦为世人编纂了这一民间文化普及佳作。借此机会也表达我诚挚的敬意。

是为序。

2014年12月29日

上犹人的文化心灵密码

——《上犹谚语》序

一方水土养一方人，也就是一方环境养一方人。

这"水土"习惯上被理解为物质性的、看得见的生存和生活环境，如地理、气候、雨水等，这是对的。但也应该指出，这"水土"更应该被理解为非物质性的、看不见却对人和家庭的兴衰有着休戚相关的文化、心灵环境，即软环境。因为物化的环境对人产生影响，人为着生存和生活必然产生应对，人的"应对"从来不是单纯的、被动的，而是带着人身上原来就有的文化基因（比如南方客家人就有着中原文化的基因），以及在异地所见所闻得到的启示，"应对"也就包括传承、适应和创造，就积淀成明白晓畅的谚语，而谚语是精神层面的东西，能够进入人的心灵，并且代代相传相沿用，它也就真实地反映了一个地方的风土人情及其特点。

所以，一方水土涵养着一方人的文化心灵密码，依此，一方人在这一方水土中休养生息，发明创造，继往开来。与别方（别地）相比较，此一方人又呈现既相同（同一个中原农耕文化文化背景）又不同的文化特征。这不但是官方施政，也是民间交往交流所不能忽视的。

谚语是熟语（俗语）的一种，是流传于民间的比较简练而且言简意赅的话语。多数反映了民众的生活实践经验，而且一般都是经过口头传下来的。它多是口语形式的通俗易懂的短句或韵语。和谚语相似但又不同的有成语、歇后语、俗语、警语等。

典籍意义上如县志一类志书里，只是概括式的略有提及，但大量的、民间鲜活的文化心灵密码含藏在民间谚语里。这本《上犹谚语》应该说是广义上的谚语，因为它囊括了一些诸如俗语、警语一类各地普遍通用的词语。它在篇目安排上分为"乡情篇""生活篇"等十多个子目，也就自成体例。其实一些子目在内容上互为补充，是不能截然分开的。在条目归类上，对具体条目要不要做注释？都可以再斟酌，使之更科学更简练明了易懂。

我长期在乡村生活，从事文学和文化工作数十年，平时"田野作业"，所思所想，都是以上犹（赣南）乡土为依托，捧读《上犹谚语》，一种亲切和喜爱油然而生。我相信就是土生土长和淌入上犹生活深处的人，对此也会感兴趣，发出会心一笑。我们就是在地方化谚语的氛围中走来的。我们还能从谚语中感受到乡土的历史演变和生活形态，如县城"钟半城，刘一角，蔡屋人挜（蹲）城脚"；如营前"走上走下，唔斗营前水岩下，冇钱揩铁砂"；又如油石梅水"潮湾骆屋，粜米粜谷。梅岭温屋，挑柴卖木。功名顶戴，蛇头印罗屋。扁担络脚，蛇形赖屋"。这些生活形态和生活方式的形成，历经了较长时间段，也说明当时社会生活的滞缓和单一。居住环境、生产生活方式对一个人一方人性格和心理有着决定性影响。上犹人文化心灵的密码就含藏在《上犹谚语》里。

某种程度《上犹谚语》也体现了上犹的文化底蕴，收集整理《上犹谚语》的意义自明。当然，21世纪是我们从农耕文明到工业文明、城市文明转轨的历史新阶段，人的流动性增大，活动的范围增大，生活节奏加快，经过一段时间，自然会产生新的民间谚语，因而这本《上犹谚语》是个基础，是个很好的开端。这又等于说，各乡镇的谚语需要进一步挖掘和整理，让"上犹谚语"真正是上犹土地上的产物，货真价实的上犹人心灵密码，推动我们积极生活和创造。

更让我惊喜的，赤忱做这项工作的不是文化部门的人，而是退居二线、非文化部门的黄以炜先生。几年前，黄以炜曾表示他要收集上犹谚语，我赞赏之，却也心存疑惑，因为这是件费力不讨好、耐心、要耐得住寂寞的文化行为，更是件带抢救性质的文化工作，当今社会开口闭口皆"利益利禄"，急功近利大行其道，浮躁匝地，连正规的文化部门都难以承担此职责。他竟践行承诺，以充沛的文化热情，艰苦的努力，一丝不苟的工作，多方收集和求证，在多方的支持协助下，终于推出了这本《上犹谚语》，填补了我县的文化空缺，实在令人感佩。

我更看到，上犹有一帮人热心乡土文化，《上犹谚语》烙下了他们的热情。上犹文化工作大有可为，大有人在，"上犹富有文化底蕴"此言不虚。

是为序。

2013年4月15日

廊桥：粼粼悠转的乡愁

——廊桥赋

廊桥好，风景旧曾谙：日出江花红胜火，春来江水绿如蓝。能不忆廊桥。

春夏时节，伫立重建竣工的廊桥，青山浓郁林木抖擞，河水清亮波光粼粼，我油然记起并借用唐代白居易的名篇《忆江南》，礼赞廊桥。

忆廊桥，不只是一人几人少数人思古之幽念，不只是离开寺下而思念斯地的情感遥寄，而是古往今来无数寺下人——或长或短在寺下工作生活的人士——挡为热衷肠不能自已的一道文化心结，代际接力的回眸、企盼与祝福皆在其中，皆凝聚于廊桥——廊桥的修建和重生。可以说，如此文化心结正是浓浓的乡愁，新生的廊桥呈现乡愁，关注廊桥也就让乡愁定格，乡愁长记成了人们的思乡情怀。

于是，在21世纪全球化、城市化、人口频繁流动的今天，廊桥既是寺下文化的传承，更富有当今的时代内涵。廊桥已然成了寺下留住乡愁、乡土重建的一个文化象征。

进而言之，大凡能成为文化象征者，在内必有绵长起伏、直抵人心的文化内涵，在外必有令人耳目一新梦绕情牵的卓异品相。卓异品相，是说重建的廊桥奇拔灿亮，当然它随着时间的流逝会归于凡俗，但贯注着时代的，也是本土的审美与时代的精神——寺下文化的烙印，已经定格，并沉淀于历史。文化内涵，是说一代接一代的家乡赤子以捐赠或直接参建的感人故事，以及对如此善举义举的书写和传播，让仁者义人连同他们的慷慨行动借此尘埃落定，且常续常新。

　　奔进的思绪搅动了历史的神经，我们探知了寺下比捐建桥渡更宽广而深邃的文化景观：清光绪七年（1882年）木刻本《上犹县志》载，慧华寺宋时建，清康熙罗、刘、阳三姓重建；东林寺明万历年间建立（万历一朝经48年）；西胜寺在清康熙乙卯年（1882年）建；智林寺在晋（约936年）朝建，明嘉靖元年（1522年）中修，清康熙元年（1662年）重修……寺中有佛，佛在唐朝从印度传入，讲与人为善，善心善念，做好事做善事，能安抚一颗尘世之心，也祈盼来世有好报，能庇护后代，让子孙后代繁盛顺遂。上犹境内寺庙多且经久不衰而且连续上了县志的，只有寺下，因而寺下这一地名有很深的文化脉搏，蕴含着一种持恒的文化心态，它自然而然成了上犹东北片区的名字，延续至今，人心和智慧得到化育，英杰才俊相继涌现。

　　受此风土人情激励，必定出现修桥积善积德的人士，地方百姓受益，也继续教化人心，让行善济世薪火相传。比如保和桥就是康熙六十年（1722年）本里吴豫贞捐银倡修。当年寺下儒生还写了文章褒奖此盛事，并比照宋朝福建泉州的洛阳桥（1053年兴建，1059年建成），描摹其盛景："辇石成梁跨连绝岸，此亦利济之事也……于是起兄倡之，舜姪和之，族中先后协赞者靡不踊跃争助，即异性诸公咸欣欣乐勤厥美费。此义举也……而后朝来入市无烦……垂阳过雨，鞍马如画（虽然不能与洛阳桥相比，也是合古人心存利济之念）。"这也表明当年寺下人具有宽宏的文化视野，表明自愿捐款修桥是寺下的文化传统，木桥年载久了也需要更新，也就有寺下人出来承当这样的公共事业。

　　果然，到了现代的1950年，尽管朝代更迭，时局并未全然安定，又有以曾裕隆领衔的寺下好人，以更大的气魄和创意，在原址上修建"暗桥"，即廊桥。因乡民普遍贫困，建桥资金匮乏，纵然有少许像曾裕隆这样的热心之士、木石匠师全力以赴，也不能如期完工。这时寺下区政府把此事当作"为民要事"，用行政之力，"寺下、双溪和紫阳三乡1951年公粮征收时增加百分之十的附加粮，用于修建暗桥"。1952年廊桥得以建成，遂成寺下一景，也成上犹一景。

又是沧桑经年，年轮叠加，人流物流，冰霜水雪，廊桥损毁，风光不再，通行滞阻，人皆浩叹。素来与文字无缘的寺下好人黄有洪怦然心动，留下一篇《寺下暗桥沧桑记》（《上犹文史资料》第四辑，1998）记录其事，这足可证明，蛰伏在人心的廊桥情结炽热回环，曾经的廊桥冥冥中呼唤、召唤和等待。终于在2017年寺下镇政府顺民意振人心，成立民间的修桥理事会。理事会发出倡议，立马得到广泛的响应，各界人士和民众踊跃相告，慷慨解囊，来自外省的建桥师对廊桥情有独钟，悉心施工，童子江上新的廊桥雍容亮相。由廊桥替代原来暗桥的名称名副其实，它更与一河两岸的新景致相辉映而进入历史。

每次修建其实也是一种融会时代精神的创造，适应新的时代，修建者的聪明才智得到尽情发挥，济世情怀得到尽情释放。

许多东西，它在的时候每每受到忽视，而它不在时价值反而突显，这样的物或人就成了情感和希望的寄托。如今崭新的廊桥耸立，同样昭示其现实、历史和它们之间的联结，以及文化价值。因而，新生的廊桥成为寺下灿烂之一景。童子江清流粼粼，恰如时间之水，奔流不尽，如歌如诉，与留存历史记忆的廊桥相映，转悠和传导着圣洁而亘古的乡愁。

2017年5月4日

上犹寺下廊桥（再建）落成之时

文化磁场的激活

——《营前客家文化》序

一

营前地处赣南边陲，乃赣南名镇，唐宋至明清，一拨又一拨客民聚集此地繁衍生息，时现惊动朝野的风声水响(如王阳明坐镇营前平乱)，自视甚高的悍民骚乱与朝廷对民变骚乱的弹压和安抚（联望姓建书院或实行屯垦政策），流布于山野姓氏血盟的悍勇、忠烈和慷慨与雄正的中国正统文化交相融会，成了营前客家文化的强势基因。于是营前形成了一个以贸易集镇中心，向周边省、县、乡辐射，不时上演雄壮话剧的硕大文化磁场。

边陲和边缘之地，常与时代轴心（主流）或前沿相连。

在古代，营前的蔡家人在宋朝就把粮食运到江浙赈灾；到了现当代，营前赤子如陈氏兄弟等留学日本，跟随孙中山参与民国建立，回到桑梓又身体力行助推现代教育；营前一度成为苏维埃红色热土；抗日中营前儿郎忠诚报国参加奔赴缅（甸）印（度）的远征军；20世纪40年代初营前对县长王继春创办具中及全县教育的有力支持（资金和人才）；营前的经济始终保持着恢复快、人气旺、动力强劲的势态；因日寇逼近赣州，在中国东南片颇有影响的上犹《凯报》文艺副刊

《大地》撤退到营前的平富，租用农家屋子继续出刊，1945年8月15日从收音机里听到敌人投降的新闻，编辑在牛舍旁的小茅屋里，挑亮灯盏，振笔疾书，加紧印刷和发行，把抗战胜利的消息广为传布，营前又一次冲上时代前沿……

一不小心边地的营前人事就彰显时代的前沿与主流，演绎成营前的文化景观。不管岁月如何风云变幻，营前始终作为一块客家文化重地，奔湍着文化血液，跃动着文化身影，不间断发出炙热的文化之声，敞开着一幕接一幕的文化图景。

如此动态之中，这块文化磁场不断吸纳新时代的精神气息而不断被激活，不断推演着新生面。于是营前受到关注，成为当代学人研究的对象，更是我们营前人、上犹人念兹在兹的一块热土。

二

营前"文化图景"的鲜明特点，就是它的自发性、持续性及群集性、群体性。延续上述历史轨迹：20世纪50年代初期的"九狮拜象"；营前籍干部在全县干部队伍占相当比重；20世纪50年代已进城生活的长征老干部（如何远平）把子女送回到营前让老家扶养，或把营前老家的亲人接到都市念书或创业（如何家产）；20世纪80年代改革开放，营前的种植养殖大户、万元户走在全县的前头；我在营前办文学培训班，来学习的文学青年竟有二三十人，后来有镇文化站，组织了山茶花文学社；20世纪90年代抱团的营前青年到广东福建云南贵州打拼；圩容扩张，建筑直追市县，这个边陲之地的许多农民成了刻苦而娴熟的经商者、企业家，年节时分营前店铺都张贴着手书的春联；进入21世纪，营前的姓氏宗祠纷纷翻新；为纪念抗战时期清廉务实、振兴教育的民国县长王继春，也是营前人士最先提出为其塑像的动议；我到营前进行客家文化讲座，听众端坐倾听，对营前的历史文化及变迁津津乐道；进入新世纪第二个十年，"金酒壶"赣南首届乡村摄影展在营前隆重地举行；朗朗乾坤下，普通营前人对殴老者发出响亮的呵斥；《营前客家礼仪》的面世，《营前客家文化》的编撰出版……从这些"文化图景"，我们可以看到营前物质环境的节节变化，更可以看到和感受到一拨接一拨的文化热流和客家人衷肠的播衍传扬。

我们说营前文化现象的群集性、群体性，并不是群龙无首，尤其是文化志业，它需要她的赤子领时代风气之先，扑下身段进行创造（书写），有时纯粹个人化书写，有时由个人联络家人、族人和更多的乡友建筑庙宇造桥修路，商讨公共大事。种子在沃土里会发芽长大；文化底蕴绵厚，必定产生承续文化使命的人。比如民国年代，营前就出过坊间人士用毛笔书写的，生活内容较广泛、较通用的"礼仪尺牍"，这在全县别的地方也是少有的。此书收录了民国时期的"婚嫁喜庆""宗祠祭祀""乡间契约"等营前规矩和规范，也反映了那个时代的营前坊间的经济活动、人心和认知水平，也是对营前民国之前坊间做人做事的一个总结和传承。我相信，在这样的精神氛围中，会催生营前生活和客家文化的记录者书写者，不管他们是本地人，还是外地到此地工作的人，这正是营前客家文化赓续不绝的标记。

本书的作者众多，大多是营前本土人士，家乡赤子写家乡，他们从各个层面各个角度切入，精心撰写，分为"历史渊源""红色故土""客家传承""风光名胜""民间传说""文脉绵长"等六个栏目，既有宏观又有微观，既有同大时代的联结，又有本乡本土内容的独特呈现，不但体现纵深感，也体现开阔性和开放性。这是营前文化继往开来时代记录的一个里程碑。这里我能感受到营前赤子的豪壮与殷切。

三

总体而言，本书有的栏目的内容较扎实，本书的厚重和分量得到体现；有的栏目在内容上仍显单薄，如"民间传说"栏，视野还不够宽，也挖掘不够。我的长篇小说《旷野黄花》的主要背景就是营前（信泉），所刻画的好几个不同类型的人物都基于营前名人（原型），我写的一个名医的传奇故事就是来自营前这块土地。

这就涉及思想的解放。一是现在是互联网全球化时代，秀才不出门亦知天下事，营前原有的地域之限大为减轻，但毕竟是边陲，而且长期的边陲意识无形之中制约我们，但是某些习俗和习惯也不是不能更改的。二是我们在不短的时间受阶级斗争思想的浸润，不知道在和平建设年代宽容和谐的重要性；营前重商贸必定会产生"和气生财"的思想，所以我们不必刻意在民间骚乱及其个人贴上"农民起义"的"革命标签"。去年赣州接待少数民族作家采风团，在宣传资料上就有"王阳明平乱"内容，且不说近年"王阳明"成为重归传统的显学，这实际上是一种观念和思维的转变，所以"何阿四"可写，但一味为其贴金就不妥，我们更应该看到动乱对生命的戕害，对生产力和民间常识的破坏。我甚至想，如果营前蔡家城不遭明正德年间流寇之兵火，在清顺治年间又遭流寇毁灭，以及经本地人之手对营前的损坏，有可能像今天江西抚州"天下第一村"——一村一姓延续千年的流坑——受人膜拜，成为吸引海内外的一块耀眼的文化光斑。

所以，在新的世纪用新的思想理念对营前进行"乡土书写"是每个书写者应该注意的。

何家产将军之女何黎明写的《寻根记》，是我建议收录的。去年我帮她梳理《父亲的足迹》这部书稿而得到这篇文章。何文以第一次回老家的北方女子的角度写踏上老家故土的所见所闻，这样的"陌生化叙写"，更加散发了营前乡情的特有醇香。

本书编写是各姓氏、各界人士的合力，既打破姓氏壁垒，又正视历史——行进中的历史创造基于有名有姓的个人和族群，是新时代营前综合、协调、团结、和谐文化活力的体现。在一定意义上，本书只是个开头，即便某一"栏目"，也是可继续探幽触微，可形成文章系列。本书可激发继续打捞营前历史典故、探寻营前文化魅力的文化创造。如从营前迁至四川某地创业如今形成以营前客家文化（包括语言）为特征的村落；当年跟随陈鸿钧（直接受陈氏女杰陈泽英、陈碧莲照拂）的营前人有的参加了郑洞国指挥的抗日缅印远征军，有的参与了南京的经济文化建设；新的历史年代营前人在世界各地的兴业和创造。如此等等，需要我们进行文化接力地追踪和书写。

<h1 style="text-align:center">四</h1>

2011年，"金酒壶"首届乡村摄影展在营前隆重举办，我以"文化磁场的激活"为题表达敬意，赞叹富有文化精神的营前人在领略时代气息，在开拓进取站前列创一流上的不俗表现。今天我同样以此为题目，礼赞更富原创性、系统性、文化性和资料性的《营前客家文化》。客家文化的传承跟发扬光大是同步的，营前各个方面各个层次人才的创造性劳动，为营前（上犹）精神注入新的成色，也必然推动新的人才的产生，自然也为营前文化的新形态增添新的内容和光彩。

继续挖掘有价值的文史资料，塑正营前客家重镇形象，让营前成为不但是物化形态，而且拥有文化形态的客家大本营。

只有不断地注入文化的热力和活力，才能成就一个健全的心灵，成为一个大写的人，一个地方才能自信自强地立于我们的民族之林，我们的事业我们的人生才会步入良性循环，才能做大做强，才能问心无愧。仅有金钱和物质的炫耀，那只是明日黄花，沙滩之塔。只有真正确立起文化形象，拥有文化情怀，才能形成真正的文化磁场，才能真正实现一代胜过一代，长治久安，也才能把我们今天的创造留存在历史的记忆之中，积淀在我们心灵中。

当今全球化互联网时代，只要我们辨识并吸纳有益的思想精神资源，时代在我心中，所思所写就反映了时代的激流，形成文化积淀，而超越时代。

掩卷长思，"在大转型的时代，国家民族的命运就是他们的命运。他们从来不曾处在这个世纪的边缘"（钱理群《岁月沧桑》封面语），我们这些书写者、所书写的营前人事，就是时代定格的精神结晶。我们应对了时代，也无愧于时代。我们谨以此书抚慰并纪念有名无名用生命热血浇铸营前（上犹）客家魂的人们！

2017年3月29日初拟
2017年6月20日定稿

"上犹"的诞生

——唐代卢光稠、谢肇、黄廷玉的交集

史实被简约的背后

上犹县志上说"（唐）卢光稠创上犹场"，是史实被简约之语。

史志记事记人简约，只突出重要而关键的事实，而且就事论事地（不进行任何逻辑推演）写某人做某事，随着时间的推移更为简约，这就是人们常说的大浪淘沙，犹如一株百年千年老树，后来只剩残缺不全的树根或树筋。其实，史官一开始写史并不是如后人所见的那么简约，总会不由自主地带着时代的温度和一己之情感，尽可能把他知道并理解（即简单的逻辑推演）的人事内涵诉诸笔端。这"时代的温度和一己之情感"融合为整体性的文化态度，在我看来，"文化底蕴"包含着特定时代的情感和温度。这些正是"文化底蕴"的所在，或者说是"文化底蕴"的路标式显露。因而所谓"大浪淘沙"，绝不是后来的修史者图省事省时的作为，而是对时代现实的感觉发生了很大变化（不同的时代感觉也就不同），他们在删减过程中自觉或不自觉把前人的"现实感觉"省略掉了，也就出现了"文化底蕴"流失的情形。而时代的发展社会的演变又逼使后人到古代典籍即传统中寻找思想精神资源，用心的人就可能发觉史志由于简约而带来的这种缺限，同时产生弥补缺限即溯源的努力，于是在"研究"中就会有意外而惊喜的发现。

阅读日本藏1697年《上犹县志》，围绕上述史实，我发现了这一秘密。感受和想象（回溯）古代人文物事是愉悦的精神之旅，我能够以更宽阔的文化视野见识当年的文化状况，探寻"上犹"诞生时的深层历史逻辑，探寻"上犹诞生"本身何以成为深层的文化情结。

"卢光稠创上犹场"，此句尽管简约，也显示了上犹的文化底蕴，但在今天的读者看来，此文化底蕴只是简单地体现为：唐代末年的卢光稠是虔州节度使——赣州的最高行政长官，他说要立上犹场，上犹场也就成了上犹县的前身。上犹被命名纯粹是上级钦点的结果，由场而县也是历史演变的结果。一位地方行政高官为其辖区取名，自然是这一辖区的殊荣，表明它进入了主流政治——文化版图，它在上级官员眼中获得了不一般的正统地位。在我还以为，此句还昭示了偏僻上犹与赣州，与中国主流文化民族精神相连接的文化际遇。

但是，以21世纪文化复兴角度，一句简约的"卢光稠创立上犹"遮蔽了当年诸多丰富的社会信息和精神信息。"上犹"的诞生应该有着风生水起的丰富内涵，"上犹"立"场"前后及后来的由场转县，上犹几度改名再复名——上犹这块土地上的文化创造，都是上犹人相互激发和衷共济的推动，而且上犹县志把卢光稠视为上犹名人这一简约记述的背后，同样蕴藏着丰富的文化内涵。

卢光稠其人及其记述

卢光稠是上犹场（县）的开创人（905年），历代县志都有他的显著位置。他又是虔州（赣州）的创始人，因而在赣南有着重要的历史地位。由于卢光稠，上犹与虔州（赣州）的历史相互交织。

为叙述的简便，这里我借用了当代作家张少华《最后一寸江南·一时枭雄卢光稠》（百花洲文艺出版社，2016）的相关资料。

张少华在书中说："卢光稠，字茂熙，乳名十七郎，唐文宗开成五年（840年）七月十八日生于虔州虔化县上三乡怀德清音里韶坊（今赣州市宁都县洛口镇）麻田村（一说上犹县双溪人）。"可以这样说，从出生地，卢氏不是上犹人，可他日后在上犹做出了响亮的成就，在上犹成就他的人生，上犹是他创立虔州的基石，他被看作是上犹人，他自己也乐意成为上犹人。

1697年清朝《上犹县志》这样介绍卢光稠："石溪人，状貌雄伟，有谋略。唐末兵乱，众推为虔州刺史，时南汉刘隐淮南杨行密各据地自王，光稠独请命于唐，梁王承祠置百胜军，遂以光稠为防御使，又建镇南军以为□后，仍州刺史，光稠命其子延昌居守而已。进攻韶州，大破刘隐，取韶连浈□潮五州，以弟光睦为浈□二州刺史，梁祖进光稠节度检校兵部尚书，爵开国侯，毙，赠少保子延昌嗣。宋初赠太傅追谥，忠惠相传，卢已封王爵云。"石溪就是今天上犹营前的双溪，俗称石阶峒，这一带相连，广义的营前包括双溪。这里表明卢光稠听从于唐朝（中央），还介绍了光稠之子延昌，光稠之弟光睦。光稠是宋初追谥为太傅的，足见宋朝对光稠治虔的肯定，并不因卢氏忠于唐朝而打压之，而且上犹认可，营前的书院就称为太傅书院。"人物志"卷还介绍了卢光稠的后人："宋卢世亮，字亮工，光稠五世孙，事母以孝闻。"跟后世上犹县志的相关介绍相比，其历史信息较翔实丰富。

欧阳修主持修撰的《新五代史》载："虔人卢光稠者，有众数万，据州自为留后，又取韶州。"欧阳修有更宽宏的文化视野，自然对卢氏的介绍要简约，但记下了卢氏"又取韶州"的事功。足见卢氏是唐代跨越赣粤的响亮人物。

清光绪七年（1881年）《上犹县志》载：点兵台，在县治西北一百二十里卢阳峒。相传里人卢光稠点兵于此。对卢氏的介绍就简约多了，但已将卢氏无疑义地看作上犹人。

这种简约还体现在1881年版《上犹县志》的序言。序言为清朝李临驯（翰林，上犹人）所写："自唐朝建上犹场，五代开始为县，唐则有谢肇、卢光稠之武，宋则有阳孝本黄玉之品行，文章辉煌史册，炳炳麟麟，宜亦无所多让。"（黄玉即黄廷玉）这段对上犹文化充满自豪自信的话，名字中除卢光稠、阳孝本耳熟（在当代流传的频率较高），对谢肇和黄玉两位，我们就十分生疏了。就是对卢氏，也只突出其"武之事功"。可以肯定，这些在上犹历史上有一席之地的本县人物，在清朝光绪年代仍居文化主流，且流传较广。但披露出另外几位上犹人物的信息。这又表明主编1881年版《上犹县志》的李临驯对乡梓精英谢肇和黄廷玉长记于心，把他俩与卢氏并列。据我揣测，大概由于相关资料不足，李临驯只是根据对邑人谢肇等的民间记忆，当然也表达了李氏对为上犹带来光彩的文化人物的敬意。

到了当代（20世纪），谢肇和黄廷玉却从志书上消失了，也就是县志再做了简化。1992年版《上犹县志》之"人物传略"，开篇介绍卢光稠和谭全播，也是简约化了的。因为一是卢光稠居虔州正史之地位，这是科举出身的地方官员和地方读书人正视的；二是卢氏创立上犹，且双溪乡长期成了卢氏的军事要地，已在双溪和上犹留下深刻的记忆。至今双溪还留有他的练兵场和马厩。客观上，偏僻的上犹也就因卢光稠进入了历史的主流。

卢光稠为什么选择双溪作军事基地？实地考察，一是有一条还算宽阔的、能通到赣州的童子江，二是双溪山高林密是天然屏障，三是双溪（包括寺下）本地居民（如吴姓）是最先一拨南迁的客家人，有着传统文化根基的望姓，农耕较发达，油米较丰，人较忠义。

像记录了上犹别的名人后裔一样，1697年版《上犹县志》也记录了卢氏后人的作为。这至少说明，即使卢光稠出生地不在上犹，但他的发迹和事业的根基在上犹，他把家也安在上犹。如"人物志·孝义"篇，开头就是"宋卢世亮，光稠五世孙，事母以孝闻，天圣二年（1024年）母死，庐墓有巨蛇，世亮恐其母，惊骇痛哭。近墓一里出泉二处往来墓侧若驯服状，知县陈廷杰著其事于石，吴镐祀之乡贤祠"。（吴镐为明朝上犹县令，1697年版《上犹县志》的序称："明三百余年操觚辑志者惟吴令一人而已"。）

卢光稠、谭全播与谢肇的交集

我还认为，卢光稠初期选择上犹（双溪）做攻可进退可守的据点，与当时尚书谢肇（上犹人）建立亲密的人缘关系分不开，他与谢肇结成了乡党利益共同体。谢肇视卢氏为亲密的、可以推心置腹的乡梓，应该是卢氏宏大事业一个不可或缺的因素，但在志书上卢氏书写中却隐而不见。唐僖宗七年（879年）时候的谢肇为"韶州刺史有惠政"，亦有军功（"会寇起汀，建督兵剿之，一举而平迁"）。这时卢氏29岁，已起兵，在45岁（885年）那年占虔州。其时光稠还要迎战从北面扑来的黄巢。所以，卢氏赴岭南（潮州和韶州）与王潮拉锯式较量（901年），主观上有事功的考虑，也有替谢肇解围的考虑，客观上起到了为谢解困、敌破的任用，当地人都把功劳归于谢氏——当然谢氏也是全力剿寇。县志对谢、卢的记述是割裂的。卢、谢两人相知相识，肯定多次交谈或通信息。卢氏的归顺唐朝，也是深受时为唐朝命官谢肇的影响，获得正统的品质。从稳定虔州角度，韶州平定也免了卢氏的后顾之忧。

从地方贡献来说，这不正是上犹人对赣粤大时局的贡献？

接《最后一寸江南·一时枭雄卢光稠》线索。公元874年，王仙芝、黄巢相继率众起义。公元878年卢光稠38岁那年，黄巢军团首次把战火引向江西，赣州、吉安和上饶相继失陷，朝廷急调高骈任镇海节度使，又任命他为诸道兵马都统，组织力量追剿黄巢。黄巢越过仙霞岭直下福建。次年9月，黄巢在攻占福建后，继而挥师岭南。唐僖宗急令"塞岭北之路，以拒黄巢"。（辖韶州的谢肇忠实执行朝廷指示）岭北就是今天赣州市大余县的大庾岭。虔州与岭南仅一山之隔，黄巢军团兵犯岭南，虔州人自是惶恐不安。公元885年卢光稠起兵攻占虔州，此时黄巢已攻占岭南而迫近虔州，而卢光稠、谭全播的队伍驻在南康郡的上犹双溪，就率兵抵抗黄巢。唐僖宗中和四年，公元884年，黄巢在山东泰安的虎狼谷自杀，唐社稷初复，唐僖宗返回长安。

如上文所述，此时谢肇"以父辟戎幕，随之征□功第一。做韶州刺史有惠

189

政，韶人竖碑颂之。会寇起汀，建督兵剿之，一举而平迁"。镇守韶州的谢肇肯定与卢光稠在军事上相协调，谢肇提拔为尚书，也印证了卢光稠开创虔州之功。他们都对朝廷尽忠尽职，谢肇向朝廷热情举荐了卢氏。

1992年版《上犹县志》这样介绍卢光稠（较1697年版《上犹县志》详细）："卢氏生于唐文宗开成五年（849年）。卢氏于唐僖宗光启元年（885年）占虔州，称刺史。天复元年（901年）取韶州（现在的赣州和韶关）。王潮攻占岭南，谭全播派卢弟光睦攻潮州，光睦败，光稠大惧，在全播用兵之下反败为胜，光稠奖励全播战功，全播悉将战功推给将士。唐昭宗天复二年（902年），杨行密据有江苏、安徽、江西及部分湖北之地，自称国号吴。唐哀帝四年（907年）四月，朱晃灭唐自立，国号梁，史称后梁。天祐六年（909年，梁开平三年），光稠请命于后梁，表示愿通道路输贡赋，后梁太祖朱晃认可，置百胜军于虔州，授光稠主防御使兼五岭开通使，辖虔、韶二州。开平四年（910年）光稠病逝，年70岁。"

我们习惯上称卢光稠起事年代为唐末，其实是后梁（907—923）。唐之后"五代"（后梁、后唐、后晋、后汉、后周）历经58年（907—960），是江西一个特殊却重要的历史时期，卢氏得到后梁太祖朱晃认可，管辖虔州，主防御使，兼五岭开通使，辖虔、韶二州，这样卢氏就跟管辖韶州的谢肇衔接上正规的政治关系。

卢光稠与谢肇的关系，还可通过卢氏的得力大将谭全播得到印证，甚至可以说，许多时候许多方面谭全播代表了卢光稠跟谢肇联系和往来。

张少华《最后一寸江南·一时枭雄卢光稠》一文以较多篇幅写卢氏副手谭全播的将帅才能和谦让品质。

1697年版《上犹县志》对谭全播的书写列卢光稠之后。1992年版《上犹县志》之"人物传"将卢光稠、谭全播一并书写，介绍全播所依据的是1697年版《上犹县志》留下的版本："开平四年（910年）光稠病笃，将符印交全播，全播不收。光稠死后，全播立光稠子延昌，事之。延昌不争气，好游猎，911年冬被部将所杀，众欲立全播，全播仍不从。牙将李彦图自立，全播称疾不出。彦图死，州人相率趋全播家，全播乃出。遣使请命于梁，授全播为防御使兼岭南节度使。全播治虔州七年，有善政。"

1697年版《上犹县志》在介绍谭全播更富有感情色彩更显历史细节："唐末之乱，军中谋立帅，全播曰：卢公状貌堂堂，真吾主矣，卢之立，全播力也。领兵破刘隐取岭南韶郡，功最大，以让诸将，光稠贤之。稠卒，全播复立其子延昌事之。"全播除上文的任职，还担任检校兵部侍郎。可以说，卢光稠对韶州及岭南的影响，与主政韶州谢肇的关系，相当程度上是通过谭全播实现的。谭氏加入了谢卢利益共同体。谭氏对卢氏忠心耿耿始终如一，固然体现他的忠诚品质，也体现他对谢肇的尊重，把谢肇（包括谢氏后人）视为他忠实于卢氏的见证人，而谢肇对卢、谭的响应与影响的"伏线"也就依稀可见。

谭全播在当时影响之大，还可从《江西泰和柳溪陈氏始祖晖》一文（见拙文《世纪之交的上犹家家魂》）看出：唐天祐十三年（1918年），谭全播降后梁，被封为大将抗击后唐，兵败。天祐十五年，吴国将领刘信进攻虔州，追执守将谭全播于于都，全播降员。也可见证谭全播退让性格。

一个关键的地缘原因是他们三人同出于上犹这一隅之地（他们相识共事时"上犹场"尚未出现）。至此，上犹人谢肇从"幕后"来到我们面前。

谢肇在1697年版《上犹县志》有着重要位置，着眼于本县人谢肇时任朝廷大官是重要原因，"有建树享口碑"也是重要的衡量标准。唐僖宗七年（879年）的谢肇在"选举志"和"人物志"均为头条："振德里人（现上犹东山镇东门村，县城），中堪任将帅科，长于政事兼有谋略，以爻辟戎幕随之征衋功第一，除韶州刺史，有惠政，韶人竖碑颂之。会寇起汀，建督兵剿之，一举而平，迁百胜军防御使，在任镇静民威安焉无何围，粤卒，授金紫光禄大夫。"而且，还记录了（唐）谢旭、（宋）谢泌、谢允昌、谢茂希等谢肇后裔，都突出了谢家人的武功（当今东门村谢氏以祖上武功为传统）。"人物志·政绩"头条就记录："宋谢允昌，肇之裔也，熙宁间（1068年）以太学生上书，进士出身，慷慨不苟合。"谢肇成为一个文化符号进入上犹谢氏的精神谱系，进入了上犹历史。

1992年版《上犹县志》"人物编"没有忽略谢肇，还引用了"上犹谢氏谱"的"阅文字之深，备威武之才"相关资料。大概主编也是姓谢的上犹人，记述得也就比较细致，与有荣焉。我认为这无可非议。

在这样的地缘政治、历史氛围中，"上犹"的命名即诞生也就日臻成熟，但还是需要基于上犹本地人的"临门一脚"。

黄廷玉与"上犹"的诞生和重生

一个肩负为上犹命名这一历史使命的上犹人黄廷玉出现了。

唐昭宗时虔州扩容。1992年版《上犹县志》载："卢、谭据虔、韶二州33年。依梁时，（虔、韶）为梁在南方的一块飞地。梁对虔州之统治，鞭长莫及，卢、谭自据郡邑，剪奸除暴，收租税，济贫困，深得黎民爱戴。唐昭宗天复二年（902年），扩虔州城东、西、南之隅，凿址为隍，三面阻水。唐天祐二年（905年）（卢光稠）与邑人黄玉议建上犹场。史称卢、谭治虔有善迹。新编《赣州地区志》有传记。"1697年版《上犹县志》黄廷玉后人黄文杰在《重修□□记》一文还提到"光稠使判官李□□南康西南地置上犹场"。可见当时卢光稠欣然接受，而且采取"划县域疆域"的措施，让上犹名至实归。

黄廷玉何许人也？敢提议建上犹场的，非一般上犹庶民，而是对当时时事政事及物象星象有相当了解的上犹士人。不过1992年版《上犹县志》对黄廷玉做了简约处理，没有专门章节介绍。但1697年版《上犹县志》"人物志"把黄廷玉列"唐谢肇"之后，"卢光稠"之前，表明延续到清代，黄氏在上犹仍有着不可小觑的历史地位。

> 黄廷玉，备田人，□□□□典科有才略，天祐中（904）署上犹场事时，
> 盗贼蜂起，玉竭力守御，军声大振，表授太理评事工部员外郎，国子祭酒，

凡二十四考著□□授银青光禄大夫，上柱□赐紫金鱼袋，享年九十有七。

另在"选举志"介绍黄有文、黄有立是宋元祐（1086年）人，注明"玉之子"。（称为黄廷玉之后裔较妥）

从1697年版《上犹县志》"地舆志卷"，我们看到赣南的大庾（余）在隋高祖开皇元年（581年）属于今广东的始兴郡，还有"南康郡改置虔州，十六年（596年）始兴郡废大庾改属虔州"。（当时上犹在大庾和南康郡的版图中默默无闻。当时大庾属岭南的韶州，而主政者正是上犹人谢肇。这点可理解唐卢光稠为何不以大庾而是以上犹为据点，当然行水路［靠近并汇入赣州］和粮草兵员等也是个重要因素——笔者）

从"水法"，1697年版《上犹县志》说，"犹水在县治南源出湖南桂阳，溪经□□治东半里，东流过南康界，入章江。□□云县□□□□一名犹川，县前水在县城南门外数十步。浊水（在上犹江营前段）在治西四十里源出湖南益浆东南，流合县前水注入章江。"所谓"县前水"，当包括从大猷山（今天的油石嶂）流出的经过广田的油石河。

另一条，九十九曲水在治东北四十里，源出上坪（在今寺下镇珍珠村一带），水流逶迤，九十九曲，故名。（1094年苏东坡由此江进入上犹安和会阳孝本，应同是上犹江，可能当时分为二条支流）

可见黄廷玉在立上犹场前后，一直在家乡守御而获得名望，与谢肇、卢光稠均有联系，在接受朝廷表彰时肯定事先得到谢、卢认可，在虔、韶平定，又在虔州扩容的背景下，他审时度势向卢氏提议建上犹场（就是上文的"署上犹场事"）。中国古代对官宦名士都有显示其籍贯（来路）的传统，某种意义也是重血缘文脉的传统，而且这块土地上已出像谢肇、卢光稠、谭全播这样的人物，加上北粤畲贼蜂起，地方保障迫在眉睫，对上犹正式取名成为一级行政机构就很有必要了。此事由熟悉上犹地形和人文的黄廷玉提议最为合适，而且立足本地的黄廷玉当仁不让，而且实施了"上犹场"的具体操作，他是把上犹场当作上犹县进行构建的。

唐天祐二年（905年）议建上犹场，南唐间（937—958）改上犹场为上犹县。这样"上犹"就出现在中国的地理版图中，上犹也以特有的文化标记和文化内涵进入中国文化的版图。黄廷玉对建上犹场有着开创性贡献。

为什么取名"上犹场"？"场"是叫"县"之前的通常说法（秦汉时期县比郡大），而叫"上犹"，1697年版《上犹县志》有较详细的记载，也就是黄氏后人黄文杰（元朝）在《重修□□记》一文（1297年）的回忆："犹东南界南康，北界龙泉，民以山深而俗淳，亦以山深而藏匿。邑人卢光稠知虔州，黄廷玉以乡科□使院建上犹场，光稠使判官李□□南康西南地置上犹场，□吴知道黄廷玉勾当，场事创场治于今。北粤畲贼蜂起，廷玉能保障之事功大振，□□□□□□后□诏三十二首，升元庚子累官银青光禄大夫，同予祭酒，犹人志其功于石者，诚欲以激励后人之善于保障也。南唐保泰壬子（952年）始升场为县，居犹水之上，故曰上犹。自创场迄今三百四十五年。"也就是上犹升场为县历经47年。

黄文披露了"上犹"县名的来历，还梳理了这段上犹历史。我认为这是本县人写的很有价值的一篇上犹历史文献。

犹的繁体字为猶，大猷山就是县城北面的油石嶂，油石河由北而南汇入上犹江，县城就在这犹水之上，也就叫上犹。"上"字是显现高处、高品、提升的好字。又据百度：虔城是赣州市的别名。赣州城始建于秦汉时期，南北朝曾称南康郡，南宋之前叫虔州，虔州之前叫虎城，也因嫌这"虎"字带凶，便换了个文气的"虔"字。猷字本义为某种兽的名称，猴属。上犹也可解释为在猷之上，跟猷却有霄壤之别，置身野兽出没和水乡之地而创建文明，虔—虎—猷—犹，虎与猷是不是存在隐秘的意义连接？也许在卢光稠时代卢氏已经感觉到了。加上清波汪水之灵气，涵养了上犹人强悍直率聪慧灵巧的性格。显然与黄文杰的先祖黄廷玉建上犹场的提议一脉相承。

不仅创立作为行政县的上犹，而且在创造并书写上犹文化上，黄氏亦有着奠基之功。唐末至宋至元，一晃345年，数百年，唐宋元上犹无志。可黄氏后人如黄文杰者，对先祖黄廷玉的文事武功长记于心，在追忆先祖德行中继往开来，并形诸于笔墨，拓展了上犹文化的新生面，自然也是对黄廷玉的隔代回响。

县志中文化精神的家族传承

黄文杰乃元朝人，做过虔州南安府教谕（教谕列知县、县丞之后）。他以祖先为荣，奋发有为，尝试编撰上犹县志，不管成功与否，同样是一种庄重的历史担当，一次开创性的文化创造。1992年版《上犹县志》载：元大德年间（1297—1308）县人南安府教谕黄文杰第一次编纂《上犹县志》，未成书。1697年版《上犹县志》在"人物志"之"黄文杰"条目标明是黄廷玉后人，又如"黄敏学玉之孙""黄桂开廷玉后""黄桂琳（黄桂）开之弟""黄有文玉之子""黄有立玉之子"等，直到清朝黄氏后裔都有功名而写入了县志。1697年版《上犹县志》对黄廷玉之重视显而易见。可惜，后来的县志没有记载黄文杰就是黄廷玉的后人。这样我们凭借姓氏家族文化承续而印证历史演变的红线也就晦暗不明。

因此，不妨多说几句黄廷玉"文脉"之迁延。

联系光绪七年（1881年）李临驯为县志作的序有"宋则有阳孝本黄玉之品行"，说黄玉属宋朝可能有误，但针对在宋朝仍有巨大影响，尊黄玉之品行，也说得过去。1881年版《上犹县志》载："黄祭酒墓，黄廷玉墓也，在龙下里大稳都神坪。"1697年版《上犹县志》"人物志"说元（朝）黄文杰"玉之裔也，有家学……大德间荐为安远教授，寻辞归建祠。"因而可以得出，黄廷玉在很长时间得到上犹主流文化的认可，连他的子孙后裔仍受到关注。这个上犹"第一家庭"在历代上犹县志里都留有足迹。也就延绵了一条家族文化精神、也是上犹的文化精神。

跟踪并记录文化名人及其后裔的文化业绩，这是上犹县志突出的文化现象，也是上犹历史文化口口相传的有效方式。

我想，一是黄廷玉本人在品行和业绩足以在上犹历史上大书特书，且历代县志编撰者都珍视这样的事实。二是县志编撰标准的连续性。三是黄家后代繁衍，代有传人，而且都有突出的品行和业绩的人，已经形成了黄氏家风。黄氏尊祖，黄氏后人对黄廷玉口口相传。给人造成其人并不久远的印象。上犹文化底蕴家族化、家庭化、个人化，代代相传；四是到了李临驯年代（1881年）已是近代了，对黄氏家族的介绍有简化趋势，但黄廷玉的文化地位仍得到承认。五是联系到现代。据《上犹县城区小学校史》（2006年）载：1905年（清光绪三十一年），清政府宣布废除科举制度，颁布"停科考以广学校"新政，在黄衍袁、黄衍裳兄弟及黄幼安、黄兴等人（皆黄廷玉后裔）的带领下，联络受废科举兴学校新思潮影响深的本县秀才、廪贡如陈鸿钧（在日本留学参加了孙中山的同盟会，后做过民国初年财政委员长）、陈启麟、田名文、钟士林等，成立"上犹县兴办新学筹备会"，推行"学监制"，1906年创办"上犹县学堂"（上犹城区小学即现在的上犹第一小学），"为我县创立新学之始"。创办人黄兴任首届学堂堂长。20世纪30年代黄衍袁、黄衍裳兄弟在赣县（州）创办幼幼中学，20世纪40年代又转到上犹办学校，催逼了民国县长王继春创办被时为赣南专员蒋经国赞为"全国一流"的上犹中学。现当代赣州和上犹的教育事业都有黄氏后人的身影。黄氏后人在新历史年代的文化创造，跟黄廷玉的"文泽"滋润有关，当然黄氏后人自觉继承更是不可缺。

我还从若干族谱发现，黄廷玉"文泽"的现代传人，或叫现代传承。黄志繁主编、罗伟谟编著的《江西地方珍稀文献丛刊·上犹卷》（江西高校出版社，2018）之《钟氏三修族谱选》，黄衍袁撰《钟先生贤名暨德配黄夫人七旬晋一寿序》一文就有披露：

> 当闻二十世纪为商战时代，经济家掷巨款殚全力据要区而经营之，不过数稔遂成巨商。余乡云水虽僻在赣南之西偏，然为湘粤接壤，乡人以商起家者必居多数。钟君清九品衔贤名以陶计生涯，创垂本业，为商界铮铮……黄氏亦从中赞成称内助焉……三子慕阳天性尤聪慧，由高小考入赣南甲种农

校毕业届满，旋里任上犹县平富区清查田亩分局长，秉性刚毅，与人排解纷尤，其所乐为。

而在文末的署名透露了丰富的社会变迁信息，当然也是黄衍袁的处世立场与价值取向："署理新淦县知事　前清举贡会考一等　授法部七品小京官　江西省第一届省议会议员　任江西省立第四中学校长　黄衍袁　拜撰（中华民国二十五年即1936年）"。由传统向现代的转型中，在文化教育上，黄氏又走在了时代的前头。

延续着先人的文化轨迹，文脉绵绵，一个地方的文化和历史就是这样递进的，这也是古代上犹县志上的一种文化现象，也应该视为上犹文化精神的塑造和传承。

2018年2月20日（正月初五）

与师只为民瘝甚

——王阳明在上犹的文化影响

一

王阳明是明代有影响的文化人物，是与孔子、孟子、朱熹并列的中国"四大圣人"之一。大家知道，王阳明的一生与南赣息息相关，是跟他在南赣的任职（明正德十一年受任为南赣巡抚），更与他在南赣的事功分不开。历史上主政南赣的官员不少，但只有极少的几位在南赣留下口碑，进入赣南人的记忆。唐末开创虔州的卢光稠是一位，明代的王阳明是另一位，民国的蒋经国也算一位，这三位在赣南的事功均在上犹烙下了深深的痕迹。今天就讲"王阳明在上犹的文化影响"。

王阳明创立了心学、良知之学，提倡格物致知、知行合一的道德修养理论，南赣正好成了他践行政治文化理念的地方，所谓践行，也有检验，更有深化其学说的意思。如果不是联结广东、湖南的谢志珊、蓝天凤的畲民之乱，南赣一度历经动乱和动荡，王阳明的心学、良知之学不会得到如此深刻的砥砺，就不会贯彻到南赣民间，在提升南赣民众文化素质上就体现不出可喜的效果。正因为经过这一社会变故，南赣民众也就认识并接受了王阳明的心学，也记住了王阳明的文化贡献。王阳明心学从时代中来，又被创立人王阳明自己应用到社会实践——指导实践中。在他死后，赣南各地建王阳明公祠，把他当作圣人来膜拜，肯定得到官方许可，地方士绅和民众的热情，也是关键的一环。

以县志记载为例，直到清朝，王阳明在南赣的事功仍得到高度赞扬，比如清代1697年版《上犹县志》就有县城建王阳明公祠的记载。明朝和清朝是两个统治者不同族群的朝代，而且1697年修县志与王阳明逝世于赣南的明正德十二年（1517年）历经180年。这说明了什么呢？这当然说明清朝认同中国传统文化，说明民众感念王阳明，也说明王阳明这一套文化理念适合县情适合民众（首先是官员和文化精英），能促进社会和谐，人们安居乐业，说明王阳明的文化理念在上犹扎根。同样，在今天全球化形势下研究王阳明，张扬他的心学和良知之学，是在新形势下建立具有中国特色文化理念化育人心的需要。

王阳明在上犹，我县年轻的学人罗伟谟写出了很扎实、很有说服力的文章，这也说明王阳明在上犹的长远影响所在。他对王阳明在上犹的事功进行了细致的梳理。这次我参考了他《王阳明与上犹》的相关内容。总之，王阳明在上犹是"文治武功"，文治和武功，都是实实在在的。他的文化影响也体现在这两个方面，有很多令人感动的故事。

二

这次我想从1697年版《上犹县志》谈谈王阳明在上犹的文化影响。

1697年版《上犹县志》是清朝康熙中期修的，之后1790年即清乾隆五十五年和清光绪七年（1882年）修了县志。但距明朝最近的1697年版《上犹县志》，却收藏在日本，20世纪90年代初由北京书目文献出版社影印出版。去年我花了几个月研读，认为这部县志在上犹文化史上具有里程碑意义，是上犹珍贵的历史底稿。我特别从它的5篇序文、1篇凡例寻找上犹与明代甚至元代、宋代、唐代的联系，揣摩撰写县志的精神状态。

最先动手写县志的是上犹人黄文杰（时任南安府教谕），他写的是初稿，没能经过木刻印刷，但对后来主政者修志留下了一种可参照的文本和格式。其实，中国人修志都是秉承司马迁写史记的精神，不管大官还是屠夫、盗贼，有名的就如实记载下来。明朝上犹没有修志，有关上犹的一些资料是从成化郡志得到的，元朝（只有80年）有过县志的收集，明朝的吴镐有过整理，定下了县志的范式，其实就是司马迁范式。1697年版《上犹县志》修撰时资料匮乏，县令章振萼利用了仅有的县志藏本，借鉴了别的地方对上犹的记载，请当地儒生参与了订正工作，又在地方士绅的资助下，得以木刻出版。这本县志得到了当时赣南副道使吴国社"不愧史才"的充分肯定。

从1697年版《上犹县志》主编也是知县章振萼的浙江严陵籍贯，可得知这个知县的家乡文化底蕴深厚，严陵出了个中国文化史上有名的严子陵，谏议大夫，威武不屈，乃耕于富春山。而王阳明出生于明成化年（1472年）浙江余姚，是章知县的老乡。章知县对王阳明更有一种心灵感应，而且亲自踏勘上犹县情，跟随王阳明的足迹，见证王阳明平乱委实不易，而他在序中也坦言上犹人"僻处万山"，依然"梗化难治"，乱民重新聚集山林，比如蔡家城老是受到侵袭和烧杀，因而乐于见到赣南宣扬王阳明的事功。

自然，上了1697年版《上犹县志》的，也都是被当时上犹精英认为重要的，有入志价值的。比如对王阳明事功的记载。"艺文卷"收录《巡抚王守仁岭北道行署题壁》诗：处处山田尽入畲，可怜黎众半无家。与师只为民瘼甚，涉险宁辞鸟道斜。（另一版本这首诗为"处处山田尽入畲，可怜黎庶半无家。与师只为民瘼甚，涉险□辞鸟道斜"。）

以大庾岭为界，岭南就是今天的广东，而我们上犹在当年属于岭北道行署。王阳明这首诗是叹深山的山田尽被畲民（谢志珊、蓝天凤领导的畲民）占有，一般百姓大多无家可归。我兴师讨伐，为的是解除民众因动乱受到的深深的创伤痛苦，我不走安全的小道，宁冒着危险冲在最前线。

这首诗高度概括了王阳明为国为民万难不辞的情怀，跟他的心学、尽良知的理念相一致。这里他没有写自己平乱的事功，而是凭借平乱抒发忧国忧民的情怀。从他驻扎营前，亲临平乱第一线（知道山路崎岖如鸟道），而且进行化育人心的活动，就可以看出来。

王阳明在《大学问》中说："大人者，以天地万物为一体者也，其视天下犹一家，中国犹一人焉。若夫间形骸而分尔我者，小人矣。大人之能以天地万物为一体也，非意之也，其心之仁本若是，其与天地万物而为一也……见鸟兽之哀鸣觳觫，而必有不忍之心焉，是其仁之与鸟兽而为一体也；鸟兽犹有知觉者也，见草木之摧折而必有悯恤之心焉，是其仁之与草木而为一体也；草木犹有生意者也，见瓦石之毁坏而必有顾惜之心焉，是其仁之与瓦石而为一体也。"

王阳明的意思是，有仁德的人见到小孩掉到井里了，定会产生怵惕（担惊受怕）恻隐（同情怜悯）之心，这是他的仁德之心与孺子合为一体了。当然，小孩与大人是同类。但人见到不同类的鸟兽的哀鸣觳觫（恐惧颤抖），也会产生不忍之心，这是他的仁德之心与鸟兽合为一体了。当然，鸟兽与人一样都有知觉。但人见到草木的摧折，必有悯恤（哀怜顾恤）之心，这是他的仁德之心与草木合为一体了。当然，草木犹有生命。但人见到瓦石之毁坏，必有顾惜之心，这是他的仁德之心与瓦石合为一体了。

这首诗体现了王阳明的仁德之心。

进而，有必要说王阳明在上犹平乱的事功。

当年上犹的社会状况是：谢志珊、蓝天凤与广东贼首池大鬓等勾结，连接千里，荼毒列郡数十年，官兵讨之，不克。明正德十一年（1516年），王阳明统率八府一州官兵平乱，第二年十月，他分兵十一路，围攻横水、桶岗，就有五路经过上犹。那时的横水属于上犹，崇义是上犹的一个里（崇义里）。

一路从上犹石人坑（今东山镇黄竹村石人坑）入，从上稍（今东山镇黄竹村）、石溪（今东山镇元鱼村石溪坑）入磨刀坑，过白逢龙；一路自官隘逾孤独岭（现名高坝，在水岩乡和梅水乡交界处），至营前，进金坑；一路取道官隘、员坑（今梅水乡圆村）过琴江口（今陡水湖三江口）、白面寨，至长坑、杰坝；

一路自上犹营前入金坑，进屯过埠；一路从上犹入杰坝，进横水。十一月，王阳明驻守营前，营前的名字也就叫开了。王阳明部署了两路官兵"至营前，进金坑，屯过步（过埠）"，重重包围桶岗，攻势凶猛，俘虏了谢志珊，蓝天凤投崖而死，彻底平定了肆虐几十年的畲民之乱。

接着，治标更治本，王阳明上《立崇义县治疏》，为实现上犹、南康、大余三县交界地区的长治久安，这三个县分别割出土地建崇义县。王阳明认为，横水"原系上犹县崇义里地方，山水合抱，土地平坦，堪以设县"。

数十年绵延的动乱和平息动乱，以及设崇义县战略举措，对上犹和南赣影响重大。这也是王阳明"平山中贼易，平心中贼难"的体验之语。应该说平山中贼也是不容易的，可他想到真正长治久安的人心建设即文化建设，他看到事情的根本。

三

讲一些更具体的。

上犹受到畲民之乱的摧残，营前蔡家城最为惨烈。据我估计，当年蔡家城是按县城的样子建的，建了外城和内城。蔡姓是上犹的望姓望族，还建有宗祠。一个叫蔡起渭的蔡家先祖当年就把一千二百石大米用船运到江浙，世居村头里（营前的前身就叫村头里），蔡起渭还建了太傅书院，做了山长。蔡家达到了鼎盛的顶点。当年有过把县城建在今天的东山还是营前的争论，蔡氏有信心在营前建县城，没想到屡遭流寇袭击和骚扰，官方就把县城定在今天这个位置。蔡氏于是建外城又建内城，还是抵挡不住侵扰。

明正德年间，蔡氏做好外城，就遭到谢志珊、蓝天凤的攻击。王阳明平定民乱，蔡氏接着又建内城。蔡家人热情接待了到营前的王阳明，请他题写了"蔡氏宗祠"门榜，并题诗联："宗隆云水钟灵地，族冠犹川老故家"。王阳明愿树蔡家为营前和上犹的文化标杆。蔡家人刻石，置于祠堂。现在在营前中学校园，还存有两块残缺碑石，一块写有"蔡"字，一块写有"氏宗"二字。另一块写有"祠"的就找不到了。

在上犹期间，王阳明还为上犹县城的曾氏、刘氏等大户题词。县城原衙前曾氏宗祠上厅神龛上，高悬王阳明题写的"三省堂"，城外刘氏宗祠上厅，也悬有王阳明题写的"司马第"。这不仅仅表明上犹人崇官崇大官的情结，也表明上犹人从心底认同王阳明在上犹的作为。

营前蔡家城完成了外城内城，到了清朝顺治二年（1645年），又被"合桂东流寇张和尚等复据营前"，两次"共杀营前村头里（蔡氏）生员二十四名"。康熙十三年即甲寅年（1674年），上犹流寓广东人余贤、何兴聚众数万，杀掠营前，屠杀甚惨。当然，这次有着新老客家争夺生产生活资源的因素。值得一提的是，在蔡家城遭毁灭时，蔡家人英勇抗争，县志上记载一个典型事例："（蔡）十四世德仪，字人表，郡庠生，顺治辛卯（1651年）贼陷城，母被掳至仙人崖投崖而死。公不避难，匍匐遍寻山谷，获母尸，殓之。途归复遇寇，疑棺中藏匿赀财，欲截棺启验，公哭泣跪恳，贼怜而释之，扶柩安厝，庐墓三载。"

这个事例有着丰富的信息，讲了蔡家城陷落，蔡家女人不甘受辱英勇投崖，读书人蔡德仪寻母，获母尸，用棺木装殓，途中遭遇寇贼，他哀求，然后搭棚守棺三年，执守孝道。这也表明王阳明的文化影响——王阳明所代表的中国传统文化精神成了蔡家城的精神源泉。

四

赣南各县普遍地建祠命路纪念王阳明，当然是王阳明在赣南事功卓著，我认为还有一个原因，就是王阳明也死在赣南。明嘉靖七年（1528年）十一月，57岁的王阳明从广西梧州东归途中，病逝于大余县青龙铺赤江村。作为南安府四县之一的上犹更是受到震动，一股怀念之情更是油然而生。

上犹人非常感恩，明嘉靖三十二年（1553年）建王文成公祠（现在武装

203

部），名报恩祠。王阳明之后的清朝，县城建了王文成（阳明）公祠。1697年版《上犹县志》书写了这段历史："明正德间峹（畲）贼据南安上犹，贼首谢志珊据横水，自号征南王，与桶岗贼首蓝天凤、广东贼首池大□等互相声援……荼毒列郡者数十年，官兵讨之不克……提督军务都御史王公守仁督兵堵剿，两阅月杀贼数万，毁其巢穴，斩其魁楚，粤间数十年巨寇一旦悉平，士民感之。为勒其像地石立祠□祀焉。"

第三卷"建置志"写（县城）阳明祠（祀王文成公），还注明王阳明题壁诗在县署"后堂厅壁，今壁圮字迹无存，诗载艺文"。（表明主编县志的章知县注意王阳明的遗迹）说明王阳明祠已保存了一百多年。

民国年间，县城还命名了阳明路。

清朝《上犹县志》还记载了王阳明与上犹人交集的故事。

1697年版《上犹县志》属于清康熙年间，文载，明朝邑人胡述和赵志标都与王阳明平乱有关。"正德王文成征畲贼，胡述辟智（胡述贡献了透彻的智谋）。贼平，授冠带（受到朝廷表彰）。（大概闹了情绪或违反了什么）而不得授职（没有得到相应职位），胡述归家门课子，以书史自娱。"另一位赵志标，"年十九，时畲贼横甚，王文成公知其才勇，檄起幕下为乾字营长，贼平，以功荐于朝"。因不报宸濠之变，也与胡述一样不得授职。这也表明王阳明对上犹士人和民情有相当了解，赵志标和胡述因触犯了朝廷红线而未被朝廷授职，只是得到朝廷一般性的表扬。

而清道光版《上犹县志》记载得更详细一些，但也略去了一些细节：胡述，字敬夫，上犹县义官，原为邑增广生，足智多谋。王阳明征讨谢志珊蓝天凤，他去拜见王阳明，献策。王阳明在《横水桶岗捷音疏》中提及胡述的战功："……胡述等兵于十月十二等日，攻破箬坑等巢，共五处。擒斩贼从康仲荣等419名；俘获贼属；夺回被虏男妇183名；烧毁贼巢房屋993间；夺获牛马赃银等项。"寇乱平定后胡述被授予冠带。后来，宁王朱宸濠叛乱，胡述又应王阳明之召至军前效力，辅佐谋划平叛事宜。叛乱平定后，胡述回到家中，教子读书，七十岁离世。

两个版本的县志比较，尽管前后两次平乱胡述有大功，但胡述大概闹了情绪或违反了什么没被授职，只是得到表彰。

　　而赵志标，上犹县义民，智勇双全，被王阳明任命为乾字营哨长。寇乱平定后，赵被授予冠带。王阳明在《浰头捷音疏》中提及赵志标的战功。大概赣南没有及时向中央上报宸濠之变，赵志标也与胡述一样没被授职。报不报是赣南行政当局的事，与基层将士无关。也许胡述、赵志标这样的武士太一般，不被清朝最高统治者放在眼里。王阳明想成全他们却爱莫能助吧。

　　还有吴凤曹，上犹牛田（今营前）人，平乱之后被授予千总的官职。陈九颧，上犹村头里（今营前）人，营前陈氏族谱记载了"其从王文成公征桶岗贼有功，旌为义勇指挥使者"。尹志爵，上犹县义官，他入了王阳明平定朱宸濠之乱的论功行赏名册。

　　上述上犹人的平叛之功，有的写进了王阳明向中央汇报的"疏"，有的上了王阳明的功劳簿，有的写进了姓氏族谱，被视为一种进入青史的光荣。也从侧面说明，王阳明在赣南包括平叛的诸多举措，民众是拥戴的。

　　王阳明平乱在当时是件大事，上犹人参加王阳明平乱部队肯定还有一些，但王阳明特意挑出几个人向朝廷请功，他肯定接触过这几个人，也认为他们值得表彰。所以一般的民众就把有功之人写进了姓氏族谱，以此为荣，客观上传播了社会正气。

　　黄志繁主编、罗伟谟编著的《江西地方珍稀文献丛刊·上犹卷》收录了上犹罗氏、钟氏、邝氏、阳氏、方氏、李氏族谱中有关历史文化内容的篇什，开启了根据族谱的记载去研究上犹历史文化的路子。此书收录的《方氏族谱》之"明义士方君启瑄公传赞"就有"正德平乱"的记载：

　　　　南赣地多深阻，南安有横水贼首谢志山（姍）结连漳州浰头诸贼，往来蟠踞万洋山称畲王。地当江西福建广西湖南四省之交，督帅王守仁奉诏剿之，此义兵也。方君秉性英勇，幼年习武，屡不得志。正德十三年应募投军，时潜兵深入险远，破贼三十八巢。启瑄才当受室之年，赴义死焉。昔敝无存为齐战其父将室之以让其弟曰，此行不死，必娶于高国遂死焉。然春秋无义战也，则方君启瑄之死多于敝无存矣。赞曰：前明正德，狐鼠跳梁。浰头点贼，蟠居万洋。阳明秉钺，旅起牙璋，作忠以孝，鼓必前行，县军孤入，深突奋疆，料虎投穴，志在擒王，生为男儿，死为国殇。

这也说明王阳明平乱影响之深广，得到了民众的热烈响应，族谱记载了视死如归的平民英烈，转化成文化形象和精神力量。

知县章振蓉《重建明伦堂记》一文仍提到王阳明："犹隶南埜为下邑，王文成公平奋贼，道犹邑白水潭间皆其经理所及，文成昌明圣学功业文章，战前轹后非诸生所问乎？"

概括地说，经180年到上犹主政的章知县在为正规的文化场所写的文章总会提到王阳明？我在开头说了，一是章知县的知识里知道王阳明的文化地位（何况是他老乡），二是信奉王阳明心学能化育民心，三是王阳明确实对推动上犹的历史文化起了重要作用，四是上犹县志、民间家谱、书院、公祠等公共场所都有浓厚的"王阳明气氛"。

王阳明在上犹留下深深的足迹，他的文治武功为上犹所铭记，他的"知行合一""致良知""经世致用"的行为规范为社会广泛接受。

2018年1月24日

黄永玉在上犹

1945年至1946年，时年21岁的黄永玉经福建漂泊来到赣南，后经赣州朋友介绍，来到上犹，在上犹《凯报》任美术编辑，兼任县立继春中学美术教师。短短一年，但对于有着满腔青春热血、旺盛人生和事业追求的文学小青年，他登上了"上犹"这条青春之船之后，人生和事业如朝霞般展开。赣州三年于他具有人生转折意义，其中"上犹一年"更成了他生命中清亮而铿锵的音符。

其时抗日战争胜利，民心大振，励精图治共建美好家园是社会共识。前任县长王继春集资办学，创办了被当年蒋经国称为全国一流水平的县立中学，崇师重教，吸引全国教育精英，大力肃贪禁赌，上犹社会风气为之一新。当任县长继承其精神，创办并在印刷设置、工作环境上提升了《凯报》，而且办报的文化视野宽阔，充满青春朝气，在赣南地方报纸中被看作"是将来最有前途的"。年轻的黄永玉遇上一个大显身手的平台，有机地融入赣州的文化群体，融入上犹的文化建设之中。

工作有着落，生活趋于安定，黄永玉的好心情敲响了爱情之门。那天上午他接到恋人张梅溪的电话，马上借了自行车奔赴120里外的赣州，途中还住了一晚，与恋人见面，并由她挑了当时蒋经国招待贵宾的旅馆结婚。

与有情人终成眷属，他一心扑在工作上，事业上。

《凯报》（后改为《大地》）富有活力，向全国文化精英敞开胸怀，比如以显目位置刊登了黄炎培的《求民主的到来》，许杰的《文学的有用与无用》，徐中玉的《新的希望》，介绍俄罗斯现实主义作家的《契诃夫论》，还刊发了如"剧作家曹禺赴美考察"、"孙大雨研究莎士比亚"等文化消息。《凯报》重视新生力量，给黄永玉以厚爱，辟有"黄牛写像"专栏，《大地》1946年第二期黄永玉的"封面设计及插画扉页木刻"置于目录头条。这也说明黄永玉的画影响大，受到行家和民众的好评。也从中映射了黄永玉勤奋进取的工作状态和精神状态。他八面来风，灵气恣肆，承接地气，在美术创作上，出手不凡，自成一格，底气蕴藉。

由于自主性创造性工作，黄永玉一幅接一幅富有现实生活气息的版画、木刻、水彩、漫画作品接踵面世。他的画作使《凯报》大为增色，《凯报》也声名远播。

诚如当代文化学者李辉所说：无论从作者到队伍，这两份（还有信丰的《干报》）县级报纸副刊的水准，一点儿也不亚于当今许多报纸。这也是黄永玉及同人在转折时代上犹的文化担当。

因县立继春中学和《凯报》，上犹聚集了许多文化人士，活跃、爱开玩笑的黄永玉成了联系纽带。比如当年一同编副刊的文学小青年艾雯（后来去台湾成了有成就的作家），他为她画过像，友情延续至今。半个世纪之后，他在上犹的同事和学生记起他的青春焕发的模样，写文章回忆他怎样教学生绘画，回忆他工作上生活上的鲜明细节（如黄老师在信封上画一头黄牛作落款）。这一段"上犹生活"成了他们一生美好而温馨的回忆。

今年90高龄的他还通过马年画马回忆起当年的女儿黑妮，回忆上犹的报馆，回忆在上犹下乡采访……

这一年是他人生和事业的一个节点，也是上犹充分融入时代的一个节点。他与上犹互为记忆。时代风云际会，因他和他的同事的共同创造，上犹在20世纪40年代中后期文化奇峰突起，激活并平添了上犹的文化底蕴，由传统而现代，偏僻的上犹置身于时代的前列，它簇新缤纷的文化身影定格于历史的记忆中。

苏东坡诗云：一年好景君须记，最是橙黄橘绿时。黄老先生当年的上犹生活、工作和事业，不正是这样吗！上犹这一年的青春影像不正是这样吗！这册《黄永玉与上犹》就是一份暖色的见证，也见证21世纪上犹新一代承前启后的文化担当。

2014年5月27日

南赣寻梅

1

1998年10月，南赣长长秋天的一天，为追寻一株古银杏树，我奔赴偏僻的山乡——双溪乡大石门村。

银杏树也叫白果树，难种植，挂果前的生长期漫长，在二十五年以上，《本草纲目》又称之为公孙树。数十年野火般绵延不绝的乱砍滥伐，包括银杏在内的古树乔木难逃厄运。近年因重视银杏的药用价值而令银杏树身价倍增，不时有外地客商来南赣沿途打听和采购。双溪大石门村那株古银杏树因而鹤立鸡群，颇受人注目。

我曾经在一个偶然的机会，听住在县城的大石门村的一位吴先生叹惋地说他们村里那古银杏树，白果尚未到成熟季节就被当地村民"折青"——掳夺一空。后来我又听这位先生说，这株银杏树作为吴姓的祖宗树已被写入吴氏谱牒，这说明大石门吴氏还是极珍视这株古树，把它当作吴氏一个值得骄傲的标记。

吴泰伯94世孙在明代正德年间（1506—1521），由广东带回种子，植于村之东园，迄今近500年。此树高约20米，枝繁叶茂，树身5人难以围抱。一进大石门就可以仰见此树。

我更悟出它于大石门吴氏的象征意义：扎根于青山绿水，经受血与火的世代磨难，仍苍劲挺拔，硕果累累，银杏飘香。如今散布海内外的大石门吴氏后裔不正像银杏那样绽新枝结新果，一派兴旺发达么！

古银杏树实在是大石门吴氏保存的一道景观。

一种好奇和激动驱使我奔它而去，冥冥中大石门的山门向着我悄悄地敞开了。

那种因或长或短距离而生发的等待是可以理解的：等待往往产生于某段物理空间的形成之后，这种等待之缘于一个明显目标的存在，属于有为的等待。可是，有着另一种等待——无为的等待，等待的双方还不认识并不搭界，在各自的生活时空里生长或寂灭，多少次双方交臂而过而互为陌生，尽管双方都有相同或相似的心灵与精神交流的渴望，但缺乏关键性的心灵撞击精神沟通点，双方因而失之交臂。毋庸说这是一习惯焉不察的人生遗憾，它悄悄地发生同时悄悄地湮灭，过去将来它源源不断地发生再发生。

多少次我跟大石门擦肩而过，由于缺乏真切的心灵感应域，我与大石门构成了熟悉的陌生。如同大地，大石门古往今来承受了多少动荡与平静，痛苦与欢欣，喧哗与寂寞，一切的一切融进了我的心胸，化作了它沉潜奔突的血脉，浇铸出它的从容与大度，巍峨与深邃，缄默与沉雄。而我，像这块土地上无数的单个者一样，如一叶小小的扁舟，终生庸庸碌碌揖渡于时间之水，难以倾听水流之下大地炽热的心音。

终于在这千年之末，也恰逢我步入天命之年，这株古银杏成了我与大石门心灵契合的信物。由于它我这次走向真正的契合了。这是我的幸运。

2

古银杏树处大石门吴家的腹地，走近它须穿过民居间的小巷道。

临公路是80～90年代建的用于行商的小店。往后是70～80年代赣南乡村常见的土房，再往后是散发古气的砖木结构的清朝民居。房子多而紧凑，互相衔接，狭仄的过道回环转曲。小院和过道由鹅卵石砌成，一阵阵清幽古朴的气息扑面而来。我敢肯定，这用鹅卵石精心砌就的园林过道至少有百多年了。

村人把我们带到一位精神矍铄的老人前，因而我第一次结识了八旬老人吴良佩。老人高个子，清瘦，虽步履有些蹒跚，但神智清爽。他表示热情欢迎，几个儿孙媳妇为我们沏茶。听说我们的来意，他当即高兴地为我们带路。

穿堂过弄，古银杏树便在我们面前，跟人们说的相同。由于庞大树冠的覆盖，银杏树下是呈圆形的空地，周围是低矮而简陋的农家厕所、猪牛栏。银杏叶子并不是我想象中那般繁茂，有些稀稀拉拉，地上落着一层叶片，高高树上仍挂着零星的银杏果，硕大树身因而更显黟了，给人以扎根深广的苍劲感。良佩先生感慨地说，现在的银杏果小多了，不等成熟期就被摧折。吴家人用这种方式来分享拥有这株银杏的权利。公共马公众骑，外似一统内实散沙的世相可见一斑。

即便如此，古银树的得以留存，且每年扬花结果贡献不倦，吴氏引以为豪，很大程度上靠它长在吴家后院，使树木不受外人砍斫，还能得到源源不断农家肥水的渗透给养。吴姓人可以恣意掠夺果实，但不敢损伤树身。保护这株树是全姓一致的意愿。树大精灵，吴家人已把它当作家族兴旺的象征——精神的象征。这株银杏树成了大石门吴氏的精神依傍，以巨大的树身如云的树冠呵护着大石门吴氏家族。

环顾四周，断壁残垣犹在，空地已开辟为菜园，但仍保留着一处残破的青砖门楼，上面嵌砌的青石门榜雕刻有"正卿第"书法大字。良佩老人指着门楼后面的菜地说，以前这里是曲折回廊，雕龙画凤，油漆灿亮，连围墙也装饰一新，出了许多读书人，民国初年一场大火，除了青砖门楼，一切烧成灰烬，从此吴氏有拨后代就迁到离此地20多里的中心圩场寺下开诊所行医。

不为良相当为良医，吴家果然出了远近闻名的儒医。我小时候在县城早就听说了。都说各路名师纷纷云集都邑，而吴家名医出自乡下也心甘情愿服务桑梓，在山旮旯做出惊动郡府的业绩，这该有一种怎样的泰山落定的心态！

终于实地目睹500年银杏树的风采,我感到欣慰。跟刚才踏勘摩崖石刻顿涌的失望心情相比,壮实苍劲的银杏树又给了我失望的心情以莫大的补偿。时值深秋,硕大的树身,凸现地表的粗根,给人生命力充沛之感。它如同挺立500年的大汉,不慕随风飘荡的浮云,不慕人烟稠密车水马龙的繁华,能驻守鼎盛,也不惮天灾人祸,声色不动地、顽强地、一如既往地守住这块劫后的家园,守住凋零家园的寂寞凄清,年复一年地绽出青枝绿叶,结出累累硕果,以阔大的心胸容纳和面对一切。

我仰视着这株古银杏,不由地怦然心动。

3

受良佩老人及家人的热情相邀,我再次走进他的小厅。从每家门两边贴的鲜红对联,我知道正办着某种乡间大喜事。果然如此。他们端出自制的飘香果点,招待我们一行客人。

小厅光线幽暗。我发现墙壁上并排挂着4幅条轴国画——题梅图,画面古朴清新,都画的水墨梅花,每款都有题梅诗一首,小体草书,笔锋遒劲,一气呵成,有颇深的书法造诣,它们都是高品位的中国画。我以为是从书店买来的,一看落款,作者吴服田,作于1946年,至今已有50多年!

老人介绍说,这些题梅图都是他叔叔服田先生所作,时年已有76岁。先生一边行医,一边画梅,画了无数题梅图赠人,现在大多数已流失,良佩偷偷珍藏这4幅,80年代才重新挂出,让其重见天日。

无意中我又发现了新天地,一股激奋油然而生。深山藏有如此灵秀俊逸珍贵墨宝,而我一直不知道,实在惭愧。我立即明悟:上苍以银杏树为旗召我进山,算是给我补课,我也应该补课。我生性喜欢到乡间走走,感受乡间的纯真、秀美与宁静。住在暗嚣旋涡里,我不时涌注断根的惶惑和飘零感,别人都向往与追逐闹市,以决绝与智慧接受城市的洗礼。而我反其道而行之,喜欢扎进幽静的深山，人迹罕至的山乡的断垣残壁，人烟稀少的空旷地。

难道这就是求索、等待的回报？大石门对我的等待实在是太久了，太声色不动了！顿时，我对这里的一切产生出敬畏……

这时，良佩老人捧出两个红本本。这是土纸线装本，包了层红纸做封面封底，内容是用行书小楷写的"题梅图诗"，直行，书名"守庸子集"。我接过翻看，都是一首接一首没设题目的咏梅诗，首首都与梅有关，用毛笔一丝不敬地抄录成。我大为惊讶。禁不住好奇，我又拣了几首，发觉都有超凡脱俗清高自洁的况味。我立即感觉它的分量了。

从老人的介绍得知，这些题梅诗者是他叔叔吴服田所作，而诗的收集、整理、抄录（一式数份）、装订成册，却是服田的儿子良佣独立完成的，在"文化大革命"浩劫后的80年代初完成了。良佣先生前几年已殁，他手上有几套抄录的先父遗作——已传给儿子宏俊手上。我知道吴宏俊先生自学成才，青年时代就才华出众，棋琴书画，编剧，演戏，吹拉弹唱，是50～60年代县文化界不可多得的人才，他近年已从学校退休。

吴宏俊是我父亲的学生，师生情谊甚笃。记得60年代初，在县采茶剧团的他数次送戏票我家，因而我对传统的采茶戏曲有了印象。近些年我每次下乡寺下都会去看望他，但从没听他谈起他祖父的诗文墨宝。就这样，好几次我都跟服田先生的题梅诗画擦肩而过！

我感觉到大石门蕴藏着奇珍异宝。此时，我多么急切地想见到宏俊先生……

4

我在寺下圩街上找到了吴宏俊先生的住宅。

吴宏俊家是中医世家。祖父服田父亲良佣早年在寺下圩开中医诊所，因医术精湛医德高尚名传遐迩。画梅、写题梅诗纯粹是服田先生的一种业余爱好。宏俊自谦地说：这不过是祖父的信手涂鸦、乡俚小曲，但从他兴致勃然的娓娓叙述里明显地流露着自豪。显然，他知道祖父题梅画题梅诗的价值。他出示了祖父三大本题梅图诗，还出示一轴珍藏的水墨题梅画。他说，这幅画是祖父认为有败笔而废弃了的。围绕这幅画他还讲了一个引人入胜的真实故事……

至此，一代梅魂吴服田的生存世界、艺术世界、精神世界在我面前敞亮。在南赣地老天荒的边缘一角，也曾默默地、与世无争地出现过一位爱梅、画梅、咏梅的大家，出现过一面文化的旗帜。

吴元悌，字服田（福田），自号守庸子，生于1873年（清朝同治）年，殁于1954年，享年83岁，历经清—民国—中华人民共和国三朝代。清试优廪生，停科考，设帐授待徒40年，历任县立高等小学特等教师，族立营前行余学校教师。自18岁课至58岁，40载无间断。课受宗旨，以学孔孟庸行言为准则，注重体道立德，不重习文求名。且师承父业在家行医，医术精湛，为业谨慎精进，平等待人。

不管授课还是行医，他都以画梅相伴。他画淡墨梅，自为题跋，画品高雅。政绅裔学各界得其寸缣尺幅，皆视为鸿宝。他工于诗书画，推称诗书画三绝。他为亲朋好友题画过无数的梅图。有"立言重教反不如戏作画图之为人珍重"16字印章一具。被当道每每推为儒宗泰斗。他曾作《百梅图》，于1949年上海艺术出版社出版。时值年老，但精神气概犹如壮年。一生题梅诗不下千首，有自爱轩《劫后拾遗》等著作。现存手抄本的《守庸子集》，包括《题梅图诗》3卷，《教学训文》2卷，"尺牍"2卷等，计有数十万言，其题梅诗画的价值最高。

服田先生的题梅诗画展示高超的艺术水平和高洁的人生境界，显示了卓然而立的中国传统文化精神。某种程度上，他同中国现代文化大师陈寅恪一样，展示了一种酽烈、内在而久远的中国文化精神。他谦称庸常、守庸子，实则是在甘于淡泊中发扬着孔子倡导的"君行健自强不息"的精神。他善继父字，存古道，远权势，轻利欲，不屑入时宜，利物济人疏财仗义，广结人缘，令世人仰慕。据说，他去世出寺下出殡到大石门村归土，20多里山路沿途吊唁者络绎不绝。

一连几天我为服田先生的事迹所吸引所激奋，天天往吴家跑，跟宏俊先生畅叙。正是他为我开启了接近服田世界的一道道门扉。在我写这篇文章时，宏俊先生猝然而逝。我实在是把握了难得时机，依傍他引路而问津一代梅魂。

至此，我的思绪犹如一只梅花鹿，纵情地在服田先生的梅花世界探寻。不由自主的，我踏上了另一条寻梅的路途，享受着另一种寻梅赏梅的喜悦。

5

吴服田的父亲是个儒医。服田自幼在家学孔孟读周易。他天资聪颖，精通棋琴书画。他也同其他想有所作为的士绅子弟一样，欲走"学而优则仕"之途，实现济国利民的抱负。18岁那年，他去省府南昌考举人。从考场下来，他自我感觉良好，认为这篇应试文章一气呵成，决无瑕疵，满怀信心地住在旅店等候公榜。

公榜的前一天，主考官私下接见。从主考官赞赏的神态，他虽表面诚惶诚恐，心里却是喜滋滋的。果然主考官极赞赏他那篇文章，上面划着连串红圈。但是，主考官爱莫能助地话锋一转说：三年后还是你第一名，三年后你再来考！他傻了眼。主考官把他的考卷逐一翻开，临到末尾，竟有两张相叠，拈开，两面空白。按规定考卷是不能留空白面的。他一颗心从峰巅跌至谷底，举人与他无缘，进仕之志顿然破灭！

当时他就痛下决心，不再参加考试！再也不想做官！他立志走人生的另一条道路。

回到家里，他在父亲指引下学易经，学习中医的基础理论，试着给人捉脉，开药单，进步颇快。平时他以棋琴书画自娱以自慰。不久，他摒弃了棋琴，认为它们是小打小闹难成气候的消遣，转而专攻书画，画就专攻梅花，他的诗词歌赋都是咏梅为内容的。

梅花之于中国人，从来就不仅仅是一种大自然的美卉，而是忍受艰难困苦、高洁而乐观的精神寄托物，跟松竹一样，梅是中国传统文化精神——中国文人高洁精神的象征。陆游和林和靖就是这方面的代表。不过，同是以梅作精神寄托作咏唱对象，也存在人生境界的高下之别。

服田因缺乏金戈铁马图报国的经历，当然也就差欠陆游式咏梅的博大意境。然而，即使作一个乡间儒医，也同样可以追求高洁自守的精神境界，这点，只有人格及其追求程度的差别，而没有职务、职业和地域的区分，题梅咏梅从来就不是达官贵人翰墨儒官的专利。服田不以位卑而不敢题梅咏梅。他虽效法林和靖把后者当作精神的同道，但他侧重于人格精神与世俗抗衡，跟志趣低下人格猥琐者划出一条鲜明的界限。"位我上者灿烂的星空，道德律令在我心中"。这不也正是他的心灵写照？难能可贵的是，凭借题梅咏梅，服田自觉地进行人格修炼，他不是为身外的功利而是听从心灵的呼唤自发进行艺术创作，在人生艺术化、艺术人生化中实现人生的人格化，浇铸人格化的人生。

他的家乡双溪大石门山清水秀，环境幽静，梅树丛丛（现在已看不到了），每到寒冬腊月梅花怒放，他就画兴诗兴倍增，而且把怒放的梅花当作意象含藏心中。他将自己的字定为服田，意即砚田无税子孙耕，他也是这样经常要求后辈勤读书以承接中国翰墨文气，进而完善人格精神。除行医之外，他以中国画的境界、苦苦求索攻梅之道。

他的文名、画名不胫而走。民国初年（1911年），县长许蕙荪（北京人，清拔贡生）书赠七绝一首：艺林三绝允推公，诗好书精画亦工，借问古人谁得似，东坡北苑米南宫。

他被聘请到县立高等小学任高级教师。在学校他的工资最高，学校还每月另加100块光洋。他一首诗这样写道：课罢生徒一事无，偏从春色觅功夫，深红残绿却嫌俗，只体清妆入画图。另一首他这样写道：老夫自幼爱清虚，炎热官场足迹稀。翰墨生涯何所事，应酬盼垂画诗书。

民国初年享誉京华的江西末科状元周邦道，在做江西省教育厅长之后，特作一诗赞叹：抱贞守璞，诗画自钦。仁心仁术，岐黄业精。化育菁莪，桃李显庭。摄生击剑，龙马精神。诗如其画，画如其人。懿哉吾翁，板桥再生。

由于服田画梅咏梅不是作为谋生手段，更不借此张扬名利，因而他的诗画纯粹从属内心的精神需要，表达一种淡泊高远的人生境界，所以他的题梅画咏梅诗品格自高，流淌脱俗的气韵，这便超越了笔墨技巧问题。诚如当代学者徐复观所说，人格的修养，精神的解放，为技巧的根本，有无这种根本，即是士画与匠画的大分水岭之所在。因而服田的题梅诗画具备了大家风范。

服田画梅，每画必题诗，诗书画（包括印石）三者相得益彰。他的作画经过，充分展示大家的风采。

他画梅之前，总是凝神静坐以聚心力。每到星期天便是他的作画日，他隔日就提醒小孙子："明天是星期天吧？"意即不要出外玩耍，帮他研墨。砚台一尺见方，砚池盛满清水。小孙子只有耐下性子，遵嘱双手握一根一手重的炭墨，平稳地慢慢地研磨。磨口不能斜，不能磨快，否则墨水会溅出。他在一旁徐徐踱步。磨到一定程度，他试试墨汁，在画案上铺开宣纸，旁边置一钵盘慢搅，一气呵成，梅的主体便出来了。由于笔力猛，站在旁边的小孙子身上会溅上墨汁。随后他改用小笔勾勒梅枝，细心点缀。他又低首徘徊一番，提笔写下一首诗，然扣戳上印石。每首题梅诗都不相同。

据说，民国许多政府要员、文人、名人都向他索取题梅图，赠予他许多神态各异的印石，他请人篆刻，累积了一大盆子。"文化大革命"初期，他家人害怕，把许多画烧毁了，把印章全抛到河里，这是服田所意想不到的！

服田的千首咏梅诗是他心灵维系的所在。他作每幅画从开始到结尾，都贯穿着凝神聚气一气呵成的艰苦过程。而世事纷扰变幻莫测，由灵感与画机的统一即作画的心境氛围实在不易凝聚，何况教书和行医是他的主业，因而他的题梅诗画在数量上受到了很大的限制。

但是，他毕竟是性情中人，尽管他甘于淡泊，远离权势，庄敬自守，表面上随遇而安，然而人生的挫折、时局的纷扰和家道的变故不能不撞击他的心灵，在他心灵上留下深深的烙印，何况他自觉承担起教诲后辈精业正直为人处世的责任，因而他时时在梅中寻找精神寄托，在画梅吟梅中充实与壮大他的精神支柱。他选择了梅，梅也选择了他。他在教书从医的间隙，即兴式地写下了众多的吟梅诗。他不是为作诗而作诗，不为作诗拈断数根须，不是为赋新诗强说愁。工作上稍有间隙，他就回到了梅的世界，作诗的灵感纷至沓来，这正应景了无目的即合目的艺术创造的真谛。这种时候，他手上抓住面前的病历单、书籍，在其空白处挥毫，一首吟梅诗诞生了。他的小楷手书就是一幅幅值得观赏的书法。他写的吟梅诗都是随感式散点式，高洁的人格精神贯穿和覆盖了整个人生，他自己也成就一面人格的旗帜。

6

吴服田并不是着眼于诗画之外的功利，不是为艺术而艺术，也不是为人格而人格。早年他人格力量的凝聚，就来源于命运跌宕——现实生活的碰撞与磨砺。漫长几十年他矢志不渝地以梅自许，他的咏梅诗同他的题梅图一样较少或不提具体的现实，这并不意味他离群索居，生活在一个清静无为的"真空"世界。实际上，在他教书行医的漫长岁月，都与人事打交道，处在社会的旋涡里，因此，他借题梅诗画浇铸人格净化心灵，但更多的是受现实生活的碰撞，是为了跟时世抗衡，这才是他作题梅诗画最直接的缘由。他的题梅诗画只不过较曲折隐晦地反映现实生活罢了，他更着重于表露对生活的一种姿态，人格精神的修炼。

这里有必要提及吴服田的最后几年生活以及他去世后吴家的变故。前者演示了他耿介人格同现实碰撞而遭遇的悲壮与悲凉，后者则演示了他文化精神的延绵与喜剧性转场的到来。从这里我们可以看到，文化精神的创立靠个体完成，一旦成形就具备了超越个人的力量，率先受影响的是家人和家庭，即使落入最悲惨的境地，也是形散而神不散，一旦否极泰来，他们尽管蓬面蒿莱，也会在新的时代际遇中率先发出勃兴的亮旺之光，这就是文化精神的力量。

吴服田一生勤俭简朴，经常着短褂，逢年过节才会穿长衫。1935年因家遭火灾，到寺下圩开普济药店，挂牌行医。他为医谨严，实行病历卡，分村落存放，一丝不苟。病历卡上写明症状、脉象、药方，若病家下一次就诊，他就翻看前几次用药情况，根据新的情形开出新药方。他的许多吟梅诗就是即兴式地写在案边的单子上或药书上。"老汉消闲写墨梅，岂营壮志作花魁，无修无饰无红艳，只余清明染支埃。"这便是他的生活情态。

他并不消极避世。生活的激流给他挫折，同时更他给力量，推动他在题梅诗画中不断提升精神境界。时局的变迁、年岁的增长、身体的瘤弱都在他诗作中留下影子。

1951年，政府成立寺下合作医疗所，要他出任所长，他坚辞，同时诚心推荐较年轻、家境好（成分好）的何某。此人原是他的弟子，以行医开单子谋生，经常向他讨教。人就是势利，由于何某当了所长，好像医术也随之大提升，找何某看病的人激增。何某也忘乎所以得意扬扬起来，马上盛气凌人脸孔大变。一次吴服田或年老眼花看不清或毫不理会旁边坐着一位请何某看病的病家，直言何某开的药方有味药不适当。致使何某大失脸面而怀恨在心。趁一次在服服田药方的病家（产妇）暴亡，何某利用职权乘机向先生发难，诬陷先生。纵然上面派了调查组和医疗行家，但何某一锤定音，众人只能违心附和，谁还敢替吴服田仗言？服田先生纵有高洁人格也扳不住一边倒的浑浊世道了。牢狱之灾从天而降，厄运再次降临在这位年近八旬的正直儒医身上。

这时，跟父亲学医行医的儿子良俌挺身而出，决绝地替父亲包揽下过失，代父受过，坐了班房。然而，服田的善良、为人和人格犹如一道清泉滋润了人心，人们对这案子的怀疑有增无减，终于死者的家人如实道出了真相，同时县里了解服田的老中医也继续提出质疑。于是真相大白，吴良俌提前释放。服田的一首题梅诗这样写道：乖违时局老龙钟，差幸官司免役工，毕竟天公嫉闲逸，却教惨淡理梅容。

出狱后的良俌不消沉，继续行医济世，在父亲病故之后，他深知先父遗墨遗著的价值，行医之余，悉心从父亲留下的大捆大捆的病历药草和书籍中收集吟梅诗等遗札遗墨。从50年代一直到90年代，他孜孜不倦一次次抄录，从中感念父亲，汲取精神的源泉。

"文化大革命"中，由于害怕，良俌一家忍痛把服田的遗墨、印石及政商绅学交往的书画或烧毁或丢弃，可是良俌最终保存了极少数的几张题梅图和先父的病历单、药方。已移植他心中的人格和良知鼓起了他的勇气。自"文化大革命"受到全面否定，改革开放时代的到来，他又一次用毛笔抄录先父的文札，一式数份，分门别类装订成册，此时他也80出头了。因而可以说，吴家后人参加与了梅魂的浇铸。良俌在《守庸子集》的后记中作诗叹道："行医业药作生涯，回首风尘落足差。希冀后生重文学，能知世代是儒家。铁笔抄来煞费神，亏余体弱病忧身，耐劳苦累心何念，留与儿孙永宝存。"同时，在石门村傍山的新居四周，良俌虔诚而悄悄地遍种梅树，父画梅子植梅，让家族文化精神发扬光大的拳拳之心可见一斑。

　　上海艺术出版社出版服田的《白梅图》时值战乱纷纷的1949年，足见出版社的胆识与眼光。从此，服田的题梅图便趋于沉寂与湮灭。但是，正如中国文化精神人格精神终于得到重新确认，他所剩无几的题梅图也重见了天日。

　　80年代中期，某大学一位美术老师慕名通过学生向吴家索画，服田之孙宏俊把一张收藏经年，当时因有败笔而丢弃的梅画出示。这位老师在大学寓所展开此画，惊叹不已，连声叫绝，先后到几个城市请人装裱，但因师傅均看出此画价值且极不易装裱（怕弄坏原作）而婉拒，后来在四川才找到师傅装裱好。这老师借画三年。他将画挂在画宝墙上，每天一起床便凝神观摩，除揣摩服田的笔墨技法，接受其文化气氛和人格精神的熏陶也是重要内容吧？这说明现代学人文化意识的自觉。

　　家人的承传，学人——社会的承认，经历了一个说短即短，说长即长的时间上的轮回，这正是服田诗画的幸运和力量所在！这一切发生在穷乡僻壤之中，发生在芸芸众生身上，不正说明传统文化精神持恒的力量！一个普通的乡间儒者，以他特有的生命方式，也同样唱出了一出文化绝响……

7

　　无意中我经历和完成了一次寻梅——精神的寻梅。这次双溪之行的结果，正是我精神寻梅的开始。在我回到县城之后，一直思绪难宁，精神上的寻梅不由自主地持续着。梅踪何在？就在我身边，生我养我的这片土地。而且暗香袭人。对家乡对大地不能不敬畏不膜拜不倾听呵！

1999年2月4日（立春日）

寻找箬子嶂

1

1994年以来，我一直渴望能实地探访一个或几个纸棚，因为我曾亲耳听见一个发生在50年代初纸棚的凄婉的故事——

一个年轻的山乡女人跟做纸青年产生了爱情，她毅然决然走向了新爱，结果被婆婆追打，用硫酸划了她两足踝。她失去了双脚，她仍坚强地跪着即以膝代脚上山砍柴——顽强地生活。

当时我置身竹林，由山顶向四周眺望，是一大片绵延的竹海，挺拔齐整的翠竹，一股清冽的山气扑面而来，给了我不同于松林杉林油茶林带给我的心灵震撼与振奋。从此，纸棚对我产生了浓烈的魔力。

1995年秋，雷达大哥同我相聚在南昌，在富丽堂皇的宾馆住所我向他吐露了这一乡土文学素材，他觉得有价值有内涵，并笑着对我说：你不要再给别人知道，否则会遭窃取。于是我一直悄悄怀揣和呵护着这一素材，一次又一次寻找纸棚。

纸棚意味处于做纸场所边缘，原始而简陋，四面敞通，屋顶盖棚皮或瓦片。其实赣南的纸棚、油槽都可称作纸坊、油坊，它们都具备做纸榨油的一整套家什，拥有或大或小或长或方的土屋，能膳宿。我至今不明白，赣南人宁可把做豆腐的场所叫豆腐坊，而不把做纸、榨油的叫作纸坊、油坊。大概前者在集镇，一提出"坊"就有圩镇的感觉；后者始终在边远的山岭，甘愿保存这种抱朴守拙的名称，一提"棚"我就仿佛有了野风流荡的感觉。我觉得那个故事只有在有纸棚的竹林才具现场感、真切感及由此引发滚烫的氛围。

但遗憾的是，那次我虽置身浩瀚的竹海，可再也找不到纸棚。那里的纸棚早已消失了。工厂化生产的纸挤掉了土纸，纸棚蒙上了凋零的命运。

后来我听说，土纸仍然有一定市场。生产土纸不会污染环境。不少享受现代都市物质生活的广东人农历中元节烧的冥纸还是选择土纸，因为能彻底烧化而不会留下纸的残骸，因而土纸贯穿一股甘于寂灭、不梁尘埃的神性。

个别山旮旯林区仍保留着纸棚。1995年初冬我奔赴一个最边远的林区。因采摘油茶，纸棚的师傅关棚下山。不过那次我已把立夏砍笋、削笋、随之腌笋、踩笋、操纸、焙纸、打捆等一套程序弄明白了。1996年9月我又奔赴林区，终于找到了新开公路旁边几所长方体土屋的破旧纸棚，但都停止了做纸，山民们都选择出售原竹换取实惠一途。尽管山民很热情，但我还是失望，不管地方再偏僻，只要公路这条蟒蛇逶迤而过，那古朴深幽的山林气便会一扫而空，山里的幽秘不复存在。

那个我叫不出名字、不具任何清晰面貌的女子在我心里流连不去，我甚至能听见激烈反抗和反叛的脚步声。我认定这声音永远不会衰老，永远铿锵有力，她是广袤竹海的不屈精灵。哦，几年来，在寻找深山纸棚的过程中，那种脚步都仿佛震响在几成梦幻的无边无际竹林，爬满青藤的纸棚……

2

一个偶然的机会，我意外地听说离县城不很远傍公路的某乡A村还有不少正在做土纸的纸棚，欢喜不迭。

A村虽近公路，到村部仍是崎岖小道。我寄放了单车，徒步进村。村口有一座苍老的油坊。不见竹林更不见纸棚。这是1998年立夏后（5月中旬）的一天，正好几个猎人围猎了一头大野猪。我跟着卖野猪肉的翻一个山坳去村子一个边远的小村落。一登上山坳，一大片竹林突然地出现了，山更高林更浓，呼呼山风中的沁凉山气入心脾。我顿时觉得这里离县城离圩镇离现代化的喧嚣已很远很远，地老天荒的感觉在我心头出现了。山林充斥古色古香。家家屋檐下竖堆着一把把两三米长条直的杂树柴，这都是村妇辛劳的见证。泉水从山中由竹管流向家家户户。

　　显然这是个边缘的小村，二三十户人家，很整洁的，好像为迎接客人经过了打扫。门窗家具都上了漆。高压线拉了进来，许多家庭有彩电，还安有县广播站统一的调频广播。我来到一个高中毕业30人几的山民家里。他学过兽医，与人合办一个碾坊，有合伙的纸棚，两个女儿一个儿子都在中小学念书。最近的村小离家有5里路，要翻山坳。他说，一些青年男女去了外面打工，在家的青年都上箬子嶂去了。小村几乎每家都会做纸，有纸商进山收购，以往一担纸可卖300块，近年跌下来了，但照样坚持做纸。

　　我急于去纸棚，他说在箬子嶂，还有成10里路。我环顾四周高山，他说看不见呢。我一直想象着这高高的箬子嶂该是怎么一个高深而神秘的模样呢？

　　他70多岁的老父在大厅门口做篾，不紧不慢的，从容而专注。老人自己做自己担去圩上卖，换几个零用钱，天天呷几口酒。山民衣着简朴，并没有流露大富暴富的企盼，他们感激老天爷给他们留下一大片竹山。

　　几个白发老头赶着牛沿溪边小路走向草地。水牛黄牛壮实干净。据说，老头有一肚子山歌。

　　我看了他们初始的旧居，一些住房因无人住而崩塌，门口竖着青旗石，其中一块是清宣统三年（实际上是民国初年）封的。据介绍这里出过秀才，没出过举人，更不要说进士，这几块旗石花了钱的。这说明，虽地处边缘深山，这里一直做着仰望和纳入主流文化的努力。

225

一个40大几的农妇，头扎罗帕，腰系小砍刀，着一双旧解放鞋，一副山妇的装束，眼睛骨碌碌的。她知道我是县里来的，并不回避，反而走近我向打听外面的情形，她还说会唱山歌，于是清清嗓子挥着手唱起来。我一听是语录歌和70年代初江西农村风行的"八字头上一口塘"山歌。她有得意的神情，还说那时几次到县里打擂台，跟某某领导相当熟。不知怎的，我的心有些发沉。后来听人悄悄告诉我，这女人年轻时风流呢。

我又从小村一中年人那里得到一本手抄的山歌，翻了翻，里面有许多很荤很野的山歌。

我又想起那个竹林纸棚，那个决绝女的哀婉故事——一曲哀婉幽远的歌在我心头响起。我想在这小村发生这个故事，可能么？

晚上，我趁着睡梦走进荒寂森森的竹海。半夜我冷醒了。蛙鸣依然热闹而从容。蛮荒、荒寂的深山竹海之气漫进屋里，哀婉而决绝的女人的呼叫已变得十分微弱。

哦，箬子嶂只有一步之遥了！

3

开始拾级登山了。山嘴一转弯，一大片有纵深感的浩瀚竹海展现了，足有好几百上千亩，从山脚到山顶全是密匝匝的翠竹，偶有古松古树相间。不转过这山嘴无从得知含藏着一个令人精神抖擞的大竹海。日头很猛，满眼青苍翠绿。溪流哗哗，把几处石渡淹没了。深山里沉雄的水声一阵阵传来，竹山仿佛经受着长年洗濯。路不大，都是两三尺宽的石块砌的路，不过路面十分残破，山路崎岖。终于到了山顶，一拐弯更高更幽深的竹山竹海展现。

左面一泓瀑布潺潺地垂落。瀑布旁是呈风车状的石阶，一棵几人合抱的水口树挺立石丛，庞大的树冠把左右山林联结起来。山垭口风大。

箬子嶂到了。它是小村的边缘。据词典，嶂指直立像屏障的山峰，如此命名真是恰如其分。其实，边缘并不是人们所想象的被"中心"挤退的狭促的存在，而是一种深广博大与蛮荒寂寞神秘相随的地方，它可能被人们所忽视和遗忘，被正统——中心的历史文化所不屑，即没有历史没有文化——被历史和文字所埋葬的地方。长期生于斯的人会忘掉自己（家族）的来路和拥有的知识。这里自有其特有的地理时间和生活节拍，这里呈现受一种长时段地理环境的影响，跟山下社会环境相异的原汁生存生活状态——人与自然交往、对话的历史，相互作用的历史，动态平衡的历史——自然产生一种不同于传统历史主流社会的生活观、生命观及伦理观……

水边、山脚都长着厚实的箬叶，如同一簇簇泼墨的竹画。箬叶比山下小村的更大也更厚。溪流边上连着好几个腌笋竹的石灰池（腌塘）。有几十丘种中稻的斗笠田。

一幢残破的屋子。屋子规模不小，已倒塌了一半。这是有300年历史的土屋，不怎么高，没粉刷，也没有像山下人家显示姓氏文化渊源的门榜，一切是极为简陋的。听介绍，这户小姓人是300年前从一江边圩镇搬迁到此，已住了9代。离屋子不远还有一处已长满蒿莱的旧宅基，据说这户人家住了几代搬走了。

在残屋上方的弯曲山坑有几个纸棚。纸棚设备齐全，用篾席垫底的踩塘（初始是石臼），盛纸浆的纸坊（槽），操纸用的扛镰，大青叶熬成胶水的4尺高圆木桶即高坊，压湿纸的水榨，捆成品纸的旱榨，粗拙的篾绳，呈梯形的长长的烘坊，锅灶，篾灯，煤灯，光线不足的卧室。水榨旱榨用大杂木做成，稳整实用。纸棚发散着一股雍容大气，已历经百十年。单干—合作化—单干的几十年间基本没中断做纸。合作化、人民公社化，一声令下，纸棚就变成集体所有，箬子嶂属山下的生产队。

当时江边的B圩镇是个繁华的贸易集镇。为什么这家祖先宁愿来到这蛮荒的箬子嶂创业？不仅自己而且后代也将长期地像动物一样地生存，放弃知识，放弃特权、等级和尊卑，从一般的人身趋附并挤入的权力网络与家族文化网络里挣脱出来，扎进山野，默默开始新的充满艰难困苦的生活，需要多么大的勇气和智慧!

据说，这里最盛时有过40多人，长年养着一批做纸师傅，所需的粮棉等日常生活用品自有挑夫送上山来。那崎岖山路曾有过人来人往的兴旺情景呢。

据说开山祖武高武大，挑二百斤担子健步如飞；据说山上跟山下只是归入同一生产队才有某种联系；据说，从某代开始，后代瘦小，膝头鼓突，到后来不是瘫痪就是失去生育能力，只剩一线单吊；据说，刚进入50年代这家出了个抗美援朝的志愿军战士，50年代中期他退伍回乡，把家从山上搬以山下，60年代初因家里连连拗丁（死人）又搬回山上，这时山上只剩二三人。一家子孤零零斯守这粗粝之地荒寂之地，森森林木啸啸长风潺潺流水为伴，该是怎样坚如磐石的意志和心态（当然可能包含无奈）！每个纸棚三个人忙碌碌做纸，时而哼几句山歌，只有哗哗流水和呼呼长风荡涤着也加增着无边的静穆。

随行的人还告诉说，90年代这家已搬到山下小村另做了新居，还说这家男人做纸技术好效率高，还会做木做篾——小村人如数家珍地诉说这家的历史、纸棚的变迁，山上生活如此简单，但我觉得这里一定还有许多连山下人都不清楚的动人故事。

那次我遇见了旧居主人，他话少，讲的跟大家说的差不多，其时我还没把他看作是个"可关注人物"，只是想多采撷一些山歌，从山歌里捕捉箬子嶂的心跳。回到小村住宿的晚上，又有人说箬子嶂原来种油茶榨茶油，后来才改为种竹做纸。离开小村，在出山归途中，我又听说箬子嶂70年代还办了中学，心弦仿佛受到了什么触动。这可是件大事，且时间不算久远，为什么山民倒淡忘了？也许这所学校跟当地人关系不大，也许山民对这异己之物有种天然的排斥？

旧居主人已占据我思绪的中心。

4

为"走进"箬子嶂必须走近他——旧居主人，于是1999年和今年我又几次奔赴箬子嶂。让我既失望又惊奇的，是他对自己家族的历史所知无多，对祖上什么年间由榨油转为做纸不甚了了。可以说他的祖宗意识是淡漠的。近年受修姓氏族谱热的影响，请了一位邻县的文化人根据他的记忆记录了他家在箬子嶂的沿革，薄薄的几页，我翻了翻发现其中年代错乱，较详细的记录则是他和他的父辈祖辈三代，所谓较详细也只是模仿一般族谱的样式记下了男丁的生死时辰。他另外向我展示了他父亲抗美援朝的有关证件（包括部队写的评语），他说他父亲50年代末病死。

这时，我不太注意的他家女人说话了：饿死的。她便平和地说了一大段家里几十年的日常生活。原来她从小随母嫁而到箬子嶂，母亲嫁他叔祖，因此辈分上她是他的姑姑。虽是两小无猜，却也断不了摩擦和别扭。后来老人故去，几个女人嫁走，只剩他和她两人，两人结为夫妻生儿育女，婚姻上依然不是一帆风顺。50年以来他们在山上同样经历了广大农村的苦难和风雨。最终她还是留了下来，养育儿女，滋润维护家庭。她不是声泪俱下而是平和微笑地诉说生活的苦难与艰辛，说当年把孩子关在屋里，他俩到山下生产队出工，说孩子放学摸黑迎着大雨上山，隐隐约约她还吐露婚姻的波折，她笑着对丈夫说：不是我守着你还有这头家呀！他们特别是她是独立的，独特的，与山下家族、权力、文化、历史无缘。近半个世纪山上同样有过意识形态化的冲击，但他们始终居以弱势族群，自个儿承受生命疼痛和生活苦难、宽容、悲悯、爱，走自己选择的路而不是别人规定的路，她无意中展示了个人化生存的心灵轨迹……

她一下了成了我关注的着力点。当然我也注意到别的人，从不同角度对她家及她的评议，却没听谁把她归于坏女人一类，他们都平和沉静地挺过来了，这足以证明了一切！

我是怀揣那个纸棚的女人的生命呼唤而追寻着上箬子嶂的，可是，当我置身于竹海和纸棚，听了有关面前这个女人，这个家庭的一切，那个女人的激扬呼唤连同那个哀婉的故事，却一下子淡化了。同样的赣南偏僻的高山竹海，境况却有哀怨与平和之分。箬子嶂纸棚属于平和，平淡，甚至暧昧，但后一种命运在我心目中突然清晰起来。悲悯而平等大度地对待一草一木一人一事，也许还是箬子嶂维系生存得以发展——重整雄风的真谛，即参透生存与命运，滋生一种从容、宽让、坚韧、承受、怜悯和爱——大度的生存智慧。

5

终于我寻找并感悟到一种扎根边缘乡土的生命景观，我庆幸自己冥冥中挣脱了《雷雨》式、《白毛女》式、《绿化树》式写纸棚女人的窠臼，实在是一种值得我深深感恩的天启。我矢志于乡土文学，这就决定我与乡土的边缘和边缘的乡土永远梦萦情牵。我的等待和寻找获得了厚重的回报。边缘的乡土大象无言敞现着生命和精神的泉流。"乡土蝴蝶"永远值得我神往与追寻。

2000年12月31日

圣洁的允诺

——何西民兄妹和他们的阿娘

你从哪里来？你从甘肃兰州来；

你从哪里来？你从赣南营前来。

八千里路云和月，你的血液心灵积淀着父亲何远平二万五千里长征的艰苦卓绝，积淀着父母解放战争的晓风皓月，积淀着新中国朝阳的晨光雨露。1955年老家人从兰州接回1岁的你，1956年又接回你1岁的妹妹，从此，你们兄妹在阿娘无微不至的喂养下，吮吸营前土地的琼浆，长大成人，成家。如今你的儿子读高三1米75跟你并肩的个子，你依然从心底呼喊：不是母亲胜似母亲，阿娘，我永远的母亲！

当年襁褓中的你不会知道，你和妹妹由冰天雪地的北国迁回到温暖湿润的赣南，交由阿娘抚养，是出自你父亲庄严而圣洁的允诺，同样也出自阿娘一生默默的允诺和守望——

20世纪20年代后期，从广州农民运动讲习所回来的古达培在上犹的营前点燃了革命烈火，营前成立了苏维埃，你阿公和大伯成了最初的红军战士，大伯何宗明很快成为红军游击队一名骨干。1930年大伯随红军部队而去，你18岁的父亲何远平义无反顾参加了红军。亲情加上国民党的"一人当红军全家杀头"的追逼，你全家男女老少加入了大伯的革命阵营。你的阿婆黄阿六、阿娘曾梅英知道何家男人有骨气，正气填膺，都以他们为荣，决绝地承担起你家的命运。忠贞的客家女人，尤其是阿娘成了你家的顶梁柱，默默的允诺化成了你家恒久的热力……

阿娘比你父亲小4岁，是童养媳，你父亲未来的媳妇。她的娘家离何家只有几华里。阿婆视她为女儿，劳苦家庭的相濡以沫，她融入了你家，与你家同甘共苦。革命改变了你父亲的人生轨道，革命也锻造了阿婆阿娘的坚毅之志。阿娘虽不是红军的正式一员，但幼小的心灵植下了忠贞、允诺、负责的绿树，她责无旁贷地维护着你家，支持你父亲。那年她毅然决然跟着你父亲参加了游击队，同阿婆一直跟随到遂川。人世间的生离死别总是在不知不觉中出现的：一次战斗你父亲负伤藏在一农民家，这样就同阿婆阿娘分开了，同阿娘的圆房无限期推迟了。年轻的阿娘并没有多想，她同你阿婆住在偏僻的农家，砍柴为生，耐心等待何家男人的归来。此时她们并不知道你阿公你大伯负伤死在红军医院里，但清楚而且坦然面对何家只剩两个女人这一现实。目睹国民党军队烧山围剿，经受生活的困苦磨难，阿婆阿娘斗志弥坚，许多时候乡村以男人亮名的家庭其实是由女人支撑的！

后来（1934年）你父亲跟贺龙的部队长征，红军也撤离了营前，她们悄悄归来，还是在阿娘的娘家躲了一阵再返回荒凉的家园。一切从头开始。阿娘同阿婆更是相依为命，耕田，养母猪，找生活，顽强地撑起一片天。一个失缺男人只有势弱女人的农家多么艰辛，何况，此何家已不是彼何家，因为家中男人参加了红军，歧视和欺凌纷至沓来。阿娘决不退却回娘家。有人进屋偷窃当时比较值钱的衣服布料，阿婆阿娘知道是本村人，去追查。盗贼有恃无恐放出风声：若再追究，你家性命难保！沉默是金，阿婆阿娘将蔑视烙在心里。她们坚信何家男人会回来的！

眨眼阿娘成了丰熟的大妹子，劝她改嫁的说客盈门。阿婆并不阻拦。阿娘却说："我是你的女儿，何家的人，我永远陪伴你！"她决绝地宣告："生要见人，死要见尸，不亲眼见何远平，我终身不嫁！"不见男人的何家凛然挺立。

只有时间方能掂量纷扰乱世中客家女人的忠贞，只有时间才能定格人世的奇迹。20年过去了，乾坤转换，当年的红军坐稳了天下，阿婆阿娘苦尽甘来，奇迹也再次出现了。1950年阳光灿烂的一天，一行军人骑马威武地进入营前扑到你家门口。你的中年父亲跨过黄河长江沿赣江回来了！

离家多久思念就有多长，到达陕北以后你父亲便打听家里的音讯了。战火纷飞，影影绰绰传来"老家无人"的消息。20世纪40年代，尽管与一个投奔延安的河南知识青年结了婚，你的大哥二哥接连出生，你父亲仍心系家园。已是甘肃省军区参谋长的父亲一直望断关山，终于得知"家中有人"的莫大喜讯。

父亲这次回家，也为几年后出生的你和妹妹的回老家开辟了坦途。

你只有稍稍长大看故事片《战斗中成长》，才能大致理解一个战火中成长的父亲重返故土的缠绵情愫：家园如故，门前蒿草在微风中习习作响，你父亲下马，手抓军帽，默默低头伫立，泪如泉涌，身边的云水河哗哗作响，已现华发的阿婆阿娘搀扶着扑来，哭就是笑，笑表现为哭，周围的乡亲一片啜泣。无限沧桑尽在这一瞬间！

你长大后得知，那次阿娘平静地接受了现实，她永远以你父亲——何家为荣。父亲征求她的意见，但她表示不改嫁，不离开何家，与阿婆陪伴终老（阿娘阿婆也是血肉亲情加战友情呵）！父亲感动不已，慷慨允诺：会对她的生活负责；把两个孩子送回给她抚养。

这样，襁褓中的你和妹妹被接回老家。阿娘把你和妹妹当作亲生子女，呕心沥血，有好吃的先给你们吃，她以瘦弱的身躯为你们遮风挡雨，她把圣洁的允诺默默地体现在朝朝夕夕。你和妹妹一点不显高干子弟的光环。你们是极普通的农家子女，从而从小就熔铸了农家朴素的感情，熔铸了对阿娘的血肉感情，把阿娘当亲娘。阿娘从未打过你们，她说"我没有打你们的权利"。你们有时淘气，她只会流泪。但她从不惯你们，让你们经受生活的磨炼。耳濡目染，阿娘那种坚贞允诺的情怀化入了你们幼小的心田。父亲的允诺继续兑现，1960年大饥荒，已转业在宝鸡市委工作的父亲，一往情深地关注家乡，频频向老家寄粮寄钱。

1965年阿婆去世，送殡的场景盛况空前，那时你才11岁，目睹阿娘悲伤欲绝，更与阿娘情感相连。抚养你和妹妹，维持家里日常生计，阿娘肩上的负担一下子重了许多。农家的孩子懂事早，年幼的你悄悄走进了人生。那时生产队口粮少经常闹饥荒，阿娘自己吃红薯丝，把白米饭让给你们，一次你发现了，生气地将薯丝米饭搅拌。看着阿娘一年比一年老弱，十多岁的你自告奋勇去担石灰挣工分，六七十斤的担子20里路，你咬紧牙关挺了过来！一次阿娘生病卧床不起，你去几里路外的营前街找医生抓药。那年阿娘患了卵巢囊肿，开了刀身体异常虚弱。1977年阿娘患高血压中风，瘫痪，不久辞世。她践行了一生的允诺，安静地离去。你和妹妹守在她身边，你们多爱阿娘呵！

　　不管生活如何艰难困苦，你从未抱怨过阿娘和你父母。你也知道城市生活的体面舒适，可你从来没想过带着妹妹离开阿娘离开家乡奔赴你父母身边！你以幼小的心灵稚嫩的身躯悄悄承担起父亲、阿娘——何家的允诺。20世纪80年代你悄悄从西安烈士陵园"偷"回父亲的骨灰，后来你归还了。然而你还是按客家的风俗，修了一个墓，把阿婆、阿娘和你父亲的遗物——一件将军呢合葬。你儿子出生，取名何曾，以表达对阿娘深切的怀念。

　　何曾（ZENG）——阿娘的恩情已渗进后辈的血液里；何曾（CENG）——大地作证云水河作证，这里有这么一位博大心胸爱心永恒的母亲，有一曲代代相传圣洁允诺的炽烫歌谣。

2005年2月20日

奔跑并引领：中国草根现代企业灿亮现身

——赖厚平和他的博皓团队

奔跑者逆势飞扬

年轻乡友赖厚平烙入我的记忆是在十几年前的深圳。

那一年盛夏，我受赴深圳弄潮的友人之邀，为在几位广东创业初展局面的桑梓精英撰写报告文学，赖厚平处成了我最初的驿站。我是第一次来深圳和东莞的。深圳高楼林立车水马龙已是个现代城市了，但在东莞小赖简单却拥挤的住处，我仍感觉到了与山乡相连小县城的亲和。如他所说，他借住深圳、东莞，他携带的仍是上犹乡风，许多到广东打工的上犹人犹如小船泊岸，在他处歇脚，我这个山乡赤子亦与他相遇。此时他由"铁皮屋"搬到了一个普通简单的二楼居室。

小赖1972年出生于上犹县油石乡一个农民家庭，6岁失母，8岁跟随大哥辗转读书，乡小至中学，考入县中，又考入南昌的中专。1994年中专毕业分配到南电下属冶金电化厂上班，其时国企赣州南河水电厂刚刚投入南河玻纤（新型复合材料）生产，1997年他被借调到南河玻纤股份有限公司，并作为南河玻纤代表被派驻深圳国大玻璃钢公司。1998年玻纤行情低迷，他旋被派驻广东省东莞市长安镇组建南河玻纤驻东莞办事处，销售新兴的复合材料玻纤布是其使命，也是其工作要务。一个不足30平方米的屋子，搬个凳子可触摸屋顶铁皮，办事处只有二三人，自负盈亏，有盈利要上缴，已是半下海状态。头顶别人天脚踏别人地，白手起家，对于一个一个由刚刚到国企（赣州南河水力发电厂）工作的二十多岁山里人，艰难劳苦可想而知。日程紧迫，逆势而上，奔跑者的身影初显。好在他从小初具坚忍奔跑的习性，开始了奔跑人生，并不把扑入城市扑入未知生活视为畏途。他奔跑的范围扩大着，扑入了广东滔滔商海。生活的节奏加快了，一辆送货的五十铃助他奔跑，他逐渐熟悉玻纤，了解这一新兴行业。他的人生从此与玻纤难分难解。一切动荡着、发展着、变化着，谁能预料这个奔跑者的可能前景？谁能知道一个奔跑型的企业家将逆势诞生？

那次我殊感"亲和"，当然跟我自己十多年的上山下乡经历，心灵植入了山乡亲和的情愫相关，更与小赖住处和小赖其人的亲和相关。那时上犹山乡之子到广东打工的很多，小赖处成了他们歇脚之地。他和家属友情接待，凑合吃住，找到工作者自然离去。他们并不厌烦接连住多天者，他也记不起哪些乡友光临了"寒舍"，炙热的乡情始终不变。那些离开者心里肯定盛着那一份情谊，进而感到社会的温暖，增强生活的勇气和奔跑的力量。于是他住处像路边小店，一拨拨乡友来，一拨拨乡友去。赶上了这一拨，我同样感受了他的乡情。他开着五十铃送我去采访，让我见识了不少闯荡广东的乡亲，他也进入了我的记忆。

弄潮者悄然转身

这次采访后不久，一次我在上犹街头——一个狭窄的商业小街与小赖相遇。他仍开着五十铃，一副朴实干练的模样。其时邓小平南行刮起的市场化狂飙驰入内地。到2003年，他为公司销售大量产品，做出卓绝的努力和重要贡献，在"可观的数字"后面，在他忙碌、奔跑的身影后面，隐现着一个弄潮者独立做企业，向着现代企业家蜕变的雄心壮志。他面前横亘着一道又一道艰苦的磨炼和磨难，就是古人所云"天将降大任于斯人也，必先苦其心志，劳其筋骨"。当然，对他这样寻常的山乡之子，他所意识并承担的"大任"无关治国安邦之宏旨，他的"雄心壮志"，也只是根据自身质素和专业特长，在商海中以挑战命运姿态，既安妥内心，养家抚亲，又逐步把"心"放大，开拓属于自己的玻纤天地，让更多的乡友和同志加盟，撑起一方"天空"。特别对于步步为营者，人的"雄心壮志"，是逐步明白并敞现的——在这个过程中，小我到大我，旧我到新我，自我人生到团队人生，低端人生到高端人生，生命涅槃逞螺旋式展开。这一切甘苦自知，并不是厕身其间的人（包括我）能够发觉和体会的。

以我的人生经验判断，他是个坚毅的奔跑者，奔跑是他的人生，乡韵是他奔跑人生的底色，汹涌商海中他不会沉没。

2003年南河水电实业总公司实行国企改制、工龄置换，小赖成了"下岗干部"。蝉蜕于国企母厂的南河玻纤危机与机遇并存，也进行股份制改革，探索一条振兴之路。对于赖厚平，做出自我抉择的时刻已经来临。2004年他决定创业，在广州注册成立广州博皓复合材料有限公司，小小团队不到8人。尽管销售额不到百万，在市场和企业之林多么不起眼，他却完成了自己一次闪亮的转身，人生迈出了关键的一步。他的底气和能耐，他的见识和眼光，初见端倪。人生许多时候就是一步一重天，他掌握并抓住了一个接一个的"一重天"。

这次小街相见以后，我一直未与他重逢。正是他身上散溢的乡韵，却让我时而为他感怀。借用毛泽东一句诗，"大雨落幽燕，白浪滔天，秦皇岛外打鱼船。一片汪洋都不见，知向谁边？"我对这个年轻人及诸多下岗重新创业的年轻人，既敬佩又不无担心，更是祝福：汪洋中一片小舟——坚韧的奔跑者，知向谁边？

能做解答者，唯有时间。

可做解答者，唯有其人。

事在人为，坎坷亦通途。

博皓诞生，博皓又十年。

邂逅人已是"引领者"

十几年后的2014年8月2日，他回上犹，我们又相会了。乍看，寻常个子寻常人，乡情如昨，却平添了持重从容成熟的气色。我知道他是成功的企业家了——我已从广东省江西上犹商会会刊《犹江情》获悉，他是广州博皓复合材料有限公司董事长，且是商会常务副会长，已是上犹（江西）旅粤企业家中的翘楚。广东省上犹商会是江西省首家在广东省民政厅登记注册的县级商会，使得在广东经商的上犹籍企业家有了一个共同的"家"。自2011年成立，商会经常组织会员企业进行学习交流活动，积极帮助会员企业解决经营发展中的实际困难，大力开展捐资助学等公益活动，服务桑梓，成绩突出，深得社会好评。以他的盛年、经济实力、经验、山乡情怀和创意，毫无疑问他是商会中坚，商会引领者之一。

自然这个奔跑者是博皓的引领者；某种程度，博皓也是个企业意义——玻纤立足国内走向世界的引领者。千真万确，他已是一位复合材料分销行业领导者，推动复合材料行业技术革新的引领者。

这次阔别重逢，我能感觉，这个成功人士在生命境界、精神气度上正面临新的嬗变。这个引领者在新的起跑线上奔跑，既是他个人，也是他的团队在奔跑。我甚至感觉到了这些年他不紧不慢的行进速度。

但是博皓于我依然不那么确切。在我家的电脑里，小赖引导我进行点击。果然，从互联网博皓网页，从其"关于博皓""产品中心""服务支持""企业文化""行业资讯""博皓动态""招聘信息"等栏目设置及内容，一个玉树临风的现代企业，雄关迈步，运作有序亦有致。就是从网页训练有素的操持，也能让人感觉博皓的雄健之势。它居行业之先成为引领者的一串脚印，它的时代刻度如下：

1998年9月	东莞长安南河玻璃钢材料经营部在长安镇成立；
2002年2月	广州南河玻璃钢材料经营部在大石镇成立；
2002年11月	东莞虎门超越玻璃钢材料经营部在虎门镇成立；

2003年5月9日	广州博皓深圳分公司在深圳观澜镇成立;
2003年5月21日	广州博皓中山分公司在中山东升镇成立;
2004年10月	广州博皓番禺大石分公司成立;
2007年元月1日	广州博皓迁址番禺钟村镇;
2007年7月31日	厦门分公司在厦门成立;
2008年9月1日	广州博皓迁址番禺石基镇;
2003年5月9日	广州博皓深圳分公司迁址东莞凤岗,更名为广州博皓东莞分公司;
2012年7月1日	广州博皓南康分公司成立;
2013年1月	与DSM合作;
2014年1月	与巨石合作;
2014年10月19日	入驻番禺区节能科技园,办公面积达1000平方米……

可以从博皓的"内""外"介绍得稍加详细些——

博皓现有员工近百人,包括销售业务、外贸业务、客户支持、供应采购、网络营销、财务中心、后勤物流以及行政人事等部门架构。公司以"简单做人、用心做事、快乐生活"为公司司训,坚持"认真、快、信守承诺"的行为理念,遵循"客户第一、员工第二、股东第三"的原则,重视员工的需求和职业发展,为员工提供良好的工作环境和广阔的发展空间。

作为广东知名分销商,博皓与全球知名供应商DSM、巨石、固瑞克等建立长期战略合作伙伴关系,为客户提供更优质的产品同时提升客户品牌价值,为客户赢得更多客户提供了一个坚强而有力的扶持与保障。

昔日草根成今天的玻纤"王者",今日博皓的一举一动富有"王者"风采。

我仿佛听到了奔跑者的速度,但是它显示的不仅仅是速度,更是奔跑者一往无前拓进的身影。这里,形神俱备的企业文化已毳然有声,令人刮目。

不过小赖并没有按博皓网页照本宣科地向我复述。他不是一本正经,而是扯家常扯乡情地聊谈,他的谈叙跳跃而随意,但胸有成竹。他音容举止仍然流露草根的亲和。他简约地谈他准备博皓十周年大庆，更多地谈到他幼年的家庭生活和他的求学生涯，他的兄长如何供他读书，他如何自挣学费，如何在南昌读中专，如何创业，如何把企业做大做强（销售业绩过亿的博皓办公室却几近简陋），如何领悟并创立博皓企业文化，足见艰苦岁月于他刻骨铭心，他的江湖已然广阔，人生事业的和博皓的里程碑已然矗立，可山乡之子的念哺之情跃然脸上，炽热乡情荡漾心胸。他们这一代人，赶上新旧两个时代交集，积贫积困、成长艰辛是其成人礼，怀揣亲情乡情让人生得以援攀，缘此建立并锻造他的博皓（企业）理念（精神）。他侃侃而谈当然也是他的人生浩叹。时间于他已凝结成一种生命情态，转换成一笔生命财富。

恰恰我是山乡过来人，我不觉他在絮叨，倒听得入心扉，为他不变的乡情及乡情的升华而动容。

他说当年在南昌读中专，寒假守校，他思家情强烈，却没钱买车票回家，便利用守校穿的警服和警棍搭上一辆回赣州的长途班车，途中又遇上有"赣B90"打头的班车，断定是家乡的车子，喜出望外，便马上换车，一问司机正是家乡人，乐意把他带到家门口，这一遭于他是侥幸，但炽热乡情却在他心中扎根，感恩之念存胸中。乡韵更成了他日后做事做人做企业一道强劲的底色。

尤其在经济前沿的广州，一些追求并号称现代的企业，把乡情视为现代企业的桎梏而设法摆脱，而博皓恰恰坚持着乡情，洋溢着乡韵。它曾经是赖厚平的生命支撑，与心灵相伴，他也把它带进博皓，成为博皓根性即精神基因，伴随企业的成长和壮大，凝结成博皓人"简单做人、用心做事、快乐生活"的文化范式。不离不弃，抱团取暖，抱团进取，信任，信誉，坚守，艰苦卓绝，共同挺过难关。它普通畅晓，现代亦传统，抵达人的心灵。

现代企业的管理与乡情乡韵并不排斥，可以互为表里，博皓走出了一条成功之路。

精神嬗变，草根而王

博皓是草根型企业，一层意思是，它非红二代官二代及代理人垄断性的行业与相关资金所支撑，而靠自己商海打拼，一步一台阶；另外一层意思是，赖厚平就是草根，公司员工多是乡亲，文化程度初中以上，他把他们视为兄弟姐妹。一句话，草根性是博皓的基本品性。办员工食堂，赖厚平对炊事员说：不要问伙食标准，你把他们当作家里的兄弟姐妹，给家人做饭，就行了。公司不惜开车80公里为客户送一卷玻纤布。他不做"一次性"买卖，以言传身教（"看我能不能帮你"）启发员工，不是为赚客户的钱而绞尽脑汁，而是培养为客户的发展着想，与客户双赢，为顾客排忧解难，与顾客结成利益共同体。所以，公司的顾客没有流失，不断有新的顾客加盟进来，他的分公司也就遍地开花，平台越做越大，经济规模和效益越做越大。这平台不但是总公司、分公司的，是每个员工的，同时也是合作的顾客的。真正的合作共赢。这不正是一个引领者的王者风范吗？

完全可以说，博皓是国内玻纤行业的王者（之一）。

赖厚平做了20年玻纤，知道这一新兴复合材料1958年中国才有，更深知这一行业良莠不齐，大家对玻纤认识参差不齐，互相封闭。他瞄准国际一流水平，注意到外国同行已处先进势态，包括科技，因此企业自身的改革不能停。如果说，创业初始的艰苦打拼可说得上是企业的初级文化，那么，以此为基础进行提升的博皓理念便是该企业较高层次——较高境界的文化了。

他在企业培养感恩精神，首先他对跟随他闯荡的员工感恩。他说，别人跟自己五年十年，人生有几个五年十年？于是他突破企业只为赚钱的旧识，把温情注入博皓，开展暑假亲子游，注意员工身心状况，以身示范践行用心做事快乐生活。全公司有30部车，都是业务员买的，有的业务员还买了30多万元的轿车。这是平台越做越大的结果，这是对博皓的感恩，更是博皓的骄傲！

作为现代企业，"科技进步"是其灵魂，特别对玻纤，我们中国起步晚，而现代科技日新月异，必须迎头赶上，培养并壮大企业的科技实力，使之成为企业持恒的能够引领行业的优势。起步虽晚，几十年下来，国内也产生了顶尖专家。这方面博皓自有非同凡响之举。

赖厚平感慨地说了这么一件事：多年前他向玻纤老专家诚恳请教，一位老专家向他推荐了一个年纪六旬的玻纤专才谭老师。其实谭老师此前被他的老师推荐给另一家玻纤企业，却一直被认为年老才衰而遭闲置。小赖热情接纳，绝不是止于客套，而是深知他"一米的井挖了30年"，经验丰富，专业技术精湛，有一手绝活，同时怀揣敬老之心，好生安排，让老人放手工作。人非草木，谭老师感觉到了博皓对自己的敬重和尊重，让生命再一次发光，勉力工作，攻克技术难关。一次小赖发现他咳嗽，消瘦，批评车间没及时上报老人身体状况，立即安排老人到广东最好的医院请最好的医生进行全面体检，当确诊是小恙，大家松了一口气。谭老师更为感动，让生命燃烧，赤忱地传帮带。

他回忆道，博皓的员工来自五湖四海五花八门，有打屠的，打工的，不少是初中生。有人质疑：一班子初中生能做强博皓吗？

在博皓，人皆为才。这不是以一句"尊重知识尊重人才"可以表达的，也不是一句"以人为本"可以概括的，而是小赖缘由乡土情感，还把谭老师这样的顶级人才视为值得呵护的父兄，同样他视员工为兄弟姐妹。

正如公司员工方绍平在《十年征程感怀博皓》说的：2012年春天，我们博皓终于找到第一位玻璃钢模具行业的顶级技师谭永枝老师。谭老师的课程对我们的技术服务能力的提升起了非常大的作用，让我们更加清楚地知道，复合材料的学习是永无止境的，我们现在只是一个初学者，我们还有很多的提升空间。我们更加明白，我们的客户真的太需要技术上的指导、服务。我们只有在技术、工艺上做好服务，我们才可以更好地服务顾客，才可以体现博皓的价值。我们再一次想到，我们要提升，必须去学习，我们要改变，也要去学习，学习现在已经是我们博皓高层领导最为重视的工作之一。我们要去学习先进的理念，学习先进的技术、学习先进的设备、学习新的产品知识，我们才可以真正地服务好客户，真正的帮助到客户的成长。根据客户需求，我们成功地举办了4期模具培训班，培训人员超过100人，在业界影响非常广泛，很多的客户通过模具班的学习，都把模具提升一个新的台阶，产品也上一个新台阶……

谭老师以他的技术、思想和情怀融入于博皓，为博皓文化精神注入了光和热。不是用技术而是用生命做事，不是为赚钱而是实现自己生命的价值而奋斗不已，这是博皓人的新境界新感悟。

"一米的井挖了30年"还显示了用生命做事的人生姿态，这样的认知成了博皓人的共识，融入了博皓文化。

小赖感受殊深地说，用生命做事就是不一样！他就是这样过来的，能做这样的感悟说明生命进入了新的境界。做别的也许更能赚钱，他为什么选择做玻纤？20年了，他的生命融入了玻纤事业，企业从无到有从小到大从弱到强，人成就一番事业，就得投入满腔热情和生命，凡用生命做事的，做的事就是大写的事，专业的事，做的人就是专家，就是大写的人。这就是博皓人超越博皓的思想结晶！

作为个人，小赖还是慈善机构广东狮子会（星海服务队）第一副队长，践行着"我付出，我快乐，我成长"的宗旨，他的精神境界抵达了更高的层次，这不正是博皓人精神的缩影吗？不正反映成功博皓人的精神流向吗？

我油然觉得，王者归来——精神意义上的王者归来。

王者之旅播种心灵之约

王者归来。

小赖在我的居室与我交谈。从相关的资料（包括互联网上公司网页），从他所谈一步一重天的事业，从他所拥有的近百人团队，从他在各地的分公司，从他即时在手机互联网查找资料，从他打电话叫司机什么时候来接他，年轻的他应该是位"王爷"了。可是，他平朴的个子和外表，款款乡风乡情的流露，就是在街头闹市，其人根本不会被认作"王者"，当然我也没把他当作"王者"看待。

我认可的"王者"，不在于有威严不凡的外表，不在于有着炙手可热的权势，而在于普通人外表之下有一颗从容、向善、向上、向强、济世、济人的充实内心。

精神意义上的王者与族群、领域、团队大小无关，与政治、经济权力大小无关，而与精神的强度厚度力度有关，因而宗教寺庙里那些不起眼的虔诚信奉者有可能具有王者风范。当然对于博皓，创建人和引领者赖厚平握有企业沉浮的权力，其行为更是一种示范，在这个意义上，他是博皓之王。不过从社会层面比如我（一个乡友和作家），在我十多年后与他犹城会面，我谓之"王者归来"，固然指他成了博皓的领军人物，更指的是，他以博皓为平台和根据地，于经济之海搏击勇进的精神嬗变所产生的从神情到谈吐的大家风范，它视野开阔却有根，底气足，富有人情味亲情味，脚踏实地目光远大，在人格上不但是博皓人，同时也可做其他人的良师益友。如此"王者"精神的辐射力指向整个社会，其家乡自然受益。如此"王者"也就是"从容、向善、向上、向强、济世、济人"的内化、具体化和肉身化，即凡人化、日常化。我们的社会需要也服膺这样的王者。

由是，"王者"的团队便是王者之师。

王者之师不断播撒着心灵之约。

博皓实行"放养式管理"——不叫管理的管理，人文化，家庭化即亲情化，管理者不是高高在上让人敬畏，而是体现在日常工作中的亲和与以身作则。这是博皓的一种文化形态，文化是管人管灵魂的，这"人"和"灵魂"是现时、现代的，却是植根于中国的乡土，乡韵是其流动不居的旋律。企业学校化，领导导师化，推行传承师徒制度，举行拜师授徒仪式，师傅徒弟各宣示，满师以庆典示之。

以博皓东莞分公司为例。他们带有使命和奋斗愿景，以最个性化的管理方式与工作方式创造了诸多佳话。从2003年2个人到现在的17个人，经历了两次地址变迁，团队在不断壮大，业绩在稳步攀升，一次次达到公司的期望。以方总监为首，他们成了明星业务团队，其中赖绍英为博皓"一姐"，她巾帼不让须眉，销售额一直排名前茅，善于创造凝聚力，营造激情高涨的氛围和环境，带领团队在博皓晨会与培训等活动中一次次成为冠军。小凤，处理行政事务是那样的耐心细致。小孟内敛沉稳，乐于助人，工作任劳任怨……

所谓"放养式管理"，就是通过'师带徒'等系列培养模式，缩短学习周期。他们深刻认识到，命令和控制型的管理方式是由领导者发布一些教条化的指令，让别人服从命令，最后大家只是按照这些指令进行工作而已。这种强硬的管理在军事上固然有效，在某些非常时候也是需要，但是，对于一个企业，更多的是"日常"。人毕竟不是机器，他们有自己的思想，有自己的心灵琴弦。在自觉积极的团队里，更加尊重个性发展，强迫性指令就会被弱化，因为这种主动积极已经不需要在负责人发布命令之后才去执行。实际上，管理还有另外一个目的，那就是为团队服务，此时的管理者自己也做一些有意义的事情，那就是为团队成员的主动积极教学和提供执行过程中扫清障碍的方法，使团队创造力得以充分发挥，创造出优秀的业绩。

回首博皓十年，员工赖绍英写道：回首十年来自己走过的路，为什么我可以追随这么多年，为什么当时工资那么低，环境这么艰苦，依然坚持走下去。其实我很想说，这十二年来，我很幸运，自己刚来公司的时候，专业知识少，但是领导和同事对我的关怀和鼓励一直没少，他们带领着我，指导着我，担心工资不能满足我基本的生活保障，公司资金短缺，但还是给我包吃包住，让我心无旁骛无所顾虑。我就像一个小孩子在父母的爱护下成长，从公司建立之前要肩负行政、财务、采购、跟单、厨师、搬运工等等工作，到现在专门负责销售，我在这些不同的工作中，也学到了不同的知识，积累了不少的经验，这些都是我一生中最宝贵的财富。这里凝聚了太多博皓人的智慧、毅力、青春和汗水，也留下了他们的功绩和喜悦，我自豪，是因为我是博皓人，她给了我前所未有的归属感，她带给我未来无限的信心，我怎能不追随！

员工孟继敏说：我在公司工作已经5年了。开始只会做什么都不懂的搬运，现在做负责出货发货的仓管，新的工作给予了我展现自我的机会，我非常珍惜。仓库就是公司的要塞，工作真是慎之又慎。公司就像自己的家，我必须做的就是像骑士一样守护自己的家园。

新员工沈彩凤写道：我到博皓才一年多，那一幕却令我终生难忘。2013年6月我被车撞倒，肇事者逃离，我向博皓的家人发出求救。很快她们就赶来了，及时把我送到了医院。在医院的一切都是同事帮忙打理，领导从公司拿钱，让我及时做了手术，那一刻，眼泪已涌上我的眼角。我们的赖总和刘总那么忙都抽出时间去看我。我的家人也很感谢公司，说这样的公司就像是一个家，同事就像是我们的亲人，让我们时刻都感受到温暖和关怀……

如此，能说博皓不现代、不前沿、不引领时代风气之先？

水到渠成，公司合作共赢的领域不断扩大，层次不断提升。与博皓合作的全球行业领先供应商包括：

金陵帝斯曼树脂有限公司——树脂胶衣；

巨石集团——玻璃纤维增强材料；

美国固瑞克（GRACO）——机器设备；

阿克苏-诺贝尔公司；

欧文斯科宁（OCV）——玻璃纤维增强材料；

美国莱斯克（REXCO）——脱模产品等；

江苏九鼎新材料股份有限公司——玻璃纤维增强材料；

……

这种"心灵之约"在海内外同行得到广泛的回响……

壮行者无疆

博皓今非昔比，与全球行业领先供应商平起平坐，成了同行中一个闪亮的存在，毫无疑问，从草根——民营角度，许多时候还代表着地方甚至国家形象。人靠靓装马靠鞍，博皓已到了用现代办公场所演示自己形象的时候了。他们也是这样做的。博皓总部准备在2014年10月十周年庆典之时，入驻广州番禺区节能科技园，办公面积达1000平方米。这是公司新起点的显著记号，是博皓新的里程碑。复合材料行业，博皓升腾起"成为广东老大、全国老大"的梦想。

小赖不无骄傲地谈起陪伴多年的老办公楼，说正是这样简陋的办公室，接待海内外同行，同他们谈判，获得了他们的信赖。真理是朴素的；简陋厂部透示基于实力和坦诚的自信，也是质朴无华品质的告白。当然还有他的怀旧之情，更有"博皓形象（精神）"锻造于这样平实艰苦的环境中的深情感念，他们和衷共济在这样的情境中"奔跑"。这不正是浓郁的山乡之子——草根情怀的敞现？不忘来路，草根自有正能量。

是的，企业（事业）初创，一切因陋就简，奔跑精神由此而催生，他们加入了各行各业的"奔跑"大军，他们成了独特的奔跑者，奔跑中又成为引领者。2004年博皓成立，不到8人，销售额不足百万元，2014年上半年销售业绩突破1.3亿元。奔跑无极限，奔跑者常青，他们就是入驻气派轩敞的办公场所，仍会保持奔跑者本色。奔跑这样的姿势，就是奋进者姿势，抬头望着前方的天宇、前方的地平线，脚踏着坚实的土地，天地人连为一体，而土地就连接着故土山乡，此时此刻，赖厚平带领他的博皓团队，在商海，在广阔的动荡世界奔跑，就是在父老乡亲的山乡奔跑。

已是中午，我以为小赖会在县城吃饭，可他却表示要赶回离县城20多里的油石老家去，与兄长家人团聚。他长年在外，非常珍惜每一个与家人和亲人团聚的机会。他珍惜自己的"草根"。此时此刻，山乡老家是他一心奔赴的地平线，他又一次被乡韵激荡，乘坐小车，向着乡村老家奔跑。

我心烫热，若有所思，打开电脑，拧响"博皓之歌"《奔跑的力量》。三帧奔跑者的英姿照片。歌声随着博皓一副副鲜活的工作和生活画面酣畅流淌，这些画面定格成博皓的永恒。那是温暖奋进的壮歌——

　　　我的每一个梦想
　　　总能插上飞翔的翅膀

我的每一份执着

总能换来歌声飞扬

博皓 感恩有你

我的成长才有了肥沃的土壤

梦中绿荫 硕果飘香

我的每一个脚印

总是盛满深情的向往

我的每一次守候

总能迎来万丈霞光

博皓 感恩有你

我的成长才有了肥沃的土壤

梦中绿荫 硕果飘香

博皓 只因有你

我的生命才有了奔跑的力量

一路领先 不可阻挡

　　故土，故乡，大地，甘泉，只因有你，我们的事业和人生才涌注奔跑的力量。回乡的路，也是启程的路，奔跑的姿态不会改变。搏击城市是壮行，回乡亦是壮行——厚平同驻粤企业家们一样，早就情牵家乡的振兴，一次次回乡捐赞帮扶，并向着覆盖面更广的社会文化延展，在更高层次上，展现"引领者"风范。他热切地归家——向着山乡进发，既是拥抱传统，更是行走时代前沿，既是守候，更是壮行。

　　有根的赖厚平，有根的博皓，身后是故乡。壮行者无疆。

2014年8月17日

无言的家教

——何家产将军的家国情怀

何家产（1917—1977），江西赣州上犹县营前镇石里人，1931年2月参加中国工农红军，历任宣传员、技术书记、政治指导员、教导员、营长、团长、副师长、师长兼政委、军分区司令员兼地委书记、副军长、南疆军区司令员、新疆部队前指司令员、新疆部队司令部副参谋长、福州部队司令部参谋长等职；参加过土地革命战争、抗日战争、解放战争、建国初期边疆的剿匪斗争和中印边境自卫还击战；1961年晋升少将军衔；1977年10月29日因公殉职。

2011年10月电影《先遣连》热播。这是一部以当年新疆军区独立骑兵师一团一连进军西藏阿里的先遣连为原型的电影，演绎了一曲革命战士灿亮生命、坚定信仰和顽强意志的赞歌。电影里的人物都是真名，当时骑兵师师长兼政委正是何家产。

自然何家对这部电影格外关注，在家里议论饰师长何家产演员的演技。1954年出生于新疆阿勒泰的女儿何黎明问母亲："电影里的父亲演得像吗"母亲用重重的口气说："像个鬼！那时候他哪有那么舒服，还在办公室里指挥？都是在第一线和战士们一起干的！"这激发女儿追寻父亲踪迹、了解父亲的心愿。1999年何黎明回老家营前，伫立在父亲出生并于1954年返乡的老屋小房间。年长的乡亲对她谈起当年父亲回家6天的情形。她深深感受了故土老家的乡情和亲情，回视了父亲身上浓郁的怀乡情愫，写下《寻根记》献给亲爱的父亲，接力了父亲的家国情怀，无意中也显现了革命父亲真实的另一面。其实子女家人更多的是从父亲日常生活感受着他的言传身教，感受着他言传身教后面的与家乡的情感维系，他性格和品质的"家乡源泉"。

营前（上犹）是客家人聚集地。革命征战走南闯北，何家产始终保持浓浓的家国情怀，革命精神与客家人赤子情怀相融会，体现于日常生活中对家人的言传身教，这种"无言的家教"更有着一种炽热情感和强大的精神力量。

——

1954年春新疆骑兵师师长何家产只身从新疆阿勒泰回故乡。

新中国成立后，他思乡之情如炽，可他进新疆肩负重任，先是担任独立骑兵师师长组织解放西藏阿里地区，后又率部北下阿勒泰剿匪。1954年阿勒泰地区局势基本稳定下来，他再也按捺不住了，放下手头工作，踏上南下归乡之途。

他悄悄为回老家做准备。为让老家亲人看看自己已成家立业，他早就要妻子带着孩子们照个相（那时妻子正怀孕），让母亲看看从未见过面的媳妇，母亲一定欢喜，这也是母亲所倚重的。他带着照片上路，长途火车上他不时掏出照片，觉得妻子孩子太可爱了，家对于他多么重要，不过他又为母亲一辈子没照过相而心酸。他心里盛着的是23年前母亲年轻却倔强的形象。

赣南的营前包括五乡一镇（五指峰乡、平富乡、金盆乡、水岩乡、双溪乡和营前镇），地处与湖南交界的赣南边陲，属于罗霄山脉，新老客家聚集地，店铺林立，商贸兴隆，清末民初以来成了赣南的一个名镇。20世纪30年代这里爆发了苏维埃红色革命，像许多农家子弟一样，16岁的何家产从此踏上了革命的征程。

23年弹指一挥间。革命战士成了将士——革命功臣。母亲盼儿子归来，故乡盼游子归来。

何家产这一支脉在何氏大家族里十分浇薄，既遭外面的强势者欺凌，也遭本姓的强势者鄙夷，他一家子孤苦凄清却顽强地过日子。母亲张桥招成了何家的梁柱子，内外操持，率全家共度维艰。红色革命爆发，何家三兄弟有两个参加了红军，大子何金产1931年在红军的鹅形（五指峰）战斗中壮烈牺牲，三子何家产跟着红军走了，在家的何全产体弱多病，何家的苦难更是雪上加霜。张桥招记得那段担惊受怕的年月，那年何家被当作赤匪家庭，家里几担稻田的成熟稻子被地方豪强带人横蛮地割掉，她躲在牛栏楼上的稻草堆里，由二子全产媳妇偷偷送饭，单薄瘦小的她落下了多种病根，满女云娣被抱到邓荣春家做童养媳，日子之艰辛非常人可以想象，可他们挺过来了。从逆境到顺境，她随年岁增大，老病复发，疾病缠身，对这个外出儿子的思念与日俱增。

何家产何尝不思念家乡和亲人？1949年革命胜利，进驻新疆的他急切地给老家发出一信。在多少人得到亲人牺牲的消息以后，张桥招收到了的三子何家产从新疆寄来的信！她激动地请人读了又读这封珍贵的信，浑身颤抖不已，她把信紧紧地捂在胸膛，久已干涸的眼睛涌出滚滚泪水，嘴里一遍遍地念叨："阿灵子（家产的小名）！我的阿灵子还活着！"

1952年二子何全产病故，她愈发渴盼这个远方的儿子。新中国成立后她看到几个跟家产一样的长征英雄衣锦还乡，骑着高头大马带着警卫员在营前招摇过市，欢迎的鞭炮声和喝彩声不断，荣宗耀祖啊。她宁可不要张扬，想象儿子悄悄回到她身边，一家子相依相偎，过一阵欢乐却平静的日子……她常常到路头呼叫"阿灵子"，寄托自己的思念，也为这个远方的儿子祈祷。

自得到儿子会回家探亲的信息，母亲更是天天到路口眺望。她无法想象遥远的隔着千山万水的新疆，她相信儿子天神般在她面前出现！

张桥招看到了新中国成立初期的几年，已当上解放军团长的钟声善带了两个警卫员骑着马荣耀归来，看到了也是革命成功骑马归来的李晋吾——因那时交通闭塞山路崎岖，赣州的简易公路只能到达县城，而县城到营前横亘着层层大山，骑马是个简便却威风的选择。骑马省亲在赣南山乡是排场之举，人生成功的标志。趁着营前这个大圩场，革命功臣衣锦还乡的消息很快张扬开了。张桥招想，我儿子也会回来的!

张桥招也记住了,1950年,营前区平富乡的长征战士黄振棠(后是开国少将)带着一个排的警卫员骑马归来;16岁跟随彭德怀部队的黄诚带着两个警卫员骑马回故里,乡政府宴请,亲戚朋友宴请,家庭子叔宴请,学校还请去做"英雄报告",乡里还派民兵门前屋后守护,真是体面风光!他们受到的尊崇和礼待传遍千家万户……

苦尽甘来,张桥招感到莫大的欣慰,思念儿子之心更为炽烈。

离散多年的母子终于联系上了,18年来何家产第一次收到母亲托人写的信,心里欣慰莫名!18年的南征北战之中,他常常想念母亲,想念家乡——家乡亲人是他心中的念和痛,老家是抚慰心灵之所,老家在他心中始终是有血有肉温情绵绵的存在。他多想早点见到母亲,但他刚进新疆,先是担任独立骑兵师师长,组织解放西藏阿里地区;后又率部北下阿勒泰剿匪,随后在此担任地委第一书记,建立和完善政权,发展生产。自己是组织的人就得听从组织的安排,遵照组织的纪律,全力做好工作,不辱使命。

眨眼又到了1954年春天,阿勒泰地区的局势基本稳定下来。何家产主持召开了阿勒泰地委扩大会议,作了全区1953年工作报告后,放下手头烦冗的工作,终于踏上了回乡的路程。他还是按照一贯处世低调决不张扬的性格,简朴出行,低调行事,为见母亲和家人一面,悄悄南下,悄悄回到家乡,再悄悄回到部队……

二

阿勒泰的春天,冰雪还未完全融化,何家产穿了套旧军装,外面套了件国民党军的呢子衣,头戴一顶便帽,腰上还别着他心爱的,在瓦子街战斗中缴获的驳克枪,一手拎着个小行李包。他不带警卫员,不让警卫员跟随,宁可让警卫员在新疆他家里帮助割麦子、挤牛奶(当时新疆艰苦,军队干部家里办了小农场),他从容自信地说:"我回老家,谁也看不出我的身份呀!"他相信家乡跟全国一样治安良好。

他只身离开新疆，乘汽车到兰州，上了火车。

上火车不久，何家产鹰一般的目光就发现有两个便衣一直鬼鬼祟祟地跟着自己，他心里哼哼："我20年前就当侦查员了，你俩傻小子竟然跟上了我，那就让你们白忙活一场！"他佯装不知，打开他从不离身的地图……

中途倒车（那个时候赣州还没通火车，离赣南老家最近的是广东韶关车站），于是他在郑州又换乘了到广东的慢车。火车缓慢地前进着，三里一停，五里一等，咣当咣当，催人入睡。何家产舒适地靠在卧铺上，一身轻松，斜眼看看一路跟随的两个便衣，一脸疲惫，心中竟涌出一丝恻隐，当便衣也辛苦。

火车咣当咣当的，仿佛不知疲倦地朗诵着"向南、向南"……

终于到了韶关，何家产提着他的行李包下了车。那两个便衣依然跟在后面，刚一出站，便拦住了他的去路："同志，请出示你的证件。"何家产不慌不忙地从上衣口袋掏出了证件，上面赫然写着"中共新疆省（当时还没成立自治区）阿勒泰地委第一书记，阿勒泰军分区司令员兼政委"。两个便衣尴尬地退开了。

他乘长途汽车从韶关到了赣州，赣州到营前有二百多华里，公路只能通到上犹，上犹至营前不通公路，他在赣州短暂歇脚，故地重游。他还是在老家当裁缝学徒的时候来过一次，大约是十二三岁的时候吧，跟着师傅从山沟里经旱路走到赣州。那是何家产第一次进入县城以外的大城市。重新踏上故土，他已38岁了。他觉得赣州是世上最美的城市，以后退休了就住在赣州吧。

他在赣州采购物品。他心里早已盘算好了：把离开新疆以前，组织上给的探亲费（当时还是供给制，没工资）给家人买衣料。南方不产棉花，他虽离家多年，仍知道衣料是家人的急需的。他学过裁缝，挑选布料不会走眼，也是对家里让他做裁缝的恰当回报。他给母亲买布料、棉衣、棉被，给嫂子婶婶买棉被、棉衣，给何家老屋场每位长辈，给裁缝师傅、姐姐、妹妹、二嫂和唯一的侄子，各有一身衣服的布料。不愧学裁缝出身，他计算得清清楚楚。当时一匹布只有12尺，他买了许多匹布，包上油布捆扎足足是两大担。再买些糕点，就很体面了。

踏上回上犹的汽车，家乡更近在眼前。果然，车上乘客谁也不认识他，只当他是常去赣州做生意的营前人。

春天的赣南，雨水特别多，汽车在泥泞的公里上蹒跚而行，竟走了大半天。不过何家产却靠在硬邦邦座椅上睡得挺香，他睡觉的这个本事大着呢。记得参军不久，敌人连续进犯苏区，部队天天要打仗，有的时候，这边打了靖卫团，那边又来了粤军，又要赶到那边打，最多一天要打几仗。有一天晚上打退了敌人，大家累得倒头就睡，家产那天睡得特别香。他以为自己枕了一块石头，可醒来一看竟是具尸体，难怪舒服！

不论是在赣州还是在上犹，骑兵师师长出身的他，从当地驻军或地方政府借两匹马来，应该是可以的。可他就是不愿意找人，不愿给人添麻烦，能自己解决的一律自己处理。他还知道一找"地方"，就会暴露身份，盛情难却，就不是借马这么简单了。他可不想招摇，就想自由自在陪母亲几天，在老家待几天。

从上犹再往营前公路就断了，于是何家产请了两位女挑夫，天不亮就起身出发。显然他知道，家乡的女人忠诚善良，很能吃苦，而且能管住嘴巴，不会惹是生非。看着女挑夫利索的样子，他确切地知道自己踏上了家乡的土地。

何家产熟悉这条百多里的山路。雨水冲刷了山野树林，尚不繁盛的野花点缀其间，小鸟发出各种清脆的叫声。山路辗转迂回。苍翠的山岭，亲情的召唤，清冽的山风扑面而来，何家产神清气爽。

山路泥泞，一步一滑，两位女挑夫光着脚走得飞快。在战争时期号称"飞毛腿"的他倒觉得有些吃力，脚板越来越痛，他坐下来脱下雨鞋一看，好几个水泡！"嗨！都是穿雨鞋惹的祸"，他暗暗骂自己。这几年，骑马多了，走路少了，脚板上的老茧没了，那老茧当初可厚得连针都扎不进去呢。他看着两个挑夫，其中一位虽然瘦小，但力气可不小。自己入伍前也差不多这么高吧，差不多的个头，差不多的脚板。他不由感叹家乡女子的刻苦耐劳，更联想母亲就是这么把家撑到今天……

太阳西落的时候，何家产和两个挑夫终于下了山。走上田间的小路，多么亲切而踏实。他远远就看见自己老家屋场——鸟子堂。这幢青砖大屋在方圆百里中也是最漂亮、最醒目的，显示何家祖先有过的辉煌历史。走近，他看到在屋门口有一个穿着乌衣乌裤的人，一动不动地站在那里。他看不清她的脸庞，可直觉告诉他，那就是自己的母亲张桥招！他心里热流涌荡，日复一日年复一年，母亲就这样盼他归来。顿时，他忘记了疲劳，也忘记了脚痛……

他分不清回忆还是现实，耳边响起母亲"阿灵子"的热切呼叫。

母亲早已确认由远而近的他就是"阿灵子"，她激动地呼唤："阿灵子呵！"他激动地喊："阿娘！"

跟母亲四目相对时，他再也挪不动步了。他的心在流血：母亲显得老迈而虚弱，原来乌黑的头发已经花白，不多的几根稀稀拉拉在风中飘摇；曾经俊俏的脸庞布满了沧桑的沟壑；曾经直挺的腰背也已经弯曲；乌衣上沾着汗水结晶的灰白"盐霜"。她无时无刻念记他，站在门口盼他，等了23年！她着意的并不是——她也无从知道这个儿子是功劳显赫的革命英雄，是部队的大长官，她在意的是这个能做何家栋梁的儿子、男子汉站在她身旁——何家的栋梁仍在！何家的希望仍在！在那些风雨岁月，一个能做顶梁柱的大男人对一个家庭多么重要！而她坚信她的"阿灵子"一定会回来，这个儿子寄托她全部的希望，何家的火种不灭，好日子就有希望！

暮色苍茫，似梦非梦，母子相拥而泣，他肩膀上落着母亲滚烫的泪水……

三

老屋的外观虽然漂亮端庄，老屋却老了。老屋里面，住房因为人口增加，被分隔得越来越小，属于何家产家的只有三四间，每间不到10平方米的土屋。里面黑暗，潮湿。

母亲桥招的卧室，也是她生育了10个孩子（5个儿子只剩下家产一个）的房间，大约8平方米，房间的一头上端搭了低矮的小阁楼，只能摆放物品，她请人移走房间的木柜，给儿子搭了张小铺。房间虽然窄挤，她却收拾得干干净净，井井有条。何家产看到了家里的贫寒和凄清，也看到了生活正在改变——生活会一天天好起来，下次回来，侄儿大了，家里一定建了新房。他应该为家里做些什么……

晚上何家产从怀里掏出一把小手枪，叫母亲放好。张桥招先是放在低处，不能提防侄子益群好奇抓在手里玩，他就叫母亲放进高橱，细伢手够不着的地方。

母亲最先看到这个儿子残疾的左手食指和中指，继而又看到儿子双腿前胫失去大片皮肉，心疼不已。何家产笑着安慰母亲说："没什么，打仗嘛，就会受伤。我不是活蹦乱跳回来了吗！"

他给了母亲一张妻子儿女的照片。母亲喜颤颤的，眼睛凑得近近的，看了又看，溅出欣喜的泪花。不过母亲又为他没生个儿子而叹息遗憾。他指着照片上的妻子，告诉母亲："兆南她肚里正怀着一个呢。"母亲说："一定会是个男的！"——那年妻子果然生下一个男孩。

何家产是干部，是"组织"的人，第二天他也就去乡里（20世纪50年代镇改乡）看看，打声招呼也就是"我回来了"一句话。他身后不近不远跟着许多乡亲。乡亲们吃不准：这人这么朴素，不摆显，也许真没混出个名堂。

在这6天，何家产仿佛要满足母亲的愿望，让她看个够，哪里也不去，只是在何家屋场走走。不断有人打听他在外面做什么大官，他坦然笑笑，自称"是一名做饭的伙夫"。晚上，只要客人们一走，张桥招就和儿子讲话，讲啊讲啊，话语像泉水涌荡，没注意那边的小铺上已经发出了鼾声。母亲美美地听着儿子香甜的鼾声。

其实县人武部接到了上级"何师长回上犹营前"的通报，着手保卫和接待工作，但乡里不知情。乡文书习惯地用此前几位长征英雄归来的显赫阵势相比，猜测他未活出个模样，笑着问他在外面做什么工作，他坦然说"在部队我就是个伙夫"。文书待他也就轻慢了，叫他坐在一边。

他上街，用"马牛羊"（边区纸币）到圩上买东西，店家不敢接。他安慰说："我买的东西不取走，你去政府问，这纸币是真的！"

这时乡里接到县里电话，知道何家产真实身份，变平淡为热情，派人来卫护和伺候。家里更热闹了。乡里和学校请他做"革命精神报告"，他拒绝，他还是哪里都不去，在家里陪母亲。

"何家产何师长回来了！"的消息很快传遍了营前周围的乡镇。

四

何家一个长征英雄（此前长征英雄何远平回过老家）又回来了，鸟子堂热闹起来。一人英雄，全家全族人、何家亲戚沾光啊！不少人涌到何家看望这个大英雄，有的红军家属打探亲人的下落，有的人想知道外面的大世界。人流络绎不绝。

乡情炽热，何家产想尽自己的力量弥补母亲、弥补乡亲，共叙乡情，他请了2位厨师，在大屋场厅堂摆上了流水席，老屋里的住户们都忙起来了，摘菜的摘菜，杀猪的杀猪，宰鸡的宰鸡，割鸭的割鸭，比过年还热闹……何家像个大男人屈辱了数十年，终于抬头挺胸，令人刮目相看了！

然而，何家产遇到了一个难以回避的"堵心事"，这是他未曾预料，也不是请客摆酒席能够消弭的，就是他的亲妹妹云娣头上压上一个地主成分的帽子（1950年她家定为地主），也就成了现实中兄妹之间的一个阻隔。云娣她家离鸟子堂很近，她早就扑到娘家跟哥哥见面，因"阶级成分"她也忧心忡忡，自行却步，未敢请哥哥到自己家来。他可以与妹妹畅叙兄妹之情，把棉袄布匹等礼物交给妹妹，可也因政治因素他踌躇起来，不是说拔腿就可以去妹妹家的，真是咫尺千里啊。既然见了妹妹，他没去她家，内疚放在心头。

何家产心里不明白的还有，这个自小就抱给邓家做童养媳，累体累力劳动的妹妹，怎么成了地主呢？他心里无法把这个妹妹同地主画等号。

自云娣出嫁（做邓家童养媳）后，他同她头遭见面。听说她刚生了一个男孩。亲情不能割舍，他也想她啊！邓家因人少而突显地多所以被划了地主成分。他知道邓家是个啥样子，就那么几亩薄田，生活并不宽绰。他姐姐梅招生活强多了，家里被子垫睡（这种生活水平在营前是少有的），可姐姐是中农，姐姐说话就是腰板直，牛气。许多何家人营前人都认为云娣"错划"（"别的地主没错划，云娣家就错划了"），但也无可奈何。当时一种普遍的看法，认为"划成分"所带来的阴影只是三两年的事，以后大家一同劳动，一道生活，不会存芥蒂。哪知道像下雨天背稻草——越背越重，几十年政治运动不断，云娣家遭受羞辱，还殃及子女！何家人都体量云娣，知道家产心里盛有这个妹妹，二十多年来，都暗中保护云娣，决不让她受皮肉之苦。

政治与亲情，权衡取舍，何家产遇到了，他叹了口气，请母亲准备了一床被子，趁夜晚托人送到妹妹家。妹妹当然理解。他意识到了，探亲的生活并不都是轻松愉快的，幸亏他放低姿态不显摆……

他是怀揣亲情乡情离开老家的，心里一直盛着母亲和老家的眷恋，盛着这个妹妹无言的顾盼。

回到部队，他把旧衣寄回给家里亲人穿，每年寄钱给老家，每年寄两次钱给云娣妹妹（每次50元，这在当时抵一个强劳力半年的工分），都是由别人转交。云娣也完全理解哥哥，更从中汲取生活的信念，她两个儿子懂事早，悄悄以舅舅为楷模，勤谨做事踏实做人。

何家产本想趁回新疆的时候，带大姐梅招夫妇去上海看看，可惜梅招晕车太厉害，连火车都坐不了，而没有成行。这时梅招的儿子招呼也不打，辞了粮站的工作来找他，希望这个舅舅替他在外面找一份工作，但何家产严肃表态拒绝。这位外甥已经成家，一个大男人怎能弃家而不顾呢？照理，新疆地大人少，政府鼓励移民屯垦，找事做不难。但何家产不愿意搞特殊化，也想得更深：既然在老家粮站的正式工作都不想干，能干好别的工作吗？能吃得新疆大西北的苦吗？再说，一个乡村大男子，怎能轻言抛家离乡？

在返回新疆的火车上，他不时又掏出妻儿照片，母亲怀揣照片的一幕又涌上心头，一幕幕亲情乡情在眼前复现。

母亲在何家产探亲后一年就去世了。

何家产回老家的故事是20世纪60年代何夫人傅兆南（1946年参加革命）讲给子女听的。他脚踏实地不爱招摇，也最最讨厌爱招摇的人。有的人战绩平平，却喜欢揽功好出风头；有些人搞什么衣锦还乡，骑着马，带着十几个人全副武装的警卫回家，搞得地方政府一通乱忙。"简朴还乡"既是他的选择，也是他的品性使然。

<h2 style="text-align:center">五</h2>

亲情乡情一直萦绕何家产心头。他喜欢孩子，尽可能为孩子的开启心智健康成长创造条件。

1958年3月初，何家产到北京解放军高等军事学院（现国防大学）学习。他非常珍惜这个机会。趁在北京学习，家也带到了北京。

1959年春，夫人傅兆南带着4个孩子来到北京，何家产就买了全楼唯一的一台苏联制造的"红宝石"牌黑白电视机，这在整个高等军事学院也是不多的。那个时候，全国只有一个电视台，即北京电视台（现中央电视台），只有一个频道，节目很少。可是每天晚饭后，家里就会敞开大门，摆好凳子椅子。不一会儿，全楼甚至还有其他楼房的大小孩子都陆续来看电视。不少孩子带来自己家的小板凳，有的大人也会来，一间屋子挤得满满的。

从南疆疏勒县来到北京，孩子们的眼睛都不够用了！到了周末，他常常带着全家人出去，看京剧、杂技，还听音乐会，去北京天文馆看星星。

他还带孩子们吃北京烤鸭，上莫斯科餐厅（之前孩子们从来没有下过馆子）。每次出门，孩子们都像过节一样高兴。在北京一年多时光，给孩子们的一生留下了深刻的印象。

何家产还把老家二嫂携着侄子何益群带到身边。老家又没别的至亲，他们孤儿寡母的，生活艰涩，他看在心里。他把9岁的益群安顿在青龙桥解放军学院院内的红山口小学念书。

红山口小学的学生大多是解放军学员的子女或亲属的子女，有少量的附近农村的孩子。学校管理正规，要求严格。益群插班四年级。院内到处是着军装的学员。小益群来自南方山乡，觉得北京太神奇了。

何益群回忆说："叔叔婶婶有4个孩子（老大雅柏，老二莉莉，老三泰山，老四黎明等三女一男），加上我是5个孩子。他们把我当作他们的子女看待，平时小孩难免争抢斗架，他们不偏心，及时呵护我。叔叔婶婶每次买的水果和礼物分成五份，我把自己的一份特地留给我母亲。叔叔婶婶看在眼里，对我大加赞赏。他后来买礼物又加了一份，让我给母亲。遇到星期天，叔叔有空的时候，就带我们去北京一些名胜古迹玩，开开眼界，还品尝正宗的北京烤鸭。叔叔学院学习紧张，我们在学校也严格而规范，白天上课，晚上回家还得做功课，我写字的功底就是在北京打好的。"

益群刚上五年级，全国"大跃进"开始了，全民动员大炼钢铁，从农村来的都要返回原地，益群的母亲就得回家。何家产想留下侄子继续在北京念书。可益群的母亲不同意，因为她36岁才生下这个儿子，益群4岁时父亲病逝，她带着孩子含辛茹苦撑起这头家，把儿子看作是她活下去的唯一希望，她要把儿子带到身边。乡人恋土，她住不惯城市，心里总觉得还是在老家好，让人心地踏实。

1960年夏天，益群同母亲告别了叔叔婶婶，告别了北京，像叔叔1954年回老家一样，乘火车一路辗转到广东韶关，再转车奔赣州，再一路风尘回到营前。

何益群深情地说："叔叔继续汇款支持我读书，一直到上高一（当时全县只有一所完中，每年只招两个班）。'文革'期间，叔叔在新疆军区担任领导工作，受到很大冲击，后来下放到安徽部队农村劳动改造，他们自己十分艰难，仍未忘记支持我这个远在老家的侄子，来信勉励努力读毛主席著作，跟党走。叔叔还寄来了《毛泽东选集》。"

六

每当政治运动社会动荡的时候，何家产对孩子严加看管。

1955年夫人傅兆南带着未满周岁的何黎明去西安学习，何家产带着三个大孩子去南疆军区上任。老二四岁，中午不肯去睡觉，他一时气急，挥去一巴掌。女儿脸上顿时出现几个红指印，可她一声不哭。

而他对儿子何泰山揍的最多。1959年在北京，泰山要上小学，他想给一向理平头的儿子理个分头，可泰山头发却被二姐剪得坑坑洼洼，狗啃似的。他见状大怒，不管三七二十一，逮住儿子就揍。从此他只允许儿子剃光头或平头，泰山长大才留起分头。这一顿打让泰山耿耿于怀，总是提起受冤枉挨打。他也知道自己错了，讪讪地说："你要记一辈子仇啊！"直到泰山成年后，父子俩长谈一次，泰山才解开这个心结。

何泰山在乌鲁木齐上小学五年级，一个周末回校（每周回家一天）之前，在父母房间的父亲外衣兜里拿了五毛钱，恰好被父亲撞见。此时何家产不再打孩子了，他瞪着眼珠严厉地斥责儿子，泰山的恐惧委屈化成了盈盈泪水，却没让泪水掉下来。泰山赌气背上书包向学校走去。已经走出一里多，父亲跑步追来，没等他回过头来，将一把糖塞进他的口袋，什么没说转身走了。他呆呆地望着父亲远去的背影……

1963年在乌鲁木齐，何家产从北京开会回来，孩子们都在八一剧场看电影，傅兆南在单位加班，家里有些冷清，他一脸不高兴。孩子们吓得大气不敢喘，分立在父亲房间门口。傅兆南轻手轻脚走进来，用温柔的口气说了一番在单位加班、对不起的话，他转怒为喜。这时候大家才敢把灯都打开。他打开箱子，拿出给每个人买的礼物（如给何黎明两双尼龙袜），给夫人的最多。多年后何黎明才体会到了父亲的拳拳之心：父亲给家人购买礼物时花了多少心思，父亲出差时对家人的想念，希望尽快见到亲人，父亲非常在意母亲，父亲的细心有时连妈妈也没体会到……

1966年5月"文革"开始，6月底他回到乌鲁木齐，四个孩子已在家玩了一个多月。一向重视教育的他感到郁闷，孩子不读书太可惜了！他把主要精力放在司令部正常工作上。这时北京出现了干部子女组成的"红卫兵"，在学校批斗、打骂老师，在社会上到"资产阶级分子"的家抄家和打人，伤及人命。消息传到新疆，乌鲁木齐也出现红卫兵，他14岁的儿子何泰山也跟着一些大孩子跑去抄家。

何家产非常不赞成抄家、打人这些事，这还有法律吗？即使真是坏人，也不应由孩子乱来。一次听儿子津津有味地说去"八一钢铁厂"抄一个新疆和平解放前国民党一位中校军官家，还打了人，他十分生气，狠狠训斥了儿子一顿！

他想的更深，十几岁的孩子精力充沛，不可能天天关在家里，也不是一人一家的事。他时任新疆军区党委常委、司令部党委书记，想出一个点子，组织大孩子们上呼图壁部队农场劳动，离开城市，由部队管着，大人们可以放心上班了。他在军区党委会上提出，立即得到大家的赞同。

1974年何家产被打倒靠边站，去了部队的儿子泰山连声招呼都未打，就背着背包回了家。他希望儿子在部队多服役一段时间，他担心儿子而气得不轻。可他绝不开口求人，他看重自己的脸面。

这个时候泰山懂事了，他怕父亲，成天躲在房间里、屋子外学习。父亲还是把他逼回部队。一段时间，泰山成了不明不白的人，没人赶他走，也没人搭理他，上班时他凑过去一起干，却没有津贴。晚上不能睡在连队，只能睡在一处没有用的空房里。这种内心煎熬难以言表。过了几个月，天气转冷，没有过冬的被服，父亲才同意他回家。

父亲的狠心取得了效果，泰山开始努力学习了。他又借来初中和高中的书自学，后来到福建，还从图书馆借学习资料，上大学前就自学了微积分，基本掌握了英语，四个兄弟姐妹中他唯一掌握了两门外语。

1974年三件事让何家产高兴。一是小女儿入党了，既说明女儿努力，也说明政治空气有所松动；二是老大生了一个儿子，他成天抱着外孙走来走去，好像第一次享受孩子带来的乐趣；三是老二何莉从第二军医大学毕业，他破天荒带着回家度假的这个女儿"游江南"（夫人也劝他走动散散心）。

这是何家产人生中唯一一次休假和旅游。父女俩先去苏州。他不愿意找在位的战友，倒愿意跟像自己一样赋闲的战友小聚。没想到消息很快传开，各地军头纷纷相邀，他心情为之一宽！到南京，恰逢南京军区司令员丁盛的大儿子丁克元结婚，他受到邀请。他买了礼物到丁家，一看，除他父女俩，没一个客人。他心中感谢丁盛的厚意，也感受到了这位老上级的艰难处境。处境不好的他倒为这位老上级担心起来……

七

1975年何家产重新工作，9月中央军委任命他为福州军区司令部参谋长，军区党委常委。

1976年，他却用另一种独特的方式再次回到家乡——这是他最后一次"回"老家。

9月，部队每年的野营拉练开始了。他乘直升机视察拉练的部队。也许回到离家不那么远的南方，也许离老家太久，路过老家上犹的上空，他特地让飞行员拐到营前转了一圈。

这一天很晴朗，飞机降低高度，何家产清楚地看到自家的老屋、稻田、蛛岭和云水河，甚至还有自己曾经抓泥鳅的地方，一切是那么熟悉、那么亲切。家乡面貌依旧，还是那么土灰那么贫困。自己曾经参加过暴动的营前老墟，因建上犹江水电厂，搬到了离自家屋场不远的地方。他愧疚又无奈地想：母亲走了这么多年，自己还没有去给她老人家上过坟呢……

听说她和大哥都葬在蛛岭，何家产又让飞机围着蛛岭转了一圈。他拿着望远镜，隐隐看到了个又小又破的墓，但无法看清墓碑上的字。又飞到父亲埋葬的小山上空，用望远镜反复看，连一个坟堆没见，他叹了口气，儿子不孝啊！

他把"坐飞机回家"告诉了家人。大女儿雅柏问："现在方便多了，再回老家看看吧！"父亲叹气说："不敢回去呀！"女儿又问："为什么？"他低沉地说："和我一起出来的大多都牺牲了，但是到现在他们的家人——我们老家却还是那么贫困，我拿什么给他们呢？"

他心里一直惦记着妹妹云娣。1954年回老家，他跟母亲和家人欢聚了几天，他应该去而没去不远的云娣家，那是基于政治的考虑，可他心结难排，内心对这个长期掉入"苦坑"的妹妹怀歉疚之情。这么多年，这个妹妹肯定过得比一般人更为艰难！令人欣慰的，是妹妹有三个听话（两个儿子一个女儿）、实干的子女。

他没再准备回老家，却打算把几个老家亲人接到福州住上几天。他要尽其所能弥补老家亲人。这个愿望越来越强烈，不过他嘴上不说，悄悄做着准备。

他得知"为地主富农摘帽"的中央精神，立即写信要云娣同她儿子邓显拔前来福州。1977年9月，云娣同儿子邓显拔跟他相聚，在他福州家里住了24天——他们兄妹相处24天，多少话语在不言中。吃饭时，50岁的云娣感叹说："我们老家啊，饭也吃不上，过年才有肉吃。"她不习惯入住的招待所贴有瓷砖。

他原准备让妹妹住一个月，只是云娣住不惯，住了七天便想回家。他挽留，动感情地说："千里迢迢见面，一个星期就回，家乡人会有看法的，说做哥哥的没尽情意。"云娣母子便住下来了。

云娣回上犹，他叫他们搭杨成武的车，或坐飞机。何夫人考虑云娣有心脏病，还是选择乘火车回家。想不到这次竟是兄妹俩的生离死别！

1977年10月，何家产率司令部工作组下乡，因心脏病突发而殉职。在广州军区做医务的女儿何黎明陪伴父亲的最后时刻。他在弥留之际，对妻子傅兆南说："我死后，骨灰撒入台湾海峡。"

这样的时候及以后，日常生活中父亲的举止不时涌上家人的心头。女儿何黎明铭记着父亲家怀情长的喂哺细节——

"父亲这个在战场上猛打猛冲的战将，在给我喂饭的时候，却极有耐心。我时常把饭包在嘴里不下咽，还边吃边玩儿，爸爸每喂一勺都要等我全咽下去，再喂一勺。有时一顿饭竟要喂一个小时，弄得他常常连午休的时间都没有了。但爸爸从未露出过不耐烦的表情，更没责备过我。那每一勺饭都喂进了我的心里，至今都记得。"

"父亲坚硬的外表下，有一副柔软的心肠。也许，他意识到他和母亲因一心扑在工作，而没尽到为父亲的责任、家长的责任，孩子应该比父辈学得更多活得更好。"

对父亲的追寻自然延伸出对老家的追寻。1999年5月，女儿何黎明为纪念父亲逝世20周年，第一次回了趟营前老家，感受了浓浓的乡情、亲情和何家人争强好胜勇敢坚韧的家族精神。她在父亲出生的房间静坐沉思，又在屋场路口想象奶奶那次一连数日等待父亲的神情，想象父亲那次回家的情形，对父亲有了更深的理解。正是在故土，她接通了父亲与故土相连的血脉之河，阐释并接力了父亲的言传身教。

回到父亲的老家，重返父亲的工作之地生活之地。何黎明频频回新疆和沿父亲足迹重走长征路，寻找父亲，感念父亲，发现了别人没看见的，自己也曾经忽视的父亲的另一面，父亲在日常生活中许多细节涌漫心头……

2007年何黎明以一篇《父亲这本书》祭奠父亲逝世30周年——

"我在冥冥之中与父亲对话，我努力读懂他这本书。像父女，也像朋友……在白云环绕的雪山上，一只雄鹰强健而孤独地盘旋在山巅之间。我看见父亲身穿他那件旧了的军用羊皮大衣，脸上挂着轻松的微笑，踏着皑皑白雪，从喀喇昆仑山上走下来，回到了他久违的小山村。村里的人都认识他，他是他们的骄傲。他操着浓重而不标准的家乡话问道：'老表，有狗肉吃么？'"

这个"小山村"既指新疆阿勒泰，也指老家上犹营前。江山万里相连。参透了荣辱和生死，最终归于淡泊与平和，何家产做了他能够做、坚持做的一切。

2017年4月5日初稿

2017年4月20日定稿

（此作参考了何黎明书稿《父亲的足迹》，为江西省纪检会"家教"丛书而作）

你不在的地方正是你在的地方

——对舅舅想象的递进

我们生活中一些人和事已然"去场"——时间的流逝让它"去场"，但它仍"在场"，皆因当事者心灵（已汇入民族心灵）深处疼痛不息——精神疼痛在场，于是"在场"就获得了恒久的意味。

——题记

1

2015年10月24日在济南跟年近九十的舅舅首次相聚后，我回到生我养我的南方家乡，不觉又是两个月，舅舅又回到我的记忆（想象）中。

倘说记忆即想象，那是基于已经建立印象的想象，基于"原型"现形的想象，有迹可循的想象，跟那种无原型可依持的想象是不同的。这么说，我对舅舅的想象就经历了由后者到前者——由虚幻而实在的递进过程。六十七年啊。赣南与济南相隔辽阔，虽无海峡这种遥远的相隔，相别竟也历经近七十年的时间鸿沟。这次相见，让我在自己六七十年的生命历程上首次将舅舅清晰地定格，舅舅所携带的那段大历史开始在我的心理场域清晰起来，而此前对舅舅的想象，宛若离地数十年的风筝，终于归结于舅舅这个具体人——具体的羞耆者，由年轻到年老的九十年也隐匿在他此时的神态中。舅舅是株生于南方而数十年挺立于北国的老树。

2

我对舅舅的想象横亘半个多世纪的时空。

数十年来我和我七姐妹对舅舅的想象，由于我们都没亲眼见过舅舅，只是基于相片——那个时候拍照并不流行，在小县城只是局限在一个国营照相馆，因而照片显得珍贵。1945年姐姐出生时，舅舅为着谋生离开家乡已辗转外地。当然我母亲父亲脑中烙下了舅舅的音容笑貌，他们给我们讲舅舅所依据的是真切舅舅的青春原型——在县中读苦书的伶仃少年的原型，为着生活而毅然扑向外部世界的原型，这个原型在他们心目中永远定格。依凭照片和书信，漂泊异乡的舅舅汲出我父母的想念之情，化成了艰苦生活的一种心灵的抚慰和信念。尤其是我母亲，她从小与舅舅相依为命，她对舅舅的关切和祈祷化成了她生活的定力。她对舅舅的亲情因关山阻隔岁月如水而弥深，在亲情认可上她从不怀疑从未退让，公然称许她的弟弟。而在那个政治运动频仍恐惧常袭的年代，像我父亲那样的中学教师对有可能给自己带来不虞的亲人的情形是三缄其口的。

这一切在我年岁渐大时才慢慢明悟的。我读过许多同代人的回忆录（如张戎的《鸿》和彭小莲、刘辉的《荒漠的旅程》），由于长时期的政治高压，我们一代两代与知识分子家庭息息相关的人对自己在"旧社会"浸染的家庭和亲属总是讳莫如深，仿佛逃离瘟疫一样不让自己知道其来历，结果对自己家庭和亲人的来龙去脉非常陌生，后来就是怀旧，由于没清晰的基点，怀旧也是笼统空泛的，始终有一股隐隐的痛和荒，以及空茫。（这种对亲人、故园和同时代人雾里看花所引起的疼痛和空茫是那个年代普遍的精神症候，不过也成了探求真相的精神动力）

大概"公家人"（教师）的父亲晚年怀旧，也是时代比以往宽容，对往年真实生活的谈吐中，他与舅舅有限的交往——年轻舅舅在家时与父亲肯定亲近过，当舅舅外出，父亲就凭已然建立的印象加上若干书信维系这种情愫——就浮现了，父亲比母亲更知道意识形态情境中如何藏身，言词如何过滤，因而我在父亲面前听见的对舅舅及舅舅家的情形描述也是时断时续。而母亲一生是家庭妇女，她对舅舅的回忆更带有纯粹的亲情，但舅舅离家在外是怎样一个生活情形，她无法想象，她更关注的是舅舅成家及子女，在听到舅舅第三胎生了个男孩，她是怎样的欣喜啊，逢人就讲"我弟弟有后了"。这也是世俗女人一般有的现象，出嫁的女人心里总念记着娘家的香火相传，这也是富有中国传统精神在传统女性上所体现的一种忘我的"凝视"即企盼。

当然我也在偶然中听别人讲起舅舅（包括小时与舅舅结识过的亲友和在济南工作的上犹人），这都是即兴的、碎片化和外在的。

我就是在这样的语境中延续着对舅舅的想象，知道济南有这么一个亲人，有这么一家子跟自己相连。从20世纪80年代开始我与舅舅频频通信，我对舅舅依然是想象。

<h1 style="text-align:center">3</h1>

舅舅最初给我的印象——我心中建立"想象舅舅"这一"基点"，却是舅舅为数不多的几张照片。

我从小知道舅舅在济南——一个遥远的北国，是通过舅舅的照片。我姐姐（1944年生）比我长几岁，她或许在襁褓中见过舅舅。舅舅1945年寄给我父母的一张一寸黑白照片：一头茂盛的黑发，衣着学生装，脸上扑闪着稚气。时年他18岁，在杭州。足见年轻奔外地的舅舅对我父母的深情，对家乡的依恋眷顾。其时我还没来到人间。这张照片以及后来舅舅寄的几张照片，我家都保存下来，先是由我父亲，后是由我姐姐，再后由我保存。我还收藏了舅舅于20世纪80~90年代寄的两张彩色照片。我正是依凭这有限的照片想象着舅舅。

最先一张黑白照片很小，比现在的一寸照片还要小。这种照片今天只会用在身份证上，可它却跨越70年的时空。尽管它陪伴我数十年，我只知道这是年轻时候的舅舅，而不知其具体的时空内涵。

一张舅舅舅母结婚的2寸相片，是在照相馆照的，相片下方有"青岛国营美丽"印刷字样，背面竖排写着："姊夫、姊姊：我们结婚了。自楷启文 青岛1958.2.8"。记得还有一张舅舅以雪地为背景的小照片（正是这样的背景建立了我对于北国冰天雪地的印象），一张舅舅同他一个堂兄弟合影的半身照。

那时肯定还有舅舅写给我父亲的信，没有照片纯粹的书信。我见过信封和信（我也就熟悉舅舅中规中矩却透出灵气的字体），可那时我不认识，也不感兴趣，认为通信是大人的事，我只注意照片，舅舅就是这个样子。当时的我无法、也不可能知道父母因这张照片激起的情感波澜，更不知道舅舅当年离开家乡十几年后竟在青岛建立他的家庭，但我知道父母以此为荣，觉得舅舅有出息。特别是母亲，她把荣耀和满足传递给我们，嘱我们好好念书，小小的我（当时读小学三年级）为远方有个能干的舅舅而得意，也觉得要好好学习。未见面的舅舅成了我苦读奋发的一道精神源泉。

一个人是否有文化意识跟其有没有文化没什么关系，我母亲一辈子是家庭妇女，没读过书，她就具有文化意识。这跟她的家庭，以及她对家庭的感悟有关，更对她在一种有时是时政有时是我父亲给的逆境而产生的精神反抗有关。她祖父是个拔贡（县城有名的读书人）这一传统意识浸入了她的血液，至少她可以在我们兄弟姐妹面前口无遮拦地诉说她祖父如何读书成才的故事，而我父亲知道政治禁忌而回避不谈。我母亲的母亲过世早，她在姐妹中居大，她的父亲出走，后来另娶也另过。她两个妹妹自小给人做童养媳，她带着舅舅（舅舅小她3岁）从小就跟着祖父，直接料理他们生活的却是她的大伯父（几十年我们弟妹都视他为亲外公）。她祖父是清末的拔贡，在县城颇有名望，不时受邀参加一些家庭的"典祖"祭祀活动，受到尊重。这样的尊重是无法用吃穿物质进行替代。我母亲耳濡目染懂得了读书、立志、成才的道理，所以她为她弟弟终于读书出头而由衷欢欣。

其实舅舅走上读书成才之路并不平坦，这个中的一切是在近些年我听别人讲起，也听舅舅在电话中讲起才知道的。简单地说就是，舅舅童年困苦伶仃，他祖父要送他做木匠，而他想读书，他祖父就说："你考不上前三名就别读了。"结果他名列第一，还享受了县中的助学金。家庭涵养读书的"种子"。其时县里开办了富有现代气息的中学，"读书"的愿望在舅舅心中真切起来。

说起县中——县初级中学，那时叫继春中学。抗战年代到赣南做行署专员的蒋经国派了年轻实干的王继春到上犹做县长，当时县里没有中学，学子只有到邻县读中学，王继春力践蒋经国"建设新赣南"理念，抱着"宁叫一家哭，不要一路哭"宗旨，向富裕户派款子而建起县中（初级中学），各村（保）也建了小学。县中招聘了好些江浙教师，后来又办了高中部，设立了奖学金，短短两三年成了赣南最好的县中（当年蒋经国称它是全国一流的中学）。舅舅有幸赶上了趟。80岁的舅舅回忆说："我有机会在初小毕业后，能顺利地上初中，初中毕业后，县中又办了高中部，而且还达到了享受公费上高中的待遇（吃饭不要钱），这样家里就没理由不让我继续读书求学，而且是上大学，学的数理化。"

这在当年还是幼儿的我，依照县里读小学读初中读高中再考入大学的现实情境，想象着舅舅基本还算顺利的读书之路，心里也植下"只有读好书才能到外面闯事业"的憧憬。在我的心目中，有出息的舅舅很强大（拿现在的话"很牛"），在同学面前也不时炫耀一把。别人真实想法我不知道，自我激励的效果是达到了。当然这种炫耀也是基于我家弟妹多而贫困的现实，学习中生活中遇到挫折和挑战，人必须依持一种精神力量。舅舅成了我理想的具体化身。其实我们小县城习惯随顺的人早就抛弃了尊重读书人的旧习，无视于舅舅的"读书出息"，幸亏幼年的我秉承我父母对读书成才的倚重，从而内心注入了奋发上进的精神动力。

我读初一临近放寒假，学校要各个班组织突击挑塘泥，劳动的气氛热烈。我做学习委员要拟写跟别班的挑战书，明显受到班主任的宠爱，得意扬扬。不久突然不知什么原因，一次晚自习，刚大学毕业执教的班主任竟在全班同学面前斥责我，用词刻薄。我受不了，当即爆口"我舅舅……"，我蔑视一切，一股莫名的冲动驾驭着我。我脸走色，双手痉挛，两股战战，说不出话来。这是我人生遭受挫折的一次预演。班主任愣住了。记得有几个同学把我送回家。气急败坏中我把舅舅当作回应的武器，真是可笑幼稚之至，当然是无效之举。班主任的吃惊不在于我抬出了我舅舅，而是我因激动引起的身体变症。第二天我觉得难堪极了。后来我没再做班干部了，我的情绪低落了许多，可"舅舅"仍在我心中，一直是我精神的源泉。

4

因照片（尽管只有几张），想象中的舅舅始终是个坚实的存在。当然，更多的是舅舅写给我父母的信，逢年过节他汇的钱。当年我总是以为自己家困难，而舅舅在大学教书有钱，所以他就寄了，而不知道，舅舅在乎老家在乎亲人，我母亲对他的关切和关爱、他对我母亲的感念都异乎寻常，我母亲成了他思念的寄托。他年轻外出，接受了新思想，懂得男女平等，为我母亲没文化而嗟叹。20世纪50年代后期我二妹三妹四妹接连出世，舅舅写信批评我父亲把母亲当作"母猪"。我偷偷看了舅舅的信，感觉到了舅舅对我父亲的不满。

随着自己年岁增长，我发觉我母亲在一定程度承担并显示了姐弟的情怀，两姐弟惺惺相惜，舅舅尽绵薄之力回报。就在我母亲出嫁到李家之后，这种挚情没有退化反而浓烈有加，尽其所能帮助舅舅，而读中学的舅舅体会尤深。在2015年这次初见舅舅，他讲了这么一个细节：那时他读中学，没有水鞋，只有穿布鞋上学，所以鞋跟沾水容易穿眼，我母亲悄悄地为他续鞋桩，那是在油灯下一针一线纳鞋底的细活（之前还要打布壳剪鞋片），母亲肯定续过多双。北国的舅舅常常回想这种温馨的场景。可以说，这种温馨成了舅舅心怀故土最关键的元素。

271

舅舅年轻时肯定想过回家，但这念头一直在延宕之中，归结于经济原因是主要的，两地遥远几乎成了无法克服的障碍。那时普遍工资低，我做小学教师的父亲就这么认为，何况舅舅不时寄钱来，用钱糊车轮不如寄给我家抵用。舅舅以寄钱加写信的方式表达了对亲人的思念和报答。后来舅舅成家更有了负担，回老家也就无限期悬置起来。至于舅舅离家之后如何奔波和苦读——考上上海的交通大学，之后在济南的山东大学谋得一个教书的位置，在家乡的我们是无法想象的。至于我们到济南看舅舅，山重水复，更是不可能的。

现在想来，是"不得安稳"让舅舅不敢下决心回一次家乡。

但舅舅心中的家乡情是炽热的。"新时期"的70年代末80年代初，舅舅因公出差到江西的景德镇，他跟家乡阔别多年终于踏上了江西的土地，激动不已。他写信告诉了我们，我读了他这封信，感觉到了他的欢欣之情。赣北的景德镇离赣南仍是遥远的，舅舅没趁机回一趟上犹老家，工作在身是个重要考虑，交通不便是个客观因素，他的老家不成其家（早已凋零瓦解），他只能看我母亲三姐妹，当然县城还有秦家亲脉，但对舅舅来说都相当陌生了（舅舅已不会说家乡土话），惨淡相对如何诉说？亲人和非亲人会理解他的诉说？有可能倒引出不必要的歧义。这些都是他对"回家"再三掂量的因素。今天我也想到了，还是"不得安稳"这一心结让他"回家"之念继续延宕。

1950年以来政治运动不断，阶级斗争思维造就了官员也造就了百姓。我所在的上犹在50年代就发生了缘由姓氏矛盾，一位16岁当红军荣归故里的长征英雄出席有"污点"本家亲戚饭局，立即遭到别姓"贫下中农"举报揭发，"与坏人称兄道弟严重丧失阶级立场"。他受到严厉处分，他不服而申诉，导致他竟被划了"右派"。因而"家"不是好"回"的，在中国数十年的风云变幻中，一个扑进新系统的人回到他原来置身的旧系统是危险的。在外叱咤风云意气风发却在家乡获罪的人事绝不是个别的，这在全国各地都一样。"回家"成了陷阱和畏途。舅舅肯定考虑到了这一点，所以即使是"新时期"，舅舅内心继续保持着"不得安稳"的思虑。

"不得安稳"也是舅舅大半生的生活和精神写照。

虽然他寄的照片上都显现安稳之气，确实表达了生活的某种安稳，可在他心中——受现实时局的触发——总有"不安稳"之虞，于是盼望能有更加安稳的生活，这种安稳及安稳感既是时代和社会的，也是他自己的。因为文科跟政治相连，舅舅选择了理科。他虽然读的大学理科，教的理科，作为城市大学的一名教师，但对政治风向十分敏感，因而他力求的安稳就是自我保护，守住自己得来不易的生存之地。

还有，不安稳也是舅舅从小到大生活的一种基调。在社会这个大海洋，个人似乎是那么孱弱无力。但舅舅没有坐以待毙，总是利用一线之机做自己的努力。人世的奇谲在于，天无绝人之路，一个人在困境绝境中总会碰上机缘，这种机缘既是指贵人，也是指境遇，人逮住了，命运于是柳暗花明出现新的面貌。舅舅小时在家乡求学就是这样的，他已初尝甜头。就是说，他在县中度过了一段求学的安稳期，即有书可读，其实日常生活并不安稳。舅舅像一片离开家乡和亲人之树的树叶在时代中飘摇，那岁月和情景我们无法想象，在时代的急流中，他终于没有沉入水底而是探出头来，在遥远的北国成了一棵绿树。

尽管进入了山东大学教书（20世纪50年代初期和中期，在青岛），舅舅的薪水也不多（这是普遍的现象），他陷于拮据之中，连替换的衣服也没有。冬天室内幸好有暖气，可以窝在屋里不出来。这时舅舅得了肺病，住进了青岛医院，因医院是他们学校办的，他也就意外地享受了进口的药物治疗（如在别地则不堪设想）。要出院了，因赶制新衣服而又在医院待了几天。这一切舅舅都没写信告诉给我父母，否则我母亲会牵肠挂肚地难过。

接着舅舅又得考虑成立他的新家了。这张摄于1958年的结婚照片和舅舅寥寥数语的题签，显示了舅舅新生活的开始，表达了舅舅趋于生活安稳的神情。依家乡习俗，舅舅结婚的年纪显得大了。对舅舅来说，金榜题名和洞房花烛来之不易，他是幸运者，他从此定居济南，是他从未想过的。"人要努力，贵人相助"是舅舅的人生经验。我咀嚼着，也践行着，化为了自己的人生经验。

这些都不为小县城的我们所知，却都是舅舅"不得安稳"的具体内涵。

时代继续着波谲云诡，决定了舅舅的生活、我家的生活——中国无数知识分子的生活不得安稳……

寻常的几张照片，竟蕴含着人生如此奇崛的时空。

5

我20世纪80年代走上了文学创作之路，也不时给舅舅写信。他对我的努力是嘉许的，希望我有更大的出息，他把我的"文学出息"看作是对我辛劳母亲最好的抚慰，当然他内心依然保持着来自他祖父"立德立言立功"的中国传统文化精神。在那个风雨飘摇的年代，中国坊间这一传统依然根深蒂固。1987年他寄来了山东大学出版社出版的《中国名言辞典》，书上用毛笔题写"祝伯勇多出佳作 秦自楷胡启文 1988.7.22"，并附短信："伯勇：你好。初读'中国名言辞典'觉得内容还可以，也许对你有参考价值，故寄你。关于你的中篇，不要寄来了，在济南我可读到。读后如有评说，再寄你。最近高温天气来到中国，不知上犹情况如何，请建议你父母注意休息，少在太阳下走动。自楷 7.22"。1991年12月他还寄来山东大学出版社的三卷本中国当代文学研究资料《长篇小说研究专集》。2015年与舅舅相聚，我才知道舅母胡启文当时在山东大学出版社工作，他们寄来了我需要的精神食粮。

舅舅也知道我父亲晚年对我母亲不好，1988年寄的全家照背后写着："芳姐：这是在1985年，济南趵突泉旁边照的一张全家照片，依次为老二秦林、老三秦松、弟媳胡启文、弟弟、老大秦怀青。我们全体都祝福姐姐姐夫健康长寿，伯勇等在事业上取得很大的成就。自楷 济南1988.3.20"。

从舅舅寄来的全家照，可以看出舅舅已入安稳之境。新编的上犹县志和上犹中学校志都录有他的"条目"，但这些"事功"舅舅在信中都没有提及。不过舅舅却是准备回一趟老家，这就意味着从国家大环境和家庭年龄小环境，舅舅终于盼来了安稳之境。可是1993年初（刚过农历新年）我母亲突然脑溢血而病故，这对舅舅的回乡热念不啻釜底抽薪，他再也见不着体恤他的姐姐了，数十年前的1945年姐姐送他出城门的相别竟是永诀！见不着应该见到而未能见到的亲人，"回家"的意义黯淡了许多，热望也急剧降温。因城市建设，舅舅县城的老家也被拆除了。此时舅舅年岁渐高，他家里也担心他回乡上犹遭遇不测。不过他要儿子秦松趁出差韶关回了一趟老家。其时我一家住在文化馆，见了表弟十分高兴，我陪伴他奔赴乡镇分别看望了两个从小抱养出去的姨婆。一次舅舅真准备上路回乡，但舅母病变和病逝，归乡又被搁置了，而且就是舅舅有此雄心，子女们也会劝他，还是让数十年前的家乡揣在心头吧。

可以肯定，舅舅就是回来，在变化巨大的县城也一定"找不着北"了，已逝的亲人和巨变的故土只能让人陡增惆怅……

由于不时跟舅舅通电话，我竟产生经常见他的感觉，缓解着我一度强烈的见舅舅的愿望，也就推迟着"济南之行"。我总想顺畅些再顺畅些奔赴济南，这"顺畅"跟舅舅常念的"安稳"的内涵不一样。有我对工作对家计的考虑，有我对写作的考虑。我主攻长篇小说，当一个长篇小说的雏形在我心中一闪，就像发现一个泉眼，我就迫不及待全身心投入地做"田野作业""读书""构思"的准备，当"作品"呼之欲出，我又连续几个月躲到一个地方写出初稿，接着请人打出电子稿，联系出版等事宜，有关写作的事一件件纷至沓来。但人总有松弛下来纯粹"静夜思"的时候，我为一直没去济南看望舅舅而愧疚。从电话中得知舅舅健康，我也就顺延着看望舅舅的念头。眨眼我也退休几年，"看望舅舅"愿望强烈起来。

6

终于在舅舅近90岁的2015年10月，我和家属、妹妹奔赴济南，我平生第一次见舅舅。现实中的舅舅与想象中的舅舅终于重叠。

表弟秦松在济南站接到我们一行。在今天看来平淡简朴的山大教授楼单元房，我和舅舅相拥，我流泪了。舅舅激动地说："纪念抗战胜利70周年，终于我见到了老家的亲人！"

因我母亲比较瘦小，我想象舅舅也是小个子，加上舅舅高龄，身材会更其瘦小。但近九旬高龄舅舅身材的挺直高大超出了我的想象。他同我们去山东大学校门口合影。平时他就在这一带散步，他半个多世纪的生命融入了这所学校。他谢绝学校领导安排的更加现代舒适的新房。屋内的摆设依然是80年代的样式。我注意到那个座机，舅舅就是通过这个电话与家乡相连，与世界相通。在时间的河流中，在社会的风浪中，在自身的心灵和情感的波澜中，舅舅健朗地胜出，江流归海波不兴，满目青山夕照明，这样的图像本身就发散着一种平步从容自强不息的文化意味。

从此，我以亲眼看见的年老舅舅进行想象了。为数不多的几张相片连贯了时间之链，相片后面的时间之流隐现舅舅生命的旅程。对我，舅舅还是存在太多的空白，这是自然的，但也激起我探寻的兴致，于是在跟他平时电话交谈中有些"空白"突显而具体起来，也能感觉他一直在意即一直未能放下的某个心结。可以说，他这一心结也直通着现代进程中我们民族的心结。

舅舅和我的首次相聚，只是人世间舅甥情谊的一件寻常"草根"事，可同样离不开时代波涛的裹挟，也折射出时代的变迁。从独特意义上，因"青年军"事，舅舅的生命轨迹正与"抗战胜利70周年"相连。于是，当舅舅拥着我说"抗战胜利70周年"并非他有意的攀附，却显现不可或缺的"肉身以道"的"空白"：他不在这"举国庆典"的"老兵行列"里，却是这"抗日老兵"中的一员——事实是一些老者就是"抗日老兵"却在名分上一直未得到承认，于是内心仍有着隐痛。不过对这样迟来的荣誉他淡然以对，他曾在的地方又是他不在的地方，他不在的地方却是他在的地方。在与不在，生命投入了，他在，由此绵延几十年的内心痛苦表明他在，"荣誉圈"里他却不在，然而他又为别人的荣誉而欢欣，为别人迟来的笑声而欢欣，等同于自己得到了名誉，伴随他大半的生命和精神负荷也就随风而去，他又是为自己欢欣。

我们生活中一些人和事已然"去场"——时间的流逝让它"去场"，但它仍"在场"，皆因当事者心灵（已汇入民族心灵）深处疼痛不息——精神疼痛在场，于是"在场"就获得了恒久的意味。

于是，不期然我又触及舅舅一段生命的轨迹——我对舅舅的一段"空白"。

7

为弄清照片背后几个模糊的字，2016年1月10日下午我打电话问舅舅，他确认是1945年当青年军时照的，而且这次通话我又得知他在当年赣南"十万青年军"的来龙去脉。

1945年舅舅在县中读高一，报名参加了青年军。当时学校答应了"战事结束，可以回校继续读书"的要求。其时日寇正逼近赣州，全民抗日正处艰苦卓绝阶段，1944年任赣南行署专员的蒋经国组织"十万青年救国军"。且不说民族大义，这不啻给小县城苦闷的知识青年寻找"生活出路"的一个契机。于是赣南各地报名者众，有男也有女，舅舅也参加了"十万青年军"（上犹不少知识女性也参加了），随队奔赴抗日前线（许多人仍留在家乡）。舅舅的"找出路"意味着离开家乡和亲人，扑向无可预测的未知之途。对于一个血气方刚，苦闷却不甘沉沦的青年，一隅家乡多么微不足道，像巴金《家》《春》《秋》所揭示的挣脱"封建大家庭"是那个时代青年人普遍的选择。家乡总是同父母亲人相连。对舅舅来说，体恤他的祖父病故，心疼他的姐姐出嫁，他的父亲出走另过，家已破碎无可留恋，他也就随县城一些青年人出发了。毋宁说，外面天地广阔，像别的热血青年一样，舅舅为寻找属于自己日后的安稳而甘愿奔向这种"不安稳"，走向抗日战场在所不惜，也义不容辞。

"十万青年军"意味着经受短暂培训就要上战场，三个月光景，日本投降了，青年军也就面临遣散回乡（他们连枪也没摸过）。在家千日好，出门半朝难，一些人回家了，可舅舅不想回家，因为家里无安稳可言。这时他们正在杭州，他选择了"继续读书"，为考大学一搏。这一切只是最近几年舅舅在电话中说的，当年我父母对此所知甚少，做小孩的我更不知道。扩大地说，当时百废待举，许多有为青年选择了"读书成才"之路，舅舅所在的团队有一群想读书的青年，这也意味着必须经过考试（这也说明大学教育家们的治学依然严谨，不会以"参加抗战"为政治由头降低成绩标准）。舅舅以县中的学习底子接受了挑战，在数十人的考试中，他进入了前五名而被"最难考"的上海交通大学录取。他学的理工，在学校享受了助学金，1952毕业即进了山大教书。在不安稳中舅舅又度过了一段安稳的学习时光。

"文革"中"十万青年军"却定性为"反动组织"，它被污名了，凡参加者都受到严厉的审查，舅舅概莫能外。驻校军宣队用了很大力气对付这一"敌情"，他们一厢情愿地想查证我舅舅是这一"反动组织"的高级卧底，赴上海等地进行"外调"。像全国许多地方一样，那时的掌权者都以非白即黑，把想象当作事实，无时不在的敌情观念对待那个时代和那个时代的人，把众多无辜者推向了敌对阵营。不过大学就是大学，比起疯狂的地方仍保留着理性，他们还是依据了事实，发现对舅舅的举报是假的，这事也不了了之，舅舅继续在山大教书。然而，这个心结一直是他的难以承受之轻，他无法彻底了结，因为当年他们是秉怀民族大义满腔热血上路的。

现在舅舅告诉的情况是：他一个在北京的张姓同学，当年同他一样参加了青年军，也一样考上了大学，后来他留在在学校教书，而这个同学为"干革命"去了北京，在某大学共青团做一般的团委，因家庭出身不理想，后来又调离到某中学，20世纪80年代再回到大学。张先生同样遭受了"审查"的经历，由于其人当年选择做行政工作，更受到"革命"的排斥，当然其人对此更加耿耿于怀。去年纪念抗战胜利70周年，这个同学向学校提出"青年军算不算抗日远征军"的问题。经过查证，1945年国共的重庆谈判，周恩来同意把青年军看作抗日。张姓同学又把问题反映到国务院，国务院明文答复可以，这个同学每年可享受5000元政府津贴，还主张舅舅去申诉。

舅舅无意再经受一番折腾，他也不在意津贴，而是看到青年军数十年的污名（被视为反动组织）终于得到雪洗，十分快慰。还人生还历史一个公正，舅舅成了在世的见证人和幸运者。他经临的这个"场"早已成过去，可由于这个"场"数十年被污名而"挂"住了他，转眼间，"污场"又成了盛誉之场，不期然延伸了"在场"之役，但他淡泊以待——他淡泊地面对自己的生命之场。他来到"人生长河"的入海口，情境交融，壮阔安详从容成了物我融汇的旋律，你不在的地方正是你在的地方。

<h1 style="text-align:center">8</h1>

2017年5月10日我收到了秦松表弟发来的唁函："哥，我爸爸于昨晚过世。"唁函极短，足见哀情之深。我顿时怔住了，不禁洒泪，我连续告诉了我的几个妹妹，并商量了远在老家的我们的悼念方式。我们来不及急奔济南与舅舅作最后的告别。我也忘了问舅舅这次的"急走"之因，倒是稍后我一个妹妹告诉说，是舅舅不慎摔跤而引起并发症，导致心力衰竭。很快我又收到舅舅在北京某大学任教的大女婿路晓辉在第一时间写的哀悼老人的第一篇文字，回忆舅舅最初给他的印象。我哀伤不已，2015年10月的拜见舅舅，是最初也是最后的一次相见。

那次济南相聚后，我跟舅舅多次通话，他都是一种安详乐观的态度，讲得最多的是他那段"赣南抗日青年军"的事，因北京他一个相同经历的同学终于获得"抗战老兵"称号，他积压心头的一块阴影消失了。但他不愿折腾搞材料，取得奖章，长河落日，辽远、绚丽而平静。不过我心里对舅舅这段经历不是很清楚，就是说，我能以平常心明白他这段人生经历，但不太清楚实际发生了什么，比如如何当兵，又如何在浙江转去读书。

2017年8月29日，我收到路晓辉发来的回忆舅舅的文章《抗战老兵》。这下我就更清楚了，还纠正了我文章中不准确的地方。得到路晓辉赞同，我把《抗战老兵》纳入了我这篇长文——

　　2016年早春的一个傍晚，妻从学校操场完成了例行的"绕圈+老父电话"运动后，回家对我说，岳父希望我们去拜访一下他当年的老同学，张佑昌伯伯。

　　张老伯从外语学院离休将近30年了，一直和老伴儿在家研究党史和抗战史。电话里得知我们将前来拜访，连声表示欢迎欢迎，激动和兴奋的言语让我和妻感到很温馨。第二天我们刚走到他家附近，远远地就看见张老伯顶着一头银发迎在了楼门口，那凛冽寒风中翻飞的银发让我和妻顿感心里热乎乎的……

　　简短的寒暄之后，张老伯和他老伴儿用亲和的话语、慈祥的微笑和许多早已卷边发黄的照片和文字资料，把我们带入了70多年前那个隽永绵长的历史画卷……

　　张老伯与岳父早年在杭州是中学同窗，伴着"姑苏城外寒山寺"的钟声，这些寒门学子曾经历了一生都难以忘怀的日日夜夜……当时抗战刚刚结束，国家百废待兴，在国共两党各自打着心里的算盘、大地焦土上仍然处处狼烟缥缈的动荡年代，能在西子湖畔眺望三潭印月的波光粼粼和远处雷锋古塔的幽幽背影，实在是因了蒋经国的一句承诺……

　　1945年初，蒋公子在江西发动并组织了"赣南抗日青年军"。当时虽日寇已成颓势，但"落水狗"还是狗，冬天的蛇"死而不僵"，同时"虎父焉有犬子"信念强烈地刺激着蒋公子的那一腔热血，他在江西各地号召青年学生参军上战场，并庄严承诺：打败日寇之后，一定让你们"优先"再回到学校学习……当然，这里有一前提，那就是"瓦尔特保卫萨拉热窝"的一句台词：如果你还活着……

　　当时岳父在（江西）当地有名的县高中读书，拿的是今天称谓的"全额奖学金"——免学费还管吃住，全因为入学考试是前三名。能以"探花"身份进入街坊和邻里老少皆仰慕的学府，背后一定饱含着出身寒门的岳父当年难以想象的艰辛。原以为这引以为豪的"幸福"会平静地延续，突然的某一天，蒋公子的"征兵"告示冷冰冰地贴在学校大门口，血红的章印在清晨朦朦胧胧的薄雾中赫然醒目……

虽然每次拜见岳父时，老人断断续续地诉说了许多往事，但当时看到"血红章印"后老人的心绪却并未直言。前几年，易中天"品三国"里的"逻辑推理"对我极有启发。依据推理，其实不难感受到老人当时辗转反侧的思绪：

要上战场吗？

要放弃这百般艰辛才得到的求学机会吗？

我会在战场上死掉吗？……

"拯救民族于危难"的思想境界估计与青年岳父还有些距离，当然这青年也绝非"商女不知亡国恨"。他最终还是去了，推理告诉我们其实因由很简单。

徐静蕾在《一个陌生女人来信》中为上街请愿的女学生设计了这样的镜头：同学都去了，我当然……

是的，同学都去了，这简单的因由足以诱发五四运动等事件的发生。所谓当初的政治觉悟往往是后来的"有心人"张贴的"标签"而已。因为同学都去了，学校可能要暂时关门，即便不关八成也是"师大女附中"了。即便千般纠结，情感朴素的青年也不至于愚钝如此，也许上战场也能改变命运，况且不是还有蒋公子的那个承诺吗……

谁知不到3个月，当初这"都去了"的冲动竟为老人带来了好运——日寇投降了。在鞭炮齐鸣和锣鼓喧天的气氛中，老人（可能）暗自庆幸自己还活着、庆幸曾经参加了准备为国捐躯的抗日国军而没有"临阵脱逃"，当然更惦念那个曾经的承诺……唯一的遗憾是：枪，都还没有摸过……

去台湾自由行时曾深深地感受到台湾民众对蒋介石公的印象一般甚或可以说"差评"，但对蒋经国还是充满着敬仰，岳父应当也同感颇深。或许是当初那个"庄重承诺"余音尚存，但我更相信那是蒋公子"一诺千金"的做人信仰。很快，尚在兵营周边逗留的岳父和伙伴们就收到了通知，可以报考杭州专为这些青年军学子们设立的学堂。考试对原本就书本深厚的"探花"而言如同伸手探囊，3个月的兵营生活不过是稍稍长点儿的"暑假"而已，况且还有署着蒋公子大名的"赣南抗日青年军遣返证"。名列前茅的考试成绩加上"满分"的政审资质，很快岳父与张佑昌老伯等一批背景相同的年轻人，成了西子湖畔的同窗。……

老伯母亲切地给我们的茶杯又续满了水，书房中弥漫着龙井茶的清香和袅袅升起的水雾，茶壶碰撞着茶杯发出了清脆的声响，一下子让我从张老伯徐徐展开的那个已经久远的历史画卷中惊醒，很快地，老人家又将我带入了另外一幅簇新的画卷……

2015年一天，电视里出现了抗战胜利70周年的"九·三"大阅兵。那隆隆驰过的东风战车，呼啸而去的歼20战机方队，胸前挂满勋章、颤巍巍行着军礼的抗战老兵等镜头，伴着激昂的《义勇军进行曲》深深地触动了岳父和张老伯压抑了几十年的神经……当初谁能料想：那个不到仨月、枪还有没摸过的国军之旅，日后竟成了岳父和张老伯们几十年的梦魇。

岳父曾几次跟我提到：张老伯思维敏锐、处事果断又不失谨慎……尽管"文革"已然过去40余年，但对这段历史和历史的经历者并没有给出明确的定论。延续"文革"遗风这些人仍然是"有历史 问题"。张老伯坐不住了，愈来愈宽松的政治环境，加之早已是无所顾忌的"风烛残年"，老人毅然找到学校组织部：

组织上应当把我定为抗战老兵！

一个难题摆在了组织部部长的办公桌上……正视历史错误需要执政者极大的勇气，好在今天的部长要纠正的应当属于"前任"。但即便如此，过程仍然坎坷……

"您的请求有什么理由啊？"……

"我这一生的历史问题不就是参加了国民党的抗日青年军吗？这还不是理由？"

"您能拿出什么证据？有什么人能证明吗？"……

老人一下子就乐了，"解放后的历届运动，三反，五反，反右，直至'文革'，我历次写的交代材料快超过史记了。你们随便去查查即可……"

面对厚厚的发黄的散发着漫长历史长河气味的档案材料，组织部一切想得到的证明证据应有尽有……妻很多年前曾对我说：小学二年级时经常半夜醒来看到父母凑在昏暗的白炽灯下，低声商议交代材料该怎么写？谁能想到，当年的那些无奈竟成了今天的"铁卷"……

但即便如此，坎坷还在继续：

"您不是，枪都没有摸过吗？怎么能定为抗战老兵？"……

老人一下子就不干了："当年说我有历史问题时怎么你们没提摸枪？参军时谁能预见到日寇投降？"

战场上哪颗子弹认得谁是"探花"、谁是村夫？……

组织部长感到没有必要再计较，申请材料报到学校，再报到教育部、文化部、中组部，当然也借助着"九·三"大阅兵中那个"颤巍巍"的军礼，很快地，三部委联合给张佑昌老伯颁发了抗战胜利70周年纪念章……

张老伯抚摸着烫金的勋章，眼角微微闪着水光……这个勋章终于给老人70年前的那段经历定义了本该属于他的历史本色。张老伯收到勋章后第一时间，给我的老岳父打了电话：你的情况与我完全一样，你也应当去申请，我已经把那坎坷之路基本疏通了……这，就是老岳父希望我们拜访张老伯的初衷。

我把张老伯所有的资料拍了照片，当然包括那个烫金的勋章，通过手机发给了妻弟……

岳父看到这些照片的情景如何我并不知晓，但推理告诉我：老人默默地久久地看着那个勋章，70多年来的历史沧桑如大海翻腾的波涛，汹涌而起又渐渐平复……历史终于给了老人公正的评价，老人可以坦然地面对身后，老人给子孙们带来了自豪……

后来妻弟告诉我，老人不打算去申请了，再大的荣誉也比不上现在生活的平静，过去曾经的伤疤不想再一一去揭开，过去的就过去吧……妻弟最后还透露，一次老人在家属院的老伙计面前拍着瘦骨嶙峋的胸脯展示了我印象里的第一次"不谦虚"：老子是当年的抗战老兵！

2015年12月～2016年4月（清明节）

2016年7月4日补记

2017年9月8日再记

隐没的风景

——满姑和她的养女

有太多的主角到最后是不幸福的，

可是他却赋予他们胜利者的姿态……

胜利无关乎幸福，

反而与自我认同，

一种使他们完整无缺的内省较有关系。

—— ［伊朗］阿扎尔·纳菲西《在德黑兰读〈洛丽塔〉》

遗嘱上的情感热流

满姑李祥春和姑父尹钟荣逝世多年。因1949前后至20世纪90年代中期一直是满姑当家，在当地人印象中，不叫尹家，而叫李祥春家，也表白了当地人对缺乏男人应有气概的无能姑父的鄙夷。为了叙述的方便，我却用了"尹家"这个名称。在那个政治运动频仍的时代，在台上批斗与在台下真实评价同一个人往往存在霄壤之别，因而在生活中，就有这么一种现象：在开会场合凶狠斗某个人，可在批斗者心中又保留着对其人的些许尊敬。斥责和批斗是明晃晃的，那是"选边站队"即"面子"的需要，而心仪和敬重只可意会而不可言传，人心幽微难测，由此也形成一种生活氛围，凌厉中也流布着温情。满姑该是感觉到了吧，她数十年能保持不卑不亢，卑微却自尊，该是与此有关，当然更与她心中植入的文化传统有关。当代中国无数身份卑微却心地高洁的弱势人依持这种潜在的精神力量而挺过人生难关，他们的自尊和人格既受到羞辱又得到滋养，情感即人心，让人觉得尘世中仍有希望，应该是我们社会保持最基本活力的一个精神秘密。

随着两个老人的辞世，庵背的尹家已不存在。随着庵背成了县城的开发区，竖起了光彩诱人的现代楼盘，村庄的庵背也将不存在，但"庵背"这一地名却流传，这是社会记忆的延续吧——物换人非沧桑巨变，一个地方最后落得只剩下地名，历史默默地在地名中蛰伏。任何一个简单却俗气的地名里都蕴含着深远的历史内涵，我今天所叙述的有关满姑和她的养女的"庵背生活"也只是其中一片羽毛。对于我，庵背却始终是个沉甸甸的存在。

自然，庵背所发生的诸如满姑跟养女春莲相依为命的情感，像流水一样发生着也消失着，周围的人都视而不见，或看见了也只是过眼云烟，于是它在人世中隐没。不，物不在，山不在，水不在，而情感在——由于情感，我又一次感觉到了那些若隐若现的沉默风景。情感——人心的力量依然不可小视；正是情感的力量激活记忆，让过去重现——"过去"也成了未来的有机组成。

正是情感的突然触发，我叙写这样的沉默风景，那一幕幕由远而近呼啸而来。

2011年10月7日，满姑的养女春莲（大名刘敬兰）造访。春莲也60多岁了，这些年她住在广东惠州做事的儿子那里。听说尹家的村邻避开她而叫尹家亲生儿子刘××（简称A）处置尹家宅居山场等遗留问题，不过有人还是告诉了她，她特地回来。春莲自小在满姑家长大，与满姑满父相濡以沫悲欢与共，是她全力抚养满姑姑父，伴以两个垂暮老人最后的温暖，不是亲生胜亲生，比亲生儿子还要好还要亲。至少在表面，几十年A对满姑夫妇——亲生父母视同路人冷若冰霜，这是亲戚小圈子都知道的事实。有关满姑所遗留的一切，春莲应该是第一权利人。那天春莲拿出了90年代我父亲代写的满姑夫妇遗嘱，上面写明由春莲全权处置相关事宜，我和叔伯兄弟盖章作证。春莲又讲起满姑40年代末期（新中国成立前）在街上的一栋二层砖房，此房尚在，曾长期做县工商局办公用房，她想搞清新中国成立初到底是否没收。这两件事成了开启回忆的锁子，春莲回想几十年与养父母相依为命的情形，不禁啜泣，热泪滂沱，悲涌胸中。我亦怆然。

我几乎忘了自己和几个兄弟姐妹（堂兄）曾经盖章，父亲1996年2月下旬握笔为满姑姑父立的遗嘱。那时，70多岁的满姑大病一场，意识到了什么，而她似乎一直等待A认亲生父母。我父亲已对A的回心转意不抱希望，对A不认父母打抱不平，对春莲几十年全力维持满姑姑父十分赞赏，也就催促满姑立遗嘱，所以春节过后不久形成了这份遗嘱。

遗嘱只是简单的两三段，但开头一段重笔交代了立此遗嘱的情感缘由："我俩自四九起抚养一女刘敬兰，数十年来，我们同甘共苦，情感甚深。在我俩年老体弱之时，一直由养女刘敬兰扶持赡养至今，我俩现年事已高，为日后之事，特立此遗嘱。"是叙述，也是情感的抒发，全集中于这寥寥数语。从当时的情境，一隅山场两间破房，对已在县城置业——饮食经营还算红火的春莲，算不了什么，就是县城那栋归公数十年的破旧小楼房，能不能要回来还是个问号。往深里想，这是我父亲，是满姑姑父，也是我们这些亲人——当然包括春莲，一个情感的抚慰罢了。春莲手执这份遗嘱，就是手执一份记忆。以后不久，满姑姑父先后辞世，A也不知道他们留下了这份让他难堪的遗嘱。

如今这一纸遗嘱又一次撞开情感的门扉。不期然她的悲怆恰恰好跟遗嘱的情感相对应。我看着父亲的笔迹，父亲辞世也不觉经年。春莲这次不由自主的哭泣，我的心灵又受到一次震撼。

夭折的佛子

我对遗嘱上所指的物质内容不甚了了，却不由自主又一次追忆满姑这一家子一辈子。我油然记起自己2001年写的《瞬间苍茫——重返下放地》（发表于《上海文学》)的《油茶树下的忏悔》一章(内容有所扩充)——

　　……趁着日跌西山,我一人走进一片油茶林,四周很静,蝉鸣使山更深幽。我心里一抖想起了一件什么事。我仿佛看见,一个叫佛子的少年背着一顶大斗笠向我走来,依盼地微笑着走来。三十多年过去,他还是大头大脸一副孩子模样,天真,质朴,善良,无奈。

　　佛子是我满姑的儿子,他死去也30来年了。

　　如果他不死也40大几了。如今他的家已属县城范围,他会像别的农人一样在城里打工吗?他会打工吗?他从小患有癫痫病呀。此病亦叫羊角风,本地叫猪婆癫。陀思妥耶夫斯基笔下的主人公老患这种羊角风。我不敢设想他今天一定过得好,尽管他有一个从小改为姓刘的"老三届"高中毕业,现在是建筑工程师的亲哥哥,但他这种顽症会耽误他一辈子,哥哥也不一定真心帮他。可能他今天仍无家无室伶仃凄惨,可是他终于能看到一个不再受欺侮的新时代。

　　佛子怎么就降生在我满姑的这样的地主家庭呢?

　　我有4个长大成年嫁人成家室的姑姑,就数满姑有些文化。当年我爷爷把她许给县城附近一家富户。姑父比我的父亲大几岁,小学同班,可他凭着好的家境贪玩、逃学、厌学,是个弱智者,老不上进。他母亲当家,精明,划算,也特抠,每年能收许多地租,特别宠这个独儿子,所以有人说这是天开眼天报应。死于贪逸而生于忧患。满姑一到尹家就顶上去了,当家理事,正好成了地主分子,而姑父也戴着地主分子的"帽子",一辈子吃闲饭,不思进取,不熟谙农活,生存能力特差,到死都是满姑伺候他。

　　满姑生了几胎都没留住。新中国成立前一年她又生下一胎男的,顺从迷信(当地风俗)刚三天从狗洞接出抱给附近一家贫苦农民,同时抱养了这家一个女儿(婴儿),属于调换。两家的小孩都活了。男的改为刘姓,女的继续姓刘。满姑精心带养这个叫春莲的女儿。果然,50年代中期,佛子出生了。满姑终于松了口气。解放（1949年）时，满姑完全可以选择改嫁，也有人这样劝她，但她没有，她怀揣"三从四德"传统思想，坚贞不二，也就是说，她有志气，认命，贫贱不移。即使在以后30年她不断地挨批挨斗，她也没有后悔过，走路干活没畏缩过。她用微薄但有力量的劳作，无尤无怨，维持着丈夫，维持着这个家。这点上她比我们许多新社会的读书人强多了。60年代初，她回县城娘家看望，受到我大伯母的嫌弃与训斥，在街上指着她叫'你这个地主婆，你不要来！"可她并不灰溜溜，静静地离开，以后仍问候大伯母。满姑把一切不快事藏心底，让其沤掉。

　　我记得60年代初，我饿得慌，从菜市场走过，满姑叫住我。她正在卖凉粉——狗檬叶打成的凉粉，她叫我吃一碗。如今，那股青涩味亲切味仍在心头。为维持生活，她打霜天下水塘捞田螺。满姑自己就是一部长篇小说，她同样体现出中国女性的一种承受力和韧力，一种宽待和自强不息。

　　在这篇文章，我记的却是佛子。由佛子而稍稍涉及我这位满姑。因满姑我浓郁着对佛子的歉疚之情。

　　60年代初，佛子大约八九岁，他喜欢到我家玩，很有礼貌。肥头大耳的，但身上的肉并不多。他是满姑最大的希望。养女春莲读小学，跟满姑的感情很好。我听母亲说过，满姑希望抱在刘家的儿子长大后能与春莲完婚，不过这个儿子对亲爷娘十分冷漠，从不叫一句爷娘。此时刘家是响当当的贫下中农了，他很会读书，学习冒尖，考上了赣州市一所重点高中，趋利避害已在这年幼的生命上体现出来，跟亲生爷娘断绝一切关系。满姑这一希望十分渺茫，幸好春莲始终待他们亲热，视他们为亲生爷娘。那次佛子在我家玩了大半天，突然跌地，口吐泡沫，双手紧紧地抓住凳脚，嘴唇发白，脸色灰青，着一层土灰。我们都慌了。母亲说他患了猪婆癫，躺一会就好。果然一会儿后他醒来了，又亲热地叫我们。现在我才明白，那时他怕我们嫌弃他、拒绝他，表现出主动的亲热。

　　"文化大革命"开始，满姑家更惨了。更多的批斗落在满姑头上。连读中学的春莲终于害了怕，回到亲生的娘家。她这种特殊身份加上有文化，大队安排她在大队碾米坊开票或在大队代销店做售货员。此时满姑的大儿子回乡，对亲生爷娘依然冷绝，撞上也不打招呼，可以揣摸他内心藏着恐惧与自卑，但他长期自觉地保持着这种对亲生爷娘的冷绝，以路人相对。

这种情势之下，佛子的凄惶状可想而知，爷娘不能厮守他而给他连续的温暖，而渴望亲情渴望温暖渴望一个安全的家是一个少年的生命本能。周围许多少年向他吐口水，斥责他是"地主崽"，甚至推他、打他。可以想见，当他经历一场羊角风发作后，他渴望亲情的生命之火更强烈了。

此时在县城的我家也风雨飘摇。父亲被揪。我和弟弟作为知青下放龙头，紧接着母亲带着几个妹妹跟着来。街上居民大多下放，一条街空荡荡的，而贫宣队一些队员大摇大摆进城，他们挑选最宽敞舒适的房子，身上镀着革命的神圣光圈，没付什么代价就成了城镇新宠。

1969年深秋一天的下午，背一顶大斗笠的佛子突然出现在下放地——我家的面前。显然他是抄近路沿途问路自个儿翻过一座大山找到了我们。抄近路龙头到县城30多里，得翻成10里前不着村后不着店的崎岖山路。他亲热地叫我们，脸上露出轻松和微笑。我大吃一惊。

当时，我并不是惊奇佛子竟能找到我们，而是担心他的到来使我家乱上添乱，雪上加霜连夜雨，让当地人知道我有这样一门脏亲戚，我还能抬头吗？就是说，尽管我处境险恶，在学校在县城我已是个失败者落魄人，但内心深处仍想出人头地，进入叱咤风云革命者的行列。其时我已"没有希望"，但我怀揣政治希望，认为自己还存希望，能投入已经无情抛弃我的政治圈，就像尤凤伟《中国1957》所写的：许多右派都认为自己冤枉而别的右派一点不冤枉，他们对革命对领袖从来就忠心耿耿，认为别的右派都比自己的罪责深重。所以受着革命的批判和抛弃，还是故作多情地靠近革命，献媚献忠心。谁也不会从心里认可自己被革命排斥抛弃这一现实。我觉得佛子的突然出现破坏了自己的前途（希望），心里生气，满脸不高兴，我甚至恼怒于他。我怎能理会此时此刻他的寻求亲人熨帖的心情呢？怎能理会他小小年纪离家来找我们的企盼心情呢？我跟他无情的亲哥哥是一样的。

我压下声气责怪他不该来。母亲好生地招呼他，被他能寻上门而感动。当时我悄悄对母亲说，我们一家才来，而这个大队是狠抓阶级斗争，是全县的典型，我们没必要自找麻烦，让他吃过饭回去！母亲不同意，说佛子走了这么远这么久，住一晚才好，要不满姑会怪怨的。我又说，佛子发猪婆癫怎么办？当我这样一说，自己倒更意识问题的严峻和严重，更执己见。母亲犹豫着，但她必须听从儿子——她比别人更能察觉我下放前已处境不妙，便安顿佛子吃饭，开导他回去，待家里"站稳"之后再来。

佛子多想留住几天呀。其实这是完全可以的，我过于险恶地估计了此地形势，不，我过于痴迷自己的加入革命阵营的希望，好像佛子在这里多待一刻，我尚存的"希望"就灭绝一分，他离开，我的"希望"的太阳就会穿云破雾地浮现。我要他尽快离开的心情焦灼着。

吃过饭我带他上路，他亲热地向我们一家辞别，他并没有显现怨尤与哀伤，微笑着，仿佛他此行仅想看我母亲一面，看表兄妹一面，他如愿以偿。每走一步，我的心就轻快一分。我对一些露出诧异神情的人示意这个小亲戚有癫病。此时我是个恶人，恶人行恶总能找出堂堂正正的理由。我是个受害者，受害者同时也是害人者，这正是那个时代普遍的现实——精神现实。

我同他来到马上要翻山的山脚下的油茶林，一打山路穿过油茶林。他亲热微笑地叫我"老表"。在今天看来，我仍感觉出这句称呼有太多的内涵——一个没进学校门的双重弱势乡村少年的由衷表达。渴盼亲情，渴盼呵护，渴盼亲密，渴盼沟通，渴盼被当作正常人相待。他年幼可被社会放逐得太久。在陪着父母挨斗的时候，他低着头，人的社会的暖意消失殆尽；在他独自一个流浪的时候，既要躲着身边少年唾弃的羞辱，又悄悄地寻觅着可以栖息心灵的亲情。他把这种希望寄托在我家，但被我凶狠地斩断。

当时我却再生恐慌，担心他不会回去，或者过一两天他又会找上门来，他是满意此行的。我却打心里不愿他再到回来，不愿再见到他，我认定他是个只会带来晦运的家伙。

　　他是无助无邪的弱势少年，是依然相信亲情的乡村少年，而我也认为自己是社会的抛弃者，希望渺茫的弱者，其实，我已被社会毒化——心灵跟那些胡作非为的强势者一样歹毒。我受人斗人、人毒人的文化浸染了十几年，心已成狼了。我鸣不平含幽怨，是基于我的家庭背景捆住了自己而进不了强势者行列，我被强势者击败一颗心仍希望成为这样的强势者。如此失意而怨恨，佛子成了我的发泄对象。我踹他背上的大斗笠一脚，凶横地说："你要是再来，我就打死你！"他没有回答，默默地走远，消失……我这句话也消失了，不，一定砸在他幼小的心上，也烙上我的心头，它是不会消失的！

　　当时我确实觉得送走佛子感到痛快轻松。事实证明，即使佛子不再来，我也没运交华盖，很快地，1970年元月，我被当作"现行反革命"遭到穷追猛斗，遭到命运的辛辣嘲笑。

　　那句话在我心头第一次重现，是将近一年之后。在农村的我们听见了佛子在县城的上犹江落水而亡的消息。我心里立即内疚了：自己亏待了这位表弟。一天下午，流浪的佛子又从县城回家，经过大桥时跌入水中。关于他的死因有几种说法，一是周围几个学生追撵他，他越栏跳入水中；二是被几个中学生推入水中；三是他羊角风发作坠入水中。这个来到世间才十多年的少年，没有真正地享受生活、享受人生就匆匆走了，至死他没有怨恨也没有学会怨恨，一个极重要的原因是他爷娘没向他灌输怨恨和以牙还牙的思想，自始至终都以善良弱者出现。他可以依凭疯癫而有效地保护自己，然而他没有。这种"恶的家庭"倒出现了这样的良善人。可见，良善也是一种选择，更需一种持之以恒的默默持守。

　　我的心被震撼了。倘若有人在桥上推了佛子一把而使他落水致死，我那次踢他的罪孽不会比前者差！当然，在那个年代，谁也不会去追究也无从追究，满姑又一次默默地认同了命运。

后来母亲给我说，满姑对我们那次没留宿佛子略有抱怨。满姑是对的，应该抱怨和谴责，佛子是她最后的希望。我想，那次留他住十天半月让他怀揣温暖，也许能躲过这次厄运。

后来父亲"解放"了仍在教书，所以我能不时听见满姑的消息。她依然健朗，顽强地生活着，并不是我估计的那样食不果腹衣不蔽体丧魂失魄。满姑理解这个改姓刘的儿子，咫尺相见如同路人不闻不问，倒是满姑常回头看着自己这个儿子的匆匆远去。满姑和姑父家得益于养女春莲。她读了初中，可以"革命"的名义与满姑一刀两断不再来往，然而她没有。她在代销店碾米坊总是暗中接济满姑，比如，她把一小筐米（上面盖细糠，米里塞几块钱）悄悄放在一个隐蔽处，晚上满姑悄悄取回。春莲以这种方式报答带养之恩。亲生儿子不认他们，而带养的女儿时时接济他们，这是命运和人间给满姑的安抚。这样，两个老人平安地挨到时代的转折、生活的彻底转机。

（80年代末，满姑姑父近70岁，春莲承包大队一间店饮食，满姑全力以赴不知疲倦地帮衬。姑父衣着整洁，生活全由满姑料理。这时，姑父再不能忍受亲生儿子不认父母，耿耿于怀，准备诉诸法院。大家劝他算了，法院判了但他还是不认又怎么办？法律解决不了情感问题。由于长期的回避和冷漠，他已铸就了冷漠父母的情感面，况且，不像一些港澳台回来的拥有体面和厚资的年老亲人，年迈的双亲只会带来无穷的负担。这是后话。）

几年前，满姑突然病倒而亡故，姑父生活失态，不久投水而死——跟他小儿子去了。自己那句话就频频在我心头泛起了，我悔对佛子也悔对满姑。虽然我没当面向满姑认错，但我明白，这是我一生的过错！

今天，我立在下放地的油茶林中，心头又涌现那句话，内疚而苦涩。这是我重返下放地融景生情涌起的跟下放地乡亲无关的一件事，一种忏悔的心情……

我发现，在漫长的风雨岁月里，满姑和下放地许多底层一样，从未以受难者出现，而我这个文化人却一度认为自己是受难者，许多报复就缘于这种动机。显然，报复历史到头来必定报复自己。

我永远记住下放地那片油茶林。

在写《重返下放地》这篇子文章的当时，我便意识到"满姑是一部长篇小说"，纵然也写了组成环境因素的几个亲人，可笔力放在我对佛子由决绝到忏悔的精神历程的展示上。当时我有"好好写满姑"的念头，可我以后没再回到满姑这一主题。事实上，我对满姑家的了解十分有限。何止对亲人，对自己父母同样缺乏了解，弱势的亲人和父母他们自己也不愿说，是在那个年代普遍性的精神症候。

但上天又一次给我机会——春莲的造访与倾诉让我又一次回到满姑这一主题。我又获悉了有关满姑家更多的情况。从她这次对满姑深情的点滴追忆，我对她们在长期逆境中建立起的母女之情有更多的感触和理解。在那个风雨如磐的岁月，良知和信念仍如隧道中的桃花灿然开放，而且由满姑默默地传递给这个养女。

那是一幕幕真实存在过的人间风景。

为佛子再添一缕笔墨

这次造访，春莲又沉重地提到了死去的弟弟佛子。也就不期然证实了，前些年我写《油茶树下的忏悔》，对佛子"渴盼亲情，渴盼呵护，渴盼亲密、渴盼沟通，渴盼被当作正常人相待"的心理的把握是准确的。听春莲说，佛子上了小学，成绩优秀，班主任慨叹："家庭成分不好的子弟格外会读书。"其实还应加上，自尊和寻求自尊是人生的动力，意识到自己逆境的少年更加努力奋发。由于"文化大革命"，佛子离开了学校。此时春莲为划清界限也回到同一个村的娘家。佛子悄悄对她说："我希望到一个不受欺侮的地方。"一次，佛子跟队里一个邓姓同龄小孩起争执，邓姓父母大怒，父同子一道按住佛子，硬是用石头敲掉了佛子的两颗门牙。佛子回家跟母亲即我满姑说了，母子抱头痛哭一阵。满姑并没有把此事告诉给春莲。

佛子落水几年后的1979年夏天，满姑已卸了"地主帽子"，一天到春莲承包的大队（村）代销店，正好到了一批马兰瓜，满姑招呼大家吃瓜，其中一个正是那个邓家女人。此人喜滋滋乐得免费招待，这时满姑记起了受苦的佛子，气从心底爆发，一手夺过那个女人手中的瓜，说："我女儿的瓜不是你吃的！"那个女人狼狈地退走，大概此人仍以为吃满姑的理所应当。事后，满姑告诉了春莲，春莲才明白弟弟这一遭遇，气愤地说："夺得好！要是我在前，还要给她一个耳光！"（这次春莲说起这件事又禁不住哭了）满姑内心一直盛有这个受尽侮辱的儿子啊。其实再弱势的被侮辱者都很难泯灭惨痛的记忆。

由佛子，我们淌入了满姑和养女春莲的情感世界。

亲情·温情·感恩之情

1951年土改，满姑31岁，姑父29岁。他们家的财产被没收，合家住在朱家祠堂。没多久，他们又先后被撵到一个叫棚下和庵背的山旮旯。每况愈下，无穷无尽的义务工落在姑父母头上。当时，如果一方坚持，春莲和A是可以再调换回到各自娘家，可是，俗话说孩子不是生亲而是带亲的，正如尹家喜欢春莲，刘家也喜欢A，两家都舍不得。但恶劣的情势还是让他们进行了一次再调换。应该说再调换的主动权在刘家。小小的A和春莲都哭得凶，仿佛在抗议他们命运的又一次颠扑。满姑出于真正传后的心理，又把儿子送回刘家而接回养女，刘家也就顺其自然（刘家兼有重承诺和重男轻女的考虑吧）。在春莲懂事后，满姑多次对她说："把他（儿子）带回来，他肯定会被搞死。"就是说，儿子虽被抱走，在刘家长大，满姑心目中一直藏有这个儿子，仍尽自己所能为他避风挡浪，满姑似乎意识到了尹家遭受的大扑腾还在后面。

但是，满姑没有轻慢这个女儿，把春莲视为己出，极尽力量抚养。满姑为的能对得起刘家，对得起这个与家里共度时艰的女儿。这个女儿成了满姑实实在在的希望。

春莲也倔强——她有倔强的"本钱"，纵是她冲撞别人，别人也不会斗她，只会放她一马，因为她不远的娘家不但成分好，而且有个善治小孩疳积、有相当名望的奶奶。

当时，出于"女儿是别人家的人"的传统观念，就是贫苦农家也很少送女儿上学，但满姑执意送春莲读书。可母女俩想不到，上学同样充满辛酸和坎坷，但也会遇"幸运之神"。

1958年春莲跨进学校门比别的学生年长一两岁，"穷人的孩子早当家"对她家也是一样的，她懂事早。最初几年，满姑凭着在娘家学的女工底子，给人打鞋底换生活费，每双几角钱，有的一块钱，她在昏黄煤灯下熬通宵。这一幕幕春莲看在心里，白天她像别的农家小孩到溪沟里捕小鱼虾，弄到街上（到街上只两三里）卖，有时摘野菜卖给队里的猪场，挣几个钱贴补家用。

此时村里像全国各地一样办食堂，规定各户不交蔬菜就不给饭吃。由于居无定所，满姑无法种菜。这意味着不仅春莲会失学，而且满姑一家挨饿。这时学校来了个陈老师，他被划了"右"派分子从赣州学校贬到此地，春莲鼓起勇气跟他说了实情，他非常同情，叫她悄悄到学校菜地摘一担菜送到村里大食堂。她照办。她能继续读书了，还为家里解决了难题。回家她跟满姑说了，满姑感动地说："我们要记住人家的大恩大德！"

春莲知道陈老师处境不好，沉默寡言。也许出于别人举报，陈老师突然被调到另一个乡下学校。春莲惘然若失，终于搞清楚陈老师调去15里外的黄沙乡小学。满姑不声不响，举锄在队里拔了花生的地里垦挖了一整天，收获了半升花生，连夜炒熟，由春莲送去。春莲第一次走这么远的路，找了大半天才找到陈老师。陈老师感动而吃惊，小小年纪的人这么有良心。春莲说是母亲要她这么做。

陈老师噙着泪水说："你母亲是好人啊。叫你母亲要保住身体，有身体就有希望！"（1979年陈老师平反，做赣州某中学校长，他专程来看春莲母亲。）

60年代大饥荒，尹家更不可幸免。此时满姑又有了一儿（佛子）一女（玉子）。从风水角度，是春莲给尹家带来了好福气好景象，满姑对春莲更是疼爱有加。满姑常常喝饭汤，而把干饭让给婆婆和春莲。婆婆主动绝食，把生的希望让给后人，她要满姑把孩子带大。春莲心里记着这一幕：母亲要撬开婆婆嘴巴灌食，婆婆就是不张嘴。婆婆就这样"病"死，为延续尹家香火而视死如归。满姑13岁出嫁到尹家，婆婆放手由她当家，把延续尹家香火的希望寄托于她，婆媳深情由此建立。春莲在读书，长身体。满姑传承家风，坚持只喝饭汤，干饭留给春莲吃，把春莲视为尹家的希望，当然也是她的希望。贫穷苦困没有拆开两母女，而是两人的心灵融为一体。纵然别人如何贬斥满姑，说满姑罪恶深重，春莲就是从心里认同这个母亲，知道母亲顺从着命运，顺从着社会，却宽容，善待人，坚韧生活，保持自尊，绝不自暴自弃。

春莲读小学时断时续。在队里满姑家是不许卖柴卖农产品的。她12岁，悄悄到10里外的大姨妈（养母的二姐，笔者的二姑）那里割柴，然后挑到30里外邻县的龙华圩卖，所得几毛钱她欢喜不尽，往返数十里的艰辛也就不在话下了。

春莲背着家里贩薯苗到25里的中稍圩卖，一斤能赚两分钱，一次能赚七八角，她把钱交给满姑贴补家用。一次在中稍圩，不慎被队上一个贫农社员看见，此人向税务所长报告，所长逮住春莲说："地主还能卖东西？"还没收了她的薯苗。情急中她看见了一个同学的妈妈也在税务所，底气骤增，反而质问所长："谁是地主？你睁开眼睛看看！"同学的妈妈也给她作证不是地主。她把薯苗要了回来。

每次赶圩傍黑回来，春莲累得不行，靠在椅子上睡着了，满姑用热水给她洗脸洗脚，招呼她睡下。

虽然躲躲闪闪，劳苦困顿，情形还不是最糟的。可政治空气一天比一天绷紧了。

1965年春莲却以好成绩考上了县初中。满姑高兴，要她读下去，可家里拿不出钱交学费——才四五块钱，家里无法解决。春莲只有到娘家求助。在卫生部门工作不久的大哥为她能考上县中而高兴，悄悄给了她10块钱。学费也就解决了。她的学习她的表现都没说的，可一涉及家庭出身，好事好处就于她无缘。她把真实情形告诉给班主任蔡仙珠、何敬老师，她们同情她，悄悄给钱给粮票。一元八角的，三两斤粮票，多么起作用啊。春莲把钱和粮票偷偷给满姑，满姑一再叮嘱她要记住人家的大恩大德！

春莲要进步，也注意在表面上跟满姑"划清界限"，心里却记挂着家里，有时把老师给的钱由在学校任教的李家舅舅（笔者父亲）转交给满姑。李家舅舅感叹地说："你这么小就这么有良心！"

心系养母·秘密通道

1966年"文化大革命"席卷城乡，满姑遭批斗受侮辱成家常便饭。春莲书读不成了，甚至在家也不能呆了。她害怕极了。求生求安全是人的本能，回娘家是她唯一也是最后的退路。满姑担心她真把亲儿子换回来，恳求她："你可以住回你娘家，可他不能回来，他一回准没命了！"在当地满姑家没姓氏家族做依傍，只能任人推向苦难的深渊，惨境中的她依然肩住黑暗之门，让儿子A留在安全之所。

春莲还是选择回到了贫农成分的娘家。

生父一家对春莲的惨淡遭遇心怀内疚之情，不是调换，春莲就不会如此既受苦又受罪了。比较起来，生母待她却有些冷淡。不过她还是在娘家住下来了。生母派人到满姑家挑她的口粮，不付款。真正说起来，春莲回娘家犹如新入一枚楔子。刘家对春莲的态度也有些微妙，毕竟从小离开，她待在刘家非长远之计。何况，身在曹营心在汉，她时时记念着满姑——满姑仍是她情感的重要支柱。植于内心的诚挚情感能够抵御任何漂亮而凌厉的政治宣传。别人当满姑是穷凶极恶的阶级敌人，而她从心底认可她是善良的母亲。春莲对养母的"倾斜"被生母觉察而产生不满。

春莲生母所在的生产队不同意她把户口迁回来，很现实的一个理由，就是怕"扯薄单被"——队里本来就人多地少，迁回一个强劳力意味着大家的口粮往下拉。但还是迁回来了。

春莲在刘家，就没人说她是地主女儿，她的腰杆子硬一些。她亲奶奶是个享名的治小孩疳积的能手，生意好，有人脉，奶奶会悄悄给她钱。但是，跟满姑已经建立的至深感情是不会消散的，反而会因为离开而更加强烈。就是说，春莲心底的良心未泯，她通过一个叫朱才娣的本队亲戚，悄悄捎钱给满姑。

还是凭着刘家的好背景，春莲因初中文化而鹤立鸡群。她是大队综合厂（社办企业）零售员合适人选，也正好规避了继续落在刘家的尴尬。1969年她进入了综合厂，先在碾米厂开票。她有了一点工资，更有了自己的空间。这期间她在尹家的弟弟佛子被人推到河里淹死，妹妹玉子草草出嫁，家里只剩满姑两夫妇。她知道，即使成分好，一些农家女孩子也不可能读初中的，也就更加感念养父母。但她又怕别人举报自己"没划清阶级界限"，只有用电影里革命者地下活动的方式，背地里跟满姑讲好联络"暗号"，深夜送米。

晚上有时她把半袋米送到满姑窗下，敲敲窗子就走。她有时米面上故意撒些粗糠，把有的社员没钱碾米用来抵数的鸡蛋藏在里面，将米袋放在某坟墓前。晚上她也害怕，约了既是亲戚又同情她的女友一同去，跟起来摸黑走路的满姑打上照面也装着不认识，咳嗽一声离去。她悄悄叮嘱满姑："你们千万别说出去啊！"有时满姑担稻谷来辗，她不打招呼，公事公办，趁人不注意往米里塞几块钱。满姑抑制不住激动，又不敢对别人吐露，还是悄悄告诉了教书的娘舅。当时我在乡下几次听父亲说起，对春莲的义举顿生敬意，又一次琢磨"天无绝人之路"的人生至理。春莲的义举也让满姑看到并享受到了生活的希望，实在也是老天给她惨淡命运的回报。

春莲在综合厂接触的人多了，来招工的人对她中意，最后因家庭成分而作罢。因家庭成分她的婚姻也迟迟未能着落。但是她接济养父母没有中断过。她一直待在大队综合厂，不期然又为以后独立承包经营打下了基础。

主角A：离场·返场

这篇散文写作的时间拉得长，前后延宕了好几个月。一个原因，如开头说的，满姑所在的庵背划入了县城规划区，土地山场的出让费提高了许多，满姑家能获得三万元补偿，迁坟（满姑和满姑的婆婆的坟）还能得到若干补偿，而当地村里却以A是满姑的亲子做了全权代表，把春莲撇在一边。春莲住在广东儿子那里，经济上过得去，有人把情况告诉了她，她非常气愤，一场争执——两相较量不可避免。在春莲，与满姑数十年相依为命的一幕幕涌上心头。表现的是金钱之争，谁多谁少，深一步就是权利之争，也就是按照满姑遗嘱处理，再深一步就是情感良心之争。一般人都忽视了情感——由情感催发的正义与公平的呼喊。

我理解春莲"我就是要争这口气"的表白，她一口应承要负责迁坟之事（相关补偿远远不及迁坟的实际费用）。我以为，如果按遗嘱，由春莲作第一权利人，由她按比例（如一九、二八、三七、四六等）分割这笔款项，事情不难解决，但也存在争执的可能，因为A毕竟是满姑的亲子，法律会顾及血缘关系的。春莲考虑倒比我老到，她甚至把上法院打官司也想到了。于是我倒想在或判决或调解告一段落后，再完成这篇文章。

另一个始料不及的，就是我听着春莲几乎一上午的回忆和倾诉，她的心泉滔滔，实际上已偏离了钱款的主题，不期然又让我知道了许多事关满姑的生活行状。我油然记起多年前"要好好写满姑"夙愿，觉得终于到了续写满姑的时候了。当然春莲的倾诉是时空紊乱的，她讲起某件事我不由设想当时的大小环境，尽管这样，我对满姑他们一些行为也不是立即能做出合理的解释，因而我仍对当时他们的一些举止进行反复咀嚼。这就影响文章不能一次性顺畅完成。

还有一个原因，就是我一度忽视了A同样是"满姑风景"的主角。

数十年A不在满姑生活的现场，却同样是"满姑风景"的有机成分。以前我对A是忽略的。春莲这次所针对就是满姑的亲子A。我终于明白，完成这篇文章涉及到A。事实上在满姑1949年后四十多年的生活中，A虽不在他们身边，却像个影子相伴，A始终在满姑的生活和情感中存在，成了满姑压在心底的希望。A一些"不在场"行为也构成了满姑的故事，绝不是因这次"利益争执"而成了我关注所在。满姑是传统女人，脑子里始终充斥传统观念，不管A对他们的态度如何，他们心中都盛有这个改姓的儿子。从社会角度，A也是扭曲的社会意识的一个产物。因而我发觉，原来我迟迟未续写这篇文章，或者说没有进入"满姑的风景"，是A"未入场"之故。

此时此刻，A已呼之欲出。

这里仍有必要对A做一番介绍。A1966年赣州重点高中毕业，也因"文化大革命"回到家里（刘家），虽然填表可以填写响当当的贫农，但当地人都知道他的真实"来路"。问题倒不是有人当面鄙夷他抖他的老底，而是他自己不由自主"对号入座"，自居卑微。A内心深处充满自卑，为人处事也就低调和谦恭，遇事反复掂量，筑就城府自我保护。他以此融入刘家融入社会。他比春莲更有政治头脑，对政治语境更为敏感，知道怎样"彻底划清界限"，同时让人知道他"彻底划清界限"。他坚定地不认也不见亲生父母，偶尔撞上他早早绕道。他也不认街上的娘舅。亲生父母家发生的一切变故他置若罔闻。他没做农村干部，也没招工进城。正好城关乡组建建筑队，他进这样的社办企业正合适，能发挥文化专长，他也干得不错，成了能独当一面的工程技术人员。自然，他能读书——到赣州读高中，回家能进社办企业，能结婚成家，都是"刘家"给他带来的，他感激刘家，时时事事突显"刘家"的印记。而刘家老人也待他视为己出。

然而，他与亲生父母的关系并不是不说、不见就能永远回避的。

正如当年满姑对春莲负责，把春莲当作儿子和女儿，春莲也对两个老人负责，负责老人晚年生活，还为老人送终。20世纪80年代满姑家生活大有好转，有点自耕地，满姑还经常到春莲店里"帮店"，站柜台，做杂事，尽其所能。春莲也结婚成家，夫家就在县城。

那时A已是镇建筑队设计工程师，可他从未在庵背尹家露过脸。可在满姑夫妇的内心深处，一直记挂着这个咫尺天涯的儿子，他们为儿子成家"做事业"而自豪，儿子改姓也还是他们的儿子。时局变化，冰雪消融，蛰伏心灵深处的认子念子的想法终于探出头来。他们一厢情愿地想，现在不再讲阶级成分，儿子不应害怕，他会、也应该认亲生父母。他们多想儿子近前叫他们一声爷娘！满姑心细，生怕春莲产生"我待你们这么好，你们还是要找儿子"的怨尤，找了合情合理的道道：看着春莲维持他们几十年，也希望儿子尽一点责任。满姑对春莲说：你也成家，生儿育女，不要老是由你负担。女儿再好，嫁了人，满姑决不会跟着去春莲夫家的。

满姑以己度儿子，认为儿子心里盛着亲生父母。她深明大义，不把儿子的冷漠放在心上，知道感情靠培植，不要等待儿子上门认爷娘。

母子间延续"昨天的冷战"

确实，儿子"有后"是满姑希冀的一个果实，可她没能意料，这一果实苦涩难咽。A结婚，生儿育女，都没有告诉满姑夫妇，满姑完全理解儿子的避嫌之虑，可乐滋滋的，心里念叨：我做奶奶啦，有后啦。80年代改革开放，他们与儿子亲近的机会终于来临。

1981年A做了新房，算是乡土人家一桩人生伟业，准备做圆屋酒宴请亲朋。满姑夫妇已打听到了，虽儿子仍疏远和拒绝他们，没正式传递信息，可他们全力以赴做了力所能及的准备，精心喂养了几只大线鸡，准备了两担自己生产的稻谷。人说"鬼不打笑脸送礼人"，儿子对亲生父母的礼是不会拒绝的。这样的场合应该是亲生母子走拢的极好机会。

对于A，社会的变化没变化的种种特征融入了他的成长过程，都在他心上留下烙印，形成了自己的价值观和应变能力。A在生活中的待人接物，总是显现他的某一个侧面。对也好错也好，就是蛰伏数十年的恐惧，以及由恐惧带来或形成的疏远、冷漠和拒绝，都化成了他真实的情感和清醒意识，在弃绝父母上一条路走到黑。他的亲生父母仍是他的恐惧之源，因而不能用"虚伪""做作"这类简单的字眼来指称A。

在读书——个人成长上，尤其能在远离家乡的赣州重点中学读书，可以相信，A以好成分自誉自炫自我庆幸，在日常生活中有好心情。A服膺阶级斗争这一套理念。也应该说，阶级斗争理念极大地伤害了社会，同样也伤害了那些社会骄子，也伤害了那些真心改造的弱势者。A身上体现为"两面性"。虽然不再讲阶级斗争，但这一套理论竟在A身上根深蒂固。在A并不体现为他以红色后代自居，当然，而是出于恐惧——恐惧是他主导性的深层心理。这么多年，政治运动总是隔几年又来一次，开头上面讲得好好的，可以提意见谈看法，马上就变了脸，大搞秋后算账，揪出反面典型，他才不会轻易上当受骗呢。何况，按政策解前两年他就在刘家，他身上贫农的烙印是清晰的，加上他完全融入了刘家（得到了刘家大人的悉心喜爱），从未与亲生爷娘接触过，没落下把柄，对手未能扳倒他，他就可以放手做事业，至少能靠自己的本事吃饭。他怎能理会亲生父母心中一直盛有他呢？在周围人比如他家属的不断提醒下，他反而滋生这样的考虑：亲生父母老了，丑了，想亲近他。于是他一颗心又警惕了。思来想去，只能把对亲生父母的拒绝坚持到底了。可他嘴上不说，保持沉默，几十年他就是沉默着过来的，再说，他是读书人，生活在乡土环境，知道认父母是做人的大道理，"嘴上拒绝"会惹人耻笑。于是他选择了"顺从乡俗"，把亲生父母当作来恭贺的客人。

乔迁那天，他和他的家属没有拒绝亲生父母担着礼物登门祝贺。

这天一个早，满姑姑父本来打算担两担稻谷，因年老体弱实在担不动，就担了三箩自己生产的稻谷，用鸡笼带了几个大线鸡，蹒跚地走了三四里路到刘家祝贺。果然没遇到拦阻。A依然沉默，没叫一声亲爷娘，不冷不热，可妻子露出笑脸。满姑以这种方式公开认这个儿子，看来效果好。姑父没一点大庭广众中与人相处的经验，依然自惭形秽，送礼后自个儿回了庵背。满姑开了心花，把刘家当作自家，忙开了。

满姑做厨是有一套的。她在厨房忙了一个穿心夜，毫无倦意。她哪知道儿子正考虑怎样开口叫她离开呢？

A夫妇考虑，无论如何不能让满姑得寸进尺——上中午这顿正席，她不能在盛宴中出现。女人家不好开口，别人也不好说，只有他对母亲下逐客令了。等到宾客盈门宴席即将开始，A简洁地对满姑说："你回去吧！"

言简意赅，无须解释。在满姑却是晴天霹雳！

满姑很快冷静下来，明白自己仍是儿子的累赘，她遵从子意，双眼噙泪挑着空箩，黯然离去。她实在想不通，儿子怕倒脸，他们两个老的可以待在厨房不入席呀。但满姑还是想通了，又一次理解这个做人做事和立世不容易的儿子，觉得不要给儿子添烦添乱。

这次满姑却在亲子面前落魄了。她一辈子落魄，却不失内心的尊严。以前逆境，她把仅存的尊严捂得紧紧的，现在探头挺胸，尊严也开始写在脸上。这种尊严不是与人针锋相对还人以颜色，而是自强自敬，在逆境中不乱方寸，以静默相对。她察觉儿子身上的霜冷之气，儿子不要两个又老又丑又贫的老人了！如今不比先前了，她不能罢休，要儿子认做公家教师的娘舅，可A就是不吭声，也不去。他好像要把划清界限进行到底，把满姑连同娘舅视为虚无。

满姑与儿子A以特有的形式继续着这场"昨天的战争"。

春莲知道老人受到儿子冷遇，说了一句："我说了我会抚养你们，你们不要去那里，这是讨贱呀。"

满姑仍不甘心。一次她到镇建筑队，向儿子讨几块钱。A搞房屋设计，有一份工资，见母亲寻上门，就赶紧打溜，避而不见。他已决计不给钱，否则开了头，老人没完没了，不断给钱，家里女人会骂，他有一千一万个理由不负担不搭理这两个老人。于是他跟亲生父母玩起了"躲猫猫"的游戏，一边做事，一边还得提防生母蹿到办公室。建筑队一个负责人看得过意不去，淡淡地说了句："你就给你母亲几块钱呀！"——这是不是"人在做，天在看"的一个每每被人忽视的寻常反弹呢？

满姑对儿子加剧了失望。姑父嘟哝说："小子敢不认爷娘，到法院告他！"

春莲知道事情没这么简单，劝他们不要上法院："法院就是判了他要赡养，他不认你们不给钱，又能怎样？我会赡养你们到老的！"

何止赡养，春莲还得花钱花精力处理尹家别的事情。90年代初，满姑嫁到离县城25里乡下的智障女儿玉子被丈夫折磨，一次头破血流，事情闹到满姑家。春莲叫了一些亲戚，一行人到那里声援玉子。后来春莲叫玉子丈夫到县城找事做，由她出资，他挑酱油卖，家境慢慢转好。

满姑内心慈怜却倔强，有一分力发一分光，努力减轻春莲的负担。她对人夸奖春莲，其实也是对儿子的失望。与其说种瓜得瓜种豆得豆，不如说一家水土养一家人，春莲才是属于两个老人真正的果实。这时春莲承包了村里的饮食店，满姑也就在店里帮助收拾和张罗，一身不邋遢，不给人留下吃干饭的忌嫌。深夜满姑就提着豆巴子（一种小食）到街上卖。一次一个顾主给了10元，叫她这么大年纪别去卖豆巴。春莲也叫她别去。

满姑又悄悄去学校的鱼塘里拾田螺，人老体瘦，裤腿捏到大腿根，她自己倒不觉得凄惨和难受，可在中学读书的春莲女儿认出是外婆，哭着对妈妈说："不要让婆婆捡田螺，水这么深，万一淹死怎么办？"由于春莲的影响，子女对满姑关心体恤。榜样是无形的，春莲年轻的子女开绽孝义之花。

1994年5月县城一场特大龙卷风，满姑的小土屋受重创，幸亏这个村小组集体投了房屋保险，还能得到若干补助，不过前后周旋运作，修建，都是春莲出钱出力。在旧房修复之前，为方便送衣物和照料，她把两个老人安排在她新买并以每月70元价格出租的县城农贸市场的一套房子居住。满姑做事为人着想，尽力帮助别人，农贸市场的邻居都说她的好。

这一切，A怎会知道？他也无须知道，他跟亲生父母早已如同路人。

寄生性姑父最后一段人生路

满姑那一辈人都缺乏保健意识，认为能吃能做就成，从不去检查身体，能挺就挺，对身体出现的不祥征兆毫无警觉。1996年满姑脑溢血中风，只有卧床，春莲叫当医生的哥哥弄的药。若满姑有变故，依附满姑过日子的姑父肯定好景不长。这也就显示，尽管两个老人对A失望，不再向A讨生活，可日后仍有可能跟A扯上关系，A仍在满姑姑父——尹家隐性的视野中。

春莲的亲父看着女儿全力负担尹家两个老人，而A不闻不问，实在看不过去，开口叫A准备了一副棺材。A照办。这又等于说，子女认不认父母是一回事，而社会会以一种方式叫子女不得拒绝，中国社会的文化传统并没有完全消失，A的内心深处也认可这样的文化传统。也许这也合A隐秘的心愿，现在由养父出面，他为亲母尽一孝心也就出师有名，别人再找不到攻讦自己的把柄。这又说明，A其实善于审时度势，把握做人做事的分寸，但在别人看来，他是忠于刘家而不是尹家。

遗嘱之事提上了议事日程。我父亲看得较清，他明显地赞赏春莲而鄙夷A，对A的无情绝义不满，督促满姑姑父立遗嘱。那年春节后不久，他亲自握笔，因而就有了开头所交代的那一幕。我父亲以这样的方式表达了娘舅家对春莲数十年如一日赡养满姑夫妇的赞赏和谢忱，当然也以满姑娘家的角度，认定了这一事实。

不久，满姑去世了。

姑父处世和自立能力差远了，从小，家有慈母，后来家有满姑，由于不更事和弱智，几十年家里受到的各种冲击由满姑顶了，再困难，满姑也维持他的生活。什么事他都推说"不知道"，养成唯唯诺诺、口齿不清、毫无能耐的性格。别人都看不起他，可满姑一直视他为丈夫，为尹家的男人。固然他免受了做尹家第一个斗争靶子的煎熬，但活得窝囊。他一辈子老老实实，不会乱说乱动，怕树叶砸破脑壳，纯粹一具行尸走肉，实在是"寄生"——消极生活的结果。接连不断的政治运动并没有把他改造成发散新社会气息的"新人"，而是加剧了他的消极即寄生状态。在那个年代产生了无数的精神寄生者，没有自己的情感和认知，在一波波时尚的政治话语下，只会发泄动物般的激愤。姑父的寄生首先是精神寄生，他寄生于满姑，只不过最卑微不为人理会罢了。最不可能产生寄生的家庭恰恰产生了一个寄生者。满姑认命却始终保持生活的尊严和信心，并把尊严和信心在养女春莲身上开花结果，可满姑恰恰容忍了姑父这样的寄生者。当然满姑从不会把姑父看作寄生虫，只看作前世姻缘现世摆渡人生的伙伴，她无论如何都不会抛弃这个伙伴，她命当如此。如果不是满姑，他早就殁了，怎能活上70多岁？

由于性别和环境，春莲与满姑亲密无间，但跟姑父就有阻隔。还有一个重要原因，就是上面说的姑父的寄生无能，满姑一去，姑父生存问题就暴露了。姑父原先也有病，以前有满姑料理，这时姑父几乎成了一个痴呆，只是吃三餐饭，病相日显。春莲有自己的家庭和生计，也顾不上了。一种不平再次涌现心头，A总得负担一阵吧——其实包括春莲家庭的社会都有要A也承担的看法，于是她把姑父送到A家。

春莲此举自然得到了刘家亲人的首肯，就是说，在刘家这个自然村子——小社会，都认可了。这实际上又认可了A是尹家的亲骨血。A是不能也不会公然拒绝的。实际上，A对满姑姑父的了解不会比春莲差，他同样在心里认同满姑，而对没任何价值的姑父只会更加鄙夷和冷漠——这种鄙夷和冷漠很快在家属身上体现出来。

A的家属只是嫁到刘家而不是尹家，对满姑姑父没有一点情感基础，加上趋利避害本能和势利考量，她对满姑姑父的冷淡和拒绝毅然决然。在那次做屋宴席，对担礼前来的满姑的默然接受到由A出面叫满姑开宴之前"回去"，在背后有这个女人的态度起作用，就是说，A尚有几分犹疑（怕引起人指责），家属要他"坚决拒绝"。现在，丑陋病态的姑父突如其来住进刘家，A的家属心里十分反感，可同样碍于周围的"目光"，不好发作。姑父的到来打乱了A家的既有秩序，也等于把A跟生父关系的一面展示在世人面前。A因工作不可能留在家里，而家属是不可能承担看护的职责的，但他们没有立马把老人赶出门。

于是A展现了另一种意义的隐忍和沉默。

其实这也是A单独与生父近距离接触的机会。A利用这个机会，向老人打听尹家的财产，比如满姑有没有留下金银，春莲在农贸市场置的房产是不是尹家的钱。这宁可看作是A家属的主意，或一些村民的想法，但是这种提意也触动了他隐秘的心思。当时社会上流行"刮台风"（台湾回来探亲的老人带来可观的钱财）和过去的财佬（地主资本家）启用埋藏已久的金银的说法，许多人把这些反动家庭的人很快起身——没钱变有钱归结于他们埋藏了金银财宝。所以A和家属也会怀疑，春莲办店和置房产一定得了满姑姑父的金银，但他们不愿和无法了解，数十年一贫如洗居无定所的老人，大半辈子都在生存线上苦苦挣扎，尤其是满姑在更加看重感情的同时把钱财看得很淡。在这个问题上，姑父态度倒是明朗，一口否认春莲置业是靠了尹家的钱，尹家没钱。

我还悟出A想借此抚慰家属，平息家属一肚子不快的内心考量。要是姑父承认了资助春莲置业，就等于挑明这个痴呆老人还有利用的价值，所以家里接下老人是合算的。但是姑父的坚决否认让A失望，A只有继续沉默。

应该说，姑父在A家，A略有收获，这种收获只属于A一个人的精神收获。这也说明，A尽管对尹家疏远和冷淡，可无法阻挡自己对尹家不去了解。他时时逃避尹家又情不自禁关注和琢磨尹家，他肯定已经知道了尹家在街上还有一幢有可能要回的房子。A的所谓精神收获，简言之就是彻底知道尹家有价值而老头子不具有价值。此时，春莲被排斥在尹家之外。

A家把老人关在一间屋子，一天送三顿饭。那时老人被粗暴地批斗过，但没遭遇这样的囚禁，他嘟嘟哝哝地发泄不满。老人神智时而清醒时而不清。A家想尽快结束这种尴尬的局面。出于有心或无心，有时空了几餐没送饭，有时给的馊饭菜，而老人怀疑饭菜放了毒。再说，这个做了一辈子尹家男人的寄生性老人，怎能习惯刘家呢？

不过几天，A的家属便按捺不住了，口出怨言和烦言。这时智障的女儿玉子得知父亲在哥哥家，来探望，A的家属更是气从心来，决不让她进门，举勺向她"泼尿"，意即压邪气和秽气，拒绝姑父家的人看望。真是个泼辣的乡村女人。这也可见证，A的家属其实是知道A及其生父家的底细的，她是嫁给能干的刘家的A，怎会自讨烦恼负担尹家老人呢？

终于，姑父逃离刘家，这是他自行逃离。

一天深夜，下着雨，姑父恍惚地走到城里敲春莲的门。春莲看他一身淋湿了，吃了一惊，接他进来。她立即明白了个中缘由。她拿丈夫的衣服给老人换，安排老人吃饭。老人对她说："你好！你好！"——老人用最少的言语表达自己最现代最丰富实在的感情。

姑父可在县城春莲夫家也不是长久之计，也没别的更好的办法，春莲第二天又把老人送去A家，却受到A家拒绝，不让老人进屋。此时A家有了拒绝老人的充分理由。

这样，春莲又把老人带回到农贸市场满姑住过的房子。

也许春莲早有预感，这房子还没有租出去，正好做了两个老人的最后一站。现在转为春莲送饭，料理姑父的生活。春莲和丈夫三餐送饭。有时春莲忙不过来，就委托熟人送茶饭。老人告诉春莲，A待他不好，还问他有没有出资帮她置房置业。老人的精神状态好转，食量大，一次能吃10个包子。姑父不同满姑，满姑头脑清醒善待邻居，受左右邻居的欢迎，而姑父不会、也不具备与邻居沟通的能力。农贸市场虽然熙熙攘攘一派喧哗，可姑父只有面对孤独，自然他想得最多的是死去的满姑和佛子。

姑父痴呆的病情恶化着。以前他很少与人交流，现在更是无人交流，也无法交流。他常常神情恍惚，脱衣脱裤，可他仍认识春莲，一见她，重复地说："你好、你好！"谁也不知道，恍惚中的他在打捞记忆，记忆满姑，记忆幼年不幸落水的佛子。可怜的佛子当年也是被人推入这条河的，可爱的佛子天天在这条河上游荡……

1997年盛夏的一天，姑父从农贸市场的二楼跳下，摔在水边（农贸市场座落上犹江边）。他一定看到了佛子，佛子却离他而去，他要追！春莲赶来，老人竟然没有受伤。周围的人非常惊奇。把老人安顿好，春莲回自己家里去了。一会儿，她又接到口信，老人又不见了。大家找了许久，去老人常去的河边寻找，一直找到凌晨2点，老人没有投水的迹象。老人是不是摸黑去了庵背？第三天纷传下游的仙人陂水泊浮起一具尸体。春莲立即判定是养父——老人遁水找满姑和佛子去了。

一个老人的临终——姑父在生命最后的恍惚时刻，在他面前一定出现了让他振奋的亮光，亮光处有他患难与共的老伴，有他那个可爱的儿子，咫尺天涯，他要去寻找。一辈子他胆小怕事心存恐惧，这次他却英勇决绝视死如归。喧哗热闹的世界于他没一点吸引力。

但是，姑父的死肯定与A有关。A当然听到了老人失踪的消息，他同样肯定水中那具尸体就是生父，却不由自主再次陷入"两难"。他一系列行动表明，他无从否认他是死者的儿子，行动上却表现出他与死者没有关系。他没哀伤哭泣，持续着对亲生父母——尹家所形成的疏远和冷漠，以一个旁观者的姿态，一边按照习俗（如给白布），出钱请人打捞；一边通过刘家亲属，把死者当作一般的社会人，由县民政局出钱火化。火葬场的人问A："死者是你什么人？"A回答："别人，不认识的人。"骨灰盒上无名——没写姑父的名字。

A以这样的方式为生父送最后一程。

A可以不理在世的生父，更可以不认去世的生父，但他的内心世界，避免不了与双亲的情感纠缠。从为人之子的最低限度，可以说他为双亲做了点什么，以一个最中性的说法，人无法摆脱原罪或原色，A也无法摆脱"原色"。

"原色"是A在很长时间想摆脱而不能的心理负荷，可他终于从"原色"寻找或等待到了某种现实利益的理由。谋利逐利是人的本能，何况A多多少少为双亲付出过，在双亲皆逝去、人们回到正常社会正常生活的今天，他可以把这种"付出"放大，把自己对双亲的感情表现得让人感到真实可信。比如A说曾经多次偷偷给钱，只是不为外人所知罢了，反正子知母知，他也无须做给外人看。又比如在那个年代他不与亲生父母接触，那是"客观环境不允许"。别人听了只会点头，也就等于认可了A尚有良心。但对于笔者，则不以为然。A在当时只要哪怕多做一点点，满姑姑父的心就不会这样伤心和凄凉，就会感到莫大的满足！对满姑姑父那辈人来说，生活的、人生的期望值或幸福的指数并不高，开始心揣儿子，晚年则希望儿子认父母；也可以说很高，满姑姑父至死都没实现这个梦想。其实，满姑姑父就是"文化传统"的结晶与体现，他们的思想行为浸润着文化传统的汁液，他们晚年认子念子的愿望并未逸出文化传统的视域。

满姑姑父没有"绝后"，但他们永远失去了儿子，却有幸拥有一个胜过儿子的女儿！

果然，A悄悄以满姑亲儿子姿态出现了。这就决定了有关满姑的风景尚未最后落幕。

纠结·社会道义

A是个很用心思的人。满姑姑父作了古，A的精神煎熬不再，他跟尹家跟娘舅家更无关连。然而，有一年——连续几年的大年前夕，他得体地踏进县城我家老屋，看望垂暮的亲舅舅——我的父亲。爷爷名下四兄弟只剩我父亲一人了。数十年A第一次认了娘舅。我父亲开心。可以说A搞建筑事业有成，在工作上是有一套，如日中天。多年来我同A同在一县城，撞面不打招呼。记得满姑问过我"A可会叫你？"她叫儿子要认娘家亲戚，可他一直缄默，颇有"将错就错一错到底"之慨，或"他本来就是路人"的倔强。但有一次街上相遇，他破例地叫了我声"老表"，我也以"老表"回应。联系他不认不理会的智障的亲妹妹，他大概因我父亲是个退休教师、我是崭露头角的作家的缘故吧。但也不尽然，2004年11月我父亲去世，他就送了奠礼，还对我入棺的父亲行跪拜礼。我猛然记起，1963年秋在县中任教的父亲一次在家里欣慰地说，这×石狗（乳名）考上了赣州重点中学！

多年以来，A不听满姑要他认娘舅的嘱咐，不等于他不关注有关这个娘舅的情况，包括满姑与我父亲情感特笃，我父亲悄悄接济过满姑，他应该有所了解。满姑姑父——血亲至亲在他心目中尚未被彻底抹杀。

在中国这样的情境，人要忘却自己的来路几乎不可能，因为有太多的机缘和诱因，让你明白自己从哪里来。即使时局险恶，你已通过偶然的机缘与不祥之源一刀两断，你可以目不旁视走自己的路编织自己的幸福，你主观上也是这么坚持的。但抽刀断水水更流，诚如你无法割裂昨天和今天，你无法截断自己的血液，你回避、冷漠甚至反叛，恰恰显示这样的联结和存在。所谓人间道义就是这样形成并延续，即便是个大恶人，其内心都还有道义的存在。A的内心道义尚存。

总是缘由现实利益的关注而触发，A未忘自己的来路即尚存道义之心。

A登门看望我父亲的那时，肯定不知我父亲已给他亲生父母写的遗嘱，我父亲也没提起此事。他们短暂的交谈中一定提到了街上尹家那幢老店，A显然另有所图。在那个时候，庵背的一切都不值钱，只有街上老店有经济价值。A想通过我父亲了解这幢店房的来历和历史演变。只不过在极小的范围，A提出这件尹家的事就说明他承担了尹家继承人角色。也许我父亲当时想到了这份遗嘱，只是认为外甥认舅是一回事，而作为满姑财产第一继承人则是另一回事，于是也就避而不谈遗嘱之事。

前年有一次，我与A相遇（他总是骑摩托赶路），互相打了招呼，他还请我到他新的单元房坐了一会。家境不错，几个子女也努力。他讲他现在的生活，一句也没扯起满姑和姑父的事，颇有"忘掉过去，一心向前奔"的洒脱轻松。他大概认定我对满姑所知无多，像他一样对满姑——尹家不感兴趣。他哪里知道，我比他更清楚满姑姑父心中的创伤，知道他们心中的希冀，知道A在他们心中的分量以及失望。

与过去了断并非易事，过去总会以某种机缘让过去重现。由于满姑姑父，春莲，A，我，各自相关家庭，又在21世纪过了10年之后相纠结，那是现实利益的纠结，更是情感的纠结。

“一代风景”落幕

承接开头，那天在春莲离开不久，A来到我家。他已从村里得知：春莲不同意他做尹家第一继承人，她要做完全的继承人（至于她会不会让一点利益给A则属于另一件事），而且得知当年我父亲代满姑姑父写了“遗嘱”。春莲毫不含糊地排斥了他。

在A看来，我父亲和我们都瞒着他，他无比失望。他不像春莲那样激动和悲怆，而是声色不动，说话斯文，有板有眼，成竹在胸。他感叹地说：“我实在不知道我母亲留了遗嘱。”我把遗嘱（复印）给他看，他不语，随即又怀疑这份遗嘱的真实性，显然他是有备而来。他指着遗嘱说，几个地方“遗嘱”两个字笔触细，不像是同一个人写的。这等于说，我们篡改了这份遗嘱。这就意味着从法制角度，此遗嘱有可能遭到否定。我立即确定他已经过了细致的法律咨询，也就是说，他是尹家的第一继承人，有充分的法律依据。他态度的冷静与春莲的悲泣形成了鲜明的对照。

我强调这遗嘱确是我父亲写的，简述了当时相关人盖章的情形，而且亮出支持春莲的立场。他大概没有预料我会如此率直，连暗示也没有就直奔主题，轻声说：“我也给了钱给我生母的，但没必要找证人，我父亲投水而亡，我捡（买）的白布，安排人去水里打捞和处理，我还得为我尹家奶奶迁坟。”就是说，他坦承了自己的尹家血缘，还认了尹家亲奶奶，那个毅然绝食死于1960年饥馑的奶奶给他的印象是正面的。当然也不能排除他的世俗考量：时下做阴风水（做祖坟、做坟）、做阳风水（择地建房、择日迁居）非常火爆，世人把做官和发财的成功看作是祖上阴德的显现，要延续官气和财气也得靠阴风水，因而不能怠慢先人之坟。

但是，利禄滔滔，现实利益至上，包括A自己——更不要说其家属和村民，都不由自主地搅入这场与尹家有关的权利人之争，表现的是金钱之争，把那种幽秘的道义情愫给压下了。村里当然知道A的真实来路，如此来路只是构成一种事实，这样的事实不再具有意识形态化的贬斥作用。还是村里那些人，早些年对满姑批了又批，对尹家百般刁难侮辱，恨不得尹家在庵背彻底消失，就不知道满姑有个能写会算的儿子么？足可证明，那时他们对A是不以为然的。可现在，A在房屋设计和建筑上有一套，是个能人，他们做房什么的请别人就不如请A，本乡本土靠得住嘛，A成了他们有用的人。从经济从人情，A都乐意助一一臂之力，所以他们对A也高看一眼了。不需A进行通融，村里有足够的理由站在A一边。A对此形势有足够的判断。

A沉默着匆匆离去，我记起半个小时之前，春莲追忆佛子的情形。佛子说："我希望到一个不受欺侮的地方。"A——佛子的亲哥哥已跨入了一个不受欺侮的时代，成了一个不但不受欺侮还受人尊敬的技术精英，如佛子在世，他会把继承权全让给佛子吗？

春莲向镇司法所做了书面报告，希望先做调解，不成上法庭打官司。

此时村里许多人都签字摁手印证明春莲长期赡养尹家两个老人。满姑的女儿玉子这件事上不含糊，说她不会争，全由春莲处理。这等于说，A与春莲的争执社会化了。

据说，春莲去找村里，他们表示可以提出一九、二八、三七这类悬殊的分配比例。显然，A也去找过村里，或者说村里有意给A通气。他们甚至会以血缘找到相关法律的对应点，认定A是法定的继承人，可他们也承认春莲所讲的事实。

镇里要村里先出示意见，村里却犹豫了好一阵，出现了两种意见。

后来村里却出具了A与春莲共享即平分补偿款的调解书。这就说明，村里的主事者充分掂量了A在现实中对他们的"有用"，且有法律依据，而不怎么看重春莲这个早已嫁出去的女儿，更不用说他们能够理解春莲的情感和正义了。他们或直接或间接粗暴地对待过满姑，自然对春莲与满姑生死相依的情感毫无感觉。在一定程度上，村里道义阙如，数十年的政治运动，接着而来的赚钱运动，维系村里的，就是现实利益，趋利避害的考量。村里一枚公章就能涵盖人的情感，证明持恒的人间道义吗？

春莲当然不同意，看来要打官司了。

这时刘家发了话，协调再协调，不得打官司。刘家对春莲和A都是不能忽视的存在。对刘家来说，春莲与A打官司，就是刘家自己的官司，不管哪方胜负，都是自家抹黑自家，刘家无法承受这样的衰气。从情感上，刘家对这么多年春莲在尹家的坎坷——所受的欺凌伤害，心有戚戚焉，而A是得了刘家诸多好处，因而他们对A出来争执是不满的。这实际上是表达了一种"天在看"的社会道义。刘家又是发话，按二点五与七点五划分，春莲得大头，A自然无话可说，春莲只是一声叹息。

2012年1月上旬达成和解协议。我对春莲说，你已经赢得了道义！

春莲承揽了为满姑和尹家先人迁坟，已择地，等天气转暖就动工。

2017年12月，长住惠州子女家的春莲和丈夫回上犹，25日他们带着小孙子到我家聊天。我又得知，近年兴起续修姓氏族谱热潮，A想归入尹家而找了尹家修谱人，但遭到了拒绝。显然，这些年A待亲生父母的行为举止，尹家刘家——世人都看在眼里，只是保持沉默罢了，就是说"天"——世道人心在看着。终于机会来临，尹家人慨然把A排除在谱外，完成了一次打抱不平，或者说完成了一次承接传统的正义的宣判。这还表明，不必任何付出，A终于借此回归生命的"原色"，宣示自己的真正来路，春莲不能阻挠，但是他没有料到跨不过尹家这个坎。

同处乡土的刘家及别的村民也对A疏远多了，另外一个原因则是城市化——马元已是县城的一部分，村民成了城市居民，村人也在县城的别处置房，A在刘家的"痕迹"急剧地消退，而无法摆脱自己来路纠结即乡土情结的A同样不能免俗，为自己为后代计，他要认祖归宗，却失败了。当然，这种失败不会招致任何影响，对年轻一代可以不屑一顾，但对穿行几个年代，由乡而城的A，个中滋味会"才下眉头，又上心头"，成为终身的梦魇……

我执意写满姑，可这不是满姑的长篇小说，而是满姑的纪实，展示了有关满姑家的一幕幕风景——心灵流向，中国文化传统独特的承续风景。我写出了一个受侮辱人家——两代人的情感及其变迁，写出了那个年代幽秘却是接通地气的情感。小人物——弱势人心灵的扭曲或异化或净化或提升，皆在其中，能够让人感受到文化传统河流的温情涌荡。掩卷，我情不自禁又一次回味这些隐没的风景……

2011年10月15日动笔

2012年12月18日初稿

2017年9月16日正稿

2017年12月26日补充

父亲是蓝色的故乡

自己的父亲

2004年11月10日是我与83岁父亲诀别的日子。

此前父亲没有特别的症状，那天早上他扭扭腰做活动，不料受伤。他自己敷了止痛片却无效。短短几天病痛，他已憔悴不堪，可他还能准确地在一串钥匙中拈出开锁的某一枚。那天晚上10点多我又到老屋看他，妹妹在他身边。他坐靠在床上呻吟，清晰地说："你又过来了。你去睡吧。" 我心里便以为他的病不会太严重，怎会想到老人已是"弥留状态"。10日晨7点妹妹电话说爸不在了！我心头袭来一阵黑浪，疾步向老屋奔去……

我最后一次抚摸父亲已冷却的前额和脸盘，大声叫："爸爸！"悲怆不已。

当天我在老屋彻夜为父亲守灵。我打量度过我童年，如今已趋衰落破残的老屋，不时出入涵养我童年的那个房间，感受晚年寂寞的父亲。在惨淡的电灯下，我不时起身注视安放在棺柩里的父亲的遗容，对父亲突然产生熟悉却不相识的感觉，父亲于我是个陌生人。

父亲有长期坚持逐笔记经济来往账的习惯，这类本子倒是不少；他不愿写心事记录心情，这方面一片空白！后来因深受白内障之苦而弃笔。他退休早，退休工资也少。世事污浊，他不平，一声叹息随即又想开了。他不怎么合群，25年的退休生活，他从不参加结群活动，宁可一人静待在家里。我还翻捡出不少他的书，除了书上他的签名，也没他另外的只言片语。他不愿留下他的真实存在，这就增加了了解他的难度。

了解一个人不是想了解就能够了解的，这也取决于了解者本身的精神结构，了解父亲同样如此。我竟不了解自己的父亲，我惶恐不安，"寻父"在我由渴望变成了行动。

我终于找到一页父亲1965年上学期结束的自我总结，它属于思想汇报，贯穿了当时主流意识形态，可见他当时循规蹈矩的姿态及当时社会的精神气息，而无从看到他的真实心情。这是表面的真实。他没有留下真实想法的记录，这本身就是他，也是许多人处于某种精神状态的见证，真实的心灵真实的世界在隐没之中。父亲是教师中的卑微者，晚年的他更是社会的卑微者，他依然有意识地把自己隐身于时代中。

我对一辈子从教的父亲的人生经历和心思，几乎是间接获知的。他向来很少在子女面前郑重其事地谈他的经历，谈家里的历史，只不过在提到某件具体的事情，他很快会接过话题讲这么一段。他是有意遗忘有意遮蔽。后来他年纪增长，确实也淡忘了许多东西。晚年他似乎有所觉察，也想回忆，并把这种回忆传递给子女，比如回忆爷爷，但难度增加了。有价值的回忆需要鲜活的精神参照，这方面父亲有所欠缺。

我察觉，同样是遗忘，父亲早年出于恐惧和压抑，而在老年则出于自己的选择，因为回忆总与痛苦相连，人何必用痛苦折磨自己？回忆又是能给心灵以慰藉和力量的重要方式，他又耽于回忆。

应该说，父亲作为教师还不是真正的底层。在他那个时代，他所受的那种与时俱进的压抑和伤害，我是能体会到的。在家里我能听见他习以为常的沉默和叹息，有时听见他简短的谩骂和牢骚。但他努力压抑和控制自己，不让自己的消极悲观影响他的孩子。父亲知道什么是主流，什么是光明前途，他主观上要把我们子女推向光明。但人不可能做到绝对的自我压抑，我也听见一些他对某事某人的真实评说。他出自对子女的善意与来自时代的恐惧和压抑而隐瞒真相和历史，由此可知世间某段历史为什么隐瞒得如此彻底。但他禁不住吐露，不吐不快，也说明仍良知未泯，这种良知无可遮蔽地传给了他的子女，因而社会真相精神真相又是不可能被抹杀的。可是，他这种"良知"的精神源头又在哪里？

我在这样的家庭长大，对情境冷暖、气氛肃杀、厄运降临是很敏感的。事情就这么怪，当年他的许多耳提面命没入我内心，而他对世事的牢骚和鄙夷却植入了我的心田，促成我基本性格的形成。何况，我自己的成长也几乎重蹈父亲的覆辙，亲身经历并咀嚼命运沉沦的悲凉。至今我仍在揣摩，当年我投身"文化大革命"，天天手捧红宝书，最高指示如雷贯耳，但与此同时，从无意到有意接触了横站孤愤的鲁迅、幻灭动摇的茅盾、雾雷电的巴金、东瀛狂恋的郭沫若、沉沦颓唐的郁达夫、萍踪忆语与读者交心的邹韬奋，有慰藉之感（下放后又接触了边城忧伤的沈从文），加快了对当时的火爆现实的厌倦和怀疑，一颗心不由自主向"危险的领域"倾斜。这是不是缘由青年求知和冒险（逆反）的心理？是不是一种陌生的活法和思想悄悄隐现？是不是那个铁血时代尚能保持并显现一隅真实的社会呼吸和精神呼吸？是不是政治运动本身具有"被消解""被否定"的潜在属性或定律？

在年龄段上，我比父亲更早向着太阳和进步，也比他更早步入人生的厄运；在连续性时间上，我比父亲更长久地落入真正的底层。我比父亲更长时间也更多地接触了社会的底层——20世纪下半叶中国社会的真实。父亲和我都躬逢了时代的转折，他是三个转折，我是两个转折。但我比父亲活出了人的光彩，这就是历史的吊诡和神奇。

父亲晚年回忆他的父亲即我的爷爷时炽热而迫切，好几次他在我面前，因当年没有对爷爷尽心尽责而内疚不已。他还是触及了痛苦——连结他父亲的内在的痛苦。痛苦无可回避。他青年中年和晚年对爷爷的评价有很大的差别。我感觉到了，父亲之所以良知未泯，是受了爷爷人格良知的熏陶，这种影响是巨大而决定性的。昨天之我成了今天之我，家庭的影响是各种社会因素中最为关键而内在的一个，而家庭总是在家族的网络之中，照王明珂的说法，是根基性的（《华夏边缘：历史记忆与族群认同》）。父亲、母亲、爷爷以及先我存在的家庭（家族）的文化氛围，这些更多的与同胞手足情和族群感情有关——与传统有关，与形成的社会常识有关，而与当时流行的主流思想无关。父亲则以其潜在的人格良知无意中影响并推动了我，而他身上的人格良知是与我爷爷一脉相承的。他回忆爷爷的丰富内涵却是我慢慢发现的。

比较而言，我似乎更接近也更清楚爷爷，在我的意识里保留着不少爷爷的印象（包括当时社会和家人对他的评价）。从爷爷来了解父亲当是一条思路，爷爷是父亲的父亲。父亲跟家庭跟传统和现实相连。我逐渐意识到"父亲"是一部大书。

别人的父亲

在父亲走后，我开始关注和寻找一个真实的父亲，力图在他的遗物中找到他的若干心迹，同时我想在他的同事、同龄伙伴那里了解。

于是我又发现，许多人对他们的父亲都不了解。一个较一致的说法就是"父亲在家里很少说话"，他们更能谈谈自己的母亲而对自己的父亲所知不多。我所在的赣南是客家人重镇，这恐怕是客家人对父亲的一般态度。赣南客家有"男主外、女主内"的说法，是说父亲的世界在家的外面，他在外面拼搏，所以子女对父亲鲜有了解，但子女能感受到父亲的存在。赣南客家更是取代母系社会的父系社会，父亲是不可忽视的家庭存在和社会存在，是人类生态的重要组成。

这样，父亲的所指和能指扩展了。言及父亲，不仅是自己的父亲，也泛指别人的父亲。这样父亲就成了家庭及家族连结社会和人类的重要角色。

我注意到家里父亲地位普遍下降，甚至家里失父或缺父的种种现象。有父和无父的家庭很不一样，对子女的影响都是巨大的。进一步观察，情形复杂得多。

有父，可以名义上有父，家里有一个叫父亲的男人，但他在家里是弱势（与身体状况没有直接的联系），没有地位（与经济状况没有必然的关系），除了造出几个子女，他对家里没有像样的贡献，他在现实面前束手无策，放任不管，因而他遭受到子女对他的失望和鄙视，这样的家庭是缺父的。无父，父亲早殁，或因政治、经济、情感等原因长期不在家，家里由爷爷或母亲料理，有朝气，一家不像缺父，这样的家庭还是有父——爷爷、母亲或其他亲人承担了父亲的角色。

我进而发现，有的男人结了婚有了孩子却不愿抚养，对家里的责任缺失。他选择不做父亲，只做输出精子的雄性。有的在外打工数年，家里弱势的父亲生病或死亡，他不闻不问，人也不回，根本不考虑为人之子的责任。造成这种状况为父者也要负一定的责任，就是说，为父者身上已然存在"责任淡薄"的精神态势。

由此我察觉，父亲在家里是一个具体的人，在他身上能够体现和剥离出一种东西，这就是父性精神。它在无父或没有子女的家庭也可能存在——在社会上存在。可是每个家庭并不必然地充盈父性。它与家庭（家族、族群）有关，与人性有关，与亲情有关，与文化有关，与传统与历史更与现实有关。

所以，在一般意义上，一个家庭缺父或失父实际指的是这个家庭缺失父性精神。我更感到"父亲"是口深井。

我进而发觉许多作家写自己的父亲都写得不深入，太表面化太认同化了，有意无意地逢迎和屈从于当时社会主流意识形态，或为尊者讳，而割裂了历史、传统和文化，是一种走捷径、较亢奋、自然也能获得某种喝彩的写法。我却不想凑这种热闹。我想写有难度即有深度——隐现于生活深处的父亲。因而又觉得自己的父亲只是一朵小小的浪花，我一度迫切想写自己父亲的冲动竟缓悠下来。我想在更大的视野——人类文明层面上，既揣摩自己的父亲，也揣摩别人的父亲——揣摩父性精神的消退与延展。

我放松地阅读、倾听和感受，发现了各式各样的父亲。社会对"父亲"还是关注的，比如常常能听见"他就是某某的父亲"的指对。在平时聊谈中，虽没提起"父亲"这个话题，但对方迫不及待地诉说其父亲。有的我在当时也没意识到对方所谈正合我思虑的"父亲情结"，后来我突然领悟到了，在我心中产生强烈的震撼！别人父亲的命运给我的震撼大大超过自己父亲给我的震动，不仅在于其命运奇特（悲惨），而且他们在这种悲惨情境中没有沉沦，反而闪耀炽烈的父性之光！

所谓"迫不及待地诉说其父亲"，就是想说父亲的真实或真实的父亲，涉及父亲的"内在事件"。以赛亚·伯林认为，历史的"内在事件"而不是公众事件，才是人类最真实、最直接的经验，因为生命过程是由而且只能由"内在事件"所构成。就我的理解——基于中国化情境的理解，"内在事件"跟个人的心理、精神变化相关联，时代社会核心事件都是父亲（人）的外部因素，父亲缘由自己的家庭、个性和生活阅历接受其裹挟和冲击，转化成"内在事件"。

有人说"社会本身自发形成的一些道德价值、观念，它是以某种形态存在的"，这种形态就是与"内在事件"息息相关。显然，即便从文学角度，我们总是把这样的"内在事件"或简化，或遗忘，或伪饰，以应和时代社会的主流要求。对父亲"内在事件"的探寻我们做得很不够，也就谈不上真实准确地书写父亲。

借用肖鹰所言，"文学的伟大品质，不在于展现真实，而在于揭示真实的可能，即将真实展现为对于人类自我的有意义的存在，展现为人类内在生存所需要的情感、价值和信仰的实现与生长。真实，拒绝乌托邦，拒绝对现实苦难和危机的熟视无睹、无动于衷，更拒绝实用主义和商业主义的虚伪；可能，不承认绝对主义的认识论，不承认科学的技术对生命意义的剥夺，坚持生命和人是可能的，而且本质上就是一种可能。"（《真实与无限》）叙写底层父亲们的"内在事件"即人类内在生存，就是"揭示真实的可能"。

在我则用记录加虚构的艺术方法，恰如贾樟柯所说，记录就是代表着无可辩驳的真实存在，虚构可以从本质上揭示生活和变革本身，并以此呈现当下中国前所未有的复杂性，也就是在复杂的中国情境中叙写父亲和父性的可能。

我的几个主人公都是在20世纪50年代遭冤狱的（当时有的才15岁，有的20多岁）。许多人进了监狱是破罐破摔，基本的人性尊严丧失殆尽，但他们在监狱生活中涵养并坚持自己的人格尊严，成了高尚值得尊敬的人。正如阿伦特所说，"即使是在最黑暗的时代中，我们也有权利期待一种启明，这种启明或许并不来自理论和概念，而更多地来自一种不确定的、闪烁而又经常很微弱的光亮。这光亮源于某些男人和女人，源于他们的生命和作品，它们在几乎所有情况下都点燃着，并把光散射到他们在尘世所拥有的生命所及的全部范围。"陀思妥耶夫斯基也说过，"在人的身上，有着坚韧与生命力的一种巨大潜力。（劳改犯中）一些真正的人，性格深沉，有力，美好，污泥底下的黄金，其中有些人，本性中的某些侧面令人肃然起敬，另一些人，则通体美好，绝对高尚。"这几个主人公今天仍处底层，但他们依然是大写的人。当年他们远离家乡和家庭，炼狱的结果，是他们对家里对亲人都自觉承担起责任，即富有父性精神。

　　我对那个15岁因同情右派老师尔后又被这个老师出卖的人物原型十分关注，不但注意他在监狱成长和成熟（与主流意识形态的教育不相关），还注意到他刑满回到家里有过的精神崩溃。直到后来，才发现其父（老共产党员）几十年为获罪儿子奔走呼号而获罪，获罪了依然为儿子奔走呼号，更是可歌可泣。这个儿子的后边站着一个坚强的父亲。这个儿子在新的年代的人格情怀和负责精神正是其父精神的延续。我追溯这个父亲的家庭和历史——飘零的家族史，更感到他是一位伟大的父亲！

　　父亲与历史分不开。另一个主人公也是在监狱里"得知并接通"他的父亲，涵养了自己的人格尊严，也成了一个令人感动的合格父亲，这给子女的影响是巨大的。其子女下岗后能坚韧而从容地创业，让更多的底层人感受到人间情怀，重塑生活的信念。

　　我在赣南几个县往返采访，前前后后用了几年时间。在我确定了最主要人物后，我采访的方向更为清晰。我按其主要生活、生命形态区分为守家的、外出的、行走的几种类型，在实际生活中他们是交叉性存在。"父亲"是个沉默的存在，无须着意虚构。作品中李庸和李令昆来自我爷爷、我父亲的原型，像何德水、朱明、朱修鹏、吴显儒等众多父亲形象，像后一辈的李沛宽、何崇盛、朱双梅、蓝敏华等也都各有原型。

由了解别人的父亲，进而了解自己的父亲，我喜悦不尽。

让父亲回到历史现场更回到"内在事件"，照真实的生活写出的父亲形象更加惊心动魄！这样的父韵直抵心灵，空谷绝响，余音不绝。

父亲、父性、家族性和个人性

我正为父亲梦萦回环，一步步蹚入父亲之河的时候，读了意大利心理分析家鲁伊基·肇嘉的《父性：历史、心理与文化的视野》，我更加豁然开朗，思索的地平线又向前移动了。

雄性，坚持，远见，计划，秩序，延续，延迟即时满足，费时良久来发展，自制，采集，负责，承诺，责任，人格，尊严——这些都是父性的切实内容。父亲是一个构建，一种程序，也许是最早的程序。父性是作为一种精神、一种秩序、一种灵感、一种文化、一种历史、一种现实、一种象征、一种根基化的人类生态而被保留下来。它是一种在父亲身上体现并超越父亲的人类精神。

《父性》从西方文化的角度探讨父亲——父性的发展演变，它具有人类学意义。我们讲的尊重、互惠的权利和责任，其源头在于父亲对家庭和孩子的承诺与责任。它揭示了近代以来，尤其在当下大众媒体文化——立即满足的快餐文化——泛滥之际，普遍地从在意"一家之主"转向到追逐"共同父母"即外在父亲（它包括所谓的公共父亲、革命父亲和国家父亲，任何一种社会时尚都可能被当作外在父亲），导致人类集体心理层面的巨大变化。现在，父亲的责任，当它还没有完全消失时，趋向于被简单化成纯粹经济上的条件（如仅止于养家糊口），而父亲的心理也倾向于萎缩成单纯的男性的心理。这个世界比以往更多地倾向于一种消费主义的即时与口头的满足，总是被获得快速结果的渴望所调控，做什么事都希望"毕其功于一役"，得到即刻完成彻底解决的效果，这与诸如发展计划、延迟满足等父性精神背道而驰。不止肉体的父亲，父亲的精神也在消失。

我们确实生活在"父亲缺位的时代"。"父亲的缺失是一种史无前例的弊病"，其种种后果为我们耳闻目睹。

这种父亲指的是家里的、有着血肉情感、能以个人出现的父亲，即现代意义的父亲，也指一种父亲意象。父亲与家不可或缺，即使家破碎了，但家作为一种精神寄托始终存在于父亲心中。父亲植根家庭，而家庭（现实）与传统（历史）相连，它以个人化感觉和思想置身当下又向着未来。放弃对父亲的历史的了解就是放弃能征服时间的连续性的意义。历史与连续性就是属于父亲的。

中国有着独特的父亲情境。中国的父亲、父性贯穿着中国的深层经验。我探寻并思索的是客家人父亲——中国父亲，它离不开中国的历史与现实即中国的文化情境。父亲不仅与男人、雄性有关，还与家族、家庭、父权、母亲（一方面是母亲身上的父性，另方面母性涵养父性）、子女有关，父性与父亲、父性与族群、父性与传统、父性与历史、父性与亲情、父性与稳定性、父性与现代、父性与中国现代性及其展开，等等，这样势必进入了中国父性之河的纵深地带。百年来赣南客家父亲——父性的兴衰演变，可以印证"父性退行""父亲缺位"与父性延展这样一种触目惊心的现实。

父权既是传统父性的一个显著特征，也消解着父性。自进入现代，父权的衰退是客观事实，正如《父性》一书所指出的：怀念正在衰落的父权正是领袖专制兴起的社会心理原因。于是年轻的父亲从家里出来纷纷追逐国家父亲、公共父亲、革命父亲、时尚父亲，这种追逐加速再加速，"一次性解决""做最后解决"既是口号也成了我们的思想方式，现在搞市场经济，这种思维依然盛行。

父亲是"通过费时良久来发展和延迟即时满足的需要这一声音来说话的"，而"家里的父亲"加速被冷落被遗忘，父亲也就没能反映在社会生活的程序之中。长久以来，家里父亲风光不再，被逼到了死角，地位失落，向养家糊口的父亲退行，又向雄性退行。由父亲体现的父性当然是最好的，但父性不等同于父亲，它可以通过母亲或兄弟或相识不相识的人来体现。我们可以看到大量的事实：有父亲的家不等于父性充盈；无父的家不等于没有父性；社会对父性有着强烈的渴望，即渴望植根于家庭的、富有个人魅力——现代父亲的出现。

对父亲的探寻就是对生活中确定性的探寻。对确定性的探寻是人类永恒的精神动力。

每一个父亲都是个人，写出这个"个人"是文学的题中之意。纪德说："思想永远是依靠了个体的存在而存在的；思想永恒的相对性就在于此，思想的威力同样也在于此。"这种"个人化"早已不是过去那种"典型环境典型人物"书写。只有充分个人化书写才能揭示社会和人的深层秘密。

但在社会和现代意义上，父亲趋向个人化是生活的事实，因而父亲个人化书写也就具有现代社会的文化内涵和精神内涵。父亲与传统和家族（历史）有关，与家庭（现实）有关，父亲与个人化相矛盾，因此，父亲个人化展现折射了中国现代化展开的一种方式。比如，前面提到的15岁获罪少年何崇盛的父亲何德水，他个人的认同抉择不一定符合社会潮流，他把自己的利益置之度外，采取非自利行为，以维护家庭及子女（族群）利益，而何崇盛在逆境顺境中就继承了父亲身上的父性精神。

我们的"父亲缺位"跟人类"父亲缺位"有一致性，更有其特殊性，这特殊性既包含上面所说的消极因素，更包含积极因素，那就是，以赣南客家生存发展来说，父性曾是一面高扬的旗帜，源自中原的父性精神在赣南得到了保存和长足的发展，在走向开放——融入现代中有着骄人的表现。20世纪以降，父亲逐渐从家族、家庭、父权、男权中剥脱出来，带着父性的基本质素，越来越熔铸于具有现代意味的个人之中。

像作品中19世纪末的李哲炯相对于家族，他与其他姓氏的和解，毅然从山里搬迁到县城的思想，就富有个人色彩，也可以说是乡土现代性的萌芽。传统依然是个巨大的存在，他的儿子李庸和在与时代的碰撞中，更富有个人色彩。何德水青年时代就遭家族的放逐，他参加苏维埃（革命），后来他毅然为蒙冤的儿子何崇盛奔走，他处在乡土环境，却从来没有借助家族的力量，他也没有（不可能）借助组织即"外在父亲"的力量，其个人性特点很明显。朱明以孤儿身份参加解放军，新中国成立后蒙冤获罪，在长期的流放（劳改）生活里，纯粹以个人姿态即精神个体挺立，恰恰连结了他的亲生父亲，他的个人性更有现代内涵和传统内涵即根基性。

李令昆长期追逐外在父亲，到了晚年寻找他的父亲；朱修鹏因要靠紧革命父亲，几十年竭力遗忘地主父亲，临终却表示要同父亲葬在一起。因要否定传统而批判传统，恰恰保留了传统。

何崇盛中晚年更是以健康的个人化、精神个体成了何家的中坚（与成为村里头人无关），同时他的个人化也植根于何家家族之中（进入21世纪的何家家族不是地理位置的概念，而是文化心理的概念，类似于现在的"大中华"）。李庸和、李令昆、李沛宽、何德水、何崇盛、朱明、朱修鹏、朱双梅、蓝敏华等他们或早或迟与其父亲相遇，或早或迟追念和寻找父亲，他们自己也成为父亲。这不能仅仅归于他们恋旧和崇仰亲人，而是寻找并汲取精神营养，以应对叫人晕眩无所适从的生活的一种努力。这些都是"现代性的东方展开"的有机内容。

李家和何家的变迁也印证了其家族由中兴到式微的变迁，由此涉及到20世纪中国的"特殊现代性"——现代性的东方展开方式。正如余世存所说：家族信仰在全世界都有意义，只是很少有我们中国人这样悠久厚重。社会学家也观察到家族行善的功效。家族传承，其中之一，即在理性、功利的社会上为世界的神秘、人生的信念留下余地，让我们珍惜生活，慎终追远，继往开来。（《余家：宏大叙事与从零起步》）家族信仰离不开父性精神，家里父亲是民间社会的构成，在追逐外在父亲的时代，他同样（被动地）卷入世界现代文明进程之中，人格尊严、人的价值这些现代性的核心理念会融入家里的父亲，父亲也就获得了新的动力——民间父亲于是保持着热力和活力。

当代中国，父亲、父性的"生长点"在哪里？这既跟民族的文化根性相关，也跟具有普世价值的精神个人相关。宗亲观念，它其实也是文明理性的一部分。（余世存《望族的是非》）父性既是根基性的，又是敞开的，在现代风的滋润中，父性在更新，父性更内在，但父性依然葆有其独特的东西。

别一种乡愁的叙述与表现

我写的是县城的"长衫父亲"。

父性、父亲传统的断裂，父子两代人事实上的断裂，因而在我们的许多家庭，父亲已不能担负父亲的职能，家庭的父亲也陷入了一种空前的信誉丧失的窘境，于是父亲在家庭中隐退了。断裂现象似乎在不断增强与出现。依照福科的启示，文学也应当寻找"非连续性"即"断裂现象"，对此做出有力的思索。历史与连续性是属于父亲的。父亲——父性是一种历史结构，回到历史现场，尊重基本的历史事实，用"父亲——父性的盛衰更替"相贯穿。

我从这个角度叙写漫漶的乡愁，我也用此结构这个长篇。文本呈树干枝杈型面貌。

我觉得采用父亲视角或父性结构，从若干家庭切入，"能够深入乡土生活纷杂嬗变的深层本质，感应现实中国的整体脉动，丰富和拓展人们对乡土中国的独特理解与感悟。"写自己、写自己的父亲——写自己的家再贴切不过了。在一定程度上，这也是父亲和我的生活自传与精神自传，也是许多底层父亲的精神自传。

我把主要人物的生活舞台定在县城，又把"脱域机制"和"世俗的不经意"视为人物之间的联系维度，更视为一种创作手法，在艺术表现上非戏剧化而是日常生活化。这就决定了这部长篇小说的个人回忆、自传叙述、非虚构小说，或人性纪录的艺术特征。

现代性是"非地域化"的（亲缘关系和地域化社区在前现代文化中占支配地位），"现在的人有一种强烈的想寻找可信任人的心理需要……信任在这里不是预先给定的，而是建构起来，意味着一个相互开放过程。"在现代社会活动数不清的背景中，构成日常生活的种种相遇是不经意的，即"世俗的不经意"，它是在与陌生人相遇时当面承诺的最基本类型，是现代性的大规模复杂环境中信任关系的一个根本方面。（见安东尼·吉登斯《现代性的后果》）这样写父亲或父性具有涵盖性和超越性。

我设计的几个最主要人物及其家庭的命运不是交叉的（这不同于传统的情节小说），没有因果关系，这也表明我们实际进入了现代情境。周遭环境具有现代城镇的某些特征，人物灵魂也带有现代特征。主要人物之间没有恩怨情仇，皆服膺于"父性消长"这只看不见的"手"。写苦难而超越苦难，写伤痕而超越伤痕，写家族而超越家族，写乡土而超越乡土。

我也借鉴了普鲁斯特《追忆似水年华》的"无意的记忆"的表现方法，就是通过"现时感受与某一回忆的巧合"，记忆中的形象从现时的感受中找到了支撑点。通过回忆重建逝去的印象，开发一个已到成熟时期的人的记忆这个巨大的矿藏，将回忆变成艺术作品（参看莫洛亚《从普鲁斯特到萨特》）。我从服侍父亲最后时刻发现他熟悉而陌生，自然而然在一些现时感受中触景生情地回忆父亲及家人过去的一些片断（也就是主要人物及情节不时中断），为以后几部内容的展开打下基础，定下情感氛围。从现实层面，这正是县城现代生活开展的印证；在写作层面，让人物拥有"自我完成、自我呈现"的更大空间。

正如纪德所说，传统小说是从故事情节发展的某个时刻起，就不应该有什么东西让情节分散。情节应该急速直下，直奔目标而去，而恰恰就在这一时刻，陀氏想象出最令人困惑的中断……他不惜以一些急转弯，来分散主要情节，以让他的一些最秘密的思想展示出来。（《关于陀思妥耶夫斯基的六次讲座》）鲁迅说陀氏"把小说中的男男女女，放到万难忍受的境遇里，来试炼它们，不但剥去了表面的洁白，拷问出藏在底下的罪恶，而且还要拷问出藏在罪恶之下真正洁白来"（《陀思妥耶夫斯基的事》），在我则是，人物在万难的情境中，"拷问"出"父亲""父性"来。这当然事关"历史真相"，不过照王明珂历史人类学的观点，将它视为"历史记忆"而去理解它产生的背景，历史书写背后的资源情境、社会认同与个人情感，正是文学的题中之意。我尝试这种表现手法，较好地表达了想要表达的思想，体会到了创作的愉悦。

半年之后我又逐一给每个章节加上小标题，仿佛在父亲之河中标出若干"石渡"，方便读者在人物和文本"不经意"展开中，感受并驾驭故事展开的行进节奏。这次我对小标题进行了简化。

父亲值得我们崇敬，也不妨对他们进行审视，即把他们视为"他者"。"他者"的视角既可以站在观察对象的外部，又必须进入内部——进入这种文化状态中去。审视父亲就是审视我们自己。所以，对"你"即李沛宽，我也以"他者"看待。所以，"你"既是局外人，也是局内人。一开始我只是把李沛宽作为见证父亲的一个"道具"而没有更多的思索，后来我才发觉应该把他定位为一个"知青思想者"形象，巨大的精神创伤是我们一代的成长仪式。与其他几个主要人物相比，他的局限是明显的。人的成长成熟是经常的，不可能一劳永逸。他的局限也是一代知青——一代作家的局限。

我写长篇很着意取一个具有某种意象又切合作品内涵的题目，一开始选定"父韵空濛"为题目。在我数次梳理思路和人物的2007年5月，我赴延安参加作家座谈会，回程时在西安机场，作品的开头就呼之欲出，我沉浸于作品的意象之中。写作中正好碰上秋雨潇潇，上犹江和县城——我面前的景色模糊起来，一派迷茫，回忆和想象中的西街和诸多父亲却是那么清晰灿亮。这次改用"中国父亲"做题目，倒与它生活性纪实性相契合。（出版时定名为"父兮生我"）

在我写作的城南检察院7楼封闭居室，地势较高，县城历历在目，中间是一条清亮的上犹江。鳞次栉比的新县城敞现在我面前。我小时生活的西街和老屋隐而不见。老屋和西街由于破败而濒于消亡（老屋毁于2011年5月30日凌晨一场大火），但它青春过，辉煌过，无数的父亲装点和支撑过它，无数的父亲青春过，创造过，激扬过，也颤栗过，追寻过。由于探寻父亲，西街于我重新敞亮起来，我的父亲，别人的父亲，不在与在的父亲向我走来。

父亲是蓝色的故乡。陈美的《罗珊的面纱》、腾格尔的《父亲和我》与朱哲琴的《不相识的父亲》乐曲交相在我心头旋起。

我心中的乡愁流淌。我写了别一种乡愁。我认可贾樟柯的说法，真正的中国在小县城。也许，城市化浪潮中，唯有小县城能够保留并呈现家庭家族炙烫的呼吸。在这样的乡愁中，跃动的是人的灵魂，中国的灵魂。

献给不在与在的父亲——客家父亲，表明我写的是亲身父亲，又是我们的父亲。客家父亲指南方客家特征的父亲，又指人类的父亲。全球一体化，流动化，居住地球上的人都是客家人，都以某种文化背景加入到现代生活之中，但每一个人又必须以个人面对生活，父性由此而延绵。

我写出了这部长篇，心海像蓝色犹江一样舒展和平静。

2007年12月9～12日初稿

2014年2月6日修正

2014年4月4日定稿

铺展田园魂

——我邑犹江诗社两位百岁老人的诗词创作

一

诗词传统没有、也不会中断。

南迁的客家人以中原文化自雄的一个重要特征，就是在南方大自然中格律诗词的延续和不断创新，寺庙、祠堂、店铺等公共场所的对联和楹联，族谱、为本姓氏名人镌刻的诗集和县志，都有不少诗词佳作。20世纪五六十年代，尽管传统诗词平台一度萎缩，但坊间仍流布诗词的吟咏。比如，我二伯父是一介无职业的县城居民，平时拾野粪卖给农村生产队，有点文化，在家他就反复吟咏"唐诗三百首"和本家清朝翰林李临驯六卷木刻《散樗书屋诗存》。我经常听他自个儿抑扬顿挫地吟唱。他全然没考量任何功利（包括现在流行的"强化阅读防止老年痴呆"的时风）的自娱自乐。他朗读不是操"普通话"而是操一种既非官语亦非土话，据考证与那时中原的主流话语相当接近的软性话语（如"下雨"念"落有"），这也昭示传统诗词经由姓氏宗祠和坊间演唱而流传的一种方式。

我们也就可以理解，20世纪八九十年代诗词复兴，县乡诗社涌现，坊间兴起诗词热，田园诗作者队伍最为庞大，田园诗兴旺，田园诗因拥有田园魂而成就最高，经济活跃文化活跃是个充分条件，坊间"基础"亦不可缺。随着诗社花果——个人诗集的纷纷面世，我们更加明白：这种活的"坊间基础"，还包括当年生活中，一些乡间诗词人曾经非功利地悄悄创作过，尽管绝大多数被别人或被自己所毁弃，但"诗词思维"得以保留；在诗词复兴中，他们继承并光大诗词传统——狭义广义的诗词传统，很快地步入"确立自我更新创作"的轨道，而且无目的而合目的，他们的田园诗词富有中国农耕基因的田园传统，由田园接通山野林地——人类根性的传统，以及呈现的精神自由，在今天看来更为珍贵。

于是我们看到，真正拥有田园魂的田园诗，它对"传统"——小传统（有着格律韵味和诗魂）大传统（联结人类根性的大自然靠拢，经由故乡田园，凸现自然、自由之我）的追溯、连接与张扬诗词的现代性和现代之路，竟是逆向性展开，或是逆向性昭示的。

我邑百岁老人吴家润（1916—2017）、方绪缵（1916—2016）就是其中较为突出的代表。

二

吴家润绝大多数的诗词作品是他后半生写的。他的长子在1999年为其编《益群诗词》的"后记"说："父亲受家庭教育的熏陶，小时也爱读旧体诗歌。即使儿女拖累（吴先生中年失偶，未续弦），处于逆境，也得吟几句旧诗为快。一九七九年退休回家，一边订阅诗联刊物，一边投入写作。""父亲青壮年很少写诗，间或写一点也只字未存。从一九七八年起，气运相霁，精神复爽，晚景余情，又操起诗词爱好。"2015年吴家润百岁，长子领衔又为其编印《淡霞诗草》，"后记"这样说：特别是去年，父亲已九十九岁高龄，他不计寒暑，每天抄写几首诗，百岁寿庆后，父亲仍不松懈，写的字显得有些苍老，但刚正有力。

就是说，诗词于吴家润已是自我律令的自觉行为。我还从一细微处，印证吴家润跟诗词"活"传统的自觉联结。

2015年2月23日，刚过春节，我受邀去离县城颇远的安和乡下滩村，参加了百岁吴老的庆寿活动。以吴老的子女亲属为主，村里吴家，近年成立的县吴氏宗亲联谊会参与，仪式隆重，广义的祠堂情结徜徉。我注意到正厅神桌上，吴老的先母遗照（瓷版像）上，印有双溪乡石门村吴服田的"赞词"——

　　相夫创业振家声，礼范懿规素所钦。哲词谦恭微韵语，老顽庆幸属宗亲。

　　年寿增长身强健，心境宽间德益新。学校竟夸大师母，好将俚句布微音。

石门同宗八旬野老元悌服田

"元悌服田"在我心中一亮，此公正是我写于1999年《南赣寻梅》的主人公吴元悌。

吴元悌，字服田，自号守庸子，生于1873年（清朝同治），殁于1954年，享年82岁，历经清—民国—中华人民共和国三朝代。清试优廪生，停科考，设帐授徒40年，历任县立高等小学特等教师，族立营前行余学校教师。自18岁课至58岁，40载无间断。课授宗旨，以学孔孟庸行为准则，注重体道立德，不重习文求名。且师承父业在家行医，医术精湛，为业谨慎，平等待人。不管授课还是行医，他都以画梅相伴。他画淡墨梅，自为题跋，画品高雅。政绅商各界得其寸缣尺幅，皆视为鸿宝。他工于诗书画，推称诗书画三绝。时值年老，但精神气概犹如壮年。一生题梅诗不下千首……

他善继父字，存古道，远权势，轻利欲，不屑入时宜，利物济人疏财仗义，广结人缘，令世人仰慕。他去世由寺下出殡到大石门村归土，20多里山路沿途吊唁者络绎不绝。

吴元悌怀"学而优则仕"之抱负，自信满满，但因科考时两张试卷相粘，招"舞弊"之嫌而取消名额。他一气之下弃绝应考，而在被聘请做了一阵宗族所办的乡村小学教师后，干脆在家学中医自画梅花。屋前屋后——他的田园种了许多梅树，在替人脉诊的药单空白处，写下无数的题梅诗，自成一格。对于吴元悌，中医诊治，种梅赏梅，画梅题梅，诗词写作，山乡生活，自然自由，是相通的。他的儿子吴良俌（从医）把父亲的诗用毛笔小楷另行抄录了几大本。显然，一辈子没离开乡土，画梅题梅——诗词写作成了吴元悌切实的生活内容，非功利，田园魂于他就是行走于山野大地的梅魂医魂人之魂。客观上，他做了这块土地的诗词传人，田园魂的传人——他的诗词写作成了活的传统。

其时吴元悌家刚遭逢大变故：一是吴家划了地主成分；二是他被一何姓徒弟（此人想做乡医疗所所长）诬陷：药方一味中药等份太重而导致一孕妇（何氏情妇）大出血而亡，吴老百口难辩，被追责，其子吴良俌挺身而出代父受过而慷慨入狱（后来弄清事实提前释放）。此事轰动一时。

吴家润所在的安和乡距大石门不很远，宗亲情结相连，知晓此事，他更知道吴老先生的人品和文品。吴元悌为他母亲玉照题赞当在1953年。当时只有赣州才能烧制瓷像。他郑重请吴老先生题赞，也显现他对吴老先生不改初心的敬意，也显现自己的人格精神。吴元悌这首"赞词"为人达观祥和，没流露丝毫怨怼之气。小吴（其时37岁）对老吴的诗和画——田园魂有更深切的感知。

此事还隐含20世纪50年代初仍以祠堂文化为内核的乡村情状，或叫乡村文化面相：虽然政权更替，祠堂文化仍发散着热力和魅力。吴家润因属"贫下中农"而能正当地延续乡间文化礼仪，吴元悌则有求必应。

正如谭运长在《祠堂与教堂》一文（粤海风2017年第五期）所说，"以血缘为中心，以土地为纽带的祠堂文化，是流淌在老百姓血液里的传统基因，是人们灵魂的安息所，价值的归属地。对于许多中国人来说，这是可以与宗教信仰相类比的精神家园。""祠堂文化最重要、最深刻的作用，并不在于这些比较现实的、功利的方面，而是某种隐形的、属于精神价值层面的东西。"小吴与老吴——乡村新一代与老一代在精神上有着共识与共鸣。在我看来就是祠堂能包容田园魂。田园魂大于格律诗词的传统，田园魂及其追寻成了我们国人的传统基因，自觉的精神活动。

这正是诗词精神接力的联结点。吴家润持续着他与"传统"的连结，这既是个人化的，也是乡村内部的，因为"外部"快速地被强势的政治意识形态占领了。

当然吴元悌亦置身于诗词传统里，走的是田园诗之路，他的诗词写作也渗入了他所处时代的因素（如规诫和大众化等），创造出自己的谨慎内敛的个性和平淡畅快的诗风（他一首题梅诗云：老汉消闲写墨梅，岂营壮志作花魁，无修无饰无红艳，只余清明染支埃）。当然这与陶渊明经"躬耕"（直接农耕）所抒写的田园诗有区别，但沉浸于乡土、非功利和追求精神自由是相通的。从中我们还可以感受到乡间诗词传统的漾动。

三

吴家润诗词铺展了生活化凡俗化的田园魂。

吴家润的田园诗自成一格，他笔下呈现了20世纪80年代的南方乡村。他既做父亲也做母亲，抚养众多子女，迎对艰苦生活，对乡村四时八节山里人情有深切的体察。步入老境，子女成家另过，他不无寂寞，写诗成了他的消遣，更成了他的精神寄托。他从容反复地观摩物象和村景，比如他《吟春》诗就一气写了"寻春""游春""弄春""春草""惜春""留春""送春""怀春""梦春""春日""春云""春雨""春雷""春风""春山""春水""春柳""春杏"等18首五言绝句；《高山咏吟》一气写了"高山春""高山夏""高山秋""高山冬""高山雪""高山红叶""电上高山""高山烤火""高山摄影""高山作客""高山娶亲""高山祝寿""高山赏月""重九登高""高山放牧""高山过年"等16首七律；还有《山居十韵》，等等。

像"陡峭云烟起，峰峦雾冲天。声声布谷唤，牛跃走村田。""春到青山蝶起舞，情怀涧谷雨敲诗。""晓晖收露起，塞雁穿云浮。时雨抒胸臆，春光豁眼眸。凝神陶冶性，悖德暗含羞。寄迹荒村道，怡情事物悠。"如此作诗凸现他心胸安然恬淡，非功利，诗作如出山暖春之流泉，随和明快安详。与古代陶渊明"结庐在人境，而无车马喧。问君何能尔，心远地自偏。采菊东篱下，悠然见南山"的田园诗气息相通。有陶氏田园诗为标杆，田园诗不是想写就能写，不是住在乡村就能写，不是写了乡村之景物人事就是田园诗，这里有个与山景乡情相融洽的恬淡心态，物我交融澄明自由的灵魂。灵魂幻化为诗魂。田园魂在他笔下隐约腾跃。

不管是激活还是接通诗词传统，田园诗实际上联结了我们民族的农耕文化传统，联结了人类的根性传统。正如夏立君长篇散文《时间的压力·陶渊明：那一团幽微的光明》（钟山杂志2017年第5期）所揭示的："普遍的怀乡情结，田园情结，正源于自然、自由之我。故乡、田园的深层意蕴正是自然、自由这一人类根性。"因而，真正的田园诗既是传统的，也是现代的，寄寓着永恒的现代性。

四

不过，有《侠民诗草》为证，方绪缵的田园诗词比吴家润，甚至比古代陶渊明，彰显"逆向性的深入"——另一种意义上的"与传统（与乡土大自然亲密无间）的联结"。在现实境况的裹挟、现代生活展开之下，他的田园诗更抵达田园魂——人存在的深度。

方绪缵住在蓝田乡严湖村（与吴家润恰好是姻亲），字侠民，1916年生，赣州乡村师范师训班毕业，进修于民国江西地方政治讲习院，曾任小学教员，民国上犹县陶朱、寺下乡长。新中国成立后曾任安和乡副乡长。20世纪80年代重操文笔。

1949年他之所以能被人民政府接纳，是他为新政府做了不少工作，熟悉乡情，平时为人也好。不久他被清退回家。别的乡级干部往城里走，而他终身与山野为伴。

《侠民诗草》只有一首七绝《文革回顾》，"逆境"也是一句带过。他比吴家润少随俗而多矜持，可他还是活出来了，且高龄。他更像伫立于深山的闲鹤，"精神支柱"始终存在，能在诡谲多变的时代风云中真正地安贫乐道。

"天高气爽壮诗情，落叶方知季已更。笔墨结缘怀旧雨，诗词论价抵连城。青山不老秋犹瘦，碧水长流晚溢清。心爱凌云松竹翠，几经霜雪亦长青。"脱俗的青山、碧水和松竹成了他所爱与所向。他从日夜相厮磨的山野——大自然中寻找安身立命的东西，寻找自由表达，铺展田园魂，他也与陶渊明相遇了，但比陶氏走得更深。他的诗词跟时代逆向而生，田园魂跟现代逆向而显，他的生命过程体现为一种"逆向性"——逆向地走向诗意栖息的大自然。

90年代打工潮兴起乡村加速空壳化荒芜化，他正好又仄入了田园寂寞，因而他诗词中对山乡寂寞——田园魂的追寻和铺展更加由衷、深入和深刻。他置身山野深处，他的"山野存在"以及对"山野存在"的叙写，更具个人化，在寂寞清洁的山野实现了精神的自由，而更呈存在深度。

他也是80年代诗词复兴潮中重操文笔的，他同样受陶诗启发，他与山野结伴是他生命和生活的必需，他与陶渊明的精神趋于同构，始终保持一隅属于自己，而一般农民没有的精神园地。他的田园诗作更接近原生态的山野，田园魂由此散溢开来，如《竹枝词·山居杂咏》（16首）就流露这样的精神意象。"衰年甘寂懒周旋，况在深山旮旯间。松林为邻泉为伴，花香鸟语间鸣蝉。""山村路窄更崎岖，安步时当出入车。茅舍草棚清气爽，晨曦明月照吾居。""绿竹环绕树影斜，丛林深处是吾家。隔篱犬吠生疏客，知有樵人来喝茶。""雨过山溪荡板桥，狂风吹拂柳长条。分秧时节农忙甚，砍得生柴带叶烧。""西舍东邻相唤呼，乡村四月少闲居。新秧分插有经纬，始识山农亦解书。""豆棚瓜架雨潇潇，户外声从户内消。掷笔扶犁三十载，愧无佳什纪风骚。""稻菽桑麻一望迷，鳖鱼虾蟹出山溪。忘机我本林泉客，耕读无忘锄与犁。"

"林泉客"意象非方绪缵一时心血来潮，而是他长期在山野自在自为生活、与山野林泉非功利的睦邻互动、非功利写作的偶然得之。"我本林泉客"就是方绪缵百年息影山野最真切最简约最凝练的人生感悟。人类乃大自然的客人啊！

林泉客与大地之子相通。有首《菊花》："秋光一任点如春，乐向霜天寄此身。不与牡丹争富贵，却邀青女赛精神。爱依陶令情难老，题尔黄巢句尚新。自有芳心芳到晚，抱枝宁死不沾尘。""浮沉宠辱却无惊，此是平凡一介民。寂寞柴门贫过客，清闲艺苑喜逢宾。怡神好作诗词曲，行事唯求美善真。与世与人无角逐，盘桓松菊与梅筠。"

可见，他的"逆向"较为彻底，抵达了大自然——人类生存的根处。

五

夏立君《时间的压力》云：陶氏的彻底归隐是自身矛盾与社会矛盾交互作用的结果。只有果断撤退，才能去活自己的"活"。他要活着，离开所有人，所有热闹，活出他的理由和仁德。他把田园之外的社会称作"人间"，为了田园，他可轻辞这"人间"。在世俗中实现超俗的愿望，构成陶氏田园生存的巨大压力及张力。放弃立功，亦无意于立言，其诗文远离时尚，只为自娱，立德境界却在近似自然状态中实现了。所立之德就是：追求人性的自然、自由、澄明。陶渊明这是"非工具性的实现"。

我对陶渊明田园诗有更深入的理解，也给我理解方绪缵吴家润的田园诗以新的启发。这样的田园诗有着丰沛的现代性，他们的诗词写作演绎着田园诗的现代之路。

《侠民诗草》中大多数诗作为80年代人民公社解体后所写，其时乡村卸载公社体制，"乡村空旷"敞现。宗祠等一类曾经的基层社会构件刚刚恢复。由于城市化摧枯拉朽，加上二元户籍体制催迫，大量人口离乡，山林寂寞却快速地茂盛浓郁起来，趋于还原为本真的山野。方绪缵正好见证并体验，与林泉认知己，与大自然建立了纯粹的、亲和的关系，逆向接通了陶氏所开创的田园魂这一精神源流，即中国诗词大传统，在21世纪现代化全球化的今天，逆向地昭示了传统与前沿、现代性与传统性的可以一致。

方绪缵与陶渊明不同的是，他退隐田园之后仍一路荆棘（这是时代格局决定了的），他再后退，与林泉为伍。陶渊明是"东篱采菊悠然见南山"，从容、放达、审美，也显现与山野的距离；杜甫是"老病有孤舟"，与水中舟楫做伴象征人生漂泊；在21世纪初的南方山野，"老方"醒悟"我本林泉客"。是时代——现代的力量把人类根性问题又逼回到我们文化的起点。

我以"我本林泉客"为题为方老诗集作序前后，并没与他谋面。《侠民诗草》面世后我参加社溪镇谷雨诗词活动，他也来了。他耳朵失聪，极少讲话，在人群中索然而坐。席间，他突然问："李伯勇先生有没有来？"我立起，他也站起，两人相握。顿时我脑中浮现一副"山野老人立林泉之畔"的美图。

百年之间，与其说祠堂（宗亲）文化已稀释或叫远去，人民公社已远去，父兄家人已远去，甚至绩麻桑稼亦远去，"人世间"远去，而方老吴老的田园诗，以独立自由的田园魂矗立于乡村，这是值得珍视的。对于一味淹滞于城镇，以写"三应诗"（应景应时应酬）而乐不思蜀的诗词写作，这样的田园诗实在是清亮的蓝天鸽哨。

2017年11月下旬一稿

2017年12月11日二稿

生活激流中　反观与抵达

——镜像中的上犹

　　应该感谢造物主的恩赐，也感谢这些犹江赤子，让我们近距离地欣赏边地上犹的美景和胜景。这些镜像都来自现实生活，却让我们聆听古老历史和神奇大自然的回响，即便是当下并存的崭新城镇和清幽的高山深谷，也让我们感觉偌大的时空跨越——跨越时空的心灵渴望与探寻，那是一种艺术的也是精神的抵达。在俯视、仰视或平视这些几乎可以纤纤毫发，又怦然心动地扪触这些隽美却大气的镜像，胸臆与情思穿着越时间的巷道和浑茫城乡，迎对时代的激流，如长虹飞扬。

　　是的，上犹只是一隅赣南边地，我们熟悉得不能再熟悉的家乡，然而它们所展现的却是新异而几分陌生的山野之地、水乡之地、客家摇篮之地、边陲之地，美景胜景看似遥远，却在我们身边。从这些涌漫山之韵、峰之韵、水之韵、风之韵、白云之韵、村庄之韵、田陌之韵、湿地之韵、绿色之韵、曙色之韵、薄暮之韵、晴和之韵的洁净安谧之地，从呈现民俗之舞、传统文化徜徉、现代水力发电、现代风力发电、现代太阳能发电、现代乡居城居——人之韵的生活旋律，我们感触到了时代激流，我们也置身于时代激流。我们在生活激流中反观。

　　墨色的"客家门匾"、堂皇的"九狮拜象"、红亮的"花灯"、原生态的"手工浩纸"……让我们回味浩瀚古朴的汉风，反观远古时代的精神家园；上犹江水电厂、上犹风力发电和太阳能发电，以及傍山傍水而居的城镇村落，以及在大草岭上宿营，让我们拥抱雄劲的"现代风"。端肃正宗的古风让绿色边地从容自若。它们与绿色大地温馨地共存，和谐如清泉涠漫，这既是一幅幅安详的景象，也是直抵人心的安抚，更是激发心志的吟唱。一代又一代大地之子在创造性的生养休息中，获取并建立了从容自信的精神源泉。静穆高山汩汩清流洁净阳光为之应和，从容自信也成了生活的遒劲底色。

有水就有激流激情，有风就有飞腾飞翔。能伏在幽谷听清泉，能守在峰峦看日出，能抵着绿野望蓝天。城镇新姿，群山肃穆，日落日出，古风依然。时代激流中我们被改变，层次分明的绿色、蓝色、红色、橙色、黄土色、墨色、清水色——每天都是新的，我们也是新的；但我们又未改变，这块生我养我的地方，它的洁净、静穆、从容、安详——它的基因不会改变。深山净石清泉仍葆有它的成色，清水湖泊聚积着沉静和自净，大草山大茶乡融汇着、也不断产生着绿色和创造的希望。人们感受并服膺这清新的情境，又等于说现代人有所缺失而产生返朴归真的心灵渴望。反观古远就是展望未来。就这样，我们通过镜像反观，也在生活中和人生中反观着，抵达一种新的生活和生命情境。

然而，这样的反观与抵达非轻而易举，没有摄影人的发现与拍摄，珍贵的艺术镜像难得呈现。这就意味着，现代人所需要的美的、心灵的镜像和意象虽在或近或远的身边，仍须摄影人的艰苦劳作，这样的艰苦劳作包括跋涉与坚守，跋涉与坚守就是抵达目的地，占据最佳拍摄位置，选择最佳拍摄时机（当然还包括不可少的硬件软件的"前准备"）。因而摄影人率先有个物我交融、天人合一、聚心凝神——反观与抵达的过程，拍摄更是闪光的一跃。这属于个人，又属于群体，这组不同角度各具特色的作品就是个人性与群体性的统一。唯有个体的抵达，方有群体——包括读者的抵达，由此所凝结所升华的，就是群体和民族雄迈的出发再出发，自然也是更高层次的反观与抵达。

2017年8月12日